julie johnson

EM QUEDA LIVRE

Tradução: Carolina Caires Coelho

pausa;

Título original: *Like Gravity*

Esta é uma obra de ficção. Nomes, lugares, personagens e eventos são fictícios em todos os aspectos. Quaisquer semelhanças com eventos e pessoas reais, vivos ou mortos, são mera coincidência. Quaisquer marcas registradas, nomes de produtos ou recursos nomeados são usados apenas como referência e são considerados propriedade de seus respectivos proprietários.

EDITORA
Silvia Tocci Masini

PREPARAÇÃO
Andresa Vidal Vilchenski

REVISÃO
Lígia Alves
Thiago Mlaker

CAPA
Alexandre Nuns (sobre imagem de Zastolskiy Victor / Shutterstock)

DIAGRAMAÇÃO
Larissa Carvalho Mazzoni

COMUNICAÇÃO E MARKETING
Alexandre Nuns

Dados Internacionais de Catalogação na Publicação (CIP)
(Câmara Brasileira do Livro, SP, Brasil)

Johnson, Julie
Em queda livre / Julie Johnson ; tradução Carolina Caires Coelho. -- São Paulo : Editora Pausa, 2019.

Título original: Like gravity.
ISBN 978-85-93745-69-0

1. Ficção norte-americana I. Título.

19-26299 CDD-813

Índices para catálogo sistemático:

1. Ficção : Literatura norte-americana 813

Iolanda Rodrigues Biode - Bibliotecária - CRB-8/10014

Este romance é dedicado a todos que já sofreram com o peso da gravidade, na esperança de que um dia alcançarão as estrelas.

"Nunca fui uma pessoa capaz de, pacientemente, recolher pedaços de algo que se quebrou para colá-los e dizer a mim mesma que o todo remendado era bom como se fosse novo. O que quebrou está quebrado – e prefiro me lembrar dele como era, a consertá-lo e ver os remendos pelo resto da vida."

Margaret Mitchell

PRÓLOGO

14 ANOS ATRÁS

– Mamãe, posso pegar o chiclete cor-de-rosa? Por favor!

Levantei a pequena mão para que ela pudesse ver a embalagem de chiclete BlueTape que eu segurava. Era o melhor chiclete, todos os alunos do primeiro ano sabiam disso. Mamãe não respondeu. Estava cantarolando e esboçava um sorriso enquanto tirava os mantimentos de dentro do carrinho e os entregava à moça do caixa.

Voltei a atenção ao chiclete, cruzando os braços finos como palitos de dente enquanto observava as outras opções. A fila do caixa, com todas as guloseimas em embalagens muito coloridas, sempre foi minha parte preferida do mercado.

– Mamãe! – falei, mais alto dessa vez, determinada a chamar sua atenção.

– Hum... O que foi, querida? – murmurou ela, distraidamente.

– Posso pegar o chiclete cor-de-rosa, por favor? Todas as meninas da minha sala mascam esse chiclete depois do almoço.

– Claro, Bee. Entregue o chiclete para a moça para podermos pagar, está bem?

Estiquei a mão acima da cabeça para passar o chiclete para a moça do caixa; mesmo na ponta dos pés, era difícil ver seu rosto. Ela se inclinou para a frente, para pegar a embalagem da minha mão, e sorriu para mim. Seus dentes estavam sujos de batom cor-de-rosa e o rosto era enrugado como uma ameixa seca, mas ela parecia gentil.

– E quantos anos você tem? – perguntou ela.

– Faço 7 daqui a alguns meses – eu me gabei. – Estou no primeiro ano.

– Ah, que maravilha! – Ela sorriu. – A senhora deve estar muito orgulhosa – disse à minha mãe.

– Ah, sim, claro. – Mamãe sorriu, entregando o último item à moça.

Enquanto mamãe pagava, caminhei em direção ao carrinho com nossas compras, espiando dentro das sacolas de plástico transparentes, esperando encontrar a embalagem fúcsia do chiclete.

– Vamos, Brooklyn – disse mamãe, direcionando o carrinho com apenas uma das mãos até o estacionamento. A outra mão, estendeu para que eu segurasse, me puxando mais para perto do corpo enquanto passávamos pelas portas automáticas e seguíamos em direção ao carro. Dei a mão para ela, entrelaçando-as apertado. Sorrindo para mim, balançou nossas mãos para a frente e para trás.

O ar estava carregado de umidade, era agosto, e minha camiseta cor-de-rosa da Hello Kitty parecia grudar em meu corpo enquanto caminhávamos pelo estacionamento. As rodas do carrinho não estavam funcionando direito e guincharam alto enquanto minha mãe tentava colocar o carrinho no caminho certo.

Eu ri do seu esforço.

Ela manteve a mão firme na minha até chegarmos à caminhonete. Parando o carrinho perto do porta-malas, me pegou nos braços e me fez cócegas sem parar. Gritei e me remexi, adorando receber sua atenção.

– Então você acha legal rir da mamãe enquanto ela se esforça para empurrar o carrinho, né? – Riu. – E agora? Ainda está engraçado, Bee?

– Desculpe! – gritei sem fôlego, rindo quando a tortura de cócegas chegou ao fim. Ela me levou até a porta de trás e me colocou sentada na cadeirinha do carro.

– Nossa! Você está ficando pesada demais para eu carregar – reclamou. – Daqui a pouco, não vai mais precisar da cadeirinha. Está ficando grande. – Ela prendeu meu cinto de segurança e puxou mais uma vez para ter certeza de que estava preso, e deu um beijo em minha testa.

– Preciso colocar as sacolas dentro do porta-malas, mas o que acha de tomarmos um sorvete no caminho de casa, Bee? – perguntou mamãe, usando o meu apelido de que ela mais gostava.

– Sim! – exclamei, com a mente já ocupada e imaginando um sundae de chocolate coberto com um monte de chantilly e confeitos coloridos.

– Já volto, meu amor. – Ela sorriu, passando a mão por meus cabelos pretos antes de fechar a porta. Deu a volta até o carrinho e ouvi seus murmúrios enquanto colocava as coisas dentro do porta-malas. De repente, ao lembrar do chiclete, eu me virei na cadeirinha em direção ao porta-malas aberto.

– Mamãe, posso mascar o chiclete agora? – perguntei, afastando o cinto do meu pescoço para poder respirar com mais facilidade.

Ela não respondeu, então o soltei, me virei para trás e espiei pela abertura do porta-malas onde ela estava. Mamãe havia parado de guardar as sacolas e estava paralisada, com as mãos erguidas à frente do corpo. Tudo parecia imóvel demais, silencioso demais sem seu cantarolar animado. Parecia assustada – e minha mãe nunca parecia assustada, nem mesmo quando eu contava que havia monstros dentro do armário ou embaixo da cama. Tinha alguma coisa errada.

Eu havia acabado de abrir a boca para perguntar o que estava acontecendo quando vi o cara. Ele estava a poucos metros da mamãe, com o carrinho cheio de mantimentos abandonado entre eles.

– Me passa as chaves – disse ele, com a voz abafada pelo capuz preto que cobria sua boca. Seus olhos, a única parte do rosto não escondida pelo capuz, eram maus.

Sua voz era de alguém perverso, como a de um dos vilões dos desenhos que eu assistia aos sábados de manhã. Não gostei dele, e notei que minha mãe também não. Segurando uma bolsa preta com firmeza, ele se apoiava em um pé e depois no outro. Não parava de olhar para a loja de bebidas atrás dele, aquela onde a mamãe às vezes comprava o vinho que tomava no jantar. Eu não podia beber porque ela dizia ser bebida de adulto.

Mamãe olhou para o banco de trás e parou em meus olhos arregalados por um segundo. Balançou a cabeça, incrédula, num movimento quase imperceptível, e eu sabia que ela estava tentando dizer para me manter quieta e parada. Eu queria perguntar o que estava acontecendo e quem era aquele homem raivoso, mas fiz o que ela mandou.

– Você é surda, porra? Mandei me passar as chaves! Por acaso parece que estou de brincadeira? – O homem gritava agora, aproximou-se da minha mãe e parecia mais irado do que nunca. Ela desviou os olhos de mim, endireitou os ombros e encarou o homem mais uma vez.

– Não – disse, com a voz triste.

Por que estava tão triste?

– Você é quem sabe, então – disse ele, erguendo a mão e apontando uma arma no rosto da minha mãe. Antes que eu conseguisse emitir algum som, ele deu um único tiro na testa dela e a observou enquanto caía no chão de cimento.

– Vaca imbecil – murmurou ele.

Fiquei paralisada, incapaz de parar de olhar para a mamãe, que sangrava no estacionamento. Observei, com olhos arregalados, quando ele pegou as chaves da mão dela e bateu a tampa do porta-malas.

Ele deu a volta pela caminhonete, sentou-se no assento do motorista, o assento da mamãe, e logo deu a partida. Saiu do estacionamento sem olhar para trás, sem olhar para o chão manchado de sangue. Lentamente, me virei na cadeirinha, tremendo de medo e sem acreditar, e vi quando ele jogou a arma no banco do passageiro, na frente, e colocou em seguida a bolsa lotada de dinheiro amassado. As lágrimas borravam minha visão e desciam pelo meu rosto, mas me lembrei da mamãe balançando a cabeça para mim e, de algum modo, consegui ficar em silêncio.

Por ela.

Nem uma única vez o homem olhou para trás e viu a menininha, cujo mundo havia acabado naquele momento, chorando no banco traseiro.

CAPÍTULO UM

LUA DESERTA

O grito histérico que saiu da minha garganta foi uma homenagem a um terror há muito vivido – que não foi suavizado pela passagem do tempo. A menina de 6 anos dentro de mim chorava desesperada enquanto eu era arrancada do pesadelo. O sonho tinha sido meu companheiro de toda noite por 14 anos, um lembrete constante do dia em que tudo em minha vida mudou. Como se eu pudesse ter me esquecido...

Não havia dúvida de que os acontecimentos ficariam para sempre gravados em minha memória, uma tatuagem indesejada que não pedi e que nunca conseguiria remover, mesmo se os pesadelos acabassem. Mas de alguma maneira, eu sabia que eles não parariam. Aliás, estavam piorando, tornando-se mais vívidos e mais frequentes a cada ano que passava.

Sequei as gotas da testa, prendi os cabelos úmidos de suor em um rabo de cavalo meio frouxo e desenrolei os lençóis retorcidos de minhas pernas. O leve brilho da luz do abajur ao lado da cama afastou sombras que ameaçavam me consumir. Focando na luz amarela e fraca, tentei me livrar das lembranças, e, apesar de ser bem treinada em afastar os terrores noturnos, precisei me esforçar mais do que gostaria de admitir para que minha mente se acalmasse e para que meu coração parasse de saltar dentro do peito como uma cavalaria.

Puxando o ar com dificuldade, me sentei na cama, com os pés apoiados no chão, e, em seguida, saí do pequeno quarto. O piso de linóleo gelado da cozinha era desconfortável sob meus pés descalços, e me apressei para pegar um pouco de água da torneira antes de voltar na ponta dos pés para o calor da cama.

Beberiquei a água depois de me enfiar de novo embaixo dos cobertores, procurando o livro que sempre mantinha por perto, em cima do criado-mudo. Era inútil tentar descansar mais naquela noite; depois que o pesadelo vinha, eu nunca conseguia relaxar a mente o suficiente para dormir. Às vezes –, tinha sorte e o sonho ruim só aparecia perto do amanhecer, o que me garantia algumas horas de descanso ininterrupto. Em outras noites, como naquela, eu não tinha a mesma sorte.

Uma espiada no celular me permitiu ver que ainda eram 2h37 da madrugada, o que significava que minha primeira aula do semestre começaria dali a quase seis horas. *Que bela maneira de dar início ao segundo ano da faculdade, Brooklyn*, pensei com amargura. *Bem cansada e irritada. Ah, e olheiras estão na moda agora.*

As olheiras que eu apresentava quase constantemente costumavam ser administráveis com a ajuda de uma base de boa qualidade. A maioria das pessoas não percebia, e quem as notava, nunca sabia o motivo. Era mais fácil manter distância das pessoas e, com o tempo, poupava todo mundo de tristezas e decepções desnecessárias.

Nunca fui o tipo que procura companhia ou consolo nos outros. Quem gravitava em minha órbita social ou era muito autocentrado e feliz assim ou simplesmente não tinha o menor interesse em meu passado. Quem tentava exigir mais de mim era abandonado pelo caminho.

Não podia dizer que de fato tinha amigos – conhecidos, talvez, mas não amigos. Os amigos normalmente queriam saber coisas pessoais; gostavam de fazer perguntas. E manter as amizades não era algo que eu conseguia fazer.

Havia uma exceção a essa regra, e ela se chamava Lexi. Mas Lexi não seguia nenhuma regra que criava para a própria vida, então acho que eu não deveria me surpreender por ela ter quebrado todas as regras da minha. Lexi entrou na minha vida como um tornado, arrancando tudo que via pela frente, criando caos a partir da frágil ilusão de normalidade que eu havia tentado construir depois do assassinato da minha mãe. No segundo ano, no meu primeiro dia em uma escola nova, Lexi disse gostar da minha mochila azul, afirmando que seríamos amigas. E foi o que nos tornamos.

É raro Lex não conseguir o que quer. As pessoas se sentem atraídas, como se ela fosse capaz de emitir uma força magnética, puxando-as e impedindo-as de que neguem qualquer coisa. Ela é alta, tem cabelos ruivos e olhos azuis que sempre brilham, maliciosos. De muitas maneiras, ela é meu oposto.

Ela mede 1,78m, e eu mal chego a 1,65m, mesmo usando sapatos de salto. Seus cachos de cobre brilhantes caem sobre os ombros como uma auréola de luz; meu cabelo castanho-escuro, quase preto, cai em ondas que descem até minha cintura. A pele dela, cheia de sardas, chega a brilhar; minha pele morena faz com que eu pareça bronzeada mesmo no ápice do inverno. Mas a maior diferença entre nós não pode ser vista por fora. Porque sob a superfície, onde ninguém enxerga, há algo desfeito dentro de mim. Ou talvez não esteja desfeito, mas ausente, com certeza. Pode ser que nunca tenha existido.

Porque é indiscutível que Lexi é calorosa, brilhante e vivaz; seus olhos dançam, tomados por aquele brilho de vida. Mas eu sou fria; não tenho esse brilho interno e sou totalmente incapaz de fazer com que meus olhos cor de esmeralda sejam qualquer outra coisa que não sem vida e tímidos. Comparar Lexi e eu era como comparar o sol à lua: ela, uma estrela geradora de vida ao redor da qual todos orbitam, e eu, uma lua solitária e deserta, iluminada apenas pela luz refletida por terceiros, cheia de crateras.

Suspirando, resignada, eu me afastei da espiral de pensamentos depressivos na qual entrava sempre que me comparava a Lexi. Ela era minha melhor amiga – minha única amiga – desde os 8 anos. Tínhamos até entrado na mesma faculdade juntas e, depois de um primeiro ano terrível, morando no campus com colegas de quarto que não tínhamos escolhido, éramos agora alunas do segundo ano com uma casa pequena só para nós.

Nosso lar de dois quartos e dois banheiros tomava o segundo andar completo de uma casa antiga e em ruínas em estilo vitoriano, que tinha sido dividida desorganizadamente para acomodar alunos. Sim, era um horror, e sim, raramente tinha água quente; mas era nossa, e o aluguel era só de $450 por mês – cabia muito mais no nosso bolso do que algumas propriedades novas mais requintadas que abundavam no bairro residencial de universitários.

Os vizinhos de baixo eram na deles; ainda não os tínhamos conhecido, e tínhamos nos mudado um mês antes. Convenientemente, não precisávamos atravessar a casa para chegar à escada, pois o proprietário tinha construído uma escada externa bamba e precária, que levava à nossa varanda no segundo andar. Calçada com compensado de madeira, provavelmente não era a entrada mais segura, mas dava para o gasto.

As universidades estaduais normalmente atraem todos os tipos de pessoas – atletas, estudiosos, nerds, princesas. Com quase 20 mil universitários no campus, tenho certeza de que algumas pessoas se sentiam perdidas, sobrecarregadas pela pressão acadêmica. Enquanto outros poderiam se sentir sozinhos, e eu adorei o anonimato. Ali, eu não tinha passado. Ninguém conhecia minha história. Se eu sentisse o desejo de me enfiar na multidão, sem identidade e desconectada, ninguém tiraria a atenção da própria vida por tempo suficiente para me observar. Era o exato oposto de minha experiência no ensino médio. Tinha tudo o que eu queria quando me candidatei.

Engatinhando até o pé da cama, abri a janela para deixar um pouco do ar úmido da Virginia entrar. A noite de fim de agosto estava escura e silenciosa; os bares tinham sido fechados horas antes e não havia ninguém na rua. A maioria das pessoas acordaria cedo na manhã seguinte, dispostas para começar o novo semestre. Depois de cerca de uma semana indo a todas as aulas e fazendo anotações sem parar, o que eu chamava de "síndrome da boa aluna" rapidamente desapareceria da maioria dos universitários. O fim do cuidado de início de semestre geralmente marcava o início da temporada de festas e, consequentemente, o fim das noites silenciosas em minha rua abarrotada de bares.

Tirando vantagem da noite sem perturbações, eu desci devagar pelo pé da cama e fui até o telhado em ardósia que se estendia logo abaixo de minha janela aberta. O terraço era quase reto, amplo o suficiente para que eu me deitasse com as pernas – apesar de curtas – totalmente esticadas. Teoricamente, servia para abrigar a varanda que protegia o primeiro andar da casa do clima implacável da Virginia, mas, na minha mente, o terraço tinha sido criado especialmente para mim. Era meu cantinho especial, meu espaço reservado – o único lugar no qual eu podia bloquear o resto do mundo e me sentir segura.

Segura.

Acho que não deveria ser um estado aparentemente tão difícil de se obter. Certeza de que não é para as pessoas normais. Mas eu já tinha aceitado que não era, nem nunca seria, uma garota normal. Depois do incidente, catorze anos antes, eu havia ficado sob a custódia do Estado até meu pai biológico ser informado. Minha mãe nunca quis saber dele, e, como ele já tinha partido muito tempo antes de ela descobrir que estava grávida, nunca tentou localizá-lo. Passei os primeiros seis anos da vida acreditando que sempre seriamos só nós duas – que não precisávamos de um homem para sermos uma família. E, nos anos seguintes, comecei a acreditar que eu não precisava de uma família.

Como ela nunca o havia informado sobre suas obrigações de pai, depois da morte de minha mãe, houve uma certa confusão a respeito do que fazer comigo. A Assistência Social demorou quase seis meses para encontrar o homem cujo nome aparecia em minha certidão de nascimento. O atraso, aparentemente devido à longa viagem que ele fez a trabalho a Beijing, fez com que eu passasse meses sem um guardião. Assim, como minha mãe não tinha parentes vivos, fui levada a um abrigo para órfãos até meu pai se dar ao trabalho de me buscar.

Não consigo acessar a maioria das lembranças daquela época. Não sei bem se me forcei a bloqueá-las ou se involuntariamente as reprimi, mas, de qualquer forma, esse período da minha vida permanece um borrão.

Algumas imagens são mais claras do que outras; ainda quase consigo ouvir as vozes carinhosas dos assistentes sociais e dos médicos explicando para mim que a vida, nos moldes em que a conhecia, tinha acabado. O enorme desespero que senti com a perda de minha mãe nunca desapareceu por completo.

Depois do incidente, sei que não conversei com ninguém durante muitos meses. A mãe temporária com a qual me deixaram cuidava para que eu comesse e me vestisse todos os dias. Uma psicóloga passava várias vezes por semana para registrar meu progresso no pequeno caderno fornecido pelo Estado, garantindo a mim que tudo ficaria bem. Mas o que mais ela poderia dizer?

Nada estava bem. Eu estava sob a guarda do Estado e tinha testemunhado o assassinato violento da única fonte de amor que conhecia. Eu nunca mais ficaria "bem", apesar do que dizia minha psicóloga.

Ao longo dos anos, eu me consultei com um monte de terapeutas, psicólogos e psiquiatras, todos igualmente dispostos a analisar minha mente adolescente problemática. Tais consultas aconteciam sempre da mesma forma – eles me incentivavam a falar sobre meu "trauma de infância", comigo sentada em uma poltrona de couro levemente desconfortável, olhando, pensativa e em silêncio, para o relógio. Depois das primeiras sessões de silêncio impenetrável, meu psicólogo da semana acabava se sentindo frustrado, me acusava de enterrar meus sentimentos e dizia que eu permaneceria "espiritualmente perdida" ou "prejudicada" enquanto eu não travasse uma guerra emocional interna.

O que eu não disse durante todas aquelas semanas de silêncio é que não havia busca interna que resolvesse meu passado. Não havia Band-Aid mágico que eu pudesse colocar no coração, não havia cola especial que eu pudesse usar para me deixar inteira de novo. Eu estava destruída como um vaso frágil que cai no chão de concreto; alguns fragmentos poderiam ser unidos de novo, mas muitas de minhas partes vitais tinham simplesmente virado pó, pulverizadas e espalhadas pela primeira rajada de vento.

Apoiando-me nas mãos, fechei os olhos e respirei fundo pelo nariz. O ar da noite de verão tinha cheiro de grama recém-cortada e do início de outono. A brisa estava um pouco fria, farfalhando as folhas do bordo mais próximo da casa e deixando meus braços arrepiados. Eu os esfreguei distraidamente, meus olhos observavam os galhos graciosos do bordo e desciam para a lua silenciosa lá embaixo.

Merda! O que é isso? Corrigindo: quem é?

Minha pulsação imediatamente começou a acelerar enquanto meus olhos confirmaram que havia, de fato, alguém de pé na rua mal iluminada.

E me observava.

Os músculos ficaram tensos e eu fiquei paralisada como um animal selvagem diante dos faróis de um carro – um bicho ingênuo muito bem preso na armadilha de um predador.

Definitivamente era um homem. Apesar de eu só conseguir identificar uma silhueta, já que o poste mais próximo com uma lâmpada acesa na rua estava a meio quarteirão dali, os ombros eram muito largos e a figura era alta demais para ser qualquer outra coisa que não um homem.

Ou talvez pudesse ser uma das nadadoras da seleção olímpica chinesa que ilegalmente utilizavam esteroides, pensei comigo mesma, quase rindo alto desse pensamento. Sim, Brooklyn, muito provável que fosse isso.

O instante de leveza passou e uma sensação irracional de medo tomou conta dos meus sentidos. Eu permaneci paralisada, sem saber se deveria voltar para dentro. Será que ele conseguia me ver? Estaria me observando? Com certeza estava escuro demais para um estranho notar uma menina relativamente pequena em um terraço no meio da noite.

Vi a pontinha do cigarro aceso dele brilhando mais sempre que ele dava uma tragada. O resto da rua permanecia vazio, mas o homem continuava recostado na moto, uma Harley, pelo que dava para ver, aparentemente esperando algo ou alguém.

Era claro que ele não esperava por mim nem me observava, pensei. Eu nunca o tinha visto. Apesar de não conseguir ver o rosto dele na escuridão, simplesmente sabia que, pelo corpo, pelo veículo escolhido e pela fumaça se acumulando nos pulmões, não frequentávamos os mesmos círculos sociais.

Ainda assim, eu não pretendia ficar sentada, sozinha, de madrugada, usando só uma blusinha fina e shorts de algodão com os quais dormi, sendo que havia um homem qualquer na frente da minha casa. Estava na hora de voltar para dentro, de preferência sem chamar a atenção.

Dando uma de Sydney Bristow, escorreguei as mãos para trás até as pontas de meus dedos tocarem o parapeito. Lentamente, movimentei o corpo, mantendo os olhos fixos no homem sob as sombras. Como ele não reagiu aos meus movimentos contidos, senti o pânico parar de oprimir meu peito. Ele não tinha me notado; nem sequer olhava para mim.

Bond. Brooklyn Bond.

De maneira mais confiante, eu girei o corpo e estiquei as pernas, escorregando para dentro da janela, e meus joelhos tocaram o edredom macio. Olhei para baixo mais uma vez, para o homem na rua, enquanto descia o tronco, me segurando no parapeito.

Na escuridão, senti que nossos olhares se encontraram. Eu não conseguia ver os olhos dele de fato, mas, de algum modo, sabia que eles encaravam os meus.

Eu estava enganada quando pensei que ele não podia me ver.

Observei enquanto ele dava a última tragada no cigarro, e então levou a mão à testa e fez um gesto como se acenasse, como se indicasse ter percebido que saí do terraço. Com os olhos, acompanhei o movimento da mão dele, identificada, sem erro, pela luz fraca de seu cigarro, e depressa, terminei de entrar no quarto e tranquei a janela em seguida.

Que esquisito.

De volta à segurança do quarto, o medo logo desapareceu. Independentemente de quem ele fosse, ficou clara sua satisfação por ter conseguido me deixar tão desconfortável simplesmente por estar ali. Provavelmente não passava de algum universitário idiota, esperando os amigos para ir a alguma balada. Não tinha nada a ver comigo.

Pelo menos foi o que eu disse a mim mesma quando espiei pela janela um minuto depois e vi que a moto já havia desaparecido.

Algumas horas depois, eu me acomodei em um dos bancos do balcão da cozinha para tomar meu café. Ah, cafeína. Doce néctar dos deuses. A fraca luz do sol da manhã entrava por uma claraboia, iluminando os armários com tinta lascada e mobília mal combinada. Meus dedos se moveram distraidamente pela tampa estragada, traçando uma série de riscos feitos pela última década de inquilinos.

Lexi entrou na cozinha, com os cabelos ruivos ainda despenteados e os pés enfiados em um par de pantufas verdes de sapo horrorosos.

– Café – murmurou ela.

Lexi não era exatamente o que as pessoas chamariam de alguém que curte acordar cedo.

– Já fiz – falei, escondendo um sorriso atrás da minha caneca enquanto observava sua cara amassada e o pijama amarrotado.

– Você é uma santa – disse ela, servindo a si mesma uma xícara de café fumegante, inspirando profundamente o aroma.

– Pensei que tínhamos decidido queimar essas pantufas depois do sétimo ano, juntamente com nossa coleção de ursinhos Beanie Babies e os pôsteres do N'Sync – observei, com sarcasmo. Lexi simplesmente arregalou os olhos para mim, sem querer responder.

– Como você consegue já estar vestida e perfeita? Ainda tenho que tomar banho para a aula das oito. Que horas são, afinal? – perguntou ela.

– Respondendo à primeira pergunta: Passei a noite acordada e tive muito tempo para me vestir. E, respondendo à segunda – dei uma olhada no relógio digital do micro-ondas –, são 6h57.

Lexi fez uma careta em sinal de solidariedade por minha noite insone. A garota conseguia dormir quinze horas por dia sem que fosse o bastante. Era possível que a cama fosse seu lugar preferido no mundo todo.

– Calma aí! Merda! Já são sete horas? – exclamou Lexi, saindo do banco e quase virando a mesa ao fazer isso. – Nunca vou conseguir chegar a tempo! A perfeição não acontece do nada. Demora, Brooklyn. Acho que vou me atrasar para a primeira aula. Merda! – xingou de novo e saiu correndo da cozinha.

– O professor provavelmente só vai repassar o cronograma das aulas! Nada crucial – gritei no corredor, indo atrás dela.

Não que importasse. Independentemente de ter cinco ou quarenta minutos, Lexi conseguia fazer um look caprichado que a maioria das pessoas só obtém com a ajuda de maquiadores profissionais. Ela tinha a capacidade até de transformar uma cara amassada de quem acabou de acordar em algo atraente. Se Lexi fosse para a aula usando aquelas porcarias de pantufas de sapo, metade do corpo estudantil feminino estaria usando pantufas iguais em menos de uma semana.

Parecia irônico que, graças às minhas noites insones, eu tinha horas para me aprontar, sendo que raramente precisava de mais do que dez minutos para arrumar os cabelos e fazer a maquiagem. Quanto à escolha das roupas, nunca fui de planejar meus looks e acessórios com muito capricho. Normalmente, eu simplesmente vestia a calça jeans de sempre, uma blusinha qualquer e sandálias. Quanto ao resto, depois de esconder minhas olheiras, passar um pouquinho de rímel e brilho labial, e soltar os cabelos ondulados e escuros, eu estava pronta para sair.

Não conseguia entender por que Lexi demorava tanto. Ao longo dos anos, ela sempre se frustrava com minha total falta de interesse em roupas, maquiagem e compras. Quanto às minhas obrigações de melhor amiga, eu sempre tinha sido conselheira de provador, por anos e anos, enquanto ela incansavelmente calculava os prós e os contras de comprar um determinado par de sapatos de salto. Mas havia um limite: eu não permitia que ela escolhesse minhas roupas. Por estudar moda, ela sempre tentava me tirar do *look* garota comum, mas eu não via motivo para isso. Minhas roupas eram boas, por mais que não fossem de marca nem supermodernas.

Pensei em me servir de mais uma xícara de café, mas mudei de ideia. Duas xícaras eram meu limite – se bebesse mais do que isso, passaria o resto do dia ansiosa e elétrica. Quando voltei para meu quarto, conferi se tinha colocado alguns cadernos novos e uma cópia de meu horário de aulas na mochila.

Eu teria três aulas naquele dia: Justiça Criminal, Sociologia e Oratória. Que alegria. O curso preparatório de direito da faculdade englobava uma ampla série de cursos, e a maioria deles era extremamente chata e lotada de futuros advogados puxa-sacos e cheios de argumentos.

Mal posso esperar. Revirei os olhos. Segundo ano de faculdade, aqui vou eu.

Lexi foi fazendo comentários relacionados à moda enquanto percorríamos os três quarteirões da nossa casa até o campus. Na maior parte do tempo, eu só escutei e tentei manter a expressão neutra.

– O que aquela garota está vestindo? Uma saia xadrez! – sussurrou Lexi, claramente abismada, enquanto apontava a garota caminhando um pouco à nossa frente. – Parece a Rory de *Gilmore Girls!* – Ela balançou a cabeça, incrédula.

– Você tem assistido aos reprises no ABC Family de novo, não é? – perguntei, com um tom de acusação.

– Ah, Brooke, para com isso. Eu tenho o box da série.

– Você tem problemas sérios.

– Eu sei, mas é por isso você me amaaaa! – Lexi cantarolou, passando um braço pelos meus ombros e me fazendo andar mais depressa pela calçada.

– Hum, olha, Lex, suas pernas têm –, pelo menos –, quinze centímetros a mais do que as minhas – reclamei, me esforçando para acompanhar seu ritmo mais intenso.

– Eu sei, mas acho que estou vendo o Finn lá na frente – disse, espiando por cima do ombro de Rory para dar uma olhada no cara que tinha chamado sua atenção.

Claramente insatisfeita com o que viu, ela me puxou para passarmos pela Gilmore de saia xadrez e quase avançou no sinal fechado, recusando-se a diminuir a velocidade mesmo quando gritei, reclamando, e tentei me afastar dela. Lexi nem se deu ao trabalho de comentar sobre meu desconforto, e, depois de várias outras tentativas de fuga sem sucesso, parei de lutar. Eu me permiti ser arrastada, soltei um suspiro me sentindo vítima da situação e me conformei com meu destino.

– E quem é Finn, posso saber?

Aquilo chamou a atenção da minha amiga. Ela virou a cabeça tão depressa que, no mesmo instante, me lembrei da cena da menina girando a cabeça em *O Exorcista*.

– Como assim "quem é Finn"? Você escutou o que eu disse? Tá, não precisa responder. – Ela olhou para mim, ainda caminhando muito depressa. – Ele é só o exemplar mais atraente da espécie masculina deste campus! É o protagonista das fantasias das sorostitutas.

– Sorostitutas?

– É uma mistura de meninas da sororidade com prostituta. Meio fácil de pegar, né? – Lexi sorriu por um instante, mas logo fez uma carranca bem feia, de desaprovação. – Minha nossa, Brookie. Sei que você não se interessa nem um pouco por fofocas, mas, no mínimo, precisa reconhecer os caras que deixam as meninas babando neste campus! Não há muitos.

– Desculpa. Por favor, continue descrevendo a tal espécie masculina – pedi com um sarcasmo considerável.

– Olha, ele é lindo. E totalmente inalcançável, claro. Bom, não me entenda mal, ele pega muita gente. Mas não se apega. Pelo que eu soube, é um cara para uma noite e nada mais. Está no último ano, foi transferido para cá ano passado.

Lexi continuava observando a calçada à nossa frente, esperando manter seu alvo à vista. Aparentemente estávamos dando uma de stalkers. Não era à toa que aquele cara não se apegava; a julgar por Lexi, as garotas da faculdade não entendiam muito bem de limites.

– Com certeza é ele, logo ali na frente – disse ela, com a voz pelo menos três oitavas mais alta do que o normal.

Não consegui enxergar acima da cabeça das três meninas que andavam diretamente à nossa frente, por isso não pude ver a nova obsessão de Lexi.

– O que você vai fazer se por acaso alcançá-lo, gênia? – perguntei, ofegante.

Em resposta, Lexi me empurrou para o lado, conseguindo passar pelo grupo de meninas e me colocando, sem perceber, bem na rota de um hidrante. Eu me inclinei para trás, firmando os pés e tentando, desesperadamente, diminuir o ritmo dos passos, mas o andar decidido de Lexi não me deixou impedir a colisão.

Batendo com tudo no hidrante, fiquei sem ar e fui lançada para a frente. Só tive tempo de cobrir o rosto com as mãos e fechar os olhos com força antes de mergulhar na calçada.

CAPÍTULO DOIS

KARMA

Havia algo úmido entrando em meus olhos e escorrendo pela lateral do meu rosto. Estava escuro. Meus olhos pareciam pesados, como se tivessem sido fechados com cola. Tentei respirar fundo, mas me retraí de dor quando o ar encheu meus pulmões doloridos.

– Respire com calma. O baque foi bem forte – disse alguém com uma voz grave, mas baixa, em meu ouvido.

Com certeza não era Lexi.

Para testar, calmamente puxei o ar pelo nariz e o segurei nos pulmões, aliviada por não sentir ardência dessa vez. Soltando o ar, comecei a recobrar os sentidos, lentamente. Ainda estava deitada na calçada, a julgar pela superfície fria e áspera sob meu corpo, mas a cabeça estava acomodada em algo macio.

– Consegue abrir os olhos? – perguntou o dono da voz, me incentivando a tentar.

Devagar, abri as pálpebras, deixando que a visão limitada do céu ganhasse foco. Esticando o braço para afastar os cabelos úmidos do rosto, fiquei surpresa quando vi os dedos cobertos de sangue.

– Há um corte em sua têmpora. Não parece muito fundo, mas qualquer ferimento superficial na cabeça sangra bastante. Você vai ficar bem. Mas terá um galo enorme.

Tentei me sentar, e me arrependi imediatamente de minha decisão quando o mundo começou a rodar. Mãos agarraram meus antebraços, forçando-me a me deitar lentamente, recostada no peito largo de quem havia me resgatado.

– Não tente se sentar. Pode ser que seja uma concussão. Deve ficar parada até a ambulância chegar.

– Ambulância?! – repeti, com a voz esganiçada devido ao pânico.

– Sua amiga, a ruiva, está chamando uma ambulância agora mesmo.

– Diga para ela não fazer isso – pedi. – Por favor, só preciso ir à enfermaria da faculdade. Não preciso de ambulância. – Virei a cabeça para cima, finalmente olhando nos olhos escuros de quem havia me salvado. – Por favor – repeti, meus olhos verdes encarando os olhos mais azuis que já tinha visto. Eram de um azul-cobalto do tom mais profundo, quase não se distinguiam das pupilas pretas. Olhos incomuns.

– Não me dou muito bem com... hospitais – admiti, desviando os olhos de seu olhar penetrante.

– Tudo bem. Como quiser – ele concordou, meio incerto, franzindo o cenho enquanto envolvia meus ombros com um dos braços. Tirando a jaqueta de couro preta, ele a enrolou, formando uma bola. Afastou minha cabeça com cuidado do peito, e me deitou em uma almofada improvisada.

Acompanhei com os olhos quando ele se levantou, caminhou até Lexi e pegou o celular da mão dela. Falou depressa, olhando para trás, para mim, várias vezes, e então desligou. Em meu estado atordoado, só registrei seu corpo alto e os cabelos escuros, e voltei a fechar os olhos.

– Ei, você ainda está viva? – perguntou ele, rindo.

Eu gemi em resposta afirmativa.

– Vou te pegar no colo para te levar até a enfermaria. Fica perto daqui. Está bem? – perguntou ele, sem querer uma resposta de verdade, ao imediatamente passar os braços por baixo de minhas pernas, na altura dos joelhos, e me pegar no colo como uma criança. – Pelo menos você escolheu um lugar conveniente para apagar. – Senti a risada dele percorrer seu corpo enquanto me carregava, aparentemente sem sofrer com meu peso.

Acomodada contra o peito dele, abri os olhos de novo para procurar Lexi. Ela estava caminhando bem do nosso lado, olhando bem no meu rosto. Assim que viu que meus olhos estavam abertos, começou a pedir desculpas sem parar, fazendo com que minha cabeça, que já doía, começasse a latejar.

– Ai, meu Deus, Brooklyn, você está bem? Sinto muito, muito, muito, muito. Errei com você. Por favor, não morra. Vou te comprar Starbucks sem parar por um mês, quantos *chai tea lattes venti* você conseguir tomar. Juro que foi sem querer! Aquele hidrante apareceu do nada. E você saiu voando! Ai, meu Deus, nunca senti tanto medo na vida. E você está com um corte na cabeça! Não se preocupe, está perto dos cabelos. Dá pra cobrir totalmente com a franja... Tem certeza de que está bem?

Juro que Lexi não parava de falar nem para respirar. Teria sido impressionante se eu não estivesse com a cabeça sangrando e com uma concussão, muito possivelmente.

– Tenho certeza de que ela vai melhorar quando você parar de tagarelar – o cara a repreendeu.

– Ah… beleza – sussurrou Lexi, de repente parecendo penalizada. – Me desculpa, Brookie. Vou ficar quieta agora, prometo.

– Estou bem Lex – murmurei, virando o rosto para o ombro de meu salvador, para proteger os olhos da luz forte do sol. Quando respirei fundo, senti o cheiro de sua colônia ou pós-barba, um cheiro intenso de folhas no outono e maçãs crocantes. Ele tinha o cheiro da minha estação preferida. Ri ao pensar nisso, reconhecendo quase imediatamente que estava delirando e, muito provavelmente, afetada por uma concussão.

De repente, subimos uma escada e passamos por portas de vidro. A recepcionista da enfermaria deu uma olhada para nós antes de chamar uma enfermeira pelo interfone, logo nos direcionando para uma parte da sala com cortinas. Depois de me deitar delicadamente em uma maca, o cara afastou os cabelos de meus olhos e sorriu para mim, e uma covinha apareceu em uma das bochechas.

– Bom, com isso, já cumpri minha cota de gentileza do ano – disse ele. – No mínimo, acho que ter ajudado alguém desatento o suficiente para tropeçar num hidrante de rua vai contar. – Ele semicerrou os olhos quando riu da minha cara.

Grosso.

– Cuidado – alertei, com o dedo na cara dele. – Tirar sarro de alguém ferido faz aumentar o karma ruim.

– Vou ver no que dá. Você sujou minha camiseta preferida de sangue, por falar nisso – disse, fazendo um gesto contrariado para mostrar a mancha de sangue que agora combinava com o símbolo da banda em sua camiseta cinza-escura. – Sei que andar e falar ao mesmo tempo é um desafio para vocês, garotas, mas pelo menos tente se lembrar de desviar dos hidrantes da próxima vez... Sabe aquelas coisas vermelhas e chamativas que ficam nas ruas.... Acha que consegue, lindinha? – Ele riu.

Em um instante, qualquer gratidão que eu havia sentido por aquele desconhecido desapareceu, substituída por raiva e um certo embaraço. Além de ofender minha inteligência, ele havia me igualado, como Lexi diria, a uma sorostituta!

– Ah, sinto muitíssimo. Da próxima vez que estiver com a cabeça sangrando, vou tomar o cuidado de sangrar em outra pessoa! – rebati, com a voz trêmula de raiva.

– Agradeço – disse ele. – Bom, foi divertido, mas preciso ir. Cuidado com os hidrantes, menininha. Da próxima vez posso não estar por perto para te salvar.

Menininha?! Quem aquele cara achava que era?

– Não me lembro de ter pedido sua ajuda! – Arregalei os olhos para ele, com frieza. – Normalmente eu agradeceria, mas agora acho que teria preferido ficar sangrando na rua!

– De nada. – Ele sorriu para mim, mais uma vez exibindo aquela covinha terrivelmente fofa, e se afastou em direção à porta. Quando viu Lexi se aproximando de minha maca acompanhada de uma enfermeira, ele se virou e acrescentou:

– Curta seu tempo com a ruiva. Acho que nunca vi ninguém falar mais rápido do que ela – disse, erguendo uma das sobrancelhas. – Ah, e antes que eu me esqueça, você me deve uma camiseta do Apiphobic Treason cinza-escura. Tamanho G.

Dando uma piscadela, ele se virou, caminhou até a porta de vidro e desapareceu na luz do sol antes que eu pudesse pensar numa boa resposta. Fiquei deitada, em silêncio, abalada, processando lentamente o fato de que ele havia acabado de sair sem deixar nada além do pedido de uma maldita camiseta.

Que idiota!

O choque causado pelo acidente tinha passado fazia vários minutos; em meio à raiva, eu nem sequer tinha notado que a dor na cabeça já havia quase desaparecido. A enfermeira logo concluiu que eu não tinha sofrido uma concussão – só um galo nada atraente na lateral da cabeça e um corte pequeno perto dos cabelos. Com uma eficiência que evidenciava os anos passados suturando universitários descuidados, a enfermeira limpou o sangue do meu rosto, colocou um pequeno curativo sobre o corte e logo me mandou para a aula com uma compressa de gelo para reduzir o inchaço.

Minha luta contra a morte nem sequer me fez chegar atrasada à aula de Justiça Criminal.

Droga.

Em um raro momento de silêncio, Lexi e eu saímos do campus e lentamente refizemos o caminho até o local do acidente. Minha mochila, descartada na correria, estava abandonada na calçada. Quando me abaixei para pegá-la, notei uma coisa preta enrolada embaixo dela. Passando uma das alças da mochila pelo ombro, estiquei o braço e peguei o objeto, percebendo se tratar da jaqueta de couro preta.

Merda.

– A jaqueta de Finn – Lexi explicou. – Ele a colocou embaixo da sua cabeça para servir de apoio depois que você caiu.

– Depois que eu caí? É essa a história que você vai contar?

– Bom, acho que eu posso ter tido um pouquinho de culpa – admitiu, com o rosto corado.

– Um pouquinho? Lexi, você está de brincadeira? Você totalmente... espera. Você disse agora que o cara que me carregou era o Finn? Tipo... o Finn que você decidiu perseguir e por quem quase me matou? – perguntei, em choque.

– Sim – murmurou Lexi, como se estivesse sonhando acordada. – Ele não é um cavalheiro?

– Eu seria capaz de pensar em outros adjetivos. Tipo imbecil, idiota...

– Brooklyn!

– O que foi? Ele foi um otário comigo!

– Ele salvou sua vida! – Ela olhou para mim, indignada, com as mãos bem firmes no quadril, demonstrando intimidação.

– Lexi, eu bati a cabeça. Não estava morrendo, exatamente – expliquei.

– Você é impossível – disse ela. – Só mesmo você poderia ser literalmente erguida do chão pelo cara mais atraente do campus e não se deixar afetar nem um pouco. Olha, às vezes acho que você é um alienígena.

Ela inclinou a cabeça e me observou com os olhos semicerrados, como se analisasse a possibilidade de eu ser, de fato, uma extraterrestre. Só dei de ombros e comecei a caminhar em direção ao campus, sabendo que logo ela me alcançaria.

Lexi nunca tinha compreendido minha interação com os garotos; era pouquíssimo provável que começasse a entender agora. Para mim, não valia a pena se tornar vulnerável em nome da intimidade. Ou pior, dar a um garoto uma parte sua para que ele, inevitavelmente, a destruísse. A maioria dos relacionamentos de Lexi terminava com o "garoto do mês" sumindo logo depois de ter demarcado o território. Mas ainda assim, na cabeça dela, isso era sinônimo de romance.

Lexi acreditava piamente em coisas como almas gêmeas, amor verdadeiros, finais felizes. Eu, não.

Os seres humanos não nasceram para ser criaturas monogâmicas. A maioria das pessoas provavelmente discordaria disso, mas a maioria também não repara nas taxas de divórcio e de traição cada vez mais altas. Para mim, era incompreensível que alguém decidisse se meter em algo que tinha 50% de chance de dar errado.

Pessoalmente, eu preferia seguir minha própria definição:

Casamento *(substantivo): apostar com alguém, valendo metade de suas coisas, que irá amá-lo para sempre.*

No ensino médio, vários garotos me chamavam para sair, e, mais para agradar a Lexi do que por vontade própria, eu saía com eles. Mas, depois de um tempo, todos se davam conta de que eu nunca poderia dar o que eles procuravam. Eu nunca pertenci a eles – nunca vestia suas jaquetas de couro, nunca andava de mãos dadas pelos corredores da escola, nunca decorava os armários deles em dias de jogos –, porque nunca tinha me sentido tentada o suficiente a sequer pensar em me envolver emocionalmente.

Compreendo perfeitamente os benefícios da atração física pura. Sempre me pareceu que o destino, ou a evolução, tinha feito uma piada cruel comigo – eu provavelmente era a única garota do mundo que não queria o compromisso de um garoto, mas todos os caras com quem namorei pareciam esperar que eu me comprometesse com eles.

Eu já tinha tentado explicar isso a Lexi muitas vezes, mas ela não entendia. Para ela, qualquer chance de amor, por menor que fosse, valia a pena ser perseguida. Infelizmente, para mim, a forma de pensar dela espelhava a da maioria das pessoas do ensino médio, e eu logo ganhei o ótimo título de "Megera Fria", dado pela população masculina. Ou pelo menos daqueles que tinham, sem sucesso, tentado me namorar. As meninas da minha sala costumavam me chamar de nomes ainda menos favoráveis, mas eu não estava nem aí para o fato de elas pensarem que eu era uma vaca.

Lexi ainda estava comentando sobre a assustadora falta de gratidão da minha parte em relação a Finn quando nos separamos no prédio de Criminologia. Aparentemente, por ser a única garota no campus que não se derretia diante de Finn, eu era uma aberração da natureza destinada a morrer sozinha com mil gatos. Pelo menos, tenho certeza de que foi isso que Lexi disse enquanto se afastava e caminhava para o estúdio de arte.

Ao entrar na minha primeira aula, notei que ainda segurava a jaqueta de couro de Finn com a mão direita. Sem saber o que fazer com ela, eu a enfiei na mochila. Foi difícil fazer com que coubesse ali; o zíper da mochila quase não fechou por causa do volume. Observando o resultado, suspirei. Sabia que, com aquela mochila abarrotada, estava parecendo uma aluna típica do primeiro ano, fácil de identificar em meio a uma multidão carregando mochilas lotadas de cadernos no início de cada semestre.

Depois de analisar os prós e os contras daquela situação desagradável, logo tirei os livros de dentro da mochila –, e só deixei a jaqueta ali. Muito melhor, pensei, respirando aliviada e me acomodando em uma cadeira no meio da grande sala de aula.

O resto do dia passou sem incidentes. Com a exceção de alguns olhares lançados para o curativo na minha cabeça, não chamei a atenção de ninguém na maior parte do tempo. Conforme o esperado, as aulas foram reiterações chatas do cronograma e uma discussão acerca das expectativas do curso.

As salas de Justiça Criminal e de Sociologia tinham, cada uma, várias centenas de alunos matriculados e eram avaliadas com base na "curva de sino", então eu tiraria nota máxima em tudo. A aula de Oratória já seria outra história – com apenas vinte alunos, a professora deixou claro que se esconder no fundo da sala não seria uma opção. Ela até tinha nos forçado a escrever nossos nomes em folhas de papel dobradas, para deixá-los à mostra sobre a mesa, como se estivéssemos no segundo ano do ensino fundamental. Claro que logo viu o meu e decidiu me torturar na frente da sala. Afinal, o dia estava propício para isso.

– Você se chama Brooklyn? – exclamou ela, com a voz artificialmente interessada. – Que diferente! Tem algum motivo especial?

Aquela pergunta não me era nova – todos os anos e os professores do ensino básico me perguntavam a mesma coisa. Mas pensei que isso não mais aconteceria na faculdade. Também pensei que estivesse livre de professoras melosas, fazendo papel de mãe. Será que aquela mulher boba realmente era qualificada para estar ali?

– Ah, sim, acho que tem. – Dei de ombros, me sentindo desconfortável sob os olhares das pessoas da sala. – Minha mãe me deu o nome Brooklyn porque foi lá que meu pai se conheceram.

Ou melhor: foi lá que ele a largou.

De propósito, dei o menor número de detalhes possível, sabendo que o melhor era desestimulá-la a fazer mais perguntas a respeito dos meus pais. Decepcionada, ela franziu a testa levemente e se virou para fazer perguntas a outra pessoa. Relaxei, olhei para o relógio acima da porta e passei a contar os minutos para o fim da aula.

Voltando para casa naquela noite, John Mayer sussurrava no aparelho de som enquanto eu dançava e cantava pela cozinha, reunindo os ingredientes para o jantar. A porta foi aberta e Lexi entrou, com um copo da Starbucks em cada uma das mãos.

– Um *chai tea latte* desnatado *venti*, como prometi – disse ela, sorrindo ao me entregar o copo quente. – Você me perdoa?

– Está perdoada – respondi, bebericando meu chai, toda feliz.

– O que tem para jantar?

– Que tal se eu fizer lasanha vegetariana?

– Acho perfeito. Como está sua cabeça? – perguntou Lexi, fazendo uma careta.

– Está bem. Tomei um Advil e quase não sinto mais dor.

– Ótimo! Porque nós vamos sair hoje.

– É segunda-feira. Tenho duas aulas amanhã, Lex. Não vou sair.

– Por favooooor – ela resmungou, fazendo cara de cachorro pidão. – Tem uma banda tocando no Styx hoje e parece que são incríveis! Temos que ir.

– Você nem gosta de sair para assistir a shows de bandas, e gosta menos ainda do Styx – comentei, lembrando da reação dela à discoteca escura e lotada na primeira e única vez em que fomos lá. – Então, quem é o cara? – perguntei casualmente, entre um gole e outro no chai.

– Quem é quem? – perguntou ela, bancando a inocente.

– Quem é o cara que convenceu você a ir ao show hoje? – perguntei, desvendando o jogo dela. Soube que estava certa quando vi o rosto da minha amiga ficar quase da mesma cor de seus cabelos.

– Está bem, beleza, você me pegou – ela admitiu, sem me olhar nos olhos. – Tem um cara na minha aula de Literatura Americana. Pode ser que ele tenha dito que estaria lá hoje.

– Mas por que eu preciso ir com você? – perguntei, reclamando.

– Brooklyn Grace Turner! Você sabe que eu não posso ir sozinha! É minha companheira de aventuras. Além disso, não quer que eu volte sozinha para casa, né? – ela implorou, piscando para mim. – Vou ficar te devendo uma!

– Você quase me matou hoje cedo! Já está me devendo, Lex – falei para que se lembrasse.

– Sim, mas você já me perdoou por aquilo! Por favor, venha comigo, Brooke. – Os olhos azul-claros dela estavam praticamente brilhando com lágrimas fingidas.

– Ainda que eu concordasse em ir, e não concordei, temos a questão do enorme hematoma na minha testa.

– O inchaço desapareceu totalmente, e vou fazer mágica com seu cabelo e maquiagem. Ninguém vai sequer notar depois que eu terminar – prometeu.

– Então, tá – respondi, sabendo que eu estava apenas prolongando o inevitável ao recusar. Quando Lexi tomava uma decisão, era quase impossível fazer com que ela mudasse de ideia.

– Isso! Você é a melhor do mundo – disse, envolvendo meu pescoço com os braços. – Você não vai se arrepender, eu juro!

– Eu sei – concordei, sorrindo enquanto um pensamento me ocorria. – Porque você vai pagar todas as rodadas.

CAPÍTULO TRÊS

COISAS BEM PEQUENAS

– Qual é o nome do cara, afinal? – gritei no ouvido de Lexi, tentando me fazer ouvir acima do som do baixo.

A banda ainda não tinha começado a se apresentar, e o Styx pulsava com os sons computadorizados da música eletrônica. A pista de dança estava lotada, e Lexi e eu passamos por elas até chegarmos ao bar. O bartender estava muito ocupado, indo de um lado a outro para entregar as bebidas pedidas.

– O que você disse? – Lexi gritou em resposta, passando a mão nos cabelos, ajustando o decote antes de tentar chamar a atenção do bartender. Quando conseguiu, pediu duas vodca-cranberries e colocou uma nota de dez no balcão.

– Fique com o troco – disse ela, piscando quando ele serviu as bebidas.

Entregando uma delas a mim, ela caminhou em direção à parte da frente da pista de dança, o mais perto que conseguiu do palco. Virou-se quando chegamos ao nosso destino, apontando a bebida para mim, em saudação.

– Saúde, vaca! Ao segundo ano da faculdade – disse ela, e bateu seu copo no meu de um jeito brincalhão.

– E aos documentos de identidade falsos – concordei, rindo. Beberiquei meu café, refrescantemente frio no calor da discoteca, e então olhei para cima quando as luzes do palco começaram a piscar, sinalizando a chegada da banda.

– Finalmente! – gritou Lexi. – A propósito, Tyler é o baterista.

Ah, então aquele era o nome do homem misterioso da aula de Literatura Americana. Isso explicava por que estávamos ridiculamente perto do palco.

Com desconforto, puxei para baixo o curto vestido de renda preto que Lexi me convenceu a usar. Mas tinha que admitir que ela tinha feito maravilhas com meus cabelos e maquiagem. Meus cabelos ondulados e compridos tinham sido lindamente presos ao redor do rosto, com mechas cuidadosamente soltas para emoldurá-lo. Quanto ao hematoma, Lexi havia cumprido sua palavra e fez com que ele desaparecesse sob camadas de base e bronzer caros. As olheiras escuras, vestígios permanentes de minhas noites insones, só poderiam ser encontradas por quem observasse com muito cuidado.

As luzes do palco se acenderam de repente, iluminando a plataforma e me cegando temporariamente. Quando minha visão ficou mais clara, vi quatro homens contornados pela luz do fundo do palco. Lentamente, as luzes se acenderam, revelando os membros da banda.

Meus olhos percorreram o corpo do vocalista com aprovação – a começar pelos coturnos pretos quase à minha frente, passando pela calça jeans preta e justa e finalmente parando no peito bem esculpido que preenchia uma camiseta sem estampa, também preta, de gola V. Uma tatuagem elegante dava a volta em um de seus bíceps e desaparecia por baixo da camisa – um tribal em espiral de desenho intraduzível que no mesmo instante chamou minha atenção e me fez fantasiar que passava os dedos pelo labirinto de tinta.

– Ah, ele é demais – ouvi Lexi murmurar ao meu lado. Aparentemente, eu não era a única admirando a banda, e minha observação minuciosa nem sequer tinha chegado ao rosto dele ainda. Pensando nisso, parei de observar os músculos do ombro do vocalista e subi o olhar.

Parei de respirar.

Sim, com certeza era um rosto atraente – mais do que apenas atraente, para ser sincera comigo mesma. Ele era lindo, com olhos escuros, uma mandíbula delineada e um esboço de sorriso maliciosamente sensual; na mesma boca que havia me insultado menos de 24 horas antes.

Porque eu estava olhando para Finn. E Finn olhava diretamente para mim.

No começo, ele pareceu muito surpreso, mas um ar de diversão e satisfação contida tomou seu rosto quando ele me reconheceu e percebeu meu desconforto evidente. O imbecil obviamente havia me flagrado despindo seu corpo lentamente com os olhos, e adorou isso.

Merda.

Tenho certeza de que ele registrou minha cara de choque e confusão antes de eu conseguir desviar o olhar, virando-me para Lexi. Ela parecia tão atraída quanto eu me sentia.

– Juro que não fazia ideia de que ele era da banda, Brooklyn! Se soubesse, nunca teria feito você vir. – Eu havia contado a Lexi, mais cedo, enquanto ela fazia minha maquiagem, todos os comentários machistas que Finn tinha feito e que me fizeram concluir que ele era um imbecil arrogante que não merecia um segundo do meu tempo.

– Talvez ele não perceba que somos nós – menti inutilmente, sabendo que ele tinha me visto logo de cara.

Finn começou a falar ao microfone, chamando minha atenção de volta ao palco.

– Oi, pessoal. Bem-vindos ao Styx. Somos o Apiphobic Treason, e estamos aqui para animar a segunda-feira de vocês. Façam barulho, galera!

A multidão vociferou em resposta.

– EU MANDEI FAZER BARULHO, PORRA!

Os gritos que surgiram foram ainda mais altos do que antes. A presença dele por si só parecia fazer com que a maioria das meninas da plateia entrasse no cio; elas se acotovelavam para se aproximar do palco, mostrando o decote, gritando o nome de Finn como se ele fosse o Tom Cruise ou alguém assim. E não digo isso por achar o Tom Cruise sensual, mas sim por ele ser um fanático religioso maluco, e aquelas garotas agiam como uma multidão de seguidoras fiéis de seitas como a Cientologia.

Revirei os olhos para o evidente e ridículo desespero para chamar a atenção que elas demonstravam.

– Antes de começarmos a tocar, quero dar uma informação passada por nossa adorada faculdade – disse ele ao microfone, com sarcasmo. Então, olhando para baixo, diretamente para mim, continuou: – Parece que os hidrantes estão aprontando com as pessoas hoje, então cuidado por onde pisarem quando voltarem para casa depois do show.

A plateia riu como se aquilo fosse a coisa mais engraçada que já tinham escutado. Não sei bem por que fizeram isso, já que a piada não fazia sentido a mais ninguém ali, exceto para Lexi e eu. Metade das pessoas provavelmente estava bêbada demais para notar, e a outra metade, sem dúvida, estava ocupada demais imaginando Finn nu para compreender o que tinha dito.

Enquanto Finn ria da própria piada ao microfone, fiquei olhando para a cara dele, que respondeu com uma piscadinha para mim e então se virou para a plateia e começou a apresentação cheia de energia.

– Bom – disse Lexi, surpresa –, com certeza ele nos viu.

– Merda.

– Quer ir embora?

Sim, eu queria ir embora desesperadamente. Não tinha vontade nenhuma de ficar ali e ser ridicularizada pela segunda vez no dia por um imbecil com o ego enorme. Mas tinha certeza de que era exatamente o que ele esperava que eu fizesse – que saísse correndo para voltar para casa, envergonhada demais com os comentários dele para permanecer no Styx.

Decidi que não daria a ele a satisfação de estar certo, e com certeza absoluta não permitiria que me fizesse ir embora. Além disso, se eu fosse para casa, a noite de Lexi também seria arruinada. Eu simplesmente não olharia mais para ele, concluí. E ficaria tudo bem.

– Não, ele que se dane, vamos ficar. Talvez só não tão perto do palco – respondi, endireitando os ombros e rapidamente virando toda a bebida do copo. – E com certeza vou precisar de mais uma rodada.

– Isso pode ser resolvido – disse Lexi, pegando minha mão e me puxando na direção do bar.

Conseguimos sair da multidão, que agora cantava junto com a voz de Finn. Para a minha surpresa, ele fez um cover maravilhoso de uma das minhas músicas preferidas de Dave Matthews. Sua voz rouca complementava a letra perfeitamente.

– Tyler está tão lindo ali no fundo, atrás da bateria. Não é nada ruim ver um homem que sabe usar as mãos daquele jeito. – Lexi suspirou em adoração quando chegamos ao bar, inclinando o corpo para olhar para o palco. – Baita destreza.

– Hoje cedo você estava perdidamente apaixonada pelo Finn – lembrei minha amiga, pedindo mais uma rodada.

– Argh, os vocalistas têm um ego grande demais. Só querem falar de si mesmos o tempo todo. Quem faz isso? – perguntou ela.

– Ah, consigo pensar em algumas pessoas – respondi, rindo e erguendo uma sobrancelha para ela.

– Cala a boca! Eu não falo de mim mesma o tempo todo. E não é só isso. Hoje cedo ele foi mais do que grosseiro comigo. Arrancou o telefone da minha mão!

Continuei rindo e me virei para pegar nossas bebidas com o bartender, entregando uma nota de dez para ele, mas olhei em sua direção, sem entender, quando vi que não a pegou de minha mão.

– Essas são por conta da casa – disse o bartender, sorrindo para mim.

– Ah, obrigada – respondi, surpresa com o gesto. Peguei as bebidas e entreguei uma delas a Lexi. – Não precisava fazer isso.

– Eu sei, mas eu quis fazer. Meu nome é Tim, a propósito. – Ele estendeu a mão para me cumprimentar. Era bonito o suficiente para me distrair de minha vida por umas horinhas. Talvez eu deixasse ele me levar para casa quando o bar fechasse.

– Brooklyn – respondi, pegando a mão dele.

– Como a cidade?

– Não, na verdade, o nome da cidade foi inspirado em mim – respondi, brincando, revirando os olhos.

– Espera – disse ele, claramente confuso. – Sério? Tipo... é um nome de família ou coisa assim?

– Obrigada pela bebida, Tim – falei, tirando a mão da dele e tentando, desesperadamente, não rir.

Os risos acabaram vindo enquanto eu me afastava do bar, acompanhada de Lexi. Ela interrompeu a adoração a Tyler por tempo suficiente para olhar para mim.

– Qual é a graça? E por que você não está ali paquerando o bartender? Ele era bonitinho e você teria conseguido bebida de graça a noite toda.

– Ele é burro como uma porta, Lex.

– Seus critérios são altos demais – ela reclamou.

– Lexi, ele achou que eu estava falando sério quando disse que um bairro histórico e famoso da cidade de Nova York recebeu o nome que tem por minha causa, e não o contrário.

– Certo, talvez ele não seja o cara mais esperto daqui, mas você não está a fim de um relacionamento sério, de qualquer forma – disse ela, totalmente ciente de minhas políticas em relação a namoro.

– Verdade, mas gosto de caras que tenham pelo menos um vocabulário e nível de leitura superiores aos de alguém do quarto ano do ensino fundamental, se for para passar um tempo com eles.

– Esse critério é bom – disse Lexi, rindo.

Nesse momento, já tínhamos ido para a pista de dança, que ficava a uma boa distância do palco, mas ainda assim era perto o suficiente para Lexi poder admirar o Tyler. O repertório era intenso e animado, uma mistura de covers de canções populares e outas desconhecidas, que eu acreditava serem de autoria da banda. Em pouco tempo, o álcool fez efeito e começamos a dançar loucamente com o resto da multidão, repetindo as letras com Finn enquanto ele cantava ao microfone.

– *Craaaash into me* – ele cantou.

– *Craaaash into me* – respondeu a plateia.

Olhei para o palco pela primeira vez desde que havia começado a dançar, e imediatamente senti o olhar de Finn em mim. Nossos olhares se cruzaram em meio ao mar de gente e eu perdi o fôlego.

Ele era atraente e sabia disso. Pior, havia um quê de frieza nele que me dizia que usava o rosto como arma, fazendo o mundo se dobrar a seus desejos, uma universitária por vez. Olhar para Finn quase doía, era como olhar diretamente para um eclipse solar – algo que eu sabia que não deveria observar, que poderia me prejudicar a longo prazo, mas que era tão lindo que eu não conseguia desviar os olhos. Naquele momento, era como se ele estivesse cantando só para mim: todo mundo desapareceu quando fui envolvida por seus olhos, pela letra da música e pela voz rouca que a cantava.

Caramba, ele era bom. Não era à toa que as meninas da faculdade ficavam malucas.

– Brooklyn! Olá! Volte à Terra, garota. – Lexi riu, me tirando de meus devaneios.

– Desculpa – falei, forçando um sorriso. – Devo estar mais bêbada do que pensei.

– Bom, isso quer dizer que está na hora de mais uma rodada! – exclamou Lexi, partindo em direção ao bar antes que eu pudesse discordar.

A canção terminou quando chegamos ao bar. Em meio aos gritos de aprovação da multidão, ouvi Finn anunciar que a banda faria um rápido intervalo. Tim notou que tínhamos voltado e imediatamente se aproximou, sorrindo e ignorando as outras meninas que estavam tentando fazer pedidos.

– Voltou? – perguntou ele, sorrindo como se eu tivesse voltado só para vê-lo, e não para pegar mais um drinque. Ah, sim, Tim, minha decisão de voltar se baseou apenas na necessidade incontrolável que senti de te ver de novo. O monte de garrafas de álcool enfileiradas nas prateleiras atrás de você não teve absolutamente nada a ver com isso.

– Precisamos de mais uma rodada – falei, entrando na brincadeira e abrindo um sorriso. – Duas doses de tequila, por favor, com sal e limão.

– É pra já, bebê.

Bebê? Sério? Havia poucas coisas que eu odiava mais do que esses apelidinhos melosos. Revirei os olhos mentalmente e me virei para olhar para Lexi.

– Como está meu cabelo? Com muito frizz? – sussurrou ela.

– Está perfeito, como sempre – falei, observando seus cabelos ruivos. – Por que está perguntando?

– Porque o Tyler está vindo na nossa direção. Não olha, idiota! – Lexi me repreendeu, dando um tapa em meu braço quando espiei por cima do ombro dela, na direção de onde vinha o baterista.

– Nossa! Calma, Lex – falei, esfregando o braço. – Não precisava me bater com tanta força!

Lexi me ignorou, jogou a cabeça para trás e riu histericamente em uma tentativa de chamar a atenção de Tyler. Sua risada alta, mas forçada, conseguiu atrair o olhar dele, que logo se aproximou.

– Lexi, você veio – disse ele, sorrindo, claramente feliz por vê-la.

– Ah, sim, a Brooklyn queria sair, então eu disse que viria. – Ela deu de ombros, me expondo em sua tentativa de parecer desencanada. Tyler olhou para mim.

– Você é a Brooklyn, pelo visto. – ele disse.

– A própria – respondi. – E você é?

Como se a Lexi não tivesse dado toda a sua ficha nas últimas cinco horas, pensei.

– Tyler – disse ele. – Toco na banda. Bateria.

Tim finalmente tinha voltado com os limões e o saleiro, me salvando de modo que não precisei ficar trocando amenidades. Ele serviu quatro doses em vez das duas.

– Encara ou larga, meninas – Ele sorriu e nos desafiou.

– Tim, a gente só queria uma rodada – falei, irritada por ele a) estar tentando nos embebedar ou b) ser incapaz de entender um pedido simples.

– Ah, vamos – disse ele. – Não seja fresquinha.

Ah, não. Ele não pode ter me chamado de fresquinha.

Peguei a primeira dose, virei tudo na boca e em seguida espremi um dos pedaços de limão. Coloquei o copo virado para baixo sobre o balcão e peguei a outra dose, totalmente preparada para jogá-la na cara ousada de Tim. Eu já tinha aguentado mais do que o suficiente das besteiras dele naquela noite.

Ao tocar o copo, uma mão passou por cima do meu ombro e o tirou de mim. Observei, abismada, essa mão passar a tequila por mim e tirá-la de vista. Confusa e meio irritada por meus planos terem sido destruídos, eu me virei para confrontar o ladrão de tequila.

Ah, que ótimo. A noite só melhora.

Observei, de olhos arregalados, enquanto Finn virava minha tequila. Ele fez uma careta e se inclinou para a frente para pegar um pedaço de limão do bar, invadindo totalmente meu espaço. Seu peito roçou no meu quando ele colocou o copo vazio e o limão em cima do balcão de novo.

– Olha, com certeza não é tequila Patrón – ele reclamou, ainda perto demais para o meu gosto.

– Essa dose era minha! – falei, chocada com a audácia.

– Tem mais duas ali, pelo que estou vendo – ele observou, indiferente.

– São da Lexi! E não é bem disso que estou falando.

– Não me parece que a Lexi esteja interessada nelas. Na verdade, ela está um pouco ocupada no momento. – Ele virou a cabeça para o lado, na direção de Lexi e Tyler, que estavam se agarrando a alguns metros dali.

– Meu Deus, que rápido – murmurei.

Finn riu e senti um tremor em seu peito, que ainda estava pressionado contra o meu. Apoiando as duas mãos em sua barriga, eu o empurrei com força, tentando afastá-lo de mim. Ele não se mexeu, nem mesmo quando apliquei uma força considerável.

– Sai pra lá – falei, irritada com a minha incapacidade de afastá-lo. – Isso não tem graça.

– Beleza, beleza. – Ele riu, levantando as duas mãos em um gesto de rendição, e deu um passo para trás. – Não tenho culpa se você é uma tampinha.

– *Tampinha?* Mas o que é isso, o primeiro ano do ensino fundamental? – Revirando os olhos, eu me virei para o bar e peguei outra dose de tequila.

– Você é sempre tão simpática ou eu sou um caso especial? – perguntou ele, com sarcasmo.

– Digamos que idiotas com o ego enorme sempre trazem à tona o melhor de mim.

– Nossa! Essa doeu – disse Finn, aproximando-se de mim no bar para pegar a outra dose. – Olha, eu só sou um idiota porque tenho reprimido minha profunda dor emocional. Quer ir à minha casa para eu poder te contar sobre isso depois do show? Posso me abrir com você, chorar em seu ombro e então, depois, você pode me consolar. De preferência, sem roupa.

– Essas merdas que você diz costumam funcionar com as garotas? –perguntei, verdadeiramente curiosa. – Elas se deixam levar pela história do imbecil emocionalmente prejudicado?

– Normalmente, sim – disse ele, rindo, sem a menor vergonha de seus métodos. – Minha boa aparência e o charme infinito também ajudam.

– Charme? – Dei risada. – HA!

– Na verdade, sou muito charmoso – disse ele. – Na maior parte do tempo.

– Então, sou só... como você disse? Um caso especial? – Ri, me preparando para tomar a bebida de uma vez.

– Espera, você não quer um pouco de sal? Deixo você lamber da minha mão e tal...

– Não, valeu. Não sei por onde essas mãos andaram. – Fiz uma careta, jogando a cabeça para trás e deixando a tequila descer queimando em minha garganta. Um calor lento começava a se espalhar por meu corpo, partindo do estômago e tomando cada membro.

Finn começou a rir do meu comentário.

– Você é engraçada – disse ele, ainda rindo. – Sabe se impor. Acho que seremos ótimos amigos.

– Amigos? Eu nem gosto de você.

– Gosta, sim – disse ele, bebendo a tequila. – Todo mundo gosta de mim.

– Não consigo imaginar um motivo para isso.

– É petulância demais dentro de uma embalagem tão pequena – disse ele, rindo e olhando para baixo, para mim.

– Por falar em coisas bem pequenas – falei, olhando na direção do cinto dele, sugestivamente. – Você não tem que terminar o show?

Ignorando minha insinuação, Finn se inclinou para a frente mais uma vez, invadindo meu espaço. Imediatamente me afastei, até sentir as costas roçando contra o bar. Ele percorreu meu corpo com o olhar, e em seguida voltou a fixar os olhos nos meus. Estendendo o braço para tocar minha têmpora, passou um dedo com delicadeza sobre o hematoma agora escondido.

– Brooklyn – sussurrou ele, com o rosto a centímetros do meu.

– O que foi? – Ele estava muito perto, não dava espaço para que eu me afastasse.

– Você ainda me deve aquela camiseta – disse ele, com um sorrisão, adotando uma postura brincalhona em menos de um segundo.

– Você quer que eu te dê uma camiseta da sua própria banda? Pode conseguir outra quando quiser! De jeito nenhum vou pagar por ela – resmunguei. – E você acabou de beber duas das minhas doses. Estamos quites.

– Você nem pagou pelas doses – disse ele. – Então, teoricamente...

– Ah, cala a boca.

Ele riu, dando as costas para mim e aproximando-se de Lexi e Tyler, ainda agarrados.

– Ei, Ty! Temos que terminar o show, cara – disse ele. – Acabou o intervalo.

Tyler se afastou de Lexi, lançou um olhar demorado na direção de Finn e, fim, se virou para sussurrar algo no ouvido dela. independentemente do que tenha sido, fez com que ela abrisse um sorriso enorme. Ela deu mais um beijo demorado no baterista antes de ele se afastar.

– Ah! Brooklyn – disse Finn para mim enquanto seguia Tyler ao palco, ignorando as garotas desesperadas reunidas ao redor dele. – Por que não compra uma camiseta do Apiphobic Treason para usar amanhã o dia todo, para comemorar nossa nova amizade? Se fizer isso, ficaremos quites.

Mostrei o dedo do meio para ele em resposta. Ele riu – como sempre, não se deixou afetar pelo meu desdém – e balançou a cabeça enquanto se afastava.

Lexi se aproximou, ainda meio corada depois dos amassos.

– Bom, vocês dois pareceram... se dar bem – falei, rindo.

– Minha nossa – sussurrou Lexi, abrindo um sorriso bobo. – Acho que estou apaixonada.

– Lexi, você conhece o cara há menos de 24 horas – comentei.

– O tempo não importou para Romeu e Julieta. – Ela suspirou, sonhadora. – Eles se conheciam havia poucos dias.

– Pois é, e veja no que deu: os dois acabaram morrendo. Aprendemos alguma coisa com a história? – perguntei, incrédula.

– Você é muito cínica, Brooke – disse ela. – Um dia, alguém vai derrubar todos essas paredes com as quais você se cercou e vai conseguir entrar em seu coração. Só então você vai entender.

Decidi ignorar o comentário. Estava claro que agora Lexi era uma guru do amor. Naquele momento, os membros da banda tinham se reunido de novo no palco e estavam se preparando para terminar o show. Agradeci pela distração, feliz pelo intervalo no que certamente seria uma noite de adoração sem fim e apaixonada a Tyler.

– Podemos ir para casa agora? – perguntei.

– O quê? Não! Temos que ficar para o final do show, Brooke. Além disso, Tyler disse que me encontraria depois da apresentação.

Eu estava cansada demais para discutir com ela. A falta de sono da noite anterior finalmente estava cobrando seu preço, assim como aquelas duas últimas doses. Peguei a mão de Lexi e a levei de volta à pista de dança, passando por vários casais embriagados que, sem o menor pudor, se agarravam encostados nas paredes da balada.

Quando conseguimos ir para o meio da multidão, Lexi e eu começamos a dançar. Poucos minutos depois, dois garotos loiros comuns se aproximaram. O meu – seu nome era Jason ou James, foi difícil ouvir com a música tocando – passou um braço pela minha cintura e puxou meu corpo contra o dele, unindo seu quadril ao meu. Ele era bem bonitinho, mas eu não estava a fim de ser agarrada na pista de dança.

Olhei para Lexi, arregalando os olhos, pedindo que interviesse. Ela demonstrou compreender com o olhar, afastou-se do cara que estava perto dela, pegou minha mão e me tirou das garras de Jason-James. Levando-me depressa em direção ao palco, ela deu uma piscadinha e um aceno de despedida para os caras.

– Obrigada – falei quando já estávamos livres deles e em segurança.

– Não me agradeça, é uma das atribuições da companheira de baladas – disse ela, passando um braço ao redor de mim. – Que bom que viemos hoje.

– Fico feliz por você estar se divertindo.

– Você não está? Sobre o que você e o Finn estavam conversando no bar?

– Hum, na maior parte do tempo, trocamos insultos. Estou surpresa por você ter interrompido os beijos o suficiente para poder respirar e notar o que eu estava fazendo.

– Engraçadinha – disse Lexi.

O restante do show voou. Eu estava sentindo os efeitos da tequila, e tudo estava meio borrado. Quando me dei conta, Lexi estava puxando meu braço, passando uma mão à frente do meu rosto para chamar minha atenção.

– Brooklyn! Você está muito bêbada? – Ela olhou para mim com seriedade, com as mãos firmes no quadril. – Vamos embora agora, o show terminou. Vamos.

Fui atrás dela, segurando sua mão sem muita firmeza, e fomos levadas com a multidão enquanto todos saíam para a rua.

– Vamos, bebum – disse Lexi enquanto seguíamos para a saída, dobrávamos uma esquina e descíamos uma rua mal iluminada com prédios dos dois lados.

Alguns metros mais à frente, uma porta lateral se abriu de frente para uma passagem estreita. Tyler e os outros membros da banda estavam rindo quando saíram, carregando instrumentos e equipamentos de som para dentro da van que esperava por eles.

– Tyler! – Lexi gritou, anunciando nossa chegada.

Ele terminou de colocar as peças da bateria na parte de trás e se virou para nos receber, pegando Lexi no colo e rodando com ela como uma criança.

– Gostou do resto do show? – perguntou ele, colocando-a de novo no chão.

– Vocês mandaram bem! – exclamou ela.

Comecei a me distrair, encostada na parede fria de tijolos aparentes, fechando os olhos. Não havia nada que eu quisesse mais do que ir para a cama e dormir, mesmo que fosse por algumas breves horas. Bêbada e exausta, minhas pernas estavam quase tão pesadas quanto minhas pálpebras, que tinham começado a se fechar sozinhas.

– Você está péssima – disse alguém. Abrindo um dos olhos, enxerguei Finn parado bem na minha frente, dando um sorrisinho.

– Obrigada – resmunguei. – Foi o *look* que eu escolhi para hoje.

– Quero dizer que você parece exausta. E possivelmente bêbada.

Deixei meus olhos se fecharem de novo, tentando esquecer que ele estava ali. A tequila retumbava em minhas veias e eu apoiei as mãos espalmadas na parede para me firmar.

– Não finja que me conhece – murmurei, de um jeito meio arrastado.

– Precisa de carona para casa? Acho que a Lexi não vai embora tão cedo.

Abri os olhos, surpresa, e olhei no rosto dele. Eu estava esperando encontrar o idiota de novo; não sabia muito bem o que fazer com uma oferta do Finn cavalheiro. Olhei para a van, agora totalmente tomada pelo equipamento da banda.

– Onde vou me sentar? No teto? – perguntei, irritada. – Além disso, você andou bebendo. Posso estar bêbada, mas não sou burra o bastante para entrar em um carro com você ao volante.

– Relaxa, não vou dirigir. É a van do Scott – disse ele, apontando o baixista, que estava encostado na porta do lado do motorista. – Vem, vamos avisar a Lexi que você vai embora.

– Eu nem te conheço!

– Não sou um *serial killer,* Brooklyn. Eu prometo – ele disse, cruzando os dedos na frente da boca, e rindo da brincadeira.

Finn se aproximou de Tyler e Lexi, que estavam sentados no para-choque do veículo, se beijando sem parar e olhando profundamente nos olhos um do outro.

Ah, o tesão verdadeiro, pensei, com sarcasmo.

Finn riu, olhando para mim.

Merda, será que falei em voz alta?

– Você não curte demonstrações públicas de afeto, pelo visto – disse ele.

Não curto muito o afeto, de modo geral, pensei, mas dessa vez consegui manter minhas divagações de bêbada dentro da mente.

Só dei de ombros e passei por ele, me aproximando de Lexi.

– Lex – falei, tentando fazer com que ela parasse de olhar para Tyler. – Quero ir embora. Estou exausta.

– Está bem – murmurou ela, sem se dar ao trabalho de olhar para mim. – Vou para a casa do Ty.

– Tá bom – rebati. – Não importa. Você está querendo mesmo ser a amiga do ano, não é, Lexi? – Minha voz estava carregada de sarcasmo.

Finalmente, ela parou de olhar para Tyler, assustada com meu tom irritado.

– O que é, Brooklyn? Não seja uma vaca comigo só porque está bêbada e brava. Vá para casa – disse ela.

– Está brincando, Lexi? Eu sou a vaca da história?

Fiquei abismada. Como ela era capaz de dizer que era minha amiga? Estava me largando para ficar com um cara qualquer, depois de me forçar a sair contra a minha vontade. Abri a boca para dar uma bela resposta, mas uma mão grande cobriu meus lábios, conseguindo me silenciar. Finn lentamente me levou em direção ao banco do passageiro, na frente, e só afastou a mão quando parei de tentar me livrar dele e de morder seus dedos.

– Que merda é essa, Finn? – perguntei, arregalando os olhos para ele. – Quem você pensa que é?

– Sou o cara que acabou de salvar sua boca bêbada de dizer algo que nunca conseguiria fazer com que fosse esquecido. Ela é sua melhor amiga, Brooklyn – disse ele, como se eu precisasse do lembrete. – Sim, ela está sendo egoísta agora, mas todo mundo é egoísta de vez em quando, então deixa quieto. Você tem carona para casa, não está sozinha.

– Beleza. – Suspirei, ainda puta da vida, mas nem um pouco a fim de brigar com mais alguém naquela noite. – Só quero ir para casa. – Eu não me sentia exatamente confortável indo com ele, mas era minha única opção graças ao fato de Lexi ter me abandonado.

– Então, vamos te levar para casa – disse ele, acomodando-se no banco do passageiro. Scott já estava preparado ao volante, tamborilando uma batida com os dedos no painel enquanto esperava para partir.

– Vamos – disse Finn, abaixando-se para segurar meus braços e me puxando para dentro da van, aparentemente com pouco esforço. Antes que eu pudesse reclamar, fui acomodada no colo dele, e saímos dali. Dei uma olhada no retrovisor enquanto nos afastávamos; Lexi e Tyler estavam caminhando em direção a um sedan azul todo batido, parando para dar uns amassos no meio do caminho.

Resmunguei ao ver a cena, bêbada demais para me preocupar em agir com delicadeza, e ouvi Finn rir da minha reação. Eu estava sentada nos joelhos dele, com as costas eretas devido à tensão. Ele acariciou a região sensível na parte interna de meus cotovelos, e com delicadeza me puxou para trás para que eu me deitasse em seu peito.

– Pode relaxar – sussurrou ele em meu ouvido. – Não mordo, a menos que você curta esse tipo de coisa.

Dei uma cotovelada nas costelas de Finn, rindo baixinho. Com relutância, eu relaxei e me apoiei nele, deixando a cabeça apoiada em seu ombro. Eu tinha que admitir que o colo dele era confortável. E quente.

– Como você chegou ao Styx hoje? É meio longe do campus – disse ele.

– Viemos de ônibus – expliquei, sonolenta, com os olhos fechando conforme os músculos relaxavam, livrando-se da tensão de um dia todo.

A tequila, o cansaço e o calor que o corpo de Finn emanava uniram forças e me levaram a dormir.

– Ei, Brooklyn, acorde – sussurrou Finn, e eu recobrei a consciência, assustada. – Chegamos na sua casa.

Meio grogue, ergui a cabeça do ombro dele e olhei pela janela do passageiro. Como era de se esperar, estávamos parados na frente da casa vitoriana amarela.

Os braços de Finn estavam em cima da minha barriga, me segurando contra seu peito. Enquanto eu estava adormecida, me acomodei ainda mais contra o corpo dele – o que me deixou em uma situação extremamente embaraçosa agora que estava desperta.

– Ah, tá – murmurei, certa de que meu rosto estava vermelho. Torci para que Finn não conseguisse ver na escuridão da van. Escapando, sem jeito, dos braços dele, eu me virei para Scott.

– Obrigada pela carona, valeu mesmo.

Ele meneou a cabeça em resposta.

Abri a porta do passageiro e saí do colo de Finn o mais rápido que consegui. Para minha surpresa, ele desceu comigo.

– O que está fazendo? – perguntei, nervosa. – Não pode entrar.

Finn me ignorou, e voltou-se para Scott.

– Me dê cinco minutos, cara, eu já volto – disse ele, fechando a porta do passageiro. Ele olhou para mim, franzindo o cenho. – Vou com você até a porta, sua boba. Prometi que te levaria para casa, e não vou te largar na calçada vestida assim e bêbada como está.

– Estou bem! E o que você quer dizer com "vestida assim"?! – perguntei, fazendo um gesto para meu vestido.

– Não importa – murmurou ele, irritado. – Vamos. – Finn segurou meu braço e me levou até a escada lateral.

– Está com a sua chave? – perguntou ele, em dúvida.

– Sim, claro – falei, virando de costas para ele para poder pegar a chave de casa do esconderijo dela, dentro de meu sutiã.

– Que elegante – disse ele, brincando.

– Mais fácil do que levar a bolsa – respondi, dando de ombros, e começando a subir a passagem estreita.

Eu percebi que ele estava me seguindo, rindo baixinho enquanto subíamos. Ao chegarmos à varanda, eu destranquei a porta e me virei para olhar para Finn.

– Obrigada por me trazer para casa em segurança – agradeci, com sinceridade, meio surpresa por estar sendo grata a um idiota... ou talvez, no fim das contas, ele não fosse tão idiota assim.

– Não foi nada – disse ele, sorrindo, como se conseguisse ler meus pensamentos.

– Isso não quer dizer que eu gosto de você – disse. – E não somos amigos.

– Ah, somos, sim. – Finn riu. – Até mais.

– Não acho – discordei.

– Pode pensar o que quiser – disse ele, como se soubesse de algo que eu não sabia. – Boa noite, Brooklyn.

– Boa noite – repeti, fechando a porta e me direcionando, finalmente, para o calor confortável da minha cama.

CAPÍTULO QUATRO

GRANDES EXPECTATIVAS

As lágrimas desceram lentamente pelo meu rosto, pingando na camiseta cor-de-rosa com a estampada da Hello Kitty, deixando marcas escuras no tecido. Observei do banco de trás enquanto o homem virava o volante para um lado e para outro, e bati a cabeça com força na janela quando o carro dobrou uma esquina. Choraminguei baixinho, mas ele não me ouviu.

Tentei não pensar no estacionamento. Na mamãe. Mas eu estava com medo, não queria mais ficar ali atrás. Para onde estávamos indo? E por que tão rápido? Estremeci e fechei os olhos com força, rezando baixinho para que tudo aquilo fosse apenas um sonho. Só um pesadelo. Mamãe vai chegar e me acordar a qualquer momento.

Ouvi o som das sirenes atrás de nós e o homem malvado soltou um palavrão. Eu soube que era um palavrão porque a mamãe só dizia aquilo quando estava muito brava ou quando alguma coisa se quebrava, e depois ela sempre me fazia prometer que não repetiria o que ela disse.

– Porra! Inferno! – O homem estava muito bravo, e talvez também estivesse assustado. Suava e o carro ia cada vez mais rápido, mais e mais rápido.

As sirenes se aproximavam cada vez mais.

De repente, o homem começou a girar o volante sem parar, fazendo com que começássemos a ziguezaguear no trânsito. Ouvi as buzinas de outros carros e vi a luz vermelha de um farol passar por cima de nós quando avançamos sem esperar.

Ele estava indo muito rápido. A mamãe nunca dirigia tão rápido assim.

Ele ia me machucar, assim como a havia machucado. Eu me lembrei do estacionamento, de ver a mamãe cair no chão como se fosse uma boneca de pano. Ela não ia se levantar; nunca mais se levantaria.

Cerrei as mãos em punhos. Aquele homem malvado tinha machucado a mamãe.

Eu ia machucá-lo também.

Sem pensar de novo, joguei meu corpo pequeno para fora da cadeirinha do carro e usei toda a força que tinha para bater no rosto dele.

Ele ficou surpreso, pois pensou que estivesse sozinho. Quando acertei a têmpora do sujeito, ele gritou e soltou o volante. O carro se sacudiu e eu bati as costas no assento, segurando com força as faixas do cinto de segurança.

Alguma coisa bem grande bateu na frente da nossa caminhonete, e então começamos a rodar, rodar sem parar. O homem não estava mais com as mãos no volante. Os braços cobriam seu rosto enquanto os vidros da janela se quebravam e os cacos voavam ao nosso redor. Bati a cabeça com força contra a janela de novo, e dessa vez não consegui controlar o grito de dor.

Quando paramos de rodar, abri os olhos. O homem estava sangrando e coberto de cacos de vidro, mas estava vivo; também estava olhando para mim, com o rosto tomado pelo choque e pelo susto.

Minha cabeça doía. Levantei a mão para tocá-la e solucei. Quando afastei a mão, vi que estava coberta de sangue. Como o sangue da mamãe no estacionamento.

Não, não pense nisso. Não pense na mamãe.

As sirenes estavam nos cercando. Minha cabeça doía e eu queria ir para casa. Queria minha mãe. O homem bateu alguns cacos de vidro da jaqueta antes de se inclinar sobre o assento do passageiro. Ele disse mais um palavrão, e então encontrou aquilo que estava procurando: uma arma. A arma que tinha usado na mamãe.

Segurando-a com uma das mãos, ele se virou para olhar para mim.

– Venha aqui – disse ele –, você vai me ajudar a sair dessa confusão, entendeu, menina? Se me ajudar, não vou te machucar... entendeu?

Assenti e soltei as mãos trêmulas das faixas do cinto. Tentei abrir a porta, mas estava emperrada, e, antes que eu pudesse engatinhar para o outro lado, o homem avançou e me agarrou.

Ele me puxou para que eu me sentasse no banco do passageiro, ao lado dele. Gritei quando um pedaço enorme e afiado de vidro raspou meu ombro, deixando um corte do qual saiu um monte de sangue.

– Cala a boca! – ele resmungou. Seu rosto sangrava e ele segurava meu braço com tanta força que eu sabia que deixaria um hematoma ali.

Choraminguei.

– Mandei você calar a boca! Eu não estaria nessa situação se não fosse por você, sua merdinha. Eu estava livre, eles não me pegariam. Você estragou tudo. Você me fez bater. – Ele me chacoalhou e meus dentes bateram uns nos outros com força. Mas não ousei choramingar dessa vez.

Ele abriu a porta lentamente, me mantendo à frente dele como um escudo.

– Estou com uma criança aqui – gritou ele para os policiais que o esperavam. – Afastem-se, porra!

Lentamente, ele saiu do carro, mantendo o braço à frente do meu corpo, com força. Meus pés balançavam no ar, incapazes de alcançar o chão. Senti algo frio e metálico pressionando minha têmpora.

Quando saímos do carro, vi que havia pelo menos dez carros de polícia estacionados, formando um círculo ao nosso redor, com as luzes acesas. A parte da frente da caminhonete da mamãe estava amassada porque tínhamos batido na grade de proteção da estrada.

Estava ficando mais difícil respirar; o braço dele envolvia meu peito com força. Meus pulmões ardiam, meus cabelos estavam molhados por causa do sangue, e minha camiseta cor-de-rosa estava manchada de vermelho por causa do corte.

Eu ouvi os policiais gritando com o homem malvado e ele gritava em resposta, mas eu não conseguia me concentrar nas palavras. Aos poucos, tudo ficou preto, quando minha visão se apagou e eu caí na escuridão.

O grito escapou da minha garganta e eu me sentei na cama, puxando o ar e sentindo um arrepio por dentro. Respirando com calma, fiz o que sempre fazia depois de um pesadelo e, gradualmente, acalmei meu coração acelerado. Olhei rapidamente para o celular e vi que eram quase sete da manhã. Felizmente, o pesadelo esperou até o amanhecer para acontecer, me dando mais algumas horas de um descanso muito necessário.

Depois de fazer uma xícara de café, peguei minha cópia puída de *E o vento levou*, e abri a janela do quarto. Uma brisa fria de início da manhã entrou e eu olhei ao redor do quarto, procurando um moletom para vestir antes de subir ao terraço. Sem conseguir encontrar uma blusa em meio ao monte de roupa lavada e muito impaciente para procurar ainda mais, peguei a jaqueta de couro de Finn de onde estava, sobre a cadeira da escrivaninha, e enfiei os braços nas mangas compridas demais para o meu corpo. A jaqueta ficava enorme em mim, chegando ao meio das coxas, mas eu sabia que me manteria aquecida na manhã fria de outono.

Enfiando meu livro embaixo do braço e equilibrando a xícara cheia de café com dificuldade, saí pela janela e fui ao terraço. O céu da manhã estava pintado de cor-de-rosa com a chegada do sol, e uma brisa leve farfalhava as folhas dos galhos do bordo. Flexionei os joelhos, puxando as pernas contra o peito, e as envolvi com a jaqueta de Finn. Totalmente protegida, fui envolvida pelos cheiros do couro e de maçãs maduras. Incomodada ao pensar em Finn invadindo meus sentidos, levei a caneca ao nariz e inspirei profundamente, deixando o rico aroma do café tirá-lo de minha mente.

Tomei um gole e repassei os acontecimentos da noite anterior. Milagrosamente, eu havia conseguido escapar dos efeitos de uma ressaca de tequila, e não estava sentindo nada de ruim. Meu rosto esquentou quando me lembrei de que adormecido no colo de Finn a caminho de casa. Como era possível que toda a interação que eu tinha com aquele garoto me deixasse envergonhada e irritada além do comum?

As pessoas normalmente não me afetavam com facilidade. Na verdade, elas raramente me impressionavam. Me irritava saber que um garoto que eu conhecia havia pouquíssimo tempo pudesse me deixar tão abalada e tão vulnerável.

Peguei meu livro, passei o dedo por sua lombada desgastada e virei as folhas puídas. Já não sabia quantas vezes o tinha lido. Havia algo em especial em relação àquela história, e a grandeza do Sul de tempos atrás, que me tocava, me permitia escapar de minha época e me perder totalmente dentro das páginas. Os livros tinham sido minha válvula de escape durante os muitos anos em que mais precisei me esquecer; quando eu lia, a Brooklyn desaparecia e eu me tornava outra garota, em um lugar diferente, em algum outro tempo.

O sol surgiu lentamente no horizonte, mandando raios amarelos e calorosos em meio aos galhos das árvores, criando um caleidoscópio de sombras em minha pequena varanda. Virando para uma página qualquer, li até meu café acabar e ouvir a porta da frente ser fechada, indicando o retorno de Lexi. Olhando para o céu, deixei o sol da manhã esquentar meu rosto e torci para que o dia que começava fosse melhor do que o anterior.

Entrei na cozinha e logo vi Lexi jogada em nosso sofá, com um dos braços cobrindo os olhos para bloquear a luz do sol. Coloquei a caneca vazia de café na lava-louças e me aproximei dela, apoiando seus pés em meu colo e sentando-me na ponta do sofá.

– Como foi a caminhada da vergonha? – perguntei, indicando o vestido vermelho da noite anterior, que ela ainda usava. Lexi tirou a mão do rosto e se apoiou nos cotovelos para olhar para mim.

– Se quer saber, ele me trouxe para casa de carro – disse ela, sorrindo. – E disse que vai vir aqui à noite.

– Então eu entendo que você teve uma noite boa.

– "Boa" é pouco – disse ela, com a voz estridente, e começou a fazer uma descrição detalhada da noite toda. Eu permaneci sentada, paciente, por uma hora inteira, ouvindo a análise feita por ela das coisas que Tyler tinha dito e feito, e então me levantei para me servir de mais uma xícara de café. Pelo jeito como o dia já se desenrolava, parecia que eu ia precisar.

– Me desculpa por ter te deixado sozinha – Lexi admitiu. – Sei que eu não devia ter feito isso, mas gosto muito dele, Brooklyn. E sabia que o Finn te traria para casa em segurança.

– Você nem conhece o Finn, Lex – falei, ainda um pouco irritada com o egoísmo dela. – Ele poderia ter se aproveitado totalmente da situação.

– Ele não é um tarado! Você nem deu uma chance a ele – insistiu ela. – Você é dura demais com as pessoas, Brookie. Nunca deixa ninguém se aproximar.

– Não é verdade! – Certo, talvez fosse um pouco verdade, sim.

– Brooklyn, sou sua melhor amiga e ainda assim sei muito pouco sobre sua vida em família e sua infância. E tudo bem, porque te amo. Mas você vai ter que deixar alguém entrar, em algum momento, ou vai acabar sozinha.

Não respondi. Como aquela conversa de repente tinha passado a ser sobre mim?

– Obrigada, psicóloga, agradeço de verdade – rebati. – Vou tomar um banho. – Afastei as pernas dela do meu colo e saí da sala de uma vez, sabendo que precisava de espaço para me acalmar e de tempo para me lembrar que ela só estava tentando cuidar de mim.

Dentro do quarto, entrei no banho e permaneci de pé embaixo da água quase escaldante, querendo, de alguma maneira, que ela pudesse levar embora as emoções que rodopiavam em minha mente.

Alguns momentos depois, meu celular tocou sobre o criado-mudo enquanto eu vestia a calça jeans. Quase tropecei nos próprios pés na pressa de atender a chamada. Na tela indicava Número Não Identificado – e, enquanto levava o telefone à orelha, fiquei me perguntando quem podia ser.

– Alô? – atendi, meio sem fôlego. Ninguém respondeu e eu repeti, com menos paciência dessa vez: – Oi? Quem é?

Ouvi o ruído da respiração de alguém do outro lado da linha, mas não houve resposta.

– Quem é? – perguntei, cada vez mais irritada, mas um arrepio percorreu minha coluna. Senti os pelos finos de meus braços começando a se eriçar, com medo.

A respiração lenta continuou.

– Sei que tem alguém aí. Estou ouvindo sua respiração – comentei.

Ainda assim, nenhuma resposta.

– Não volte a ligar para mim, seu doente – sibilei ao telefone, tocando a tela para encerrar a ligação.

Primeiro, o pesadelo, depois uma briga com Lexi, e agora, um trote assustador? Se eu pudesse tomar a manhã como base, o dia seria bem longo.

No fim da tarde, voltei para casa, vinda do campus, debaixo de uma tempestade. O dia, que tinha começado muito lindo e ensolarado, logo ficou nublado, com nuvens carregadas tomando o céu azul. Saí da minha última aula e, como se estivesse me esperando, o céu se abriu e mandou para baixo baldes de chuva que ensoparam minha calça jeans e a camiseta fina em segundos. Inadequadas para lidar com as poças que se formavam com rapidez, minhas sandálias rasteirinhas não paravam de escorregar na calçada molhada enquanto eu percorria as ruas. De todos os dias em que poderia me esquecer do guarda-chuva, tinha que ter sido justamente aquele?

Quando dobrei a esquina da minha rua, comecei a sentir uma presença atrás de mim. Não conseguia ouvir passos me seguindo, exatamente, já que a chuva torrencial encobria todos os sons, mas intuitivamente eu soube que havia alguém caminhando atrás de mim. Me observando.

Sem parar, lancei um olhar furtivo para trás e tentei ver quem era. A chuva pesada e as nuvens carregadas tinham escurecido o céu – mas eu acreditava conseguir ver uma forma escura na calçada, cerca de vinte metros atrás de mim, na rua deserta.

Quem fica parado na rua debaixo de uma chuva como aquela?

Comecei a andar mais depressa, de repente mais disposta a chegar em casa por mais motivos do que apenas a chuva. Sem dúvida, eu parecia um gato que tinha se afogado, e me repreendi por não ter conferido a previsão do tempo de manhã, mas, ensopada, continuei caminhando.

Assim que avistei a antiga casa vitoriana, corri em direção à escada e entrei correndo, morrendo de frio e pingando água da chuva. Em vez de molhar o caminho todo até meu quarto, imediatamente tirei a camiseta e a calça jeans, deixando-os amontoados no chão da cozinha.

Larguei a mochila ao lado da porta, entrei na sala de estar só de calcinha e sutiã e corri em direção ao quarto. Batia os dentes de frio, e os cabelos pingavam, as madeixas compridas e escuras estavam grudadas no meu peito. Não via a hora de chegar ao chuveiro, desejando sentir a água quente esquentar meu corpo gradualmente.

Ouvi um assovio alto de aprovação, vindo do sofá, e parei no meio do caminho.

– Você sempre anda assim ou sabia que eu viria?

Eu não devia ter saído da cama hoje.

Finn estava deitado no sofá, totalmente relaxado, olhando para mim com um sorriso. Levando as mãos à frente do peito, tentei cobrir as partes mais íntimas, estrategicamente puxando os cabelos para a frente para bloquear a visão que ele tinha do meu peito. Por um milagre, eu estava usando um shortinho de renda, e não uma das minhas calcinhas fio dental que não escondiam nada.

– Estava chovendo – gaguejei, totalmente aterrorizada com a presença dele, mas me recusando a deixar transparecer. – O que diabos você está fazendo dentro da minha casa?

– Eu vim com o Ty. Ele e Lexi se enfiaram no quarto dela, há... – Ele olhou para o relógio de pulso e acrescentou: – meia hora. – Finn ainda estava sorrindo para mim, claramente satisfeito consigo mesmo.

– Beleza. Vou tomar banho.

– Isso é um convite? – perguntou, erguendo as sobrancelhas escuras para mim. Soltei uma risada involuntária sem conseguir me conter.

– Você deve ser o cara mais convencido que eu conheço – falei, ainda rindo.

– Obrigado – disse ele, debochado.

– Isso não foi um elogio. – Balancei a cabeça, irritada. – Você sabe que é ridículo, não sabe? E que eu nunca vou cair na sua, né?

– Meu amor – disse ele –, não importa muito o que você pensa, desde que o resto das meninas da faculdade discorde. – Ele continuou percorrendo meu corpo com os olhos, e eu logo mostrei o dedo do meio para ele.

– Idiota – murmurei, entrando em meu quarto, fechando a porta e trancando-a. Não achava impossível que Finn simplesmente entrasse no banho comigo.

Como alguém conseguia se sentir atraída a ele? Sim, admito que ele era um colírio e que, sim, tinha aquela vibe de músico perturbado a seu favor, mas o jeito arrogante era brochante.

Depois de um banho demorado, bem quente, fui para a sala de estar vestindo a calça de moletom mais confortável que tinha e uma blusinha. Meus cabelos molhados desciam até a cintura, e eu passava uma escova neles, tentando desfazer os nós. Finn, ainda totalmente à vontade no sofá, nem sequer desviou o olhar da televisão quando me aproximei.

– Você ainda está aqui? – perguntei, irritada por ele estar ocupando todo o sofá. Ele olhou brevemente para mim, observando meu moletom, a ausência de maquiagem e os cabelos molhados, mas logo voltou a assistir ao programa na TV.

– Já disse, estou esperando o Ty – disse ele. – Você é sempre tão mal-humorada?

– Só quando garotos aleatórios entram na minha casa, me incomodam e ainda tomam todo o espaço do meu sofá – respondi. – Você pode, pelo menos, ir mais para lá?

Ele suspirou, como se estivesse sendo totalmente perturbado pelo meu pedido, e então tirou as pernas de cima das almofadas e apoiou os pés no chão.

– Me perdoe por te incomodar – falei, sentando no sofá e suspirando, resignada.

– É bom mesmo se desculpar – disse ele, rindo. – Eu estava bem à vontade.

– Credo! – respondi, jogando uma almofada na cabeça dele. – Você é mais do que desagradável. – Ele desviou da almofada com facilidade e se reacomodou no sofá, esboçando um sorriso sarcástico. Bufei, irritada, e então cruzei os braços e olhei para ele com os olhos arregalados. Se ele tinha um superpoder, não era a capacidade de cantar, nem mesmo a aparência superatraente e irresistível. Era, sem dúvida, sua competência para me irritar como ninguém mais conseguia.

– Não faça careta – disse ele –, vai ficar enrugada.

Decidi ignorá-lo, voltando minha atenção para o filme e tentando relaxar. Para minha surpresa, conseguimos parar de perturbar um ao outro por tempo suficiente para que um silêncio confortável se instalasse. Exceto por algumas risadas ou gemidos que vinham do quarto de Lexi, a casa estava silenciosa. Depois de quase uma hora, ouvi o ritmo da respiração de Finn mudar, ficando mais profundo e estável a cada inspiração. Como pensei, quando olhei para confirmar, ele estava dormindo.

Parecia em paz, quase como uma criança. Seu rosto bem desenhado estava suavizado pela luz do fim da tarde, os cabelos escuros estavam despenteados, a boca – normalmente sempre com um sorriso irônico – estava relaxada. Não consegui não sorrir ao observá-lo, encolhido como um menininho, um braço servindo de travesseiro embaixo da cabeça.

Ao vê-lo daquele modo, consegui entender por que era tão atraente para as mulheres que estavam sempre atrás dele, implorando por um minuto de sua atenção. Caramba, se Finn, de repente, perdesse a capacidade de falar, eu provavelmente seria mais uma delas. Mas eu sabia que o doce menino adormecido à minha frente era uma ilusão; quando acordasse, sua boca logo se transformaria em um sorriso sarcástico e ele voltaria a ser um idiota arrogante e petulante. Era um desperdício aquela aparência de deus grego com uma personalidade como a dele.

Pelo menos era o que eu tentava dizer a mim mesma.

Desliguei a televisão e, em silêncio, saí do sofá e fui para a cozinha, para não perturbá-lo. Pegando o iPod do balcão, coloquei os fones de ouvido e escolhi as músicas do meu cantor preferido. Era quase impossível cozinhar, limpar ou fazer qualquer atividade doméstica sem música. Meu estômago roncou quando comecei a reunir os ingredientes do jantar. Por não ter almoçado, já que fui correndo para aula, eu estava morrendo de vontade de comer comida italiana – de preferência, um frango à parmegiana.

Trinta minutos depois, o aroma de filés empanados e macarrão cozido tomou a cozinha. Eu tinha feito mais do que só uma porção, imaginando que Lexi e Tyler estariam com fome depois de passar... a tarde toda... juntos. Rindo baixinho ao pensar nisso, limpei a sujeira que tinha feito, coloquei a louça suja dentro da lava-louça e passei o pano nos balcões enquanto Bon Iver cantava em meus ouvidos. Eu me sobressaltei quando finalmente olhei para a frente e notei Finn sentado em um banco, me observando com seus penetrantes olhos cor de cobalto.

– Meu Deus! Você me assustou demais! – exclamei, tirando os fones dos ouvidos. De modo muito irritante, meu coração estava acelerado e minha respiração estava muito mais descompassada do que o normal. Levei as mãos ao quadril e franzi o cenho, olhando para ele. – Você não pode assustar as pessoas desse jeito.

– Desculpa – disse Finn, bocejando, sem se preocupar com meu susto. Ele ainda estava com o rosto amassado e os olhos inchados do cochilo. – Esse cheiro é de frango à parmegiana? – Inspirou profundamente, deliciando-se com os aromas que vinham do forno. – Acho que acabei de me apaixonar por você.

Eu ri, virando em direção à pia para enxaguar os pratos. Finn tirou meu iPod do balcão, percorrendo a lista de artistas e às vezes resmungando, o que eu acreditava ser uma reação de aprovação ao meu gosto musical eclético.

– Olha, estou bem surpreso – admitiu ele depois de analisar os nomes por vários minutos. – Pensei que você fosse uma garota que gostasse mais de Taylor Swift, Justin Bieber etc. – Ri abertamente do que ele disse. – Mas não há bandas essenciais aqui. Por exemplo, a minha.

– Quando você vai se dar conta de que eu não sou uma de suas groupies?

– Provavelmente nunca. Mais importante do que isso, quando nós vamos comer? Estou morrendo de fome.

– Nós? – Olhei para ele, em dúvida, erguendo uma sobrancelha. – Quem te convidou?

– Ah, para com isso. Você está me matando! O cheiro está delicioso e eu não como comida caseira desde... pensando bem, não sei se algum dia comi comida caseira na vida. Meus pais adotivos gostavam de comprar comida pronta.

Os olhos dele estavam distantes, meio embotados, como se ele estivesse se lembrando do passado. Olhei para ele, para ver se o que dizia era a sério, mas não o conhecia bem o suficiente para saber. Se Finn esperava que eu fosse sentir pena dele, acabaria muito decepcionado. A sua infância, mesmo sem comida caseira, não poderia ter sido pior do que a minha criação disfuncional.

Além disso, sempre tive pouquíssima tolerância com pessoas que usavam fatos ruins da vida como uma muleta. Pior ainda, como uma desculpa para os erros atuais. Acho que o gene da empatia deve ter pulado uma geração comigo – mas, pensando bem, analisando meu pai, talvez simplesmente não existisse na linhagem da família.

Finn se livrou de seus pensamentos e mirou o olhar de cachorro pidão em mim.

– Vamos, por favor.

Não respondi porque o timer do forno tocou, sinalizando que o jantar estava pronto. Suspirando, tirei dois pratos do armário e os enchi com porções generosas de macarrão, molho e frango coberto de queijo. Deslizei um deles sobre o balcão na direção de Finn e me sentei no banco ao lado.

Ele começou a comer na mesma hora, demonstrando um apetite que só os garotos universitários tinham, e comemos em silêncio, fazendo companhia um ao outro por vários minutos. Terminando em tempo recorde, ele soltou um arroto e bateu a mão no estômago cheio.

– Quer se casar comigo? – perguntou, brincando. – Estava delicioso. Onde você aprendeu a cozinhar assim?

– Ah, existe uma nova invenção chamada livros de receitas... – Sorri de modo a provocá-lo, enrolando os fios de macarrão com o garfo. – Sério, qualquer um pode cozinhar. Só é preciso saber ler e seguir instruções básicas.

– Então você aprendeu sozinha?

– Meu pai não era muito presente. Tive babás, mas elas não permaneciam na casa por tempo suficiente para me ensinar alguma coisa.

– Aposto que você afastava todas elas com sua petulância. Encrenqueira. – Ele sorriu ao dizer isso.

– Não era bem isso – falei, pegando o prato vazio dele para colocar em cima do meu. – Meu pai costumava transar com elas, e quando se cansava, e sempre se cansava, ele contratava uma substituta. Elas costumavam ficar mais quando ele estava fora do país, a trabalho.

Mantendo o tom de voz inabalado, uma habilidade adquirida depois de anos de autodisciplina, eu esperava desestimular outras perguntas de Finn – ou pior, sua piedade. Levei nossos pratos para a pia, enxaguei todos eles e os coloquei dentro da lava-louças. Depois de colocar o resto da comida em uma Tupperware, coloquei o recipiente dentro da geladeira, para que Lexi o encontrasse se algum dia saísse do quarto. Quando olhei para Finn, ele me observava com um olhar indecifrável.

– O que foi? – perguntei, na defensiva. Aquele era exatamente o motivo pelo qual eu não falava da minha infância.

– Nada – respondeu, desviando o olhar. – O que você disse me pareceu... solitário, eu acho.

Dei de ombros por não ter o que responder a ele. Não queria falar sobre meu passado, muito menos com um cara que eu mal conhecia. Eu estava tentando pensar em uma maneira de mudar de assunto quando Finn, para a minha surpresa, fez isso.

– Venha – disse ele abruptamente, pegando minha mão e me tirando da cozinha.

– Me solta! – gritei, tentando afastar a mão. – Não vou a lugar nenhum com você.

– Você tem sérios problemas de confiança. Sabia disso, não é? – perguntou sem hesitar, e continuou me levando com ele. – Vamos comer uma sobremesa. Vai me agradecer depois... pode acreditar.

– Não sei se sua palavra vale alguma coisa – resmunguei e me deixei levar, contrariada.

– Nossa! – disse ele. – Não sei até onde meu ego aguenta essa agressão.

– Bom, considerando que seu ego é enorme, deve demorar bem mais do que alguns minutos para eu conseguir acabar com ele.

Estávamos rindo quando saímos no jardim e descemos a escada. Apesar de a chuva ter passado, o ar ainda estava bem úmido e o sol poente podia ser visto atrás das nuvens escuras, com seus tons rosados e alaranjados perdendo força conforme a luz diminuía. Ao chegarmos ao fim da escada, Finn foi até a moto preta estacionada na garagem, atrás do sedan de Lexi. Ele olhou para mim com atenção, como se já previsse que eu me recusaria a subir naquela armadilha.

Mordi o lábio para conter o riso e rapidamente arranquei as chaves da mão dele. Colocando o capacete grande demais para mim, montei na moto, afastei o pé de apoio e dei a partida. Com facilidade, coloquei a moto em ponto morto, e então me virei para olhar para Finn, que me observava boquiaberto.

A cara de chocado dele foi impagável; acabei perdendo o controle e ri por um bom tempo. Abaixando o visor do capacete, engatei a primeira e parti, deixando o garoto para trás.

A Ducati de Finn era um pouco diferente das motocicletas antigas que meu pai mantinha na nossa garagem, mas logo me acostumei com os controles. Fazia muitos anos que eu não pilotava. Em várias noites durante os anos de ensino fundamental, senti uma vontade desesperada de fugir do meu pai e da casa grande e sem alma dele, então entrava no estacionamento e pegava um de seus muitos brinquedos para dar uma volta. Às vezes, eu pegava o Lamborghini, o Bentley ou o antigo Aston Martin, mas, quando queria vento no rosto e velocidades perigosas, escolhia as motos.

Dei uma volta no quarteirão antes de parar na garagem de novo. Finn não tinha se mexido. Seu rosto continuava tomado por uma expressão de surpresa quando tirei o capacete e o devolvi a ele, rindo.

– Você... eu... o que acabou de acontecer aqui? – ele gaguejou, olhando para baixo com uma mistura de admiração e surpresa. – Estou sonhando? Porque você acabou de realizar uma das principais fantasias masculinas de todos os tempos. Se bem que, normalmente, nesse momento do meu sonho, você estaria nua.

– Desculpe desapontá-lo – Dei risada.

– Você não para de me surpreender – disse Finn, balançando a cabeça. – É muito diferente do que eu esperava.

– O que isso quer dizer, exatamente? – O que ele esperava?

– Deixa pra lá. Bem, posso pilotar ou você pretende pilotar e destruir meu orgulho de homem com a minha própria moto?

Ri e sentei na garupa, abrindo espaço para que ele assumisse o controle. Hesitante, passei os braços pelo peito dele conforme avançávamos na noite de outono. O sol desceu no horizonte e as folhas caídas de bordo, erguidas do chão com o movimento dos pneus, se assentavam nas ruas escuras.

CAPÍTULO CINCO

OBSERVADOR DEMAIS

O aniversário da morte de minha mãe se aproximava. Era inevitável: essa data me aterrorizava todos os anos e fazia meu mundo já obscuro se tornar ainda mais sinistro. Como se estivesse de pé na base de um arranha-céu enorme, eu podia virar a cabeça em qualquer direção, tentando evitá-lo, mas, no fim, a torre de vidro e aço imponente dominava até a presença do sol e obstruía totalmente a minha visão do céu.

Meus pesadelos sempre pioravam nas semanas que antecediam a data. A intensidade dos sonhos me deixava abalada e fraca, e eu me transportava, com facilidade, 14 anos no passado, e eu voltava a ser a criança de 6 anos, suja de sangue, dentro de uma caminhonete batida. Em algumas noites, sonhava com o hospital: médicos e enfermeiras falando baixinho, o zumbido das máquinas, fios demais e bolsas de soro presas a meu corpo pálido e ferido. Foi ficando mais difícil acalmar meu coração acelerado e me livrar da pressão angustiante em meus pulmões – assim como guardar as lembranças de volta aos espaços escuros de minha memória.

Tendo que funcionar com ainda menos sono do que o normal, eu dobrava a ingestão de cafeína e usava ainda mais petulância. Lexi tentou obter informações a respeito de minha viagem de moto com Finn à noite, e também quis me contar detalhes sobre suas aventuras sexuais com Tyler, mas eu não estava com paciência para isso. Nem mesmo quando estava superdescansada conseguia aguentar algumas das histórias dela, muito menos depois de uma noite sem dormir. As olheiras sob meus olhos eram a prova eterna de minha falta de sono, mas Lexi parecia não notar nem perceber que elas indicavam que ela tinha que me dar espaço.

Sinceramente, eu não queria falar com Lexi sobre Finn porque eu sabia que ela falaria sem parar. Ela analisaria tudo nos mínimos detalhes e daria mais importância do que o necessário a tudo. E, por mais que eu admitisse a mim mesma que tinha me surpreendido com a noite que passei com ele, nunca diria isso a Lexi.

Finn tinha me surpreendido. Ele dirigiu para longe do campus por quase uma hora sem falar muito a respeito de nada nem me dar qualquer indício acerca do lugar para onde estávamos indo. Minha mente sempre desconfiada tinha começado a se perguntar se aquela viagem me levava para uma mata escura onde eu seria morta e esquartejada, e meu corpo nunca mais seria encontrado, até que Finn saiu da estrada e parou em um ponto de observação na rodovia. Ele desceu da moto e caminhou até a grade de proteção fina e enferrujada da estrada, onde pôde observar o rio correndo preguiçoso e quase impossível de discernir na escuridão cada vez mais intensa. Eu desci da moto e o acompanhei.

– Por que estamos aqui, Finn? – perguntei, curiosa e um tanto confusa em relação à nossa localização. Aquele era o último lugar em que eu pensei que um bad boy tatuado e com roupas de couro passasse as noites. Não havia outros carros na estrada, não havia postes de iluminação, nenhum sinal de civilização; aquele lugar tinha sido abandonado durante anos, a julgar pelas grades corroídas e pelo asfalto rachado.

– Shhh – Finn sussurrou sem olhar para mim. – Está ouvindo?

Eu não conseguia ouvir nada além do zumbido de um pernilongo perto de nós, animado para me fazer de refeição, e o som baixo da água correndo sobre as pedras cheias de lodo na barranca do rio.

– O que eu deveria ouvir? – perguntei, desconfiada.

– Nada – disse ele, virando-se para olhar para mim quando me aproximei dele na grade. – Só o silêncio. Às vezes venho aqui para pensar. Ajuda a limpar a mente.

Desviei o olhar dele, tentando processar aquela informação incongruente. Eu não queria saber que existiam outras facetas do homem bonito de pé ao meu lado. Eu queria que ele ficasse em segurança dentro da caixa etiquetada "Imbecis Narcisistas" que eu mantinha guardada em minha mente. Com certeza não faltaria companhia para ele dentro da caixa.

Mas, naquele momento, ele não estava se encaixando, por mais que eu tentasse fechar a tampa em cima dele. Não dava para relacionar totalmente o idiota que ele fingia ser com o cara que, em silêncio, curtia a tranquilidade da natureza. Os caras obcecados consigo mesmos e sem graça não conseguem prestar atenção a muita coisa além de seu próprio reflexo no espelho. Ele, por outro lado, era complicado. E eu não gostava de coisas complicadas; gostava de minhas caixas de armazenamento mental – claramente etiquetadas, organizadas e fáceis de lidar.

Apesar de não expressarmos isso com palavras, estava claro que só iríamos embora depois de eu ter apreciado o rio como ele fazia. Observei a vista de onde estávamos, cerca de nove metros acima da margem do rio, e tive que concordar que era relaxante – lindo e tranquilo de um jeito que só o espaço ao ar livre consegue ser. O fluxo sem fim do rio escuro anestesiou minha mente, e, enquanto eu me concentrava no ambiente ao meu redor, acalmei as preocupações ininterruptas que tomavam minha cabeça. Pela primeira vez em semanas, eu não pensei que o dia do aniversário da morte da minha mãe se aproximava. Minha mente estava deliciosamente limpa.

Não havia luz nenhuma ali, exceto a luminosidade da lua quase cheia e das estrelas no céu, infinitas e muito mais bonitas do que pareciam ser do terraço lá em casa. Depois de passarmos alguns minutos observando em silêncio, comecei a entender por que aquele lugar era tão especial para Finn.

Era o terraço dele.

E isso, abruptamente, me levou a outro pensamento: por que ele tinha me levado ali, ao seu santuário? Ele mal me conhecia. Como poderia saber que eu gostaria de ver algo como aquilo? Certamente eu não conseguia imaginá-lo levando uma de suas groupies bobinhas ali.

– Por que você me trouxe aqui? – sussurrei, relutante em interromper o silêncio que havia tomado conta de nós. Ele olhou para mim, seus olhos escuros prendendo os meus imediatamente, quase de um jeito hipnótico. Muitos segundos se passaram enquanto ele me encarava, sem piscar. Senti vontade de desviar o olhar, interromper a intensidade daquilo, mas, de algum modo, não consegui. Ele olhou rapidamente para meus lábios e voltou aos meus olhos. Olhei para ele sem reservas, tentando discernir suas intenções.

Pensei que não fosse me responder, mas, depois de mais uns instantes, Finn pigarreou e acabou interrompendo o silêncio.

– Eu sabia que você entenderia – disse ele, dando de ombros, e finalmente voltando o olhar penetrante para o rio lá embaixo. – Você me entende.

Não gostei da resposta. Dava a impressão de um nível de compreensão e proximidade que não tínhamos. Ele não me conhecia; ninguém me conhecia – nem minha amiga mais íntima, e com certeza nem meu pai.

Concluí que Finn era perigoso. Percepção não era uma qualidade que eu incentivava naqueles com quem eu passava meu tempo.

Fiquei incomodada, e a tensão que eu havia sentido assim que chegamos lentamente subia por minha espinha e me pressionava. Finn pareceu sentir minha ansiedade aumentar, e, de repente, apontou a margem do rio para me distrair.

– Vaga-lumes – disse, direcionando meu olhar para os bichinhos brilhantes que sobrevoavam a vegetação rasteira que cobria a margem. Ele esboçou um sorriso de canto de boca enquanto observava os insetos fosforescentes iluminando o céu. – Vão sumir logo.

– Por quê? – perguntei.

– Eles só aparecem nos meses de verão. Esta provavelmente é uma das últimas noites deles, está esfriando demais. – Ele riu baixinho. – Quando eu era criança, costumava prendê-los dentro de jarros de vidro, só para poder observá-los de perto e depois soltá-los. Eu passava a noite sentado no campo atrás da minha casa, esperando que eles aparecessem. Às vezes não apareciam. Mas, quando surgiam, parecia mágica, sabe? Parecia um sinal de que havia algo mais por aí para mim, e que, se eu fosse paciente, talvez conseguisse descobrir.

Em silêncio por alguns minutos, observei os insetos iluminados, sem saber o que dizer. Fiquei surpresa por ele estar se abrindo para mim; eu não tinha pedido isso, nem sequer pretendia retribuir. Não era o tipo de pessoa que se une aos outros depois de abrir o coração e contar as dores da infância. Mas fiquei curiosa.

– Eu não imaginei que você fosse um amante da natureza – falei, observando seu bíceps tatuado.

– Menos da natureza e mais da fuga, Brooklyn. Imaginei que você fosse compreender isso melhor do que a maioria das pessoas. – Ele voltou a olhar para mim com intensidade e eu logo desviei o olhar. Aquele garoto enxergava muito sobre mim, e eu mal tinha dito algo a meu respeito.

Não falamos mais enquanto voltávamos para a moto, e não tinha como não notar que algo havia mudado entre nós, depois de permanecermos juntos, observando os vaga-lumes brilhando pela última vez no calor que desaparecia no mês de agosto. Quando envolvi o corpo dele com os braços, sabia que teria que me manter bem longe de Finn a partir de então. Eu era capaz de lidar com o rapaz engraçadinho e relaxado que tinha conhecido, mas o cara que havia me levado ali era totalmente diferente. Eu não sabia como era possível, mas ele era capaz me entender, me ver, de um modo que ninguém nunca tinha conseguido fazer.

Finn manteve a promessa inicial de irmos em busca de sobremesa, então me levou em direção ao campus e fomos a uma pequena sorveteria caseira a poucos minutos de minha casa. Sentados em bancos de piquenique do lado de fora, tomamos casquinhas de sorvete, e ele, sem dificuldade, voltou a ser o vocalista engraçado e supersexual que tinha sido antes de nosso momento no ponto de observação na estrada. Nossa conversa fluiu fácil e nós rimos ao comentar sobre a relação em progresso de Lexi e Tyler, deixando de lado qualquer lembrança da interação intensa que havíamos mantido na mata escura. Foi surpreendentemente divertido. Finn era uma companhia agradável, charmoso como seu status de ladrão de corações exigia que fosse. Mas, por mais que tentasse, eu não conseguia me esquecer do olhar dele enquanto observava os vaga-lumes na escuridão.

Ele me deixou em casa logo depois, me deu um abraço carinhoso e fez piadas inadequadas enquanto eu caminhava em direção à entrada. Foi quase como se conseguisse perceber minha inquietação e tentasse me acalmar, como se eu fosse um animal arisco que ele tinha provocado além do que seria apropriado.

Observador demais, pensei pela centésima vez naquela noite.

Da escada, acenei com alegria, fingindo que tudo estava bem entre nós antes de entrar e fechar a porta com firmeza, soltando um suspiro de alívio. Finn Chambers era uma maravilha do pior tipo: charmoso, atraente, engraçado e intuitivo demais.

E eu pretendia evitá-lo como o diabo foge da cruz.

Passei as duas semanas seguintes fazendo tudo o que podia para me manter longe de Finn. Quando ele se aproximava de mim no campus, era difícil, mas não impossível, escapar de qualquer tipo de interação. Mas evitar contato visual e ignorá-lo não foi o suficiente... o cara não dava atenção aos meus sinais e tentava falar comigo sempre que cruzava meu caminho. Tive que passar a me esconder no banheiro feminino, me enfiar em salas vazias e até me misturar em grupos de pessoas aleatórias para fugir dele.

Nas poucas ocasiões em que conseguiu me confrontar cara a cara, eu logo inventava uma desculpa e desaparecia de cena. E meus pretextos eram sempre ruins, na melhor das hipóteses. Tenho certeza de que ele soube que eu estava mentindo quando disse que tinha que buscar a Lexi na aula de tênis, tendo em vista o fato de ela nunca ter, por vontade própria, pisado em nenhum tipo de quadra esportiva na vida. Ah, e com certeza ele sabia que eu estava mentindo quando eu dizia estar atrasada para o trabalho – meu emprego inexistente certamente me ajudou a fortalecer esse álibi.

Minha falta de sono definitivamente começava a interferir em minhas capacidades cognitivas. Isso ou a intensidade dos olhos escuros dele fazia com que meu cérebro entrasse em parafuso todas as vezes em que Finn se aproximava num raio de três metros, eliminando qualquer aptidão para enganar alguém que eu já pudesse ter tido na vida.

Apesar de, até poucas semanas antes, ele não existir na minha vida, de repente parecia estar em todos os lugares para onde eu olhava. Eu continuava certa de que, em algum momento, ele aceitaria que minha atitude incansavelmente evasiva fosse indício de que não éramos amigos e simplesmente perderia o interesse em mim. Depois de algumas semanas, percebi que minha estratégia finalmente estava funcionando quando literalmente tropecei em meu problema enquanto caminhava para a aula, distraída enquanto mandava uma mensagem de texto para Lexi sobre nossos planos para a noite de sexta-feira.

– Minha nossa, sinto muito – falei, me segurando no braço do cara com quem tinha trombado sem me dar conta. – Eu sou tão i...

Parei de falar assim que olhei para a frente, vi um par de olhos de um azul profundo – olhos tão expressivos que só poderiam ser de uma pessoa – e percebi meu erro. Rapidamente me afastei, desconfortável e temendo o que ele pudesse dizer. Os olhos de Finn brilharam quando ele olhou para mim, mas o brilho logo desapareceu, sem que eu conseguisse defini-lo.

Finn não disse nada. Simplesmente saiu da minha frente, fazendo um tipo de reverência com um movimento do braço, todo cavalheiro, como se estivesse se curvando para que eu passasse, mas foi uma brincadeira. Evitei olhar nos olhos dele e caminhei o mais rápido que minhas pernas curtas conseguiam para me afastar dele e, estranhamente, do aperto da culpa que sentia no coração. A culpa me confundia e me aterrorizava ao mesmo tempo.

Eu não tinha feito nada de errado. Que direito ele tinha de parecer tão chateado? Não éramos amigos. Na verdade, éramos desconhecidos.

Ainda assim, a expressão no rosto dele mostrava que havia se magoado quando o afastei de minha vida. Eu não entendia isso, não entendia ele, nem o arrependimento que percorria minhas veias – e sinceramente, eu não queria entender. Então, fiz o que fazia de melhor: compartimentalizei as emoções e segui em frente.

Eu sabia que estava fazendo o mais certo ao me manter longe dele. Finn era um risco que eu não podia correr, e garanti a mim mesma que logo ele se esqueceria totalmente de mim. Afinal, tinha um monte de fãs que o adoravam para fazer companhia nesse meio-tempo.

Pelo menos, depois de eu passar duas semanas fugindo, ele finalmente tinha compreendido que nunca seríamos amigos. Enquanto eu voltava para casa, percebi que provavelmente tinha acabado de encontrar Finn pela última vez. Tentei me lembrar de que era isso mesmo o que eu queria, afastando a voz insistente que gritava *Você é uma grande idiota, Brooklyn* o mais longe possível da consciência. Eu conseguiria lidar com o arrependimento se, com isso, eu acabasse em segurança.

O aniversário da morte da minha mãe finalmente chegou. Eu estava exausta devido aos pesadelos que não paravam de acontecer, fixando residência na minha cabeça nas últimas duas semanas, mas sabia que precisava fugir daquele dia, ficar sozinha. Peguei o carro de Lexi emprestado e matei as aulas, torcendo para que, dirigindo por uma estrada comprida e sem destino certo, eu conseguisse acalmar a mente. Era uma esperança vã, mas eu me agarrava a ela com desespero.

O cartão de condolências anual, sem dúvida escolhido e assinado por uma das secretárias de meu pai, tinha chegado pelo correio naquela manhã. Eu não sei bem por que ele se dava ao trabalho de enviar aquilo; nós nunca tínhamos feito nada para relembrar a morte dela no passado, mesmo quando eu vivia com ele. Quando era pequena, passava o dia chorando, todos os anos, às vezes implorando para que ele falasse sobre minha mãe – como eles tinham se conhecido, como ela era, qualquer coisa que mantivesse a imagem forte em minha memória. Mas ele não conseguia ou não queria falar sobre, e, por fim, parei de pedir.

Dirigi até acabar com a gasolina, e parei para abastecer em uma cidade sem nome, com pessoas sem rosto. Era irônico como tudo parecia se fundir naquele dia, como se eu estivesse me movimentando depressa demais para processar os detalhes, uma vez que cada minuto se arrastava, como se fosse uma hora, e cada hora demorava a passar, como se fosse um dia.

Minhas semanas de pesadelos haviam garantido que as lembranças fervessem sob a superfície de minha consciência, e naquele dia, não me dei ao trabalho de reprimi-las mais, como teria feito em qualquer outro momento. Em vez disso, eu analisei todas elas, permitindo que tomassem conta de mim e me consumissem enquanto eu revivia cada detalhe horroroso de sua morte e do que veio depois. Quando minha visão ficou borrada, impedindo que eu visse a estrada à minha frente, parei e finalmente me permiti, pelo menos uma vez, ser fraca.

Nunca me senti mais grata por Lexi estar preocupada apenas com seus próprios problemas – ela nem sequer tinha questionado por que eu precisava do carro nem aonde eu estava indo. Nunca tinha falado sobre meu passado com ela, apesar de termos nos conhecido poucos meses depois do assassinato de minha mãe, quando atravessei o país, saindo da Califórnia, para viver com meu pai. Eu não conseguia falar sobre a morte dela, e Lexi nunca tinha me pressionado.

E eu sempre a amei por isso.

Quando consegui me recompor, já havia anoitecido. Passando as mãos pelo olhos inchados e pelo rosto, para secar as lágrimas, dirigi para casa no piloto automático. Eu me sentia oca como uma concha vazia. Tudo dentro de mim tinha sido remexido e só restara o monte de pele e ossos que parecia a Brooklyn – a casca que eu permitia que o mundo visse.

Enquanto percorria as ruas silenciosas de meu bairro, com os faróis iluminando a crescente escuridão, pensei no assassino de minha mãe. Era raro que eu me permitisse pensar em Ernest "Ernie" Skinner, preso número 91872-051 da Penitenciária Estadual da Califórnia San Quentin, mas, naquela noite, eu estava emocionalmente arrasada demais para afastar os pensamentos. O rosto dele, que assombrava minhas lembranças e tomava meus pesadelos, havia muito tinha sido gravado como símbolo da vida que tinha sido arrancada de mim.

Eu ainda me lembrava do que ele tinha dito no dia do acidente com uma clareza assustadora. O modo como seus olhos vermelhos, vidrados porque a cocaína percorria suas veias, tinham observado meu rosto, como se memorizassem todos os meus traços.

Eu não estaria nessa situação se não fosse por você, sua merdinha. Eu estava livre, eles não me pegariam. Você estragou tudo. Você me fez bater.

Fui tomada por uma onda de arrepio quando me vi, aos 6 anos, tremendo no banco de testemunhas ao dar meu depoimento, aquele que o condenou – selando seu destino com uma pena de 25 anos de reclusão e derrubando seus apelos por uma sentença mais branda. O ódio que tomava seus olhos quando o levaram embora, acorrentado e com o macacão laranja da prisão, foi direcionado apenas para mim, como se fosse capaz de me queimar só com a força de seu olhar.

Felizmente, ele ainda passaria mais dez anos apodrecendo na cadeia. Não me permiti pensar no que poderia acontecer no dia em que ele finalmente fosse solto e voltasse a viver em sociedade.

Entrei na garagem ao lado da antiga casa vitoriana e tentei me recompor antes de entrar. Até mesmo a Lexi, com todo o seu egocentrismo, veria além de minha fachada de normalidade se eu entrasse com os olhos inchados e o rímel borrado. Abaixando o retrovisor, retoquei a maquiagem e fiz uma cara que eu esperava parecer uma máscara de tranquilidade e indiferença.

Por ora, teria que bastar.

CAPÍTULO SEIS

QUASE MOMENTO

Em algum momento durante o banho, decidi que tequila seria a melhor ajuda para me fazer esquecer a tristeza e o pesar aterradores que eu sufocara durante todo o dia. Com os cabelos molhados e o rosto lavado, sem qualquer sinal das lágrimas do dia todo, subi no balcão da cozinha e me servi de uma dose. Enquanto o líquido descia queimando e esquentando minha garganta, uma voz chata no fundo de minha consciência sugeria que o álcool talvez não fosse a melhor maneira de lidar com o monte de problemas que eu tinha. Rapidamente silenciei essa voz, mandando mais duas doses para dentro, uma atrás da outra.

Quando Lexi chegou, vários minutos depois, eu estava me sentindo bem como não me sentia havia semanas. Não conseguia esquecer que aquele dia marcava o aniversário de 14 anos da morte de minha mãe – estava marcado em minha alma, enraizado em meu DNA, impossível de apagar –, mas a tequila ajudava a diminuir a dor que apertava meu peito e borrava as memórias que eu não queria mais ver.

– Opa, estamos bebendo! – exclamou Lexi, pegando a tequila da minha mão e tomando um gole direto do gargalo.

– Me devolva isso, Lex – falei, esticando o braço. – Preciso disso mais do que você – acrescentei, murmurando ao pegar a garrafa de novo e servindo a quarta dose. Lexi comemorou, me apoiando quando virei o líquido garganta adentro.

– O que é isso? – perguntei, com a tequila queimando minha garganta quando peguei a folha de papel em cima do balcão ao meu lado. Era a nota fiscal da E.S. Electric, um eletricista de Charlottesville, de acordo com o documento. Eu não sabia que tínhamos feito reparos na fiação, e com certeza não tinha solicitado o serviço.

– Ah, esse cara passou aqui hoje – disse Lexi, pegando a garrafa de volta para tomar mais um gole. – O proprietário mandou que ele viesse. Disse que tinha que consertar nossa fiação ou coisa assim. Não me pergunte o que ele fez, porque eu não entendo nada de engenharia.

– De eletricidade! – corrigi.

– Isso também! – Lexi revirou os olhos.

– Espere, o proprietário mandou que ele viesse? O mesmo que quase tivemos que processar quando nosso vaso sanitário quebrou, porque ele não queria fazer o conserto de jeito nenhum? O mesmo cara que parecia não estar nem aí para o fato de as trancas das portas e janelas não funcionarem quando nos mudamos? – Olhei para ela, chocada. – Está tentando me dizer que ele consertou algo por livre e espontânea vontade e nem sequer tivemos que reclamar durante seis meses primeiro? E ainda pagou pelo conserto?

– É o que estou dizendo. – Lexi sorriu.

– Puxa, se isso não é motivo para comemorarmos bebendo, não sei o que seria. – Dei risada, pegando a tequila de novo.

Meia hora depois, Lexi e eu tínhamos tomado metade da garrafa e estávamos cambaleando pela cozinha, falando arrastado enquanto cantávamos os sucessos mais recentes das rádios uma para a outra.

– Vamos sair! – gritou Lexi, me empurrando em direção ao quarto, para a sua cama, enquanto seguia em direção a seu armário lotado de roupas. Embriagada demais para discutir, pressionei a garrafa de tequila contra o peito como se fosse um colete salva-vidas e observei enquanto ela tirava a calça jeans e entrava em um vestido justo, frente única, cor-de-rosa.

– Vista isto! – Ela jogou um pedaço de pano de um vermelho intenso na minha cara, seguido por um par de sapatos de salto finos pretos, peep-toe, que quase arrancara um dos meus olhos porque passaram bem perto do meu rosto antes de aterrissarem no edredom.

Talvez se aquele dia não fosse o que era, e se eu já não tivesse bebido tequila demais, poderia ter resistido às ordens de Lexi. Mas a verdade é que era difícil contrariá-la mesmo quando eu me encontrava no estado mais sóbrio e mentalmente estável.

Senti tontura quando me levantei e tirei a calça jeans, tombando em direção à parede enquanto tentava tirar o moletom. Lexi riu de mim quando viu meu esforço pelo espelho da penteadeira, onde estava se maquiando com a velocidade e a facilidade de uma profissional. Quando consegui terminar de ajustar o vestido vermelho tomara-que-caia, que ficava tão curto em mim que certamente seria uma blusa no corpo alto de Lexi, ela terminou de se maquiar e começou a atacar meu rosto com uma série de pincéis e pós.

Quinze minutos depois, estávamos em um táxi a caminho do bar. Em meu estado nada sóbrio, não pensei em perguntar a Lexi para onde estávamos indo. Com o namoro de Lexi, sabia que não deveria ter ficado surpresa quando paramos na frente do Styx, mas, ainda assim, fiquei chocada por ela ter me levado ali. Quando consegui formular uma objeção, Lexi já tinha colocado uma nota de vinte na mão do taxista e me arrancado do banco de trás, me deixando boquiaberta enquanto observava as luzes da lanterna do táxi desaparecerem quando o carro dobrou a esquina.

– Lexi, você só pode estar brincando – falei e girei para olhar para ela, quase caindo de cara porque os saltos se prenderam na calçada. *Nota mental: girar com saltos de doze centímetros quando se está bêbada é algo altamente não recomendado.*

Lexi riu de mim e deu de ombros, quase como se pedisse desculpas.

– A banda é ótima, os drinques são baratos, e você nem precisa conversar com o Finn. Meu Deus, Brookie, você age como se o cara fosse um stalker obcecado que rouba seus lenços usados e sai por aí fotografando todos os seus passos. – Ela revirou os olhos ao pensar no que disse. – Sério, o Finn provavelmente já te esqueceu agora. Afinal, você já deu uma olhada no cara? O que não falta pra ele é atenção.

Ai.

Por mais incisiva que Lexi tenha sido, eu tive que concordar. Sim, minhas atitudes nas últimas duas semanas tinham sido meio ridículas. Provavelmente era presunçoso, talvez até arrogante, pensar que ele tinha pensado em mim – muito menos que quisesse ser meu amigo. Eu o estava evitando sem motivo. De repente, eu me senti tão tola quanto uma das meninas que ficavam babando por ele.

– Droga, detesto quando você tem razão – reclamei, passando o braço pelo de Lexi enquanto caminhávamos em meio à multidão que esperava para entrar, e nos aproximamos do segurança.

– Billy! – gritou Lexi para cumprimentá-lo, dando um beijo rápido no rosto do homem supermusculoso que guardava a porta. Eu não fazia ideia de como Lexi o conhecia, mas no mesmo momento ele puxou a corda de veludo vermelho para o lado e nos deixou entrar. Lexi mandou um beijo para ele enquanto furávamos a fila e entrávamos no local. Acenei de modo brincalhão para a fila de clientes que estavam esperando para entrar, e os resmungos deles em resposta logo foram abafados por uma voz alta que me causou arrepios.

Meus olhos imediatamente encontraram Finn no palco. Caramba, ele estava lindo. Com uma camiseta preta e justa, seu peito malhado se destacava. Vestia uma calça jeans escura cintura baixa, e os cabelos escuros desciam, despenteados, sobre aqueles que eu sabia serem os olhos mais azul-escuros que existiam. Não dava para negar que ele era atraente, e desejei, pela centésima vez, poder simplesmente dormir com ele sem nenhum envolvimento emocional. Tentei me lembrar de que ele era perigoso, que eu não podia me envolver, que o sexo não seria o suficiente para ele – ele desejaria me conhecer.

Mas ele tinha dormido com meninas de todos os tipos da faculdade sem se apegar de nenhuma forma – eu não estava sendo convencida acreditando que ele me trataria de modo diferente?

Lexi me tirou de meus devaneios embriagados e me levou de volta ao bar lotado. Fomos até a frente da fila, sem nos importarmos com quem nos empurrava e com a superlotação. Não foi uma grande surpresa ver Tim trabalhando como bartender de novo, e ele me reconheceu assim que me aproximei.

– Brooklyn – disse ele, sorrindo. Pelo menos se lembrava do meu nome. – O que vocês, meninas solitárias, vão beber hoje?

– Dois Long Islands, por favor – eu disse, sorrindo e jogando charme. Talvez, assim, conseguisse uma bebida de graça. Eu sabia que era uma atitude descarada e, sob circunstâncias normais, provavelmente me sentiria mal por dar bola para ele, mas aquele cara era uma anta e eu estava bêbada demais para me importar. Não me surpreendeu quando ele me deu as bebidas e não quis o dinheiro. Sorri em agradecimento, virando-me para Lexi para entregar um dos copos a ela.

– Saúde, vaca – disse ela, batendo o copo no meu e seguindo em direção a um espaço pequeno ao lado da pista de dança, onde várias mesas reservadas tinham sido montadas. A maioria delas estava ocupada, mas conseguimos encontrar uma vazia perto da parte dos fundos, relativamente longe do palco. Lexi, é claro, ficou decepcionada com nossa localização, mas eu me confortei sabendo que não teria que lidar com Finn naquela noite, já que ele provavelmente não me veria ali nos fundos. A balada não era enorme – estávamos a cerca de quinze metros do palco –, mas ele raramente deixava de olhar para o enxame de meninas seminuas que se retorciam na frente da multidão.

Beberiquei minha bebida e me permiti curtir o timbre da voz de Finn, que me tomava. Era uma voz sedutora, grave e levemente rouca. Eu me lembrava da primeira vez que havia escutado a voz dele, meio inconsciente depois de desmaiar na calçada. Mesmo naquele momento, sem conhecê-lo, suas palavras ressoaram em minha mente.

Lexi e eu conversamos um pouco e observamos a multidão enlouquecida enquanto terminávamos de beber, e só interrompíamos o momento quando Lexi sentia a necessidade de comentar sobre uma roupa particularmente ousada, ou para gritar para a banda entre uma música e outra. Já tínhamos tomado mais uma bebida e rido até chorar quando a banda anunciou que faria um intervalo de meia hora. Apesar de mais cedo Lexi ter me dito que eu não tinha nada a temer em relação a Finn, quando ela foi procurar Tyler, eu saí dali e fui ao banheiro, no canto do local. Ficava longe do bar e do palco – um lugar perfeito para esperar o intervalo e evitar encontros desagradáveis.

Para minha surpresa, o banheiro estava quase vazio; assim como Lexi, as outras meninas deviam estar enfeitiçadas pela ideia de ver os músicos durante o intervalo e decidiram fazer a bexiga esperar. Eu nunca tinha visto um banheiro de bar tão vazio, e gostei do silêncio que encontrei enquanto retocava a maquiagem borrada no espelho.

Eu estava bêbada. Sabia que não deveria ter me deixado chegar àquele nível. Normalmente, eu mantinha o controle, mas aquela noite tinha sido uma exceção. Eu estava triste demais para ser responsável; machucada demais para ficar presa às lembranças. Precisava de uma fuga, e a tequila tinha me propiciado uma.

Mais um benefício: os efeitos do álcool tinham anestesiado a dor dos pés que eu tinha certeza de que estaria sentindo se estivesse sóbria, porque Lexi tinha me forçado a usar sapatos de saltos altíssimos.

Ri ao pensar nisso quando entrei em um dos banheiros, subindo o microvestido pelo quadril para esvaziar a bexiga. Eu me agachei no vaso enquanto urinava, me equilibrando com dificuldade com meus saltos, e ouvi a porta sendo aberta com a chegada de alguém. Dei a descarga depressa, ajustei o vestido e fui até as pias.

Eu tinha acabado de enxaguar a espuma das mãos quando senti o olhar de alguém em meu pescoço. Olhando abruptamente no espelho, vi o reflexo de um homem de pé, alguns centímetros atrás de mim. Gritei na mesma hora e girei rápido, me agarrando à beira da pia para não cair.

– Meu Deus do céu, dava para gritar mais? – disse o homem, com calma.

Lentamente, eu me recompus e me forcei a olhar nos olhos de Finn. Eles brilhavam, sorridentes, sem dúvida ele se divertiu com meu susto.

Eu ia matá-lo.

– TENHA A SANTA PACIÊNCIA, FINN – gritei, me lançando para a frente e batendo no peito dele com toda a força de meus braços. Ele nem sequer se desequilibrou, o que só fez minha raiva aumentar mais ainda. – O QUE VOCÊ ESTÁ FAZENDO AQUI, INFERNO? – perguntei. Ele abriu a boca para responder, mas eu o interrompi. – Este é o banheiro FEMININO, Finn. Você é mulher?

Ele se esforçava para conter o riso, e balançou a cabeça para responder à minha pergunta, esboçando um sorriso. A covinha do lado direito de sua bochecha apareceu bem claramente, e, apesar de ser linda, naquele momento eu senti vontade de arrancá-la da cara dele aos socos.

– Então, o que você está fazendo aqui, porra? – insisti, estreitando os olhos para olhar para ele, com as mãos na cintura. Finn deu alguns passos na minha direção, acompanhando enquanto eu me afastava dele e me aproximava das pias. Quando eu não tinha mais para onde ir, ele apoiou as duas mãos na parede dos dois lados do meu corpo, conseguindo me prender. Finn estava parando de sorrir, e os olhos ficavam cada vez mais sérios, tomados por emoções desconhecidas.

– Você tem me evitado – disse ele, olhando em meus olhos. – Quero saber o porquê.

Foi uma afirmação, não uma pergunta – uma afirmação que exigia resposta. Eu não tinha o que responder, então ele estava bem errado se achava que poderia me intimidar para que eu me explicasse.

– Não estou te evitando, Finn. Só não gosto de você. – Olhei para ele, erguendo o queixo e recusando-me a me afastar, apesar da proximidade dele. – E, caramba, encurralar uma garota dentro de um banheiro vazio não é o jeito mais eficaz de fazer com que ela queira ficar perto de você. – Quase rosnei para ele, que só sorriu.

– Brooklyn, nós dois sabemos que você está mentindo – sussurrou ele, com os lábios perto do lóbulo da minha orelha. – E nenhum de nós vai sair daqui enquanto você não me disser por que tem fingido que eu não existo.

– Não estou mentindo! – *Talvez eu estivesse mentindo.* – E dá para o seu ego ser maior? Sério, como você faz para viver dentro de si mesmo? – Eu estava me atrapalhando um pouco com as palavras. Droga. Em todos os momentos em que essa conversa poderia acontecer, claro que estava acontecendo bem quando eu estava bêbada.

– Você está me enrolando. Diga logo, porque estou perdendo meu intervalo com isso.

– Ah, sim, está desperdiçando um tempo precioso que poderia estar passando com suas fãs. Mais um motivo para me deixar em paz!

– Olha, eu achava que você ficava linda brava, mas acho que fica mais linda ainda quando está com ciúme – disse ele, sorrindo.

– E você viaja. – Decidi que já tinha ouvido o suficiente e empurrei Finn para que ele se afastasse de mim. Com a mão em seu peito, notei, distraidamente, que seus músculos eram firmes sob meus dedos, e minha mente embriagada começou a criar imagens nas quais ele aparecia sem camisa, e ele segurou minhas mãos com firmeza. Os dedos grandes dele envolveram os meus totalmente, sua mão me manteve mais grudada ainda em seu peito. Estávamos unidos, todas as partes de nossos corpos perfeitamente alinhadas. De salto alto, o topo da minha cabeça estava quase na altura dos lábios dele, e meus olhos verdes estavam a poucos centímetros dos olhos azuis dele.

Permanecemos olhando um para o outro por muito tempo, e meu olhar ia dos olhos dele até seus lábios carnudos, que quase tocavam minha testa. Senti minha respiração se acelerar e reconheci os sinais no frio que senti na barriga.

Merda. A tequila estava destruindo meu autocontrole.

Os olhos de Finn se abriram um pouco quando ele olhou para mim, aparentemente tão afetado pela nossa proximidade quanto eu. Ele inclinou a cabeça em direção à minha, invadindo ainda mais meu espaço e aproximando a boca da minha, num movimento muito perigoso.

– Não deveríamos fazer isso – sussurrei perto dos lábios dele, sabendo que era tarde demais para impedir o que quer que estivesse prestes a acontecer entre nós. Pior, sabendo que não queria que parasse.

– Shhh – disse ele, roçando os lábios nos meus enquanto subia as mãos para que se emaranhassem nos cachos soltos na base de meu pescoço. Quando nossos lábios finalmente se tocaram com uma delicadeza da qual eu pensei que Finn fosse incapaz, a porta do banheiro foi aberta com tudo e bateu na parede, fazendo barulho alto o suficiente para acabar com aquele quase momento que tínhamos vivido. Rapidamente nos afastamos quando três meninas entraram.

– Ai, meu Deus! É o Finn! Ai, meu Deus! – A mais loura delas começou a pular de alegria, com o decote cirurgicamente protuberante quase escapando da blusa, enquanto ela ignorava totalmente a minha presença e dava em cima do vocalista de suas fantasias.

Evitei olhar na direção dele, me reprimindo pelo que eu quase havia deixado acontecer. Garanti a mim mesma que tinha sido por eu estar bêbada, só por ter baixado a guarda depois do pior dia do ano. Não aconteceria de novo. Nunca mais.

Passei pelo trio de fãs, quase correndo na pressa de sair do banheiro e me afastar dele.

– Isso não acabou, Brooklyn – eu ouvi quando ele gritou enquanto eu fugia.

– Lembre-me de nunca mais dar ouvidos a você – falei, me sentando na frente de Lexi. – E de te dar uns tapas.

– O que eu fiz dessa vez? – Lexi sorriu, maliciosa, deslizando meu ice tea Long Island sobre a mesa na minha direção. Tomei um gole para me recompor, torcendo para que a bebida apagasse o que havia acabado de acontecer no banheiro.

– Você se lembra de ter me garantido que o Finn não tinha o menor interesse em mim?

– Talvez sim. – Os olhos de Lexi se arregalaram, ansiosos. Ela não esperava que eu dissesse aquilo.

– Pois então. Ele acabou de me encurralar dentro do banheiro. E tentou enfiar a língua na minha boca.

– E você não deixou?

– Lexi! Meu Deus. Eu nem gosto dele.

– E daí? Ele é lindo – ela disse, olhando para mim como se eu fosse doida. – E desde quando você se importa com gostar dos caras com quem dorme? Nós duas sabemos que você não quer relacionamento com ninguém. Nem o Finn. A meu ver, isso poderia ser absolutamente perfeito.

– Vai ficar complicado. Sempre fica complicado.

– Querida – Lexi suspirou –, o Finn não se apega. Ele só pega, não namora ninguém. Vocês dois estão a fim um do outro, isso é claro, e vocês dois são atraentes, então que se dane, acabem logo com isso. Depois, você vai embora, como sempre faz. Sem problemas.

Lexi fazia aquilo parecer muito simples, muito fácil. Naquele momento, senti vontade de ceder. Depois do que tinha acabado de acontecer entre Finn e eu no banheiro, duvidava que seria capaz de resistir de novo. A verdade era que eu o desejava. Eu o quis desde a primeira vez em que o vi.

Sexo sem compromisso nunca tinha sido um problema para mim. Nunca tinha deixado as emoções atrapalharem meus relacionamentos; assim que sentia que as coisas estavam ficando muito intensas, eu terminava. Talvez não fosse nada diferente com Finn – eu só teria que ser mais cuidadosa do que o normal. Ele tinha um jeito de me envolver como ninguém mais tinha.

Eu teria que mantê-lo a uma distância segura. Talvez decidisse dormir com ele, mas com certeza nunca escolheria confiar nele.

– Acho que não, Lex – falei, e minha voz não convenceu nem a mim mesma.

– Hummm – murmurou Lexi, sem acreditar em nada do que eu estava falando.

Decidi ignorá-la e me virei para o palco para ver os membros da banda se prepararem para a segunda parte. Finn parecia totalmente normal, rindo de algo que Tyler havia dito e claramente inalterado pela nossa interação no banheiro. Foi tolo da minha parte pensar que eu significaria algo para um cara como aquele. Eu não passava de mais uma bunda para ele – só que, diferentemente das groupies, eu era um desafio por não abrir as pernas quando ele queria. Ele estava apenas interessado na caça. Por algum motivo, fiquei abalada quando me dei conta disso.

Ignorando o baque, tomei mais um gole da bebida e voltei a focar em Lexi, que estava, como sempre, falando sem parar sobre as qualidades de Tyler.

– E o baterista é quem realmente une o grupo, sabe? Sei lá, sem o Tyler eles não teriam nada. Então…

Lexi parou no meio da frase, com os olhos arregalados ao ver algo atrás de mim. Antes que eu conseguisse me virar, fui erguida de meu banquinho e arrastada para trás contra um peito não conhecido. Dois braços grandes envolveram minha cintura, me apertando tanto que até mesmo minha tentativa de fuga foi inútil.

Não que eu não tenha tentado escapar a qualquer custo. Bati os pés sem parar, no ar, tentando acertar uma canela ou, de preferência, a parte do corpo que ficava bem mais acima e que era muito mais preciosa para meu agressor.

– Calma, linda, só estou te perturbando. Sei que você é muito arisca.

De repente, as mãos me soltaram e eu desci, perdendo o equilíbrio e quase caindo de cara no chão grudento da balada. Uma mão enorme apareceu e segurou meu braço a tempo, impedindo minha queda e me deixando cara a cara com Gordon O'Brien.

Gordon tinha sido um erro, um erro induzido por muitas doses de tequila em uma festa de fraternidade na primavera passada. Ele era um jogador de futebol americano, supostamente bom, mas eu não tinha certeza, já que nunca tinha ido a um dos jogos. Por ser um daqueles caras que dava para saber que tinham sido criados em berço de ouro e educado para acreditar na própria superioridade, ele era bonito como um modelo da Ralph Lauren. A atração terminava aí.

Gordon era o verdadeiro idiota de todos os filmes de ensino médio entediantes a que eu já tinha assistido – sempre o primeiro a tirar sarro dos que não se conformavam e que se recusavam a ser mais um em seu séquito. Se houvesse armários na faculdade, ele estaria enfiando alunos do primeiro ano dentro deles.

Também parecia ter problemas com rejeição. Depois do dia em que ficamos juntos, quando estávamos bêbados, eu desapareci de cena o mais rápido possível. Apesar de ele ter tentado entrar em contato comigo diversas vezes desde então, sempre recusei sua oferta para que repetíssemos o lance. Quatro minutos incrivelmente longos com um mamute suado gemendo em cima de mim tinham sido o suficiente para nunca mais querer ver Gordon na minha vida, obrigada. Não existia tequila suficiente no mundo para me convencer do contrário.

– Você não vai me cumprimentar direito? – perguntou ele, com os lábios contraídos numa expressão sedutora que tenho certeza de que ele havia praticado na frente do espelho.

– Oi, Gordon. Tchau, Gordon – falei, girando e encontrando Lexi de olhos arregalados. Ouvi a banda tocar a primeira música, um cover de uma das de Bon Iver que eu amava.

– Não é assim, Brooklyn. – Ele envolveu meus braços com mais força dessa vez, força suficiente para que eu soubesse que provavelmente acabaria com dois hematomas no dia seguinte. Aos poucos, ele aumentou a pressão ao me puxar contra seu peito de novo, fazendo meus olhos ficarem cheios de lágrimas por causa da dor. Lexi, percebendo que a situação era mais do que eu podia tolerar, levantou-se de onde estava e foi em direção à porta, sem dúvida procurando Billy, o segurança.

– Me solta, seu cretino – exigi, entredentes. Meus braços doíam e minha respiração estava ficando mais rápida. Eu não gostava de ser tocada casualmente por alguém, a menos que eu estivesse no controle da situação, e aquilo tinha passado de todos os limites.

– Brooklyn – sussurrou ele, com a boca perto do meu ouvido e a respiração ofegante e quente contra meu pescoço. Ele estava excitado com aquilo, por estar me machucando. Era mais doente do que eu pensei. – Por que não está sendo boazinha comigo, linda? Você foi tão boazinha comigo na primavera passada, não se lembra? – Ele se movimentou de repente, e eu senti sua ereção na direção da minha lombar.

Procurei Lexi desesperadamente, mas não a vi entre as pessoas. Todo mundo ao meu redor parecia convenientemente ocupado – estavam bêbados, assustados ou preocupados demais consigo mesmos para se envolver na minha situação. A voz de Finn tomava o espaço ao meu redor, cantando uma letra a respeito de voltar para casa e ex-namorados. Tentei me concentrar na música, mas todos os sons da balada desapareciam depressa. Tudo parecia meio distante naquele momento, sem foco. Gordon continuava sussurrando para mim, mas não era mais a sua voz o que eu ouvia. Era outra voz, uma voz que eu havia tentado esquecer por 14 anos.

Vou matá-la. Não se aproximem ou ela morre.

Uma arma era pressionada contra minha têmpora. Mãos tão fortes que não me deixavam respirar. Sangue, muito sangue. Policiais gritando. Sirenes altas.

Abaixem as armas ou ela morre, porra.

Eu não conseguia respirar. Gordon ainda estava falando, mas eu já não escutava. Fechei os olhos com força enquanto tentava acabar com aquela situação. Ao longe, acreditei ter ouvido a música ser abruptamente interrompida, mas já não tinha certeza de mais nada. Minha cabeça estava zonza pela falta de oxigênio.

Então, com a mesma rapidez com que havia me agarrado, Gordon me soltou. Eu caí no chão e nem sequer tentei me levantar dessa vez, sabendo que não tinha controle do meu corpo. Ao ouvir o barulho inconfundível de socos, levantei a cabeça e vi Finn atacando Gordon, dando socos e mais socos no rosto dele.

– Nunca mais encoste as mãos nela, porra – disse Finn. Ele já não mais sorria. Estava irado, sua brutalidade totalmente despejada no jogador de futebol. Apesar de Gordon ter uns quinze quilos a mais do que Finn, estava claro que era mais lento e menos habilidoso. – Você está me ouvindo, desgraçado? Se voltar a falar com ela, juro que vai ser a última coisa que vai fazer na vida.

Gordon gemeu uma resposta, incapaz de formar palavras.

Abruptamente, Finn parou de dar socos nele e a raiva desapareceu de seu rosto. Ele saiu de cima de Gordon, que não parecia pronto para se levantar logo, e apareceu ao meu lado mais rápido do que pensei ser possível.

Passou os braços por trás de meus joelhos e por trás de meus ombros e me ergueu, da mesma maneira que tinha feito no primeiro dia em que nos vimos. Imediatamente virei a cabeça para seu ombro, bloqueando o resto do mundo enquanto ele me levava para fora da casa de shows.

Quando chegamos a uma caminhonete no estacionamento, Finn abriu a porta e entrou no banco da frente sem me soltar. Quando fechou, continuou me segurando, com a boca pressionada contra meus cabelos. Fez-se silêncio, exceto por alguns murmúrios dele.

– Você está bem, Bee. Você está bem. Eu estou com você. Só respire.

Ainda estava ofegante, mas me concentrei para controlar a respiração.

– Isso mesmo, Bee. Você está bem agora.

Minhas mãos agarravam firmemente a camiseta dele, e eu tremia com os soluços reprimidos. Não queria chorar. Se eu começasse a chorar, talvez não parasse nunca mais.

O tempo passou... talvez tivessem sido minutos, talvez horas. Finn não parecia ter pressa nenhuma de sair dali; ele não me pressionou, não disse para eu parar de chorar, como qualquer outro garoto teria feito. Simplesmente me abraçou e me deixou respirar.

Por fim, parei de tremer e senti o pânico desaparecer de dentro de mim. Minha voz estava quase irreconhecível quando tentei falar, um sussurro trêmulo que certamente não podia ser a minha voz.

– O que... – Pigarreei antes de tentar de novo. – O que aconteceu?

– Você teve um ataque de pânico – disse Finn, como se isso explicasse tudo.

– Mas... você estava no palco? – Minha voz estava incerta, procurando explicação.

– Vi aquele idiota segurando seus braços e então vi seu rosto. Tive que tirá-lo de perto de você.

– Então você simplesmente pulou do palco no meio da música? – perguntei, sem acreditar, já com a voz mais calma. – Meu Deus, você tem uma veia dramática, né?

– Você deve estar se sentindo melhor se já voltou a me ofender – disse Finn. Percebi que ele estava achando graça e senti a tensão deixar seus braços.

– Obrigada – sussurrei, sem saber o que mais poderia dizer.

– Não me agradeça. Pode acreditar, foi um prazer socar a cara dele. O cara é um trouxa.

Ficamos em silêncio de novo. Eu poderia – deveria – ter saído de perto de Finn, mas não saí. Eu me sentia segura ali, aninhada no calor daqueles braços, de alguma maneira –, afastada de tudo o que havia acabado de acontecer. Era uma sensação gostosa – que eu não conseguia lembrar de ter sentido desde a infância.

Eu não quis quebrar o silêncio entre nós, mas sentia que devia a ele alguma explicação. Fosse qualquer pessoa, eu teria tirado a importância do que havia acontecido, mas Finn saberia que era mentira. Seria melhor evitar isso e contar a ele pelo menos algo parecido com a verdade.

Eu me forcei a sair de seu abraço e me sentei ao lado dele no banco. Cuidando para que nossos corpos não estivessem em contato, eu me virei para olhar para ele. Se os olhos dele demonstrassem dó, eu teria simplesmente saído da caminhonete e partido, mas estavam cuidadosamente protegidos de qualquer emoção visível. Respirei fundo e comecei.

– Me desculpa se você está esperando alguma explicação. Não posso explicar. – Engoli em seco, nervosa. – Ele me agarrou forte demais, e às vezes isso causa ataques de pânico. Não gosto que desconhecidos me toquem. Não suporto ser presa daquela forma. É isso. – Olhei para ele, esperando algum tipo de reação. – Obrigada por ter me ajudado – completei, quase como uma conclusão.

Ele ficou em silêncio por muito tempo.

– Tudo bem – disse ele.

– Só isso? Nenhuma pergunta? Não vai exigir que eu explique? – perguntei.

– Brooklyn, você não é o tipo de pessoa que revela coisas que não está pronta para revelar. Então, vou esperar. O tempo que levar, vou esperar. Porque, quando você estiver pronta, vai me contar. – Ele parecia tão confiante, como se fosse inevitável que eu escancarasse a alma para ele, qualquer dia.

– Talvez você tenha que esperar muito tempo – falei, em dúvida. – Talvez tenha que esperar a vida toda.

Ele deu de ombros, como se a ideia não o incomodasse.

– Já estou esperando a vida toda.

– O que quer dizer com isso? – perguntei, estreitando os olhos, desconfiada.

Ele só sorriu um sorriso meio triste, ignorando minha pergunta quando se virou para enfiar a chave na ignição. O motor foi ligado e começamos a sair do estacionamento.

– E a Lexi?

– Ela está com o Ty. Não sei.

– E o show?

– Haverá outros shows – disse ele, dando de ombros.

Com qualquer outra pessoa, eu exigiria saber para onde estávamos indo, mas não aguentava mais lutar. Eu estava exausta, emocionalmente esgotada e pronta para que aquele dia infernal acabasse.

– Hoje faz 14 anos que minha mãe morreu. – Era eu mesma dizendo aquilo? Em voz alta? Para Finn, ainda por cima? Eu estava enlouquecendo.

Ele me analisou, surpreso. Claro que estava surpreso. Afinal, eu não tinha acabado de dizer a ele que não dava explicações? Que ele teria que esperar a vida toda?

– A morte é uma merda – disse ele. – Nunca fica mais fácil. As pessoas dizem besteiras clichês como "o tempo cura todas as feridas" para se consolar. Mas qualquer um que tenha passado pelo pesar de verdade sabe que nunca acaba – a gente só fica melhor em mentir, em encobrir os sinais, em fingir que está tudo normal.

Ele falava por experiência própria; também tinha perdido alguém. Era reconfortante, de um jeito doido, saber que havia alguém que havia sentido a perda que eu senti e ainda estava de pé. Eu não estava sozinha na minha guerra sem fim contra o pesar.

Eu não disse mais nada enquanto ele me levava para casa – acho que ele nem esperava que eu dissesse. Quando paramos na frente da minha casa, hesitei antes de levar a mão à porta.

– De quem é essa caminhonete? – perguntei, percebendo que, como não estávamos de moto, aquela só podia ser o caminhonete de outra pessoa.

– Na verdade, é minha. Eu a uso quando o tempo está ruim ou quando tenho que levar os instrumentos da banda para os shows.

– Ah – falei, tentando imaginar como um universitário conseguia ter não só uma moto, mas também uma caminhonete relativamente nova. – Puxa, ela é bonita.

– Obrigada. Brooklyn?

– Sim?

– Só para constar, somos amigos agora, oficialmente. Quando a gente se envolve numa briga com alguém por causa de outra pessoa, não tem como voltar atrás.

Sorri.

– Eu sabia que você ia querer algo em troca. Acho que o cavalheirismo morreu mesmo – falei, provocando. – Nunca tive um amigo do sexo masculino.

Quando eu disse isso, ele fez uma cara esquisita, mas a expressão durou pouco, não consegui analisá-la. Ele voltou a sorrir e eu quase pensei ter imaginado o olhar estranho.

– Bom, eu não costumo ser amigo de mulheres, então é uma novidade para nós dois – disse ele.

Saí da caminhonete e me virei para me despedir, mas Finn já estava saindo do banco do motorista. Deu a volta no veículo, segurou minha mão e me guiou até a escada que levava à minha casa.

– O que está fazendo? – perguntei, revirando os olhos. – Não precisa me levar até a porta.

– Como seu amigo, é minha obrigação levá-la para casa em segurança. Também é minha obrigação dizer que você é a garota mais teimosa e cabeça-dura que conheço.

– Obrigado, amigo.

– Não por isso.

Chegamos ao fim da escada e eu destranquei a porta. Virando-me para olhar para Finn mais uma vez, fiz algo que surpreendeu até a mim mesma.

Na ponta dos pés – um grande feito, devo dizer, já que estava de sapatos de salto –, eu passei os braços ao redor do pescoço dele e encostei o rosto em seu pescoço. Ele apoiou o queixo no topo da minha cabeça e passou os braços pela minha cintura. De pé, desse jeito, parecíamos duas peças de quebra-cabeça reunidas. Um encaixe perfeito.

Um suspiro satisfeito saiu de meus lábios quando ele me abraçou. Amigos se abraçavam, certo? Não estávamos atravessando limites. Aquela sensação de pura segurança, de proteção, era uma reação perfeitamente normal a um amigo. Mas uma voz fraca no fundo da minha mente me perturbou dizendo que, nas raras ocasiões em que Lexi e eu tínhamos nos abraçado, eu nunca tinha me sentido daquela forma. Merda.

– Obrigada de novo – sussurrei, voltando a apoiar os saltos no chão e tirando os braços do pescoço dele. Rapidamente me virei para a porta, sem querer olhar nos olhos de Finn, com medo do que poderia ver ali. – Boa noite.

– Boa noite, Bee – disse ele, baixinho, quando fechei a porta. Eu o observei descer a escada, entrar em sua caminhonete e partir. Minhas pernas fraquejaram e eu lentamente escorreguei, me abaixando até o chão, encostada na porta, até me encolher. Ao olhar para o relógio do micro-ondas, vi que era meia-noite e três.

O aniversário da morte da minha mãe finalmente tinha acabado. Que dia.

CAPÍTULO SETE

PIADA SEM GRAÇA

Pressionei as pontas dos dedos no estofamento preto de couro e tentei me controlar. Era uma poltrona bacana, cara, do tipo que eu imaginaria ter aos montes no escritório de um empresário rico como meu pai. Aquela poltrona me surpreendeu.

A maioria dos psicólogos com os quais eu já tinha me consultado tinham consultórios feitos para inspirar sentimentos de conforto e de uma vida idílica. Eram escritórios cheios de estantes, com um monte de objetos pequenos, e sempre tinham uma caixa de lenços convenientemente posicionada por perto. Não sei bem quem determinou que "jovens problemáticas" como eu prefeririam um ambiente assim; no mínimo, era um tapa na cara, fazendo com que eu me lembrasse, de modo claro, que a mansão moderna e minimalista de meu pai nunca seria parecida com um lar.

Os psiquiatras – pelo menos os que eu tivera o azar de conhecer – não costumavam adotar um *look* moderno; seria clínico, estéril demais para simular qualquer sensação de camaradagem. Até aquele momento, só pela escolha da mobília, a Dra. Joan Angelini havia superado minhas expectativas e sambava na cara da convenção. Mas, na realidade, nada naquela situação era convencional, considerando que era a primeira psicóloga que eu procurava por vontade própria.

Pela décima vez em dez minutos, lutei contra o impulso de sair porta afora, lembrando a mim mesma que aquela tortura era autoinfligida. Ela não era uma médica do Estado, me examinando a pedido do meu pai ou da justiça; estava ali me analisando estritamente porque eu havia solicitado que assim fosse. Na realidade, eu havia entregado a ela várias centenas de dólares – e um pedaço pequeno da minha alma – e pedido tal tormento.

E por quê? Porque um ataque de pânico tinha me deixado assustada.

– Você não deveria me fazer perguntas? – questionei, cruzando os braços e arregalando os olhos para a mulher à minha frente. Ela tinha quase 50 anos e se vestia com roupas da moda, com os cabelos loiros presos em um elegante coque e a blusa engomada à perfeição.

– Há algo em especial que você queira que eu te pergunte? – respondeu ela, com indiferença praticada, sem se deixar abalar por minha natureza nervosa.

– Bom, não te paguei para você ficar olhando para a minha cara por sessenta minutos.

– Brooklyn, você me procurou. Por quê? O que fez você decidir vir aqui?

– Tive um ataque de pânico ontem à noite.

– Certo, isso não é algo com que se preocupar. Quase todo mundo tem um ataque de pânico em algum momento. Foi o seu primeiro?

– Não. – Respirei fundo e me preparei para descarregar 14 anos de disfunção reprimida naquela mulher. Só esperava que ela conseguisse dar conta, afinal era o trabalho dela. – Eu sofro com isso esporadicamente desde que testemunhei o assassinato da minha mãe, aos 6 anos de idade. O viciado que a matou pegou as chaves e saiu com a caminhonete dela. Aparentemente, ele estava tão doido que não notou que havia uma criança pequena no banco de trás.

Vi os olhos da Dra. Angelini se arregalarem – nem mesmo os psicólogos conseguem esconder suas emoções –, e o movimento de sua caneta me dava a certeza de que ela estava registrando cada detalhe. Mantive a voz impassível enquanto fornecia os fatos – e nada além disso.

– Bati na cara dele e ele soltou o volante. Colidimos. Ele me agarrou e me usou como escudo humano durante uma troca de tiros com a polícia, mas não me lembro muito dessa parte. Acho que ele me segurou com tanta força que desmaiei. Mas me lembro de ter perdido muito sangue e de não conseguir respirar.

– O que causou o ataque de pânico ontem? – perguntou ela.

– Um idiota em um bar me agarrou por trás e me ergueu do chão – falei, distraidamente passando as mãos pelos hematomas escondidos sob as mangas da minha jaqueta. – Eu não consegui respirar. Ouvi sirenes e a voz dele em minha mente.

– Dele?

– Ernie Skinner. O cara que matou minha mãe.

– Então está me dizendo que a agressão acionou uma memória?

– Acho que sim – eu disse, dando de ombros. – Nunca tentei me lembrar muito daquele momento da minha vida. Na verdade, tenho feito tudo o que posso para evitar as lembranças.

– E agora?

Olhei dentro dos olhos dela.

– Agora, acho que quero me lembrar.

A Dra. Angelini sorriu pela primeira vez desde que eu havia entrado no consultório.

– É um começo, Brooklyn.

Entrei em casa e deixei as chaves sobre o balcão da cozinha. Minha consulta com a Dra. Angelini não tinha sido tão ruim quanto eu esperava que fosse – por algum motivo havia me aberto com ela como nunca fizera com nenhum dos outros psicólogos. Talvez, antes, eu ainda não estivesse pronta para tocar no assunto.

Lexi não estava em casa, o que não era uma surpresa; atualmente, ela passava a maior parte do tempo livre no apartamento de Tyler. Mas eu não me importava de ficar sozinha. Havia aprendido a ser autossuficiente aos 6 anos.

Ao entrar em meu quarto, imediatamente notei duas coisas: a jaqueta de couro de Finn, que eu ainda não tinha devolvido, estava pendurada em um gancho na porta do guarda-roupa e um buquê de flores estava sobre o criado-mudo. Com certeza aquelas coisas não estavam ali de manhã, antes de eu sair para a consulta com a Dra. Angelini, e, até onde eu sabia, Lexi havia passado o dia todo fora.

Rapidamente atravessei o quarto e olhei para as flores. Não estavam em um vaso e o único adorno era uma fita de cetim preta, que mantinha o buquê inteiro. As flores eram incomuns – uma dúzia de rosas negras. Não havia cartão com elas, nem qualquer sinal que indicasse como tinham chegado ao meu quarto. Os pelos de meu pescoço se arrepiaram instantaneamente, e, apesar do calor do dia, arrepios se espalharam por minha pele.

Alguém havia entrado no meu quarto.

Eu me virei e analisei o ambiente à procura de invasores, com um guarda-chuva na mão servindo de arma improvisada, conferi embaixo da cama, dentro do banheiro, dentro do quarto de Lexi, na cozinha e na sala de estar. Não era uma investigadora, mas já tinha assistido a muitos episódios de CSI para saber o que procurar. Nada parecia ter sido mexido. Não havia marcas de pés no carpete, as portas e janelas estavam todas trancadas e não pareciam ter sido forçadas, e não havia nem uma revista fora do lugar. Era como se as flores tivessem se materializado.

Voltando para o quarto, peguei o buquê e o joguei dentro de uma pequena lixeira ao lado da minha mesa. Ao soltar os caules, espinhos afiados cortaram as minhas mãos. Fiz uma careta quando vi várias gotas de sangue pingando das pontas dos dedos, pousando nas pétalas escuras dentro do cesto de lixo, deixando-as com manchas vermelhas.

Muitos sinais de alerta passaram a soar na minha mente enquanto pensava nas flores. Quem as havia deixado ali? Como tinham ido parar em meu quarto? O que significavam? Quem dá rosas negras e cheias de espinhos a alguém?

Envolvi os piores arranhões com lenços de papel para parar o sangramento e abri meu laptop. Uma rápida pesquisa no Google me disse exatamente o que eu queria saber.

As rosas negras, que não existem na natureza, costumam ser mais usadas para simbolizar o ódio extremo ou a morte, apesar de também significarem despedida, rejuvenescimento, renascimento ou o retorno de uma longa viagem da qual não se esperava sobreviver. No folclore, as rosas negras são prenúncio de morte; uma pessoa que encontra essa flor agourenta possivelmente morrerá.

Morte.

Alguém estava me mandando rosas como um sinal de minha morte iminente. Com este pensamento, meu coração começou a bater mais forte e senti as paredes se fechando ao meu redor. Comecei a fazer uma lista mental de pessoas que poderiam querer me matar, ou, pelo menos, me assustar. Gordon me ocorreu de imediato. Depois da surra que ele levou ontem à noite por minha causa, talvez quisesse vingança.

Outra possibilidade, um suspeito infinitamente mais mortal do que Gordon, surgiu nos recessos de minha mente, mas não ousei pensar naquilo. Nem sequer queria considerá-lo uma opção. Além disso, ele estava preso em San Quentin. Se tivesse sido solto, teriam me avisado.

Peguei meu telefone e logo teclei o número de Lexi. Não atendeu de primeira, então desliguei e tentei de novo. Ela acabou atendendo, meio sem fôlego.

– Brooklyn? Está tudo bem?

– Lex, você esteve em casa em algum momento hoje?

– Não, estou no Ty desde ontem. O que foi?

– Havia um buquê de rosas negras em cima do meu criado-mudo quando cheguei agora há pouco. A casa estava trancada. Não sei de onde elas vieram.

– Você disse rosas negras? – sussurrou Lexi, com a voz trêmula.

– Sim.

– Passei por um período longo envolvida com rosas enquanto ajudava minha irmã a escolher os arranjos de flores de seu casamento. Rosas negras não são bom sinal, Brookie. Normalmente, elas significam…

– Morte – eu a interrompi. – Eu sei.

– O que você vai fazer? – perguntou ela.

– Acho que vou chamar a polícia – falei, me sentindo paranoica e tola, mas sem saber o que mais fazer.

– Já estou indo pra casa – disse ela, desligando antes que eu pudesse argumentar.

– Poucos minutos depois, a porta se abriu e ouvi Lexi correndo enquanto se dirigia ao meu quarto. Abrindo a porta do cômodo, ela se jogou na minha cama e me abraçou. Eu estava tão assustada que nem sequer tive tempo de retribuir o abraço antes que ela se afastasse para olhar em meu rosto.

– Você está bem? – perguntou com a preocupação tomando seus olhos azuis.

– Estou bem. – Dei de ombros. – Acho que só um pouco assustada.

– Onde estão elas?

Meneei a cabeça na direção da lata de lixo e Lexi saiu da cama para analisar o buquê bizarro. Depois de alguns minutos, voltou e se sentou na cama.

– Não deixaram bilhete?

– Não.

– Já ligou para a polícia?

– Estava esperando por você – menti. Na verdade, eu quase tinha me convencido a não ligar. Provavelmente não passava de uma brincadeira idiota. Assustadora? Sim. Ameaçadora? Não. Além disso, o que a polícia poderia fazer nessa situação?

– Brooklyn Grace Turner. – Lexi arregalou os olhos para mim, vendo que eu mentia. – Vamos chamar a polícia agora mesmo. – Ela pegou o celular e teclou o número da delegacia. Assim que começou a tocar, passou o telefone para mim.

– Delegacia de Polícia de Charlottesville, como posso ajudar?

– Uh, meu nome é Brooklyn Turner e estou ligando para denunciar... acho que minha casa foi invadida.

– Você acha? – O homem parecia irritado. – Senhora, se não for uma ligação séria, terei que desligar.

– Bem, cheguei em casa hoje à tarde e havia um buquê de rosas negras em meu quarto. Eu e a amiga que vive comigo não temos ideia de como essas flores vieram parar aqui. A casa estava trancada. Não deixaram bilhete.

– Vou mandar alguém para ver como estão as coisas e falar com você. Qual é o endereço?

Depois de pegar o nome da rua e o número da nossa casa, o atendente me garantiu que um policial chegaria em breve. Devolvi o telefone a Lexi, e ela segurou meu braço e me levou para a sala de estar.

Para minha surpresa, Tyler e Finn estavam sentados no sofá, falando baixinho. Pararam de conversar e olharam para a frente quando entramos na sala. Olhei nos olhos de Finn e desviei o olhar em seguida. Não fazia ideia do que dizer a ele depois da noite passada. Antes que eu pudesse avançar, Finn se levantou e parou na minha frente, passando as mãos com delicadeza por meus braços, analisando as marcas escuras que as mãos de Gordon tinham deixado.

Olhei em seus olhos, que estavam tomados de raiva. Ao ver a expressão dele, tentei puxar o braço e me afastar, mas ele me segurou.

– Vou matá-lo – disse ele entredentes. Eu nunca o vira tão furioso e não gostei nada daquilo.

– Estou bem, Finn. Não é nada demais, então, por favor, relaxe.

– Não é nada demais? Está brincando, Brooklyn? – Finn abaixou meu braço e começou a andar pela sala. – Ele pôs as mãos em você. Você está com hematomas, porra! Por favor, explique qual parte não é nada demais! – Ele estava gritando agora, passando as mãos pelos cabelos, irritado. De repente, virou-se para mim.

– Nunca vai ser aceitável que alguém te toque desse jeito. Por favor, diga que sabe disso.

– Eu sei – respondi com calma. Eu não tinha me dado conta do quanto meus hematomas o incomodavam. – Mas é sério, não está mais doendo. E você cuidou dele ontem.

– Eu gostaria de fazer muito mais do que estourar a cara bonitinha daquele cara – murmurou Finn, evidentemente pensando em matar Gordon. Para acalmá-lo, levei as duas mãos ao seu rosto e o virei em direção a mim. Ele se assustou, claramente surpreso com meu toque, mas, assim que nossos olhos se encontraram, pareceu relaxar.

– Obrigada por ontem – falei, olhando em seus olhos. – Não sei o que eu teria feito se você não estivesse lá.

Ele respirou fundo e fechou os olhos.

– Não precisa me agradecer.

Ouvimos alguém bater à porta e afastei as mãos do rosto de Finn. Lexi abriu a porta, revelando um policial de meia-idade com barriga de cerveja, barba grisalha e cabelos ralos também grisalhos.

– Sou o policial Carlson. Vou pegar seu depoimento e dar uma olhada na propriedade à procura de sinais de invasão. Algum de vocês pode me explicar o que aconteceu?

Lexi deu um copo de água ao policial e se sentou no sofá com ele, falando sobre as flores e sobre seu aparecimento misterioso. Depois de fazer anotações em um caderno preto e pequeno, ele foi comigo até o quarto e analisou o buquê que estava dentro do cesto de lixo.

– Bem – disse ele, passando a mão na barriga protuberante. – Teria sido melhor se você não o tivesse tocado, claro, mas posso levá-las de volta à delegacia para ver se conseguimos colher impressões digitais. Apesar de as flores não serem muito boas para colher esse tipo de prova. – Ele riu, evidentemente achando graça na situação.

Que bom que mandaram o melhor investigador de Charlottesville para ajudar a resolver meu problema.

Depois de colocar as flores dentro de um saco e de dar uma olhada na tranca da porta, o policial Carlson foi embora. Prometeu me avisar assim que eles tivessem respostas a respeito da invasão, mas eu não ficaria contando com isso. Fechei a porta quando ele saiu e lentamente fui para meu quarto, ignorando o olhar de preocupação de Lexi, Tyler e Finn. Precisava ficar sozinha.

Abrindo a janela, fui para o terraço e me sentei, com as pernas encolhidas contra o peito. Apoiei os braços em cima dos joelhos, abaixei a cabeça e fechei os olhos, tentando controlar a respiração. De certo modo, nem mesmo o terraço me parecia seguro agora. A entrega das flores esquisitas tinha me deixado mais abalada do que eu queria admitir – para mim e também para as três pessoas sentadas no sofá.

Na verdade, o único momento em que me senti protegida em semanas foi ontem à noite, quando Finn me pegou no colo, como um herói, e me levou para longe de Gordon e da multidão que me causava pânico no Styx. Eu não sabia muito bem por que ele conseguia me acalmar tanto. Nunca tinha precisado de alguém para me salvar, e não queria ninguém naquele momento.

Fiquei surpresa ao reconhecer que gostava da companhia de Finn – de como ele me fazia rir, de como eu me pegava sorrindo, mesmo sem querer, na presença dele, de como havia reagido ao me ver machucada. Apesar de tudo isso, eu não tinha certeza de que ele sentia algo por mim, além do desejo de me colocar na longa lista de garotas com quem tinha transado.

Não sei bem quanto tempo se passou enquanto permaneci no terraço. A tarde estava terminando e o sol descia no horizonte. Ouvi a janela de meu quarto sendo aberta, e Finn abafando um palavrão quando passou o corpo grande pela pequena abertura. Não virei a cabeça para olhar para ele quando se acomodou ao meu lado.

Ele estava no terraço. Lexi nunca estivera ali comigo. Eu deveria ter me sentido violada ou irada com a invasão dele ao meu espaço particular, mas, de certa forma, me pareceu certo tê-lo ali. Afinal, ele tinha me mostrado seu ponto de observação na estrada.

Esperei que dissesse alguma coisa, mas ficou em silêncio. Depois de alguns minutos, colocou a jaqueta de couro, que tinha encontrado pendurada no meu quarto, ao redor dos meus ombros e me abraçou. Eu não tinha notado o frio que sentia até entrar em contato com o calor dele.

– Quer ouvir uma piada sem graça? – Finn perguntou.

Virei a cabeça para olhar para ele e ergui uma sobrancelha. Ele estava falando sério? Não parecia ser exatamente o tipo comediante.

– Vou entender seu silêncio como um sim – disse ele, parando para reorganizar as ideias. Franziu o cenho como se estivesse pensando. – O que o cavalo foi fazer no orelhão?

Olhei para ele sem saber o que responder.

– Passar um trote! – Finn riu, observou minha cara de quem não tinha achado graça e voltou a ficar reflexivo. – Hum, tá, essa foi ruim. Então outra: Qual é o cereal preferido do Drácula?

De novo, não esbocei reação.

– Aveia, Brooklyn. – Ele suspirou. – Essa era óbvia! Se eu não soubesse do que está acontecendo, pensaria que você nem sequer tentou responder.

Ainda assim, não ri, e ele revirou os olhos.

– Nossa, que plateia dura na queda. Está bem, lá vai a última. Até porque não sei mais nenhuma. Amor, você joga quadribol?

Acho que fiquei boquiaberta, chocada. Não era possível que ele estivesse fazendo uma piada sobre Harry Potter. Ou era?

– Porque você não é o pomo de ouro, mas quero muito te pegar – concluiu ele, abrindo um sorrisão.

Não consegui controlar... acabei rindo.

– Você gosta de Harry Potter? – perguntei, sem acreditar.

– Mas que pergunta é essa? – perguntou Finn, com o rosto meio corado de vergonha. – Todo mundo gosta de Harry Potter. Você não?

– Gosto, sim. Só que nunca escutei um cara admitir isso. – Comecei a rir ao ver seu desconforto. – Falando sério, onde aprendeu essas piadas? Elas são terríveis, fique sabendo disso quando tentar animar garotas chateadas.

– Ah, pode acreditar, sei que são ruins. Minha irmã mais nova me ensinou todas elas há um tempo, e não esqueci. Além disso, elas te fizeram rir... no fim das contas. – Ele semicerrou os olhos ao sorrir para mim.

Ele era lindo o tempo todo, mas vê-lo daquele jeito, tão jovial e leve, fazia com que ficasse ainda mais atraente. Meu coração pareceu se revirar no peito enquanto eu o observava de perfil: o rosto bem desenhado, os cabelos escuros sempre despenteados, a covinha linda de morrer e aqueles olhos azuis incríveis. Eu me inclinei na direção dele e dei um beijinho em seu rosto, apoiando a testa em seu pescoço, sem que ele tivesse tempo de reagir.

– Obrigada. De novo. – Dei risada. – Parece que, atualmente, estou sempre te agradecendo por alguma coisa.

Finn beijou o topo da minha cabeça e deu de ombros.

– É pra isso que servem os amigos, certo?

Hum. Então ainda éramos só "amigos" aos olhos dele. Guardei essa informação para ser dissecada futuramente.

– Então você tem uma irmã mais nova?

– Irmã adotiva, teoricamente. Fui adotado aos 10 anos.

– Ah. – Eu queria saber mais, mas senti receio de perguntar. Se ele me contasse sua história, eu seria obrigada a contar a minha?

– Sim, meus pais biológicos morreram quando eu tinha 8 anos. Acidente de carro. Passei um tempo em casas temporárias e orfanatos antes de meus pais adotivos me encontrarem. Eles salvaram minha vida. – O tom de voz dele era de reflexão, sem tristeza, apenas uma aceitação contemplativa de seu passado. Não lamentei a perda que ele havia sofrido, porque as pessoas vinham lamentando a minha perda havia 14 anos e isso nunca mudou absolutamente nada.

– Eu... – parei de falar, pigarrei e tentei de novo. – Passei um tempo em um orfanato também. – Virando o rosto para o pescoço de Finn, bloqueei o mundo e passei a falar baixinho. – Em determinado momento, meu pai biológico apareceu e me levou. Não sei por que ele se deu ao trabalho. Não tinha interesse nenhum em me criar.

Permanecemos em silêncio por um tempo, observando as estrelas começarem a surgir no céu escuro lentamente. Nós dois tínhamos deixado de falar, mas não foi esquisito. Era estranhamente consolador saber que ele tinha coisas que não se sentia pronto a compartilhar.

– É legal ficar aqui em cima – sussurrou ele. – Pacífico.

– Sim – murmurei, fechando os olhos e pensando que o terraço nunca tinha me parecido tão seguro. Tirei o caso das flores da cabeça e tentei aproveitar aquela sensação.

Finn e eu acabamos entrando, e nos unimos a Lexi e Tyler para pedir pizza e assistir a um filme idiota de Will Ferrell que estava passando na TV. Foi um fim alegremente normal para um dia terrível.

CAPÍTULO OITO

LÁGRIMAS DIGNAS

A manhã seguinte foi especialmente entediante. Foi uma boa variação depois do drama do ataque de pânico e do surgimento do buquê sinistro. Lexi e Tyler ainda estavam grudados um no outro, mas passavam mais tempo em nossa casa. Acho que eles não queriam me deixar sozinha, o que era bonitinho, mas totalmente desnecessário.

Eu preenchia meus dias com lição de casa e aulas, e ocupava as noites lendo alguns livros da minha lista enorme de leitura. Não vi Finn em nenhum momento, e tentei me convencer de que isso não me incomodava. Mas fui ao consultório da Dra. Angelini de novo. Contei a ela sobre o incidente com as flores e que Finn tinha me alegrado com suas piadas ruins logo depois.

– Você falou sobre o Finn algumas vezes. Ele é alguém por quem você tem interesse amoroso? – perguntou a Dra. Angelini.

– Não namoro ninguém – respondi imediatamente.

– Não foi isso o que perguntei, Brooklyn.

– Ele é diferente – falei, me esforçando para encontrar as palavras certas. – Quando ele olha para mim, é como se visse além de todas as barreiras de mentiras que ergui e conseguisse ver a Brooklyn de verdade, aquela que ninguém conhece. Aquela que até eu esqueço que existe, às vezes.

– Como você se sente em relação a isso?

– Bem assustada, para ser sincera – respondi com uma careta. – Isso não pode ser saudável, certo?

– Bom, pela minha experiência, as coisas de que mais temos medo acabam sendo as que mais valem a pena – disse a Dra. Angelini, esboçando um sorriso.

– Que profundo, doutora – provoquei, me calando enquanto o peso de suas palavras me tomava. – Meu maior medo é esquecer dela – murmurei.

– Sua mãe?

– Sim. Tenho algumas fotos, então ainda consigo ver seu rosto quando quero. Mas as coisas menores... o cheiro, o som de sua risada... essas coisas sinto que estão desaparecendo.

– O que você lembra com mais clareza em relação a ela?

– De quando ela cantava. Ela era música. Eu não tenho muitas lembranças de minha mãe em que ela não estivesse murmurando enquanto compunha uma nova melodia em sua mente. Nós cantávamos juntas.

– Você ainda canta?

– Só quando estou sozinha, e quando me sinto especialmente masoquista. Tenho um violão antigo, que encontrei em uma loja de antiguidades há alguns anos. Eu aprendi a tocar sozinha quando estava no ensino médio, pensando que isso me tornaria mais ligada à memória dela.

– Deu certo? – perguntou a Dra. Angelini.

– Não sei – respondi com sinceridade, balançando a cabeça. – Nunca levei adiante.

– Acho que deveria levar.

– O que você disse?

– Acho que você deveria procurar uma cafeteria, um karaokê ou até uma esquina em qualquer rua e se apresentar. Só uma vez, para ver o que acha. Na verdade, essa é sua tarefa para a próxima consulta.

– Está me dando lição de casa? – perguntei, incrédula. – Você é minha psicóloga, não professora.

A Dra. Angelini sorriu com tranquilidade.

– Seu tempo por hoje acabou, Brooklyn. Estou ansiosa para saber como foi sua estreia musical, da próxima vez em que você vier. – Ela ficou de pé, me levou para o corredor e fechou a porta com firmeza depois que saí. Fiquei olhando para a porta fechada, boquiaberta, chocada.

Isso seria um desastre.

Eu não sabia se meu tempo na terapia estava ajudando ou não, mas pela primeira vez na vida tinha alguém com quem podia discutir minha história maluca e meus problemas. Podia falar livremente, porque era confidencial e a Dra. Angelini não era uma amiga – estava cumprindo seu trabalho. Eu não a perturbava e ela não me julgava.

Apesar de eu estar morrendo de medo de subir em um palco e cantar na frente de uma plateia, sabia que a Dra. Angelini não teria recomendado que eu fizesse aquilo se não tivesse um propósito. Assustadoramente, eu confiava nela.

Nossa conversa sobre relacionamentos me fez pensar em sexo enquanto dirigia de volta para casa depois da consulta. Fazia meses desde a minha última transa, muito mais do que eu costumava esperar entre um envolvimento e outro. O sexo era a maior fuga para não pensar em nada, reservado para situações nas quais a tequila sozinha não conseguia bloquear minhas emoções.

Eu não conseguia parar de pensar que talvez minhas tendências repentinamente recatadas tivessem algo a ver com um certo novo amigo, que cantava como um anjo e contava piadas que poderiam ser superadas por qualquer criança de 5 anos. Afastei essa ideia indesejada, entrei no estacionamento de uma loja de bebidas e comecei a fazer planos para uma noite de sexta muito necessária com Lexi.

– Lex? – chamei, entrando em nossa casa e deixando duas sacolas de mercado cheias de ingredientes em cima do balcão da cozinha. Ouvi o aparelho de som dela ligado, uma faixa pop que eu nunca tinha escutado. Lexi e eu não tínhamos exatamente o mesmo gosto musical.

Ela saiu do quarto, mexendo o quadril no ritmo da batida, cantando e usando a escova de cabelos como microfone.

– Você é muito clichê – falei, rindo dela enquanto tirava várias garrafas de tequila, margarita mix e limões das sacolas.

– Noite de margarita? – Lexi gritou, largando seu pseudomicrofone e pegando o liquidificador do armário.

– Sim, pensei que a gente podia ir ao The Blue Note daqui a pouco.

– O bar com karaokê? – perguntou Lexi, enrugando o nariz, confusa. – Mas você nunca quer ir lá.

– Poderíamos mudar hoje, experimentar algo novo.

– Por mim, tudo bem – disse Lexi, sempre concordando quando o assunto era noite de farra. Dois minutos depois, ela estava ligando o liquidificador com nossa primeira rodada de margaritas.

Depois de brindarmos brevemente, saí da cozinha e fui ao quarto para me preparar para a noite. Escolher uma roupa era a menor de minhas preocupações. Eu tinha que dar um jeito de me convencer de que cantar em cima de um palco na frente de uma plateia de desconhecidos não seria um desastre total. Bebericando a margarita, torci para que a bebida fosse minha maneira de "tomar coragem" e não voltar atrás no último minuto.

A jaqueta de Finn ainda estava no gancho perto de meu guarda-roupa. Ele devia tê-la deixado ali depois da noite da entrega das flores. Antes de me impedir, eu atravessei o quarto, peguei a peça de couro e a segurei contra meu rosto. Inspirei e senti o leve aroma de folhas caídas no outono e maçãs maduras – aquele aroma unicamente outonal e masculino que Finn parecia levar a todos lugares aos quais ia. Ignorando o aperto no peito, deixei a jaqueta em cima da colcha da cama e me repreendi por agir daquela maneira.

A verdade era que eu sentia saudade dele. Tinha me acostumado com a presença de Finn, e não vê-lo por mais de uma semana era uma forma lenta de tortura. Mas eu não o procuraria. Não era da minha natureza implorar pelo amor de ninguém.

Depois de vestir uma blusa justa, brilhante e cinza, e uma calça jeans skinny escura, além de botas de couro pretas até os joelhos, peguei meu violão de um canto de meu armário, onde havia muito ele andava esquecido. Estava desafinado; fazia meses que eu não tocava.

Depois de fazer pequenos ajustes, dedilhei alguns acordes para testar. Para um violão antigo, tinha um som bacana. Sorri quando comecei a tocar a introdução de uma de minhas músicas preferidas, cantando baixinho ao chegar ao refrão. Aplausos entusiasmados me receberam assim que parei; Lexi estava de pé na porta, observando com atenção.

– Isso quer dizer que você vai tocar hoje? – ela gritou, claramente animada com a ideia.

– Estava pensando nisso. – Não falei sobre a tarefa dada pela Dra. Angelini, já que, para isso, eu teria que contar a Lexi que estava indo a uma psiquiatra.

– Ai, meu Deus! Brooklyn, não sei o que te inspirou, mas estou muito feliz por saber que você vai tocar! Tenho dito a você há anos que, com seu talento, poderia ser profissional.

– Não sei de nada disso – falei, dedilhando o violão. – Minha mãe era cantora, sabia?

– Não, eu não sabia. – Lexi suspirou. – Você nunca fala sobre ela. Queria que falasse.

Aquilo chamou minha atenção.

– Queria? – perguntei, surpresa.

– Claro que sim, Brooklyn. Você é minha melhor amiga. – Ela se aproximou e se sentou ao meu lado na cama. – Sei que consigo ser egoísta, pode acreditar que eu sei. Mas também sei que só por eu ser autocentrada você me permitiu passar tanto tempo por perto. Entendi há muito tempo que, se te pressionasse, eu te perderia. – Os olhos dela ficaram marejados quando olhou para mim. – E não posso te perder, Brookie. Mas às vezes queria que você me permitisse, ou desse permissão para que outra pessoa conheça mais você, porque não pode manter tudo trancado para sempre. Ninguém é tão forte assim.

Fiquei chocada a ponto de não ter o que dizer. Queria chacoalhar a mim mesma por ter sido tão cega. Lexi não estava ignorando, nem era obcecada por si própria, nem totalmente desinteressada em mim. Na verdade, ela havia me compreendido muito tempo antes, entendido como eu agia, e decidido permanecer por perto mesmo assim. Pela primeira vez em anos, eu senti lágrimas fazendo meus olhos arderem. Coloquei o violão de lado na cama, estiquei os braços e puxei Lexi para um abraço.

– Sou meio idiota, né? – perguntei depois de alguns minutos.

– Tudo bem. Eu sou meio narcisista fútil. Então, no fim, ficamos quites. – Ela riu em meio às lágrimas. – Ótimo, agora vou ter que retocar a maquiagem toda! Se tiver mais merdas sentimentais para despejar, o momento é agora. Eu me recuso a retocar a depois disso. – Lexi riu para mim enquanto saía correndo de meu quarto, sem dúvida para buscar os vários produtos de beleza que ficavam em sua penteadeira.

Revirei os olhos e senti um sorriso se abrindo. Eu tinha uma melhor amiga que, na verdade, se importava comigo. E estava pronta para encarar uma aventura musical.

Quando Lexi e eu entramos no The Blue Note, estava rolando a noite do microfone aberto. Um garoto usando um colete de pele preta e calça branca de couro gritava ao microfone no palco, acompanhado de uma garota esguia com dreadlocks até os ombros, que às vezes tocava o tamborim no ritmo do refrão. Imediatamente me senti transportada de volta aos anos 1970; foi doloroso assistir àquilo.

Lexi controlou uma risada quando nos sentamos a uma mesa redonda perto dos fundos do salão. Coloquei a mala de meu violão no chão, perto de meus pés, e observei o local. Estava escuro na plateia, e a única luz emitida era a de velas dentro de jarros, que tinham sido colocados em cima de cada mesa. Lâmpadas fracas de halogênio iluminavam o palco, criando uma auréola ao redor de um único banquinho e um suporte de microfone.

Lexi seguiu em direção ao bar para pegar nossas bebidas enquanto eu fui para a nossa mesa; mais pessoas entravam a cada minuto, e o número de assentos era limitado. O local podia parecer intimista, mas era maior do que parecia ser à primeira vista. Havia, provavelmente, cerca de cem pessoas espalhadas sentadas às mesas e de pé no bar.

Observando o salão se encher depressa, comecei a reconsiderar minha presença ali. Talvez me apresentar não fosse uma ideia muito boa. Eu poderia tentar uma cafeteria ou... qual tinha sido a outra sugestão da Dra. Angelini, mesmo? Ah, sim, a esquina de uma rua qualquer.

Lexi voltou para a nossa mesa assim que a próxima pessoa a se apresentar subiu ao palco. Uma garota vestida toda de preto, cheia de tatuagens e com vários piercings faciais aproximou-se do microfone. Não foi uma surpresa muito grande quando ela começou a berrar a letra de uma música cheia de raiva de Alanis Morrissette.

Bebericando o martíni com limão que Lexi havia pegado para mim, decidi que aquele não era o local certo para minha estreia. Eu não estava tão irada assim com o mundo para combinar com as pessoas que se apresentavam ali. Também não tinha um colete de pele nem *dreadlocks.*

– Adivinha – Lexi exclamou, com um sorriso enorme se abrindo.

Ah, merda. Eu conhecia aquele olhar. Senti um peso no estômago, o medo crescendo com a ansiedade da espera pelo que ela ia me dizer.

– O que você fez?

– Enquanto eu estava pegando nossas bebidas, posso ter dado seu nome para que se apresente. Não é demais? – Ela ria descontroladamente a essa altura, sem dúvida achando graça da minha cara de ódio.

– Lexi, por que você faria isso comigo? – resmunguei.

– Porque eu sabia que você estava a cerca de dois segundos de pular do barco quando entramos e vimos Sonny e Cher no palco. – Ela meneou a cabeça na direção do casal hippie que havia acabado de se apresentar. – Eles estavam revivendo a glória dos anos 1970.

Não respondi. Detestava quando ela estava certa.

Felizmente, muitas outras pessoas foram chamadas ao palco antes de meu nome ser anunciado, o que me deu tempo de tomar um martíni e acalmar meus nervos.

– Vamos receber Brooklyn com palmas, pessoal! – O mestre de cerimônias era um borrão quando subi ao palco e me sentei no banquinho, segurando o violão contra o peito, como se fosse uma boia salva-vidas. Meus pés não alcançaram o chão, então eu os apoiei no descanso do banquinho. Abaixei o suporte do microfone para deixá-lo na direção de meu rosto e olhei para a multidão. O salão escuro era uma bênção; não conseguia ver o rosto de ninguém. Seria quase como se eu estivesse em meu quarto, tocando sozinha.

Quase.

– Oi, pessoal, sou a Brooklyn. Nunca fiz isso antes, então peguem leve comigo, tá? – Ouvi pessoas rindo pelo que eu havia dito, me ajudando a relaxar. – Vou cantar uma das minhas canções preferidas para vocês. É "Blackbird", dos Beatles.

Dedilhei os acordes iniciais com facilidade. Tocava essa música havia tantos anos que estava gravada em minha alma, uma melodia que meus dedos tinham memorizado muito tempo antes. E, apesar de ter o máximo respeito pelos Beatles, não deixava de dar meu toque especial à canção.

Eu diminuí o ritmo para combinar com a atmosfera acústica, subi uma oitava e tentei o máximo possível colocar em minha voz todas as emoções que a letra passava. Esperança, tristeza, amor, renascimento: era uma música que envolvia tudo isso.

A multidão desapareceu enquanto eu cantava sobre aprender a voar com asas quebradas, sobre me perder na música. De todas as canções do mundo, sempre senti que essa combinava melhor comigo. A letra me dava a esperança de que talvez eu não fosse a única pessoa destruída pela morte, pela perda e pelo pesar. De que talvez todo mundo seja meio quebrado por dentro.

Quando era pequena, eu me lembro de estar assistindo a *Peter Pan*, certa noite, com todas as outras crianças do orfanato. As outras, a maioria grandinha demais para se deixar entreter pela Disney, tiravam sarro do filme ou o ignoravam totalmente. Eu me sentei sozinha, calada, abismada com a cena na qual Peter persegue a própria sombra pelo quarto e tenta fazer com que ela volte a obedecê-lo, até Wendy finalmente costurar a coisa ao sapato dele. Aquela cena sempre me trouxe sensações esquisitas, e, depois de um tempo, passei a ver o pesar como uma espécie de sombra desobediente. Eu havia arrastado minha tristeza por 14 anos, e relutava o tempo todo, me recusando a ser ignorada.

Estava cansada, tão cansada, de lutar contra minha sombra todos os minutos do dia. Meu pesar tinha se tornado algo vivo, personificado por anos em que passei me culpando, encarnado pela minha recusa em confrontá-lo. Assim como Peter, eu havia perseguido minha sombra por muito tempo, sempre a forçando a se submeter a uma batalha de caprichos sem fim. Mas, com frequência, o pesar surgia e me derrubava.

Cantando naquele palco, não diria que sentia a presença de minha mãe nem que via seu espírito, nem nada ridículo desse tipo. Mais parecia que uma onda de calor enchia minhas veias e fazia meu coração se expandir. Como um momento de clareza enquanto eu me dava conta de que ela sentiria orgulho de me ouvir levando em frente seu legado

Foi um encerramento.

Eu tinha a sensação de estar me afogando em meu pesar havia anos, sem nem ao menos perceber. Como se estivesse puxando o ar por tanto tempo que havia me acostumado a ficar quase nem respirar. E, naquele momento, eu tinha recebido uma boia e tinha sido puxada para a margem. Tinha uma chance de viver de novo. Imaginei meu pesar, aquele espectro de tristeza perpétua, finalmente se acalmando dentro de meu coração. Não mais relutava, não batia nas barras da jaula... simplesmente respirou, aceitou e se dissipou dentro de mim e, finalmente, finalmente mesmo, desistiu de resistir.

Sorri enquanto me doava à sensação, totalmente entregue à música enquanto ela fluía de meus lábios e dedos. Ouvi a voz da mamãe em minha mente.

Existe uma música para todos os sentimentos, amor. Toda lágrima, todo sorriso, toda dor e toda vitória. A música toca a alma e a despe. É nossa própria essência. Mesmo que você não tenha ninguém a quem recorrer e se sinta sozinha, lembre-se de que pode encontrar conforto em baladas e melodias, serenatas e canções de amor.

Eu sabia que minha sombra nunca me deixaria de fato – não é assim que o pesar age. O que havia me acontecido na infância me mudou, me alterou num nível químico, me tornou a mulher em quem eu estava me transformando. Mas talvez não me derrubasse tão fácil a partir daquele momento. Talvez não mais fixasse residência dentro da minha alma – uma parte marcada e carregada de minha essência – e me permitisse respirar sem dificuldade.

Dedilhando a última nota, abri os olhos, cada vez mais nervosa, notando o silêncio total da plateia.

Será que eu era tão ruim assim? Meu Deus, não me aplaudiram nem para me consolar.

E então, para minha total surpresa, vi pessoas ficando de pé e aplaudindo loucamente. Ouvi gritos na área do bar e pensei ter ouvido Lexi berrando de algum ponto no fundo, mas era difícil ter certeza em meio ao barulho. Sorrindo, eu desci do banco, passei a alça do violão em um dos ombros e acenei a meus novos fãs.

– Obrigada, pessoal! – falei, saindo do palco para dar espaço à pessoa que se apresentaria em seguida. Quando voltei à plateia para me dirigir à mesa, fui cercada por um monte de pessoas dispostas a me parabenizar por minha apresentação. Dei risada quando muitas perguntaram onde eu me apresentava normalmente, pois queriam ir ao meu próximo show.

Consegui chegar até Lexi, que não parava de pular de alegria. Ela me abraçou tão forte que mal pude respirar, e gritou em meu ouvido:

– Você foi maravilhosa! Meu Deus, Brooklyn. Dava para ouvir uma agulha caindo durante sua apresentação, e juro que vi pessoas chorando. Você é uma estrela! – exclamou ela, me soltando. Em seguida, virou-se para as pessoas sentadas ao nosso redor. – MINHA MELHOR AMIGA É UMA ESTRELA, PORRA! – gritou a plenos pulmões, alto demais para um lugar tão tranquilo. Dei um tapa no braço dela.

– Pare com isso, Lex! Você está me deixando sem graça. Sem falar que está fazendo papel de boba – falei, rindo.

– Estou declarando que sou sua agente, e é oficial – disse ela, com os olhos distantes, pensando em nossa fama e glória no futuro.

– Lexi, você não acha que está exagerando um pouco? Sabia que vou ser advogada, né?

Lexi riu, resmungando e falando sobre talento desperdiçado e oportunidades perdidas. Ah, que seja. Cantar sempre tinha sido só um passatempo, e, apesar de ter se tornado uma válvula de escape terapêutica, recentemente, eu duvidava que um dia entraria na rota do estrelato. Por mais emocionante e reveladora que minha apresentação tivesse sido, eu não achava que aquilo pudesse ganhar rumos profissionais.

Uma voz familiar e grave falou ao microfone, e chamou minha atenção imediatamente. Senti um frio na barriga quando meus olhos alcançaram o belo rapaz de cabelos pretos sentado no banco do qual eu havia acabado de sair. Os olhos dele vasculharam a plateia incansavelmente, como se procurassem alguém específico na multidão.

– Bom, acho que não vou conseguir superar a última apresentação... – Ele se referia à minha? – Mas vou me esforçar. Essa música é dedicada a uma amiga que eu pensei ter perdido para sempre. Por muito tempo, achei impossível que essa pessoa ainda pudesse existir. – Ele fez uma pausa, pigarreando e passando uma mão pelos cabelos, um sinal claro de nervosismo. – Mas fico feliz em dizer que às vezes recebemos novas chances nesta vida maluca. Às vezes –, as coisas que perdemos nos são devolvidas. Às vezes temos sorte. Então, tá. Chega de falar esse monte de baboseira. Vou cantar *The Scientist*, do Coldplay.

A voz de Finn estava incrivelmente linda enquanto ele cantava acompanhado de seu violão. Ele estava mais atraente do que nunca, mas eu conseguia perceber, só de olhar, que havia algo errado. Suas olheiras estavam tão escuras que certamente ganhariam das minhas, antes de uma boa maquiagem. Estava claro que ele não andava dormindo muito bem. Parecia muito cansado, e aquilo me deixou assustada.

Enquanto era tomada pela letra, fiquei pensando naquela estranha homenagem. De quem ele estava falando? Provavelmente era irracional de minha parte sentir ciúme, levando em conta que não existia nada remotamente romântico entre Finn e eu. Ele havia deixado claro em mais de uma ocasião que era apenas meu amigo e, com a exceção de um quase beijo quando eu estava bêbada, no banheiro do Styx, ele nunca tinha dado sinais de que me considerava atraente.

Nem o garanhão te quer. Que maneira ótima de inflar seu ego.

Eu não estava muito orgulhosa de admitir que a falta de atenção da parte dele na última semana tinha sido difícil de aguentar. Não havia falado com ele em nenhum momento, e foi impossível não me lembrar de como eu o havia ignorado no começo do semestre. Ah, o jogo tinha virado. Os humilhados estavam sendo exaltados. *Quantos clichês eu podia usar em sequência?*

Eu estava provando do meu próprio veneno. Está bem, este foi o último, prometo.

Era óbvio que Finn tinha escolhido aquela canção, que falava sobre redenção e segunda chance, de propósito. Mas não era nada óbvio o motivo para isso. A letra era um pedido claro de desculpas, um pedido de perdão a alguém – e eu estava quase desesperada para saber a quem. Em algum momento, ele havia começado a ser importante para mim.

Evidentemente, a recíproca não era verdadeira.

Mas ele estivera ao meu lado, na semana passada, depois de meu acesso de pânico. Sim, as piadas dele eram péssimas, não dava nem para dizer que eram piadas para me consolar. Ainda assim, se ele precisasse conversar com alguém, eu tentaria não ser uma vaca de coração gelado por pelo menos cinco minutos, e ofereceria um pouco de consolo a ele. Seria sua amiga.

Assim que ele saiu do palco, mulheres com maquiagem demais e roupas de menos o cercaram. Elas me fizeram lembrar das gaivotas que se reuniam ao redor de qualquer pedaço de comida nas praias da Califórnia, às quais minha mãe me levava com frequência quando eu era criança. Ela as chamava de ratos de asas, rindo ao jogar mais uma batata frita para cima para aumentar o alvoroço delas. Pensando bem, Finn provavelmente poderia jogar uma meia suja no meio de um grupo de meninas e elas matariam umas às outras na corrida animalesca para vencer.

Ele estava rindo, à vontade, enquanto absorvia toda aquela atenção. A tristeza evidenciada em seu rosto enquanto ele se apresentava havia se escondido atrás de seus olhos e do sorriso matador, sua marca registrada. Ou talvez eu estivesse imaginando coisas.

Revirei os olhos e me virei para Lexi, que estava observando com atenção.

– Você gosta dele – disse ela, totalmente surpresa.

– Não gosto, não – rebati, forçando uma risada como se ela fosse ridícula de pensar algo assim. – E já discutimos isso, certo?

– Não. Falamos sobre você dormir com ele e deixá-lo de lado, como faz com todos os outros. Não que tenha havido outros ultimamente, mas voltaremos a esse assunto depois. – Ela ficou olhando para mim, como se tentasse decodificar meu cérebro só com o poder dos olhos. – Você gosta dele. Tipo, você se importa com ele. Nunca pensei que eu fosse ver isso. – Sua voz parecia tomada de encanto enquanto olhava para mim.

– Não sei do que você está falando, Lex. Você sabe melhor do que ninguém que não sou afeita a relacionamentos, compromissos ou emoções.

– Então por que não esteve com mais ninguém desde que o conheceu? Explique isso! – Ela olhou para mim, triunfante.

– Sabe de uma coisa? Você tem razão. Faz muito tempo – falei, afastando a cadeira e me levantando. – Acho que vou procurar alguém com quem ir para casa agora mesmo.

A tristeza e o arrependimento surgiram nos olhos de Lexi.

– Sinto muito por ter comentado, Brookie. Fique comigo – ela pediu. – Não faça isso de novo.

– Leve meu violão para casa, tá? – falei, olhando para trás, ignorando-a quando me virei para seguir na direção do bar. Ao olhar para o palco, vi que Finn ainda estava ocupado com suas fãs enlouquecidas. Com uma loira em cada braço, ele com certeza não precisaria da minha amizade hoje. Mentalmente ri de mim mesma e de ter pensado que ele poderia precisar de consolo. Era evidente que eu tinha me enganado.

Quando cheguei ao bar, escolhi o cara que me levaria para casa em trinta segundos. Era um talento que eu tinha havia anos: quando olhava para uma pessoa, conseguia sacar tudo o que era preciso saber sobre ela.

Meu companheiro de cama daquela noite foi um alvo fácil. Ele estava no bar, rindo com dois amigos, o que me dizia que era tranquilo e, provavelmente, solteiro. Estava bebendo cerveja, então provavelmente era hétero e não estaria tão bêbado a ponto de ter problemas entre quatro paredes. A camisa xadrez, verde e com botões, era casual, mas deixava à mostra os músculos nas costas largas e combinava com a cor de seus olhos.

Eu poderia tê-lo no apartamento dele, nu, em uma hora, se fizesse tudo certo.

Eu me aproximei lentamente, tomei o cuidado de ignorá-lo ao me dirigir ao banco vazio ao lado do dele e me inclinei sobre o bar. Acenei na direção do bartender para indicar que estava pronta para fazer meu pedido, e então joguei os cabelos para trás em um gesto para parecer impaciente. Se a minha aproximação não tivesse chamado a atenção do cara de camisa xadrez, o cheiro do xampu resolveria o problema. Eu o comprei para ocasiões especiais; tinha cheiro de maçã e canela – algo que, aparentemente, atraía muito os caras. Acho que a capacidade que aquele cheiro tinha de envolver os homens só poderia ser ultrapassada por um xampu com cheiro de bacon, e eu tinha certeza de que não havia esse xampu na linha de John Frieda.

Quando o bartender se aproximou, pedi uma garrafa de Sam Adams e paguei depressa. Eu me virei, olhei para o palco e me recostei no bar, tomando um gole demorado de cerveja. Senti o peso do olhar do cara de camisa xadrez em meu perfil enquanto a garrafa gelada estava em meus lábios e eu engolia o líquido lentamente. Passei a ponta da língua pelo gargalo e contive um sorriso quando ouvi o cara pigarrear alto e remexer os pés.

– Oi, sou o Landon – disse ele, posicionando-se na minha frente. – Você foi incrível no palco. – Ele estendeu uma mão para me cumprimentar, sorrindo de um jeito simpático e um olhar de quem pretendia dizer "quero ver a cor da sua calcinha". Os cabelos loiros dele estavam despenteados e os olhos eram bonitos de perto, verdes com traços cor de mel.

Perfeito.

– Brooklyn – falei, sorrindo, jogando charme e colocando a mão na dele. Aquilo seria mais fácil do que eu pensei.

– Você não sabe que não é bom beber sozinha, Brooklyn?

Ele riu.

Olhei para ele, piscando.

– Que bom que você está aqui para me fazer companhia, então.

Ele sorriu e eu tomei o resto da cerveja.

Duas cervejas – cortesia de Landon – e meia hora depois, eu estava me sentindo alegre e pronta para sair. Estava ansiosa para me afastar das acusações de Lexi e do bando de mulheres de Finn. De propósito, eu havia evitado olhar na direção dele, e imediatamente me repreendi quando o fiz. Se eu nem sequer tolerava vê-lo flertando com outras garotas, era sinal de que ele me afetava mais do que pensei. Eu precisava de Landon para me ajudar a afastar Finn da minha mente o mais rápido possível. Talvez, assim, eu conseguisse voltar ao normal.

Uma parte de minha mente gritava comigo enquanto eu permitia que Landon me guiasse em direção à saída.

É essa a pessoa que você quer ser, Brooklyn?

Você quer mesmo voltar a ser a bruxa fechada, egoísta e amedrontada de alguns meses atrás?

E todo o progresso que tem feito na terapia e com Lexi e Finn?

Só de pensar no nome dele, eu já afastava aquela voz interna irritante e voltava à realidade. De repente, ficou fácil dar a mão a Landon e acompanhá-lo em direção à saída, mais uma vez ansiosa para sair.

Perto da saída, Landon parou em uma mesa de amigos da fraternidade e conversou com eles por um momento. Ele me apresentou, rindo e corando quando seus amigos fizeram comentários grosseiros e nada originais sobre o fato de ele ter "se dado bem" naquela noite. Revirei os olhos e esperei, sem paciência, por ele.

Depois de quase cinco minutos, dei um tapinha no ombro de Landon e disse que estava na hora de irmos embora. Virando na direção da porta, olhei para trás mais uma vez e, para minha surpresa, encontrei o olhar da única pessoa que eu estava determinada a evitar.

Sorri meio sem graça para Finn, mas senti o sorriso desaparecer de meu rosto quando notei a raiva nos olhos dele. As íris azuis estavam tomadas de fúria enquanto ele observava Landon, que havia acabado de colocar a mão em meu traseiro numa tentativa de me levar para fora. Não me mexi, e Landon se inclinou e beijou meu pescoço.

– Vamos, linda, pensei que você quisesse ir embora. – Sua respiração estava quente demais e cheirava a cerveja; fez minha pele se arrepiar. Mas sem emoção nem ansiedade, nem batimentos acelerados. Só uma sensação incontrolável de estar fazendo a coisa errada. Ignorei o sentimento, afastei o pescoço dos lábios de Landon e fugi do olhar de Finn.

Ele havia me ignorado durante toda a semana e agora estava furioso por eu estar deixando o bar acompanhada? Bom, ele que fosse para o inferno, eu não ligava. Ou ele tinha algum problema de distúrbio de personalidade ou eu não estava sabendo de algo muito importante.

– Sim, estou pronta. Vamos – falei, endireitando os ombros com determinação e ignorando a dor no peito enquanto permitia que Landon me levasse em direção à saída.

Felizmente, a caminhada até o apartamento de Landon não foi demorada. Ele vivia a cerca de três quarteirões do The Blue Note, no mesmo bairro que eu. Tentei me lembrar a todo custo de como ele era atraente quando entramos na casa dele, aos beijos. Quando enfiou a língua em minha boca, eu reagi no piloto automático, sem conseguir me envolver mais. Gemendo de frustração – o que, sem dúvida, Landon deve ter pensado ser de desejo –, tirei a camisa dele e passei as mãos sobre seu peito.

Seu tanquinho era uma obra de arte perfeita. Se eu o tivesse conhecido meses antes, teria passado a noite percorrendo cada gomo com a língua em sinal de admiração. Mas, naquela noite, não perderia tempo. Precisava que ele afastasse meus pensamentos.

Lexi costumava dizer que eu lido com o sexo como se fosse uma consulta no massagista ou quiroprata – como se uma transa entre os lençóis não passasse de um bom alongamento ou de uma destravada da coluna. Eu sempre ria quando ela dizia isso, mas, no fundo, sabia que era verdade. Eu usava o sexo para resolver um problema, nada mais.

Até eu conhecer o Finn e começar a me importar.

Intuitivamente, eu sabia que o sexo com ele seria diferente. Também sabia que o que eu estava fazendo com Landon nem chegava perto das fantasias que tivera a respeito de estar com Finn, e não se comparava ao que eu imaginava que seria dormir com ele.

Minha blusa cinza caiu no chão, rapidamente seguida do sutiã. As mãos de Landon seguraram meus seios de modo muito atrapalhado e nem sequer conseguiram me excitar. Ele estava babando no meu pescoço, murmurando entre beijos escancarados.

– Você é gostosa demais, gatinha.

– Não me chame de gatinha – falei imediatamente, com os músculos tensos ao toque dele.

– Está bem. – Ele continuou me beijando enquanto eu permanecia sem reagir, com as mãos abaixadas. – Você é muito gostosa.

Ele levou as mãos aos botões de minha calça jeans, e eu sabia que precisava colocar um ponto-final na coisa toda antes que ele avançasse. Contrariada, admiti minha derrota. O toque dele não era capaz de tirar o Finn da minha mente, assim como o álcool e a negação também não eram.

Eu estava fodida. E não no sentido literal e bom da palavra.

– Landon, pare.

Ele parou imediatamente, para seu crédito. Alguns caras provavelmente agiriam como babacas naquela situação, reclamariam ou até tentariam me forçar a continuar. Mas Landon foi compreensivo quando falei que queria que ele parasse.

– Tranquilo – disse ele, sorrindo e passando uma mão pelos cabelos loiros despenteados. – Mas, se mudar de ideia, sabe onde me encontrar.

Ri enquanto vestia minhas roupas de novo, e me despedi. Ele não era um cara ruim. Seria um bom namorado para alguém um dia, mas não para mim.

Felizmente, o trajeto de volta para casa foi curto. Eu não tinha ido agasalhada ao bar e a temperatura tinha caído desde que eu havia deixado a minha casa. Esfreguei os braços com as mãos, tentando aquecer os membros quando dobrei a esquina da minha rua. Fiquei surpresa ao ver que havia uma caminhonete preta e familiar na frente de casa.

Eu me aproximei com cuidado, notando que a caminhonete estava em ponto morto e que Finn provavelmente estava dentro dela. Estava passando pelo vidro do passageiro quando ouvi o motor ser desligado abruptamente e a porta do lado do motorista se abrir, de repente.

Finn passou pela frente da caminhonete bem depressa, me agarrou pelo braço e me encostou na porta do passageiro antes que eu pudesse protestar. Arregalou os olhos para mim, com o rosto a poucos centímetros do meu. Um músculo se contraiu em seu rosto quando ele tentou controlar a raiva que sentia.

– O que acha que está fazendo? Me solta, Finn. – Arregalei os olhos para ele, puxando o braço. – Não sei o que está acontecendo com você, mas vou gritar se você não se afastar.

– Não sabe o que está acontecendo comigo? Perfeito. – Ele deu risada, mas não havia sinal de bom humor ali. Passou as mãos pelos cabelos, frustrado. – Você. Você é a porra do meu problema, Bee.

Ele estava me chamando de "Bee" de novo. Só tinha feito isso uma vez antes, então eu ignorei, mas estava ali, repetindo. Ninguém nunca me chamava de Bee. Era o apelido que minha mãe usava. Decidi não entrar nesse assunto, por enquanto. Aparentemente, eu tinha que escolher bem minhas batalhas.

– O que diabos você quer dizer com isso? – perguntei, incrédula.

– Você transou com aquele cara hoje?

– Isso não é, de jeito nenhum, da sua conta! Agora, me solta!

– NÃO! – Finn vociferou na minha cara, a raiva ganhando força. – Não posso te soltar. E acredite em mim, eu tenho tentado muito. É impossível... você é impossível. – Ele soltou um suspiro e um pouco de sua raiva se dissipou. De repente, ele pareceu derrotado. – Eu não sabia como isso seria difícil. Queria poder dizer que, se soubesse, teria me mantido longe de você. Mas não consigo porque sei que não é verdade. Literalmente nada teria me impedido de voltar a você quando eu te encontrasse.

Eu não fazia ideia do que ele estava falando. Seus olhos pareciam desesperados, com uma intensidade que eu nunca tinha visto, e ele parecia um homem prestes a perder o controle. Na verdade, começava a me assustar, e eu estava a ponto de dar um chute no saco dele para poder fugir.

Enquanto eu pensava nas opções de fuga, ele me assustou envolvendo meu rosto com suas mãos, delicadamente. A raiva se transformou em meiguice com tanta rapidez que eu não soube calcular o momento da mudança. Seus olhos azuis se fixaram nos meus com determinação, como se, de repente, ele tivesse tomado uma decisão a respeito de um assunto, e eu sentisse uma necessidade incontrolável de fugir, de correr para longe do que quer que ele estava prestes a dizer.

– Fiquei longe a semana toda, tentando me convencer de que não precisava de você. Sabia que deveria ficar afastado, que não deveria insistir. Mas, aí, vi você sair do The Blue Note com aquele babaca e perdi o controle. Não consigo nem pensar... – Ele parou, incapaz de continuar. – Você. Dormiu. Com. Ele? – Finn disse cada palavra como se sentisse dor ao pronunciá-las.

– Não – respondi, olhando em seus olhos azuis. – Não que seja da sua conta. Posso transar com quem eu quiser, Finn. Você com certeza transa.

– Não estive com ninguém desde que te conheci.

O quê?

Deixei o choque de lado e bufei.

– Ah, claro. E, mesmo que fosse verdade, por que eu me importaria? Não estou nem aí para com quem você transa.

De repente, a raiva voltou.

– Não faça isso. Não banalize o que rola entre a gente. Não pense que pode fingir comigo. Sua encenaçãozinha indiferente pode funcionar com todas as outras pessoas de sua vida, mas eu enxergo além. E quer saber o que eu vejo, Bee? – Ele fez uma pausa, inclinando-se tanto a ponto de nossos narizes se tocarem. – Vejo medo. Você está morrendo de medo de sentir algo por mim, porque você quer ver o que há além, mas não quer ver destruídos os muros que você construiu ao seu redor para poder me deixar entrar.

Abri a boca de novo como um peixe fora d'água enquanto tentava pensar numa resposta, numa negativa, até mesmo tentando rir – qualquer coisa que me tirasse dessa conversa e me levasse para um ponto mais seguro. Mas minha mente estava acelerada, e eu era incapaz de emitir um som que fosse. Simplesmente fiquei olhando para ele em estado de choque. Anos reprimindo minhas emoções tinham me deixado totalmente incapaz de processar a declaração dele, muito menos de dizer como eu me sentia. Talvez Finn reconhecesse isso em mim, porque continuou falando, sem se deixar abater pelo meu silêncio.

– Desde o segundo em que você acordou em meus braços, naquele dia na calçada, foi só uma questão de tempo até chegarmos aqui, a este momento. Nós éramos inevitáveis. Você sabe disso. Eu também sei.

– Você mal me conhece. E, se conhecesse... talvez não gostasse mais tanto assim. Tenho certeza de que você soube da minha fama... – Engoli em seco, envergonhada, olhando para todos os lados, menos para ele.

– Não importa, Bee.

– Mas... – protestei.

– Olha, não consigo explicar, tá? Não sou bom nisso. Só sei dizer que estar perto de você parece ser a coisa mais natural do mundo para mim. Como se eu tivesse sido trazido ao mundo só para respirar o ar que você respira e dizer como é linda. Para fazer você rir das minhas piadas idiotas e para te abraçar quando estiver triste. E não quero te controlar, nem ser seu dono, nem te mudar. Só quero você, independentemente de quem seja e de como seja seu passado. Não me importam os outros caras, nada do que tenha acontecido antes de ficarmos juntos, porque todas as merdas que aconteceram fizeram de você quem você é.

Ele respirou fundo.

– Estar perto de você, Brooklyn... é como respirar. Não tenho escolha. Eu preciso respirar, caso contrário não vou sobreviver por muito tempo.

Os olhos dele estavam tão assustadoramente sinceros enquanto dizia tudo aquilo, que não havia como eu duvidar da verdade. Pensei que ele tivesse terminado, mas, aparentemente, tinha mais coisas a dizer. Quando continuou falando, seu tom estava mais tranquilo, e o olhar, mais sério.

– Mesmo quando não estou com você, consigo me sentir sendo levado para onde você está, como se algo físico nos unisse. E isso não passa. No mínimo, só fica mais forte conforme passo mais tempo com você.

Ele engoliu em seco.

– Nunca senti nada parecido com isso antes, e sei que você também sente – disse ele, com a voz mais baixa. – É inegável, como uma força magnética. Como a gravidade. E não é algo que eu possa controlar, mudar ou parar. É o que é.

Os olhos dele se suavizaram quando ele viu o medo nos meus.

– Não tenha medo, Bee. Não sabe que eu nunca machucaria você?

– Eu sei disso. – Suspirei, percebendo que era verdade assim que as palavras saíram de minha boca. Ele vinha me protegendo desde que nos conhecemos. De hidrantes, Gordon e até de mim mesma.

Lentamente, Finn se inclinou na minha direção, apoiando a testa na minha e fechando os olhos.

– Acho que não consigo mais ficar longe de você – ele admitiu, baixinho, soltando a respiração e tentando tirar um pouco a tensão dos ombros.

– Então não fique – falei, abrindo um sorriso enquanto ele abria os olhos. Seu olhos azuis se fixaram nos meus por uma fração de segundo, avaliando se eu estava falando sério ou não, e então, me beijou.

Seus lábios eram exigentes, e a língua tocou a borda de minha boca, procurando, fervorosa, por uma abertura. Ele me encostou com ainda mais firmeza na caminhonete, pressionando totalmente o corpo no meu. As mãos subiram até meus cabelos esvoaçantes e eu o puxei para mais perto, ficando na ponta dos pés para alcançá-lo.

Finn cheirava deliciosamente a outono de novo, e o gosto era ainda melhor. Eu resmunguei uma reclamação quando ele interrompeu o beijo para percorrer minha mandíbula e pescoço com a boca. Riu da minha reação, um som sensual que quase me incendiou de desejo. Precisando de mais, envolvi a cintura dele com uma perna e tentei puxá-lo para mais perto. Ele deve ter pensado a mesma coisa que eu, pois suas mãos seguraram meu traseiro imediatamente e ele me ergueu do chão, permitindo que minhas pernas o envolvessem na altura da cintura, me mantendo pressionada contra a caminhonete. Puxando seus cabelos, consegui afastar seus lábios do meu pescoço para voltar a beijá-lo.

Normalmente, quando eu beijava alguém novo pela primeira vez, havia um período de ajustes – alguns momentos desajeitados até aprender os movimentos e me adaptar a eles.

Com Finn, não foi assim. Era como se nossas bocas se conhecessem, como se meus lábios tivessem sido feitos para um encaixe exclusivo com os dele. Eu não era religiosa, não acreditava em vidas passadas nem em reencarnação. Mas, se naquele momento alguém tivesse me perguntado se eu já tinha vivido antes, eu teria dito que sim, porque devia conhecer o Finn de outras vidas. Beijá-lo foi como voltar para casa depois de uma viagem absurdamente longa – tão longa a ponto de não só me esquecer de como era o meu lar, mas, principalmente, de me lembrar que ele existia.

Nossas bocas se exploravam, uma mistura intensa de lábios, línguas e dentes. Eu queria sorvê-lo, engarrafá-lo e carregá-lo comigo para que nunca mais deixasse de sentir aquilo – aquela sensação de completude, de completa paz que me deu vontade de rir, chorar e me perder nele.

Arfei quando me mexi dentro de seu abraço e senti sua ereção através da calça jeans. Finalmente percebendo que estávamos em uma posição comprometedora no meio da rua, Finn afastou o rosto do meu e olhou dentro de meus olhos enquanto tentava acalmar a respiração. Seu olhar estava intenso, tomado de desejo, e com certeza combinava com o meu.

– Temos que ir com calma – sussurrou ele, beijando minha testa.

Resmunguei em resposta.

Rindo, ele me colocou de pé no chão e me abraçou. Eu passei os braços ao redor de seu pescoço e aninhei a cabeça em seu ombro. Uma sensação de satisfação me invadiu quando ele apoiou o queixo em meus cabelos, e eu me lembrei da primeira vez em que nos abraçamos desse modo. Lembrei de ter pensado que nos encaixávamos bem, como duas peças perdidas de um quebra-cabeça. Depois daquela noite, a sensação só se tornou mais intensa.

– Vamos – disse ele, se afastando. – Vou te levar até a porta de casa. – Abri a boca para protestar, mas ele me interrompeu. – Não começa. Vou te levar até a porta, Bee.

Caminhamos em silêncio e subimos a escada, parando diante da porta.

– Você podia entrar, sabia? – falei, e me coloquei na ponta dos pés para beijar seus lábios. Finn gemeu e se afastou.

– Meu autocontrole está por um fio. Por favor, não me provoque.

– Tudo bem. – Dei de ombros e me virei para a porta, sem querer que ele percebesse que sua recusa me confundia e magoava. Ninguém nunca tinha me recusado antes. – Azar o seu.

– Ei – disse ele, me virando para encará-lo. Inclinando meu rosto para cima, me forçou a olhar para ele. – Acredite, não há nada que eu queira mais do que ficar com você. Quero desesperadamente, pra ser sincero. O fato de você sequer duvidar disso é loucura.

De repente, meus olhos se encheram de lágrimas.

– Talvez eu seja louca, mesmo. Sou bem esquisita, sabe? Você não sabe nada a meu respeito. E, se soubesse, provavelmente fugiria. – Tentei me afastar dele, mas ele se manteve firme. – Não posso dar o que você quer, um... relacionamento. Mesmo se eu quisesse, não posso prometer nada – falei, soluçando.

Finn se recostou e beijou lentamente cada lágrima de meu rosto.

– Antes de mais nada, não quero ouvir você se chamando de louca, nem de esquisita, nada desse tipo, nunca mais. E te pergunto: eu pedi para você me prometer alguma coisa? Não. – Seus olhos irradiavam sinceridade e calor. – Nada precisa mudar. Bem, talvez o fato de que eu vou te beijar sempre que você deixar, porque sua boca é incrível. Sério, talvez eu tenha que ir para casa para compor uma música sobre ela. Vamos tocá-la no nosso próximo show. Vai se chamar "Homenagem aos orifícios da Brooklyn". Será um sucesso, pode esperar.

Dei muita risada... ele era ridículo.

– Odeio você. – Suspirei, e fui parando de rir.

– Impossível. – Ele sorriu, beijando meus lábios e observando enquanto eu abria a porta de casa. – Eu te ligo amanhã.

– Tenho certeza de que é o que você diz a todas – falei, provocando.

Ele ficou sério.

– Bee, não tem mais ninguém. Nunca houve ninguém de verdade para mim além de você. – Uma expressão de desejo tomou seu rosto. – Sempre foi você.

Meu coração saltou no peito com as palavras dele e eu me segurei ao batente para não cair.

– Boa noite – sussurrei, emocionada.

– Boa noite, Bee. – Ele piscou para mim antes de descer a escada. Fechei a porta e levei a mão aos lábios inchados, a única prova tangível do que havia acabado de acontecer entre nós. Se não fosse isso, poderia pensar que tinha apenas sonhado.

Eu conseguiria fazer isso? Conseguiria me envolver com Finn e permanecer emocionalmente desapegada? Ele disse que não ficaria mais longe de mim, e eu não queria que ele ficasse. Era meu amigo e eu só sabia que tinha sentido a falta dele na semana passada. Mas eu seria capaz de dormir com ele sem permitir que todos os muros de proteção fossem derrubados? Eu tinha a sensação de estar me fazendo essa pergunta por meses enquanto Finn e eu interagíamos sem nos tocar. E, agora que finalmente tínhamos nos unido, eu ainda não tinha certeza de qual seria minha decisão.

Claro, eu estava melhorando – indo para a terapia, pensando na minha mãe e lidando com meu passado. Isso não significava que eu estava normal, e certamente não estava ajustada o suficiente para me entregar a outra pessoa em um relacionamento sério.

Precisava resolver meus problemas antes de poder sequer pensar em dar um salto como aquele. Como se isso já não fosse um problema grande o bastante, eu também duvidava de que em algum momento chegaria ao ponto de poder ser totalmente sincera com Finn a respeito de meu passado. E ele era insistente demais para se contentar com não saber sobre as coisas. Essa relação estava fadada a ser um desastre, como uma bomba-relógio prestes a explodir.

Eu estava confusa e precisava de tempo para pensar. Também estava cansada demais para lidar com as emoções que queriam minha atenção.

Canalizando a Scarlett O'Hara, minha musa literária favorita desde sempre, e claramente uma influência forte em meu desenvolvimento, decidi que não podia pensar na situação com Finn naquele momento... pensaria amanhã.

Afinal de contas... amanhã é outro dia.

CAPÍTULO NOVE

PAREDES VAZIAS

Eu tinha medo da cama de cima do beliche. Era alta demais.

Em casa, eu tinha uma cama cor-de-rosa. Mamãe sempre dizia que era a minha cama de princesa. Ela havia pintado meu quarto para parecer uma cena de um dos meus contos de fadas preferidos, e as paredes eram cobertas com princesas, fadas, cavaleiros e até um castelo mágico. O teto era pintado com estrelas, nuvens e um dragão verde brilhante. Todas as noites, ela lia para mim histórias antes de dormir, e eu olhava para as paredes e fingia estar saltitando pelos caminhos de uma floresta encantada, ou trancada na torre mais alta do castelo. Às vezes, a mamãe e eu líamos uma nova história e depois ela pegava os pincéis e desenhava nas minhas paredes.

Fiquei tentando imaginar se havia outra menininha dormindo em meu quarto de princesa agora.

Olhei para a tinta lascada no teto cinza de meu quarto novo, com manchas marrons e verdes. Minha mãe adotiva não sabia pintar castelos, estrelas nem dragões.

A casa estava em silêncio. Eu estava deitada no beliche havia horas, mas não conseguia dormir. Sentia medo do que sabia que veria quando fechasse os olhos. Sentia saudade do meu quarto. Sentia saudade da mamãe. Sentia saudade das histórias antes de dormir e do modo como ela sempre cantava enquanto pintava.

Descendo pela escada do beliche sem fazer barulho, enrolei as mangas compridas demais de meu pijama e andei pelo corredor. Eu dividia um quarto com outras três meninas, mas todas eram mais velhas do que eu e roncavam, babavam e se debatiam enquanto dormiam.

Atravessei o corredor na ponta dos pés, tentando não fazer nenhum ruído. Minha mãe adotiva ficava brava quando nos pegava fora da cama à noite, mesmo que tivéssemos acordado de um pesadelo. Já fazia algumas semanas desde que eu tinha chegado ali, mas aprendi, logo na primeira noite, que não haveria histórias na hora de dormir nem mãos carinhosas para me colocar na cama.

Quando cheguei à porta dos fundos, eu a abri com cuidado; sabia, por ter ido ali quase todas as noites, que ela rangeria se fosse aberta com muita rapidez. Saí na varanda, com os pés descalços, sentindo o frio do piso desnivelado de madeira. Sentei-me nos degraus que levavam ao quintal, cobri a cabeça com as mãos e olhei para o céu. Não havia estrelas ali. Tampouco dragões verdes e brilhantes. Só nuvens e a escuridão sem fim.

– Você não deveria estar aqui, sabia?

Eu me assustei e me virei para espiar no canto escuro da varada, de onde a voz tinha vindo. Era uma voz mais grave e grossa do que a minha, a voz de um garoto. Eu me encolhi, assustada enquanto o observava surgir das sombras.

– Você não tem que ter medo de mim – disse ele, sentando-se no degrau ao meu lado. Perto, mas não perto demais. – Mas você não deveria estar aqui. Está tarde e está frio.

Fiquei olhando para ele.

– Você é a criança que não fala – disse ele, olhando para mim.

Assenti.

– Cheguei aqui há poucos dias. – Ele suspirou com tristeza. – Também não consigo dormir.

Olhei para o céu de novo, procurando uma estrela, mas ainda não havia nenhuma atrás das nuvens. Não parecia que o garoto quisesse me ferir. Ele era alguns anos mais velho, provavelmente tinha 9 ou 10 anos. Fiquei surpresa por ele estar falando comigo. A maioria das crianças mais velhas não queria ficar com a "mudinha esquisita".

– Você está com medo? – perguntou ele, baixinho. Quando olhei para ele, não havia provocação em seus olhos, apenas gentileza e talvez também um pouco de tristeza. Ele compreendia. Não havia me perguntado do que eu sentia medo, mas não importava: medo é medo.

Assenti lentamente.

– Quer ouvir uma história? – perguntou ele, com a voz não muito firme.

Senti que eu estava prestes a esboçar um sorriso tímido. Assenti de novo, me virando para olhar para ele.

– Certo. – Ele respirou fundo, enrugando a testa enquanto se perguntava por onde começar. Duvidei que a história dele seria tão boa quanto a da mamãe, mas qualquer história era melhor do que nenhuma.

O menino olhou para o céu escuro antes de começar.

– Era uma vez –, uma linda princesa chamada Andrômeda. Quando ela nasceu, seus pais, o rei e a rainha, sentiram tanto orgulho de sua beleza que se gabavam dizendo que ela era a menina mais linda do reino, do país, do mundo todo.

O garoto de cabelos escuros olhou para mim para ter certeza de que eu acompanhava sua história. Eu o observei em silêncio, encantada por suas palavras. Fazia semanas que ninguém falava comigo de verdade. A terapeuta me visitava toda semana, mas não dizia muita coisa. Só fazia um monte de perguntas para as quais eu não tinha resposta.

– Quando as ninfas do mar ouviram o que o rei e a rainha estavam falando sobre a graciosidade de Andrômeda, ficaram iradas; até aquele momento, elas sempre tinham sido as criaturas mais belas da Terra, e não estavam prontas para abrir mão do título. As ninfas enciumadas imploraram a Poseidon, o deus do mar, que enviasse um monstro terrível para a terra de Andrômeda, para destruir seu reino.

Eu me sentei na beirada da cadeira, com os olhos arregalados enquanto observava o garoto e ouvia a sua história fascinante.

– O monstro marinho malvado destruiu cidades e matou seus moradores, e o rei e a rainha ficaram desesperados para pôr fim ao sofrimento de seu povo. Eles perguntaram a um Oráculo, o homem mais sábio do reino, como podiam parar os ataques violentos do monstro. – Ele olhou para as nuvens no céu. – O Oráculo disse que a única maneira de acabar com a violência seria sacrificando a bela filha Andrômeda, entregando-a ao monstro marinho.

Arfei.

– Eles não tinham escolha, se quisessem salvar seu povo. Então a acorrentaram a uma rocha no meio do mar e a deixaram ali, sozinha e indefesa. Quando o monstro apareceu, com seus dentes afiados como lâminas e os olhos vermelhos irados, Andrômeda soube que iria morrer.

O garoto olhou para mim, com os olhos azuis muito intensos.

– De repente, o herói Perseus apareceu no céu, voando com seu cavalo Pégaso. Ele olhou para a bela Andrômeda, apaixonou-se instantaneamente e matou o monstro malvado antes que ele pudesse tocá-la. – O garoto sorriu levemente. – A princesa voltou ao convívio de seus pais, que ficaram felizes com o retorno da filha. No dia seguinte, Andrômeda e Perseu se casaram, e, a partir daquele momento, viveram felizes para sempre.

O garoto ficou em silêncio quando terminou o relato. Eu nunca tinha ouvido uma história como aquela, e fiquei fascinada. A mamãe nunca tinha contado histórias sobre monstros do mar, cavalos alados, ninfas e deuses!

Havia muitas perguntas que eu queria fazer ao garoto – onde ele havia ouvido tudo aquilo, e se sabia de outras histórias parecidas. Queria agradecer por dividir a história esquisita comigo, mas eu ainda não tinha conversado com ninguém desde que a mamãe tinha...

Estendi o braço e toquei o corte perto do ombro. Apesar de estar coberto com curativos e de o médico ter dado pontos, ainda doía. Pelo menos, não sangrava mais. O resto de meus cortes e hematomas tinha desaparecido; era a única marca que eu tinha para me lembrar daquele dia.

Eu me voltei para o garoto e o flagrei olhando para mim.

– Você deveria dormir. Seu nome é Brooklyn, não é?

Assenti e fiquei de pé. O garoto também se levantou, e pareceu chocado quando estiquei o braço e segurei a mão dele. Apertei, torcendo para que bastasse para ele entender o que eu não conseguia dizer em voz alta.

Obrigada.

Ele olhou para meus dedos pequenos enrolados nos dele e apertou de volta, com delicadeza.

– De nada.

Abri meu primeiro sorriso de verdade em semanas e entrei correndo na casa, deixando o solitário garoto desconhecido no escuro.

Acordei assustada.

Nunca tivera um sonho tão realista com o tempo que passei no lar temporário. Ele me pegou desprevenida, me assustou por ser tão claro. Eu tinha vagas lembranças do garoto que me contava histórias à noite, mas nunca tinha sido tão específico. Parecera tão real... como se eu realmente estivesse ali, de pé naquela varanda, na escuridão.

Passei um dedo, distraidamente, pela cicatriz que havia em minha clavícula. Quase não dava mais para notá-la, não passava de uma linha fraca, de pigmentação mais clara. A marca em relevo e permanente de meu passado era o único resíduo físico que eu levava daquele dia terrível. Felizmente, minhas cicatrizes emocionais não eram visíveis.

Enrolei o edredom ao redor do corpo com mais força enquanto olhava para o teto branco e vazio, em vez de ver uma tela azul-ciano e cobalto, com pontinhos imitando estrelas amarelas e brilhantes e um dragão de jade, brilhante. Eu quase tinha me dado a permissão de esquecer o mundo de conto de fadas que minha mãe tinha criado dentro das quatro paredes de meu minúsculo quarto de infância. O sonho havia feito tudo voltar.

De repente, as paredes de meu quarto pareceram vazias demais. Eu não tinha fotos, pôsteres, nem uma peça de arte... só paredes vazias e brancas, tão sem enfeites como no dia em que eu assinara o contrato de aluguel. Elas nunca tinham me incomodado antes, ou talvez eu apenas não tivesse notado a natureza vazia e impessoal do espaço que eu habitava. Minhas roupas estavam organizadas no armário, meticulosamente separadas por cor e estação. Meu laptop estava em cima de uma mesa organizada. O carpete era aspirado e não havia pilhas de roupas nem papéis largados por todos os lados. Parecia que um fantasma vivia ali, sem deixar pegadas enquanto levava a vida.

Afinal de contas, não era isso o que eu tinha me tornado? Uma menina sem família, sem amigos de verdade, sem emoções, por assim dizer. Eu havia me permitido desaparecer? Eu havia abandonado aquela menininha que acreditava em contos de fadas e finais felizes?

Sim. Porque tinha sido mais fácil.

Mas não voltaria a fazer isso. De alguma maneira, eu reencontraria aquela criança. Reaveria minha vida, tirando-a das mãos da assombração que eu havia me tornado.

Pela primeira vez em anos, me senti grata por um de meus pesadelos. E, quando fechei os olhos e voltei a dormir, sorri.

Acordei na manhã seguinte perto do amanhecer, me sentindo descansada como não acontecia havia semanas. Depois de fazer o café, eu me sentei no terraço e estudei durante algumas horas. Havia muitas provas se aproximando, e, entre Finn, a terapia e as flores misteriosas, eu não andava tendo muito tempo para me concentrar nas aulas.

Quando o relógio marcou dez da manhã, entrei no quarto de Lexi e peguei o retrato da escrivaninha dela, aquele que eu estava procurando. Um pé com unhas feitas ficou para fora do colchão, e uma cabeleira ruiva despenteada logo desapareceu quando ela puxou o edredom fúcsia sobre a cabeça para bloquear a luz que eu havia deixado entrar. Resmungando, ela jogou um travesseiro do outro lado do quarto para me acertar, evidentemente irritada por eu tê-la acordado. Eu ri e fechei a porta com cuidado ao sair.

Olhei para a foto que tinha nas mãos e sorri. Ela tinha sido tirada no ano passado, em uma festa de Dia das Bruxas. Lex e eu tínhamos nos fantasiado de Mario e Luigi, e parecíamos tranquilas e felizes, sorrindo tanto que nossos bigodes pretos com as pontas enroladas para cima ameaçavam cair de nossos rostos.

Voltando ao meu quarto, abri uma gaveta de minha mesa e empurrei vários cadernos espiralados bem-arrumados para o lado. Encontrei o que procurava no fundo da gaveta. Duas fotos pequenas e desbotadas de minha mãe, as únicas que eu tinha. Estavam desgastadas pelo tempo e amassadas, mas ainda assim eram valiosas para mim. Ela estava linda – jovem e muito feliz, sorrindo para quem tinha tirado as fotos.

Em um dos retratos, ela estava sozinha, sentindo o vento em um píer na Califórnia. Seus braços estavam erguidos enquanto ela espirrava água salgada do mar na direção do fotógrafo. A segunda era uma foto de nós duas. Eu era pequena, provavelmente tinha 3 ou 4 anos, e ela me segurava no alto. Olhava para mim com o amor puro e imaculado que só uma mãe pode dar, e eu olhava para ela como se ali estivesse todo o meu mundo. Porque é o que ela era para mim.

Lágrimas encheram meus olhos, mas eram lágrimas de felicidade. Eu tinha sido amada – tinha a prova bem ali nas minhas mãos. E a prova havia permanecido esquecida naquela gaveta, acumulando pó por tempo demais. Secando as lágrimas, peguei as três fotos que tinha reunido e fui para a rua. Entrei no carro de Lexi e dirigi até a loja de fotografia mais próximas, onde eu sabia que poderia conseguir cópias aumentadas e de melhor qualidade.

Depois de explicar exatamente o que eu queria, deixei as fotos nas mãos habilidosas do dono da loja e atravessei a cidade até a Andler's, a única loja de ferragens familiar da região que ainda funcionava. A maioria das outras tinha sido vencida pelas dificuldades financeiras da recessão recente, incapazes de competir com uma superloja de artigos para casa de uma rede com unidades no país todo, que havia sido aberta recentemente na cidade vizinha. Eu não gostava muito do esquema "faça você mesmo", mas, sempre que precisava comprar lâmpadas ou fita adesiva, ia à Andler's. Gostava de pensar que estava incentivando o pequeno empresário.

Levando em conta que era sábado bem cedo, não me surpreendeu perceber que era a cliente mais jovem da loja, e que os outros tinham, pelo menos, trinta anos a mais. Também era a única garota ali.

Quando entrei, seis homens viraram o pescoço e me analisaram sem qualquer pudor. Com a mesma rapidez, eles me ignoraram e voltaram e prestar atenção aos itens que estavam comprando, sem dúvida acreditando que eu era uma universitária perdida que havia entrado ali por acidente. Normalmente, eu me sentiria irritada, mas, ao olhar para minha roupa, engoli a indignação; minha blusa de gola V vermelha, com as palavras RENDA-SE DOROTHY estampadas em preto no peito, destoava muito do look xadrez lenhador da maioria dos homens ali. As sandálias de tiras e salto plataforma vermelhas e a calça capri slim preta que eu usava provavelmente também não estavam ajudando muito a melhorar minha credibilidade como alguém afeito ao estilo "faça você mesmo".

Obviamente, eu não tinha prestado muita atenção à roupa escolhida para vestir quando saí de casa apressada naquela manhã.

De cabeça erguida, caminhei mais para o fundo da loja silenciosa, procurando a seção de tintas. Demorei alguns minutos, mas acabei encontrando as cores que estava procurando no meio do que pareciam ser milhares de paletas com amostras. Peguei as duas de que precisava e fui até o caixa, onde um homem magro, calvo e sério, de meia-idade, misturava tintas.

– Por favor, pode misturar cinco litros de cada uma dessas? – perguntei, entregando as duas amostras de tinta e tentando, sutilmente, subir minha camiseta para esconder o decote para o qual ele tinha começado a olhar com certo entusiasmo. Seus dedos pousaram sobre os meus enquanto ele pegava as amostras da minha mão, e eu contive um tremor. O homem, cujo crachá indicava se chamar Hank, olhou para mim com um sorriso sugestivo com a ausência de vários dentes, e entrou na sala dos fundos, supostamente para misturar as tintas... ou para pegar cordas e amarras para poder me prender e dominar. Àquela altura, não dava para ter certeza de nada.

Mentalmente, eu calculava a probabilidade de conseguir fugir correndo de Hank com minhas sandálias frágeis, mas tão lindinhas, quando ele reapareceu segurando uma lata de tinta em cada mão. Quando me disse o valor total, joguei algumas notas no balcão e, com pressa, peguei as alças das latas. Segui na direção da porta, sem nem sequer esperar meu troco na pressa de me livrar do olhar invasivo de Hank, dos clientes nada simpáticos e do clima desconfortável da loja.

– Volte logo, mas logo, mesmo, linda! – Hank gritou enquanto eu saía, abrindo a porta com o quadril.

– Nem no seu sonho – murmurei. Meu plano de incentivar o comércio local tinha ido por água abaixo. Da próxima vez, certamente iria a uma loja grande de rede, com corredores bem iluminados e os universitários bonitinhos, com aventais laranja, que geralmente eram funcionários do estabelecimento, dispostos a satisfazer todas as minhas necessidades. Tá, talvez não todas. Mas pelo menos as que envolvessem tinta e ferragens.

Finalmente consegui abrir a porta e sair, me esforçando para segurar a tinta e minha bolsa, enquanto pegava a chave do carro. Eu estava olhando para baixo, murmurando palavrões, quando uma mão grande cobriu a minha e pegou as duas latas de tinta antes que eu sequer pudesse reagir. Assustada, me sobressaltei e joguei a bolsa na calçada, e tudo o que estava dentro dela, desde absorventes internos até meu celular, saiu voando em todas as direções. Observei, desesperada, meu gloss preferido rolar para baixo do carro e sumir da minha vista. Nas poças espalhadas pelo estacionamento havia melecas indistinguíveis de vários tipos e montes de lixo, o que determinava que aquele batom nunca mais chegaria nem perto dos meus lábios.

– Bem, pelo menos você não gritou dessa vez – disse alguém com uma voz rouca atrás de mim, rindo. Todos os músculos de meu corpo ficaram tensos de raiva e eu congelei, ainda de frente para o carro. – Mas, falando sério, Bee, precisamos trabalhar em seus reflexos se você vai tremer de medo todas as vezes que eu me aproximar. Ou isso ou é melhor você começar a usar fralda geriátrica, e acho que não vou curtir muito. – O tom dele era de provocação.

Eu me virei, devagar demais, para olhar para Finn. Ou, para ser mais exata, para encará-lo. Direcionei a ele o olhar mais frio que consegui, aquele normalmente reservado a quem passava a mão na minha bunda, a caras que ficavam ousados demais na balada.

Claro que, nele, não teve efeito nenhum.

Finn ficou ali, sorrindo como um imbecil para mim, mais lindo do que nunca. Semicerrou os olhos, divertindo-se e demonstrando algo mais difícil de definir. Os músculos de seus braços malhados se evidenciaram quando ele pegou as latas de tinta, e a pele tatuada de seu bíceps direito se destacou. Eu me lembrei da primeira vez que tinha visto as espirais que envolviam seu antebraço – e a vontade que senti de passar os dedos pelos desenhos. E depois, passar a língua.

Brooklyn! Controle-se, meu Deus!

Respirei fundo para impedir aqueles pensamentos e voltei a focar na irritação que sentia, torcendo muito para que ele não tivesse notado o desejo que sem dúvida ficou estampado na minha cara.

– Bom, talvez se você parasse de SURGIR DE REPENTE – gritei, avançando de modo a ficar quase grudada nele, batendo um dos pés no chão, indignada. – Eu não gritaria nem jogaria todas as minhas coisas no chão, e talvez não perdesse meu BATOM PREFERIDO. Eu adorava aquele batom, Finn. Agora, está na sarjeta. Uma sarjeta suja, cheia de líquidos estranhos, nojenta. E por que você está aqui, afinal? Por que está sempre aqui? Está me perseguindo, é isso?

Ele esboçou um sorriso, e dava para ver que estava tentando desesperadamente não rir.

– Você bateu o pé no chão? – perguntou ele, com os ombros tremendo devido ao riso que mal conseguia segurar.

Arregalei os olhos para ele e levantei ainda mais a cabeça. Não permitiria que me envergonhasse. Não recuaria. E sem dúvida não continuaria sonhando em beijá-lo até ficar sem ar e desmaiar em seus braços.

Merda.

– Acho que nunca vi ninguém com mais de 5 anos fazer isso – disse ele, sem conseguir aguentar e jogando a cabeça para trás para rir de mim. Bati com força no braço dele, virei o corpo e me inclinei para pegar alguns de meus pertences do chão.

Finn ainda estava secando as lágrimas e rindo quando percebi que ele havia se agachado ao meu lado. Então foi a minha vez de segurar o riso enquanto observava Finn Chambers – o deus místico do sexo e o cara mais popular da faculdade – pegando meus absorventes internos para enfiá-los dentro da bolsa como se eles estivessem em chamas, pingando arsênico. Quando tudo – menos o gloss – voltou para dentro da bolsa, ficamos de pé, um de frente para o outro.

Eu ainda estava reclamando dos caras grosseiros e por ter perdido meu batom quando Finn se aproximou e levou a mão ao meu queixo para que eu olhasse em seus olhos. As palavras morreram em minha boca, meu cérebro ficou estático, e eu só conseguia pensar na noite anterior. Minhas pernas envolvendo o corpo dele enquanto ele me pressionava contra a lateral da caminhonete, descendo os lábios pelo meu pescoço, beijando as lágrimas que desciam por minhas bochechas.

Ele olhou em meus olhos e assim permaneceu, e o desejo que eu via ardendo neles me dizia que ele também estava pensando na noite passada. Finn ergueu uma das mãos, lentamente, para tocar meu rosto, descendo os dedos com leveza por minha face num carinho suave, quase uma reverência. A outra mão se direcionou aos meus cabelos presos em um rabo de cavalo e, puxando com delicadeza, ele me fez ficar mais perto. Eu aceitei a aproximação, sem qualquer resquício de irritação.

Ele abaixou a cabeça até sua testa encostar na dobra de meu pescoço. Respirou fundo e soltou um gemido.

– Meu Deus, você tem um cheiro delicioso. De canela e maçã. Deveria ser proibido ter esse cheiro.

Dei risada, que foi interrompida quando senti a língua de Finn subir lentamente por meu pescoço. Estremeci quando seus lábios tocaram a minha orelha e ele mordeu o lóbulo. Finn levou as mãos ao meu quadril e caminhou comigo, de costas, até eu ficar pressionada entre seu corpo e a lateral do carro de Lexi.

– O que você tem com esse carro? – perguntei, provocando.

Ele levantou a cabeça abruptamente, interrompendo a atenção que dava à minha orelha, e olhou para mim, ficando sério de repente.

– Não tenho quase nada com carros, mas tudo com você. Não importa onde... sempre vou te querer, Bee. Sempre que eu te encontro, preciso de todo o autocontrole que tenho para não sair te arrastando até a parede mais próxima e pressionar seu corpo contra ela, e sentir essa sua boquinha rosada perfeita. – Ele olhou para meus lábios.

Senti mais um arrepio me percorrer ao ouvir aquilo, e, de repente, me dei conta de que, se ele conseguia ser tão sensual assim em um estacionamento público, seria um homem totalmente diferente se – ou melhor, quando – ficássemos a sós entre quatro paredes. Pressionei as coxas uma contra a outra ao pensar nisso e me retorci um pouco sob o olhar intenso dele.

– Meu homem das cavernas – eu disse, com um sotaque sulista perfeito e muito ensaiado, que deixaria orgulhosa Vivien Leigh, a atriz de

E o vento levou... Ele riu com malícia e então, antes que eu conseguisse reagir, tomou meus lábios nos seus.

Envolveu meu rosto com as mãos com uma delicadeza que contrastava com a urgência de seus lábios. Entreabri a boca, arfando, e sua língua buscou a minha no mesmo instante. Comecei a reagir ao beijo dele, subindo as mãos para tocar seus ombros largos. Quando nossas línguas se tocaram, Finn gemeu e se afastou, ofegante. Apoiando a testa na minha, seus olhos azuis estavam tomados de intensidade e desejo.

Ele fechou os olhos e respirou fundo pelo nariz, tentando se acalmar. Sorri, curtindo o efeito que tivera sobre ele, e ele deu um passo para trás para aumentar a distância entre nós, como se nossa proximidade fosse tentadora demais para que ele continuasse se controlando.

– Por que comprou tinta? – perguntou ele, com a voz rouca, ao fazer um gesto para as latas de tinta esquecidas ao meu lado.

– Vou pintar meu quarto – respondi, dando de ombros casualmente, como se não fosse nada demais, apenas algo que eu fizesse toda semana. Como se eu fosse uma garota como Lexi, que passava horas no Pinterest procurando receitas, ideias de artesanato e várias maneiras de "reciclar" jornal velho para criar uma linha de objetos modernos. Eu nunca tinha sido e nunca seria assim – daquelas que planeja uma festa de casamento imaginária doze anos antes do evento e que escolhem paletas de cores para a casa dos sonhos. Nunca –, mesmo.

Finn ergueu uma sobrancelha, de modo questionador, mas não comentou a respeito de meu desejo repentino de redecorar o quarto.

– Você tem rolos? – perguntou ele.

Olhei para ele por um minuto, inexpressiva, e então desviei o olhar, com certa timidez, quando notei que, na pressa de sair da loja, tinha me esquecido de pegar pincéis e rolos. Decidi que teria que ir a uma loja maior, mesmo.

– Não – falei, cruzando os braços de modo defensivo, mentalmente desafiando Finn a rir de mim. Com certeza não trocaríamos mais nenhum beijo se ele risse, e fiz questão de deixar isso bem claro com meu olhar.

Finn sorriu como se conseguisse ler meus pensamentos e, pela primeira vez, não me provocou.

Sorte dele.

– E lixas? Plástico para cobrir as coisas? Fita adesiva? – Ele foi citando itens usados na pintura – nenhum dos quais tinha sido comprado – até eu não conseguir mais acompanhar. Olhei para ele, perplexa e meio assustada. Quem poderia imaginar que um trabalho de pintura exigisse tantos materiais?

– Tá, acho que me esqueci de algumas coisas – murmurei, sem olhar para ele. Sua risada abafada me fez voltar a olhar em seu rosto.

– Encontro você na sua casa daqui a algumas horas – disse Finn, suspirando. – Preciso ir comprar algumas coisas.

– Não preciso da sua ajuda – respondi automaticamente, tentando esconder a ansiedade que tomou conta de mim ao ouvir o que ele disse. – Você não é meu namorado. E não vou transar com você como recompensa, se é isso o que está pensando.

– Ajudei o Ty a pintar o quarto dele mês passado e, por mais chocante que seja, não transei com ele depois – resmungou, ameaçadoramente. Seus olhos, antes tomados por simpatia, agora estavam irados. – E não, não sou seu namorado. Mas, da última vez que conferi, era seu amigo. Amigos se ajudam, – principalmente quando um amigo não sabe absolutamente nada sobre pintura.

– Certo – concordei, lançando um sorriso simpático para ele. – Você pode me ajudar.

– Você é a mais irritant... – ele parou de falar e respirou fundo de novo para se acalmar. Parecia que tinha que fazer isso em intervalos quase constantes quando estava perto de mim. – Não sei nem por que me dou ao trabalho – murmurou.

– Seria por causa da minha personalidade brilhante? – perguntei, rindo da frustração dele comigo.

– Acho que não é isso – disse ele, de modo duvidoso. – Estarei na sua casa antes das duas da tarde.

Assenti, concordando. Ele tinha razão, eu não sabia nada sobre reforma de casa. Precisava de toda a ajuda que pudesse ter.

– O que você está fazendo aqui, afinal? – perguntei, olhando ao redor no estacionamento quase vazio. A motocicleta dele estava estacionada algumas vagas depois do carro de Lexi.

– Eu estava indo para a lanchonete – disse ele, indicando o queixo na direção do Maria's, a pequena lanchonete que ficava do lado do Andler's e que não era reformada desde o início dos anos 1970. O clima retrô dava personalidade ao local, e era um lugar popular, onde universitários embriagados se encontravam depois de uma noite de farra. As panquecas de abóbora deles eram lendárias durante o outono.

Meu estômago roncou quando pensei nelas e, lançando um olhar desejoso ao estabelecimento, olhei para Finn logo depois. Se ele não estivesse ali, eu teria me esbaldado com uma pilha pequena de panquecas cheias de creme e xarope de bordo. Mas naquele momento, eu faria qualquer coisa para não entrar ali e comer com ele na frente de metade dos alunos da faculdade. Se eu fosse, seria como pendurar um cartaz no pescoço no qual estivesse escrito "FINN CHAMBERS ME PEGOU ONTEM À NOITE", já que rolaria muita fofoca com a nossa presença.

Se íamos nos envolver, eu queria um contrato assinado – de preferência com sangue – deixando claro que ninguém saberia sobre nós dois. Minha reputação já estava manchada o suficiente sem que acrescentássemos um caso com Finn à lista.

Ele esboçou um sorriso enquanto me observava.

– Acho que você não quer comer panquecas comigo, então? – perguntou ele, esboçando um sorriso.

– Não! – respondi, e minha reação deu indícios do horror que eu sentia diante da sugestão de realizarmos uma atividade tão parecida com um encontro. – É que tenho coisas para fazer – murmurei, mais calma.

– Certo – disse ele, esboçando um sorriso sensual. Senti vontade de bater nele e agarrá-lo ao mesmo tempo. Finn tinha total consciência do efeito que tinha sobre mim. Estava tentando me deixar sem jeito e o safado estava curtindo tudo isso. – Então vou comer minhas panquecas sozinho. Até daqui a algumas horas. – Ele piscou, e então se virou e entrou no Maria's, me deixando com vontade de outras coisas além do café da manhã. Eu me recostei no carro de Lexi, cansada por causa daquela interação.

Merda.

Trêmula, coloquei as latas de tinta no porta-malas e me sentei no banco do motorista. Respirando fundo, decidi que não deixaria Finn me dominar. Mas talvez, mais tarde, eu deixasse ele me pegar.

Droga, como eu sou fácil.

Me senti como um ioiô de emoções, rejeitando Finn num minuto e o beijando no seguinte. Eu queria me recompor. Mas fiz o que sabia fazer de melhor e afastei os pensamentos da mente. Dando a partida, entrei na Main Street e atravessei a cidade até o supermercado. Tinha que comprar algumas coisas para fazer o jantar da semana toda, comprar mais anticoncepcional na farmácia e voltar para a loja de fotografias para pegar minhas impressões antes que Finn fosse à minha casa às duas.

Quando olhei para o relógio no painel do carro, vi que já passava de meio-dia. Pisei no acelerador, passando em muitos sinais amarelos com o carro de Lexi. Não queria que ele chegasse à casa antes de mim. Algo me dizia que deixar Finn Chambers em meu quarto, sem supervisão, não era uma boa ideia.

Eu estava direcionando o carrinho pelo corredor do supermercado, pegando os mantimentos para a semana, quando meu celular tocou.

– Alô?

A única resposta que recebi veio em forma de uma respiração pesada e perturbadora.

– Pare. De. Me. Ligar – falei ao telefone. – É o Gordon?

Mais respiração.

– Não sei quem é, mas, se continuar fazendo isso, vou ligar para a polícia. Entendeu, seu doente?

A respiração parou por um minuto e eu achei que a ligação tinha caído, mas, ao olhar rapidamente para a tela, vi que ainda estávamos conectados. Um pouco antes de desligar, ouvi o que parecia ser um riso baixo do outro lado da linha.

Não era a risada animada de um menino de 12 anos passando trote por não ter nada melhor para fazer e para se divertir; era uma risada sinistra, ameaçadora e sombria. A risada de um homem que eu não conhecia e com certeza não queria conhecer.

Encerrei a ligação e fiquei paralisada no meio do mercado. Era a segunda ligação que eu recebia. Além disso, tinha o arranjo mortal de flores que tinha sido entregue em meu quarto. Será que eles estavam conectados? Quem queria me assustar tanto assim? Poderia ser Gordon, mas eu duvidava que ele pudesse levar as coisas tão longe. E provavelmente não tinha inteligência suficiente para invadir minha casa sem deixar vestígios.

Liguei depressa para a delegacia e perguntei pelo Delegado Carlson. Quando ele atendeu, meio desanimado, me disse que, apesar de eles terem feito tudo o que podiam para descobrir quem tinha deixado as flores, não tinham respostas naquele momento. Depois de mandar que eu tomasse mais cuidado e trancasse portas e janelas, e de dizer que eu deveria ligar se mais entregas suspeitas acontecessem, desligou. Eu tinha pensado em contar a ele sobre as ligações, mas logo mudei de ideia. Ele não podia fazer nada para ajudar. De certo modo, eu duvidava que o policial barrigudo, que adorava *donut* –, já tivesse resolvido algum caso em sua carreira.

Naquele momento, eu não queria pensar na pessoa que estava me importunando por telefone. Já tinha muita coisa na cabeça, ainda mais com a visita daquele homem sensual de matar – olhei para a tela do meu celular – que aconteceria em menos de uma hora.

Droga!

Esquecendo totalmente a ligação, corri para os caixas, paguei minha compra e comecei a andar em direção à farmácia. Pegando a receita do médico, segui em direção à loja de fotos, que, felizmente, ficava do mesmo lado. Minhas fotos estavam prontas e ficaram perfeitas. Eu havia pedido para elas serem aumentadas em telas de 60x90cm, que decorariam minhas paredes recém-pintadas. Agradeci muitas vezes ao dono da loja, paguei, levei as três telas grandes ao carro –, e as acomodei delicadamente no banco de trás. Sorrindo, corri para casa, disposta a chegar antes de Finn e começar a redecorar.

Apesar de já ser tarde quando guardei todos os mantimentos, Lexi ainda dormia no quarto. Não me surpreendia. Se cochilar fosse um esporte, minha amiga seria campeã olímpica.

Levei as duas latas de tinta e os quadros para o meu quarto e olhei ao redor. As únicas peças de mobília eram a mesa, a cadeira, o criado-mudo e a cabeceira da cama. Eu me esforcei durante vários minutos para empurrar a mesa pesada de carvalho em direção ao corredor, e então Lexi apareceu na porta com uma xícara de café na mão e de olhos arregalados.

– O que está fazendo? – perguntou ela, desviando o olhar da mobília deslocada para as latas de tinta.

– Redecorando.

Ela olhou para mim como se eu dissesse pretender tatuar a suástica na testa e entrar para uma seita que adorasse bonecas demoníacas.

– Oi? Acho que não entendi bem. Pensei ter ouvido que você, Brooklyn Turner, pretende redecorar seu quarto. A mesma menina que me disse que eu estava terminantemente proibida de colocar papel de parede e itens bonitinhos de decoração na sala de estar.

Revirei os olhos.

– Você queria colar a frase "Respire, Inspire, Não Pire" na cor magenta, de um metro e meio de altura, na parede acima do nosso sofá. Não esperava que eu vetasse essa ideia?

Ela resmungou, frustrada, tomando mais um gole do café e percebendo que não venceria aquela discussão.

– Como foi sua noite com o boneco Ken? – perguntou ela, mudando de assunto. – Foi tudo com o que você sonhou e mais? – Ela riu, bebendo o café.

– Sarcasmo não é seu ponto forte, Lex – falei, sorrindo. Eu me voltei para a mesa e comecei a empurrá-la para a porta de novo. – E, na verdade, não rolou nada com o Landon. Eu voltei para casa andando.

– O quê? – exclamou ela, deixando a surpresa clara na voz. – Por que mudou de ideia?

Suspirei.

– Você vai me ajudar a empurrar essa mesa?

– Só se você me contar o que rolou com o Landon.

– Porra – murmurei. – Beleza. Eu só não estava no clima, tá? Ele era gostoso, mas não consegui deixar a mente livre o suficiente para curtir.

– Deixar a mente livre do quê? Ou será que eu deveria perguntar de quem? – ela pressionou.

Eu me virei para olhar para ela com os olhos arregalados.

– Antes que comece, isso não tem nada a ver com o Finn – menti.

– Ah, você é mentirosa! Brooklyn Turner tem um crush! Nem acredito nisso – ela gritou, dançando no meu quarto e passando um braço pelo meu ombro. – Há anos espero por este momento. E é perfeito! Sempre sonhei com nós duas namorando dois melhores amigos! Ai, meu Deus! Todos nós deveríamos ir a uma festa que vai ter am…

– LEXI! – gritei, interrompendo o que ela dizia antes que começasse a planejar nosso casamento duplo, causando, assim, um ataque de pânico em mim. – Não existe nada rolando entre o Finn e eu. Somos amigos. A-MI-GOS! – Separei as sílabas com ênfase, torcendo para que ela entendesse de uma vez por todas.

– Você deixa todos os seus amigos te prenderem contra a caminhonete deles para te beijar daquele jeito? – ouvimos a voz grave de Finn vinda da porta.

Que inferno. Será que ele não conseguia anunciar que estava chegando, como qualquer pessoa normal?

Gemi de frustração.

Lexi se virou, olhou para ele, que estava casualmente encostado na porta, e deu um gritinho de alegria. Acho que ela pode ter começado a dar pulinhos de felicidade, mas eu estava ocupada demais olhando ao redor para encontrar uma corda com a qual me enforcar, então não tenho certeza. O pequeno relógio digital sobre minha mesa marcava 14h05, ele chegou pontualmente, então nem sequer pude me irritar por ter ouvido nossa conversa.

– Sua safada! Não acredito que você estava querendo que eu acreditasse nessa mentira de "somos só amigos"! – Ela me deu um tapa no braço e arregalou os olhos para mim.

– Você nunca ouviu falar em bater antes de entrar? – perguntei para Finn, ignorando Lexi e lançando um olhar frio na direção dele.

– Eu bati. Ninguém atendeu – disse, olhando para mim com os olhos arregalados. Sua voz estava calma, mas os olhos estavam tempestuosos quando se encontraram com os meus.

Não, ele definitivamente não estava feliz com meu comentário de que éramos "apenas amigos".

– Você. Eu. Detalhes. Mais tarde – exigiu Lexi, ainda me encarando. Virando-se para Finn, um sorriso iluminado tomou seu rosto e ela suspirou. – Tenha paciência com ela. É emocionalmente retardada.

Dei um gemido de surpresa e Finn tentou – e não conseguiu – conter o riso quando Lexi caminhou em direção ao corredor e desapareceu. Logo depois, um silêncio intenso tomou conta da sala. Uma atmosfera pesada pareceu surgir enquanto Finn e eu nos entreolhávamos, e o sorriso aos poucos foi desaparecendo de seus olhos. Ele deu um passo na minha direção dentro do quarto e eu logo dei um passo para trás, mantendo o espaço entre nós. Seus olhos ficaram sombrios e semicerrados.

Atravessando o quarto, ele apareceu à minha frente em segundos. Eu havia me afastado até encostar na parede, sem espaço além daquele para me afastar mais, e ele me envolveu em seus braços.

– Vamos deixar algo bem claro – sussurrou ele, com a voz carregada, um tanto possessiva e levemente assustadora. – Não somos só amigos. Nunca fomos e nunca seremos só amigos. Então, pare de inventar essas coisas na sua cabeça, pare de transformar o que temos em algo que não é.

– Você disse que nada precisava mudar – falei, de modo desafiador, sem querer aceitar o que ele dizia.

– Sempre quis transar com você. Você sempre quis transar comigo. Nada mudou, até onde sei – disse ele, com um sorriso presunçoso.

– Não quero transar com você! Você é o idiota mais convencido e arrogante que conheço. Eu não dormiria com você nem se fosse o último homem na face da Terra e se nós dois fôssemos os únicos responsáveis por repopular o pla… – minha resposta foi abruptamente interrompida com os lábios dele nos meus.

Reagi aos lábios dele no mesmo instante, com vontade, contradizendo minhas palavras totalmente.

Merda! O que eu estava fazendo?

Dei um passo para trás e, sem conseguir me controlar, dei um tapa na cara dele. Parei, assustada com minha atitude. Foi como se minha mão tivesse agido de modo independente de meu cérebro. Meu rosto foi tomado pelo choque, meus olhos se arregalaram muito enquanto eu observava a marca vermelha crescendo na face dele. Eu não pretendia agredi-lo. Só estava muito desesperada para interromper o beijo e reassumir um pouco do controle.

Ofegante, eu ainda estava a poucos centímetros do rosto de Finn. Ele parecia igualmente surpreso, mas seu rosto logo ganhou uma expressão mais sombria.

– Por ter feito isso, você vai ter que me implorar para te beijar de novo – disse ele, passando a mão no rosto.

– Vai esperar eternamente.

– Já me disseram isso antes – disse ele, esboçando um sorriso. De repente, eu me lembrei de outra conversa que tínhamos tido, depois de ele ter me salvado de Gordon, quando eu disse que ele esperaria eternamente por respostas sobre meu passado. Ele simplesmente olhou para mim e sussurrou: *Já estou esperando a vida toda.*

Eu ainda não sabia o que aquilo significava.

– Peço desculpas por ter te dado um tapa – falei, erguendo a mão para tocar a pele vermelha do rosto dele. Ele cobriu minha mão com a dele, segurando-a com delicadeza contra seu rosto. – Às vezes sou meio descontrolada, emocionalmente falando – admiti com relutância.

– Às vezes? – Finn ergueu uma sobrancelha, olhando para mim com desconfiança.

– Está bem, o tempo todo – resmunguei. – Podemos pintar agora?

– Claro – ele concordou, saindo da minha frente. Quando dei a volta por ele para chegar à mesa, fiquei na ponta dos pés e dei um beijinho na marca vermelha de seu rosto, algo que eu normalmente não faria. Senti que ele sorriu quando me afastei e comecei a empurrar a mesa.

Felizmente, Finn era bem mais forte do que eu e foi muito mais rápido na tarefa de colocar toda a mobília no corredor. Minha cama era grande demais para sair dali, então a empurramos para o meio do quarto, tiramos a roupa de cama e a cobrimos com um dos plásticos que Finn tinha levado. Ele também havia levado muitos rolos, selador, fita adesiva e macacões brancos, que insistiu para que nós dois vestíssemos.

– Você não pode pintar vestindo isso – disse ele, indicando minha blusa de gola V e a calça capri. Eu já tinha trocado minhas sandálias por um par de tênis velhos.

– Tudo bem – falei, pegando os macacões, um top e um short de algodão antes de ir ao banheiro para me trocar. Depois de vestir o top e o short, entrei no enorme macacão branco. Tinha sido feito para um homem adulto e estava ridiculamente grande em meu corpo pequeno. O excesso de tecido fazia com que eu ficasse parecendo uma anã, com pelo menos trinta centímetros de pano sobrando nos braços e nas pernas. Eu subi as mangas sem o menor jeito e consegui subir o zíper na parte da frente do macacão. Assim que abaixei os braços, o tecido extra desceu e cobriu minhas mãos.

Foi inútil; eu não conseguiria liberar meus braços, muito menos pintar um quarto inteiro. Voltei para dentro do quarto, me concentrando em não tropeçar no pano acumulado ao redor de meus pés. Ao ouvir o som da risada abafada de Finn, parei e endireitei os ombros.

– Isso não vai dar certo – falei, balançando os braços com as mangas largas. – Eu pareço uma idiota.

– Você está adorável – disse Finn, com um olhar gentil ao olhar para mim, engolida pelo macacão. – Venha aqui – sussurrou ele, fazendo sinal com o dedo indicador.

Atravessando o quarto, tropecei no tecido e tombei para a frente. Finn esticou os braços e me pegou antes que eu caísse no chão, me estabilizando com as mãos grandes em meus ombros.

– Vamos dar um jeito nisso – disse ele, agachando-se à minha frente e, depressa, enrolando as barras para que eu não tropeçasse. Fez a mesma coisa com cada uma das mangas, verificando se eu conseguiria me movimentar antes de me soltar. Senti algo esquisito no peito enquanto ele ajeitava as mangas com tanta dificuldade. Havia algo íntimo no ato de ele me vestir, algo que ia além de apenas amizade ou mesmo de amizade colorida. Olhei para o topo da cabeça dele e me dei conta de algo que me deixou sem chão.

Finn se importava muito comigo.

Não só como amigo, nem como quem só queria me levar para a cama. Ele se importava de verdade.

E não me pareceu impossível, ridículo, nem aterrorizante. Para ser sincera, a sensação foi incrível.

CAPÍTULO DEZ

PINTURA COM DEDOS

Coloquei The Civil Wars para tocar, uma dupla indie de que nós dois gostávamos, e preparamos a parede. A repetição dos movimentos com o rolo era calmante, e eu fui relaxando mais a cada minuto, encontrando conforto na monotonia de estar no modo "piloto automático".

Finn começou a cantar junto a parte do homem e, em pouco tempo, eu, inconscientemente, assumi o vocal feminino. Cantamos e pintamos até não termos mais nenhuma parede para cobrir com a primeira demão e até ouvir toda a trilha sonora que tínhamos escolhido.

– Eu só soube que você canta bem ontem à noite, no palco. No começo, pensei estar tendo uma alucinação. – Finn riu, interrompendo o silêncio que havia tomado conta de nós.

– Na verdade, eu não canto – respondi, virando-me lentamente para ver se ele tinha deixado algum espaço sem a primeira demão. Teríamos que esperar um pouco até secar antes de começarmos a cobrir as paredes com os tons azuis que eu tinha escolhido.

– Não foi o que pareceu ontem, nem agora – comentou Finn. – Você tem talento. Por que não o usa?

– Cantar é algo que faço só para mim mesma. Não faço pelos aplausos, pela plateia ou pelos holofotes – tentei explicar. – É uma válvula de escape.

Finn assentiu. Ele era capaz de compreender aquilo.

– Por que você estava lá? – perguntei. Eu não havia deixado de notar que ele tinha a própria banda, com fãs de verdade e apresentações agendadas; não precisava estar cantando em um lugar como aquele. – Não é bem o Styx.

– O Styx é ótimo para tocar com os caras e extravasar – disse Finn, caminhando até minha cama, onde se recostou na estrutura. – Mas, às vezes, quando preciso me lembrar do que é importante na vida, tenho vontade de tocar sozinho e me reajustar. A música é uma das únicas coisas capazes de clarear minha mente.

– Uma das? O que mais funciona? – perguntei, curiosa de verdade.

– Sexo. – Ele esboçou um sorriso malicioso, e ergueu a sobrancelha para mim, de modo brincalhão. – Quer me ajudar com esse método?

Arregalei os olhos para ele, mas não fiquei brava. O sorriso dele se abriu totalmente, com covinha e tudo.

– O que significa tudo isso? O desejo repentino de pintar o quarto? – perguntou ele, mudando abruptamente de assunto e fazendo um gesto em direção às paredes.

– Eu precisava mudar alguma coisa – respondi, dando de ombros. – Olhei ao redor hoje cedo e notei como minhas paredes estavam vazias, como fazem minha vida parecer vazia.

Finn soltou o rolo e tirou as luvas de plástico, manchadas de tinta, das mãos. Aproximando-se da minha mesa, que estava no corredor, à frente da porta do meu quarto, ele cuidadosamente ergueu uma das imagens que eu havia imprimido antes – a foto de Lexi e eu vestindo fantasias – e a analisou.

– Você parece feliz aqui – disse ele, sorrindo enquanto olhava para a foto. Pegando a segunda imagem, aquela da minha mãe no píer, ele parou e ficou sério. – Esta é sua mãe? – perguntou, baixinho.

– Como você sabe?

– Você se parece com ela – disse ele. – Os olhos, o sorriso... nas raras vezes em que você mostra o seu, até os cabelos são iguais.

Senti um calor no peito ao pensar que eu podia me parecer um pouco com minha mãe. Eu não era como ela de outras maneiras – não era artística, não era compassiva, nem gentil. Não tinha seu coração generoso, nem sua capacidade de amar. Mas, se eu me parecesse com ela fisicamente, talvez significasse que, no fundo, por baixo de meu cinismo, dificuldade de confiar e mau humor, eu tivesse um pouco de minha mãe em mim.

Finn agora analisava a terceira foto, e pareceu triste ao ver a menininha que eu já tinha sido, envolta pelos braços da minha mãe. Seu olhar se direcionou para mim, onde eu estava, recostada na cama, observando.

– Você não fala sobre ela. – Não foi uma pergunta.

– Não.

– Eu passei muito tempo sem falar sobre os meus pais.

– O que mudou? – perguntei, verdadeiramente curiosa.

– Conheci você.

Aquilo me deixou confusa.

– Como assim, – você me conheceu?

– Você foi a primeira pessoa com quem de fato falei sobre a morte deles.

Minha mente era um turbilhão. Como era possível que Finn nunca tivesse falado sobre os pais antes daquela noite em meu terraço? Tudo bem, eu também nunca falava da minha mãe, mas ele parecia muito mais ajustado e normal do que eu esperava conseguir ser.

– Você quer... precisa conversar? – perguntei, engolindo em seco para acalmar minha respiração. Nossa! Eu era péssima naquilo. Não sabia nada sobre como lidar direito com meu pesar, muito menos com o das pessoas.

– Você precisa? – ele respondeu com a mesma pergunta que eu tinha feito, me pressionando sob o peso de seu olhar intenso.

Precisava?

– Não sei. Às vezes, – acho que, se não falar sobre ela, será como se ela nunca tivesse existido. Como se fosse uma invenção de minha psique afetada, ou uma amiga imaginária que criei nos meus sonhos infantis. Outras vezes, acho que prefiro não me lembrar de nada sobre ela porque assim não doeria tanto. Eu seria livre, normal, como qualquer outra universitária. Preocupada com coisas normais, como garotos, tarefas e se seria ou não convidada para as festas de fim de semana.

– Mas não penso nessas coisas. Eu penso em morte, perda e decepção. Fico me perguntando por que as pessoas se dão ao trabalho de se apaixonar se já sabem, desde o começo, que um dia vão se separar, seja por infidelidade, por distanciamento ou pela morte. – Respirei fundo, meio chocada por ter admitido tudo aquilo em voz alta. – Nunca tive o luxo de ser normal, Finn.

– Ser normal é chato, Bee. Não queria que você fosse normal. – Ele atravessou o quarto indo até mim, erguendo uma mão para, com delicadeza, seguir o contorno de meu rosto. – O pesar é um soco no peito. Ele rouba nosso ar, bate com tanta força que a gente acha que nunca mais vai ficar de pé. E não é só por estarmos sofrendo por uma morte, uma decepção amorosa ou uma perda: estamos sofrendo por causa da mudança.

Estamos sofrendo pela vida que poderia ter tido se as coisas não tivessem ficado totalmente zoadas ao longo do caminho.

Ele levou a outra mão ao meu rosto, de modo a envolvê-lo com ambas as mãos. Fechei os olhos e inclinei o rosto para repousá-lo em uma das palmas dele.

– Você poderia passar o resto da vida pensando nas coisas que nunca terá com sua mãe. Poderia passar a eternidade pensando nas lembranças das quais ela nunca fará parte. Mas, em algum momento, você tem que soltar a vida que poderia ter tido e começar a viver a vida que você tem – sussurrou ele.

Lágrimas escorreram por baixo de meus cílios e ele as pegou com as pontas dos dedos, antes que caíssem. Ignorando o fato de eu estar toda manchada de tinta, ele me aconchegou contra o peito e seus lábios encostaram em meus cabelos, me dando conforto enquanto eu estremecia em seus braços.

– Solta, Bee – sussurrou ele.

E soltei.

Depois de um tempo, meu choro diminuiu e eu tomei consciência do fato de que havia acabado de ter um acesso completo de choro nos braços de Finn. Queria fugir. Um mês antes, teria fugido. Teria partido o mais rápido possível, para o mais longe possível. Mas, agora, só dei um passo para trás para sair dos braços dele e sequei as lágrimas que ainda restavam.

– Não sei o que há de errado comigo. Não sou assim. Chorei mais nos últimos dois meses do que nos últimos catorze anos – falei, forçando uma risada. – Me desculpe por perder o controle desse jeito.

– Não precisa se desculpar.

– Acho que a primeira demão já secou bem e podemos continuar pintando – falei, fungando, caminhando em direção às latas de tinta no canto de meu quarto. Finn me acompanhou, primeiro em silêncio, e se agachou ao meu lado enquanto eu chacoalhava a tinta azul-escura. Ele pegou a tinta mais clara e, depois de chacoalhar bem, usou uma chave de fenda para abrir a tampa.

– Eu pensei em pintarmos as paredes com o azul mais claro, cor do céu, e depois fazermos o teto com o azul-marinho – falei, explicando o que tinha imaginado quando escolhi as cores. – Como se fosse o céu à noite.

– Trazendo para dentro a vista do seu terraço – disse Finn, pensando.

– Algo assim – falei, sorrindo delicadamente para ele. Era estranho que Finn entendesse tão bem minha cabeça bagunçada, como se estivéssemos sempre na mesma frequência.

Pintamos as paredes primeiro. O azul-claro que eu tinha escolhido era perfeito, como o céu sem nuvens em uma tarde fria de outono. Demorou quase duas horas, tempo suficiente para escutarmos mais dois álbuns completos. Cantamos juntos de novo, e eu senti a tensão e o resto da tristeza de minha crise de choro desaparecerem.

Estar com Finn era natural como respirar. Ele não exigia nada de mim, não queria que eu fosse alguém que não era. O tempo passou depressa e eu me sentia grata pela insistência mandona dele em ajudar. Teria sido um processo muito mais longo se eu tivesse que ter feito tudo sozinha.

Enquanto Finn ia a sua casa para buscar uma escada para podermos pintar o céu, fui à cozinha, preparei sanduíches de queijo quente e peguei um saco de salgadinho de milho. Já tinha passado da hora do jantar; lá fora, já tinha escurecido, e estávamos trabalhando fazia horas. Depois de tudo o que Finn tinha feito por mim naquele dia, o mínimo que eu poderia fazer seria oferecer um pouco de comida.

Fizemos uma pausa para jantar quando ele voltou com a escada, mas logo voltamos a pintar. Lexi havia desaparecido, supostamente tinha ido ao apartamento de Tyler, e eu não poderia estar mais consciente do fato de estar totalmente a sós com Finn, dentro do meu quarto. Certo, estava mais para zona de guerra no momento, mas, ainda assim, estar em um espaço limitado e semiescuro com Finn Chambers e minha cama era quase demais para mim.

Não vou pensar nele nu.

Muito menos em nós dois nus.

Menos ainda, menos mesmo, não pense em nós dois nus na minha cama.

Quanto mais tempo eu passava com ele naquele quarto, mais difícil era me concentrar na tarefa. Estar tão perto dele durante horas, totalmente impossibilitada de tocá-lo, era uma tortura, mas ele parecia totalmente tranquilo. Talvez eu fosse a única a sentir a tensão crescente entre nós, tomando o ambiente com promessas não expressadas e desejos não admitidos.

Ele pintava com uma determinação que eu não tinha, evidentemente concentrado em terminar o projeto antes do fim do dia. Meus braços doíam, meus pés estavam cansados por ter passado o dia todo de pé, e eu já estava pronta para parar horas antes. Entre a escuridão do quarto, as horas de trabalho braçal e a briga exaustiva que eu estava travando com minha safadeza interna – que só queria agarrá-lo e mostrar minha gratidão eterna por tudo o que tinha feito –, eu estava pronta para parar.

– Descanse um pouco – Finn sugeriu em voz baixa.

– Sou tão transparente assim? – perguntei. Pensei ter conseguido esconder minha exaustão que só crescia, mas aparentemente ele estava mais atento ao meu corpo do que eu tinha notado.

– Brooklyn, você está dormindo em pé. O teto está praticamente pronto, só falta retocar os cantos. Deite-se – disse ele, arrancando o pano que cobria a cama, expondo meu edredom. Eu caminhei em direção à cama, meio zumbi, exausta de verdade. Já passava das dez da noite; estávamos pintando havia quase sete horas.

– Espere – disse ele, deixando o aparador que estava segurando e aproximando-se de mim. Parei a alguns metros da cama e o observei. Estava com uma mancha de tinta azul-marinho na testa e outra perto da mandíbula, pontos que ele provavelmente tinha tocado, sem perceber, com as mãos cheias de tinta. Os cabelos escuros estavam espetados em mechas e pareciam um pouco suados; por algum motivo, achei aquilo incrivelmente sensual. Normalmente, ele era muito contido, muito certo de si. Finn desarrumado era algo que eu apostava que pouca gente tinha visto.

Sorri ao pensar nisso.

– Você vai acabar com sua cama se for se deitar assim – sussurrou ele, parando a centímetros de mim. Estendeu um braço e puxou o zíper da frente do macacão, descendo a peça tão lentamente que fiquei sem ar. Não sei como ele tornou sensual aquele ato de tirar a roupa larga de mim, mas não sei por que me surpreendi. Afinal, era Finn. Ele conseguia tornar sexy qualquer coisa.

Menos Crocs. Ninguém consegue fazer com que Crocs sejam sensuais.

Quando o zíper chegou ao fim da descida, ele ergueu as mãos e afastou o tecido de meus ombros. Eu me livrei da peça branca com manchas azuis depressa e deixei que ela se acumulasse aos meus pés, ficando apenas de short e camiseta.

– Deixe esse macacão pra lá – murmurou ele, pegando minha mão e me guiando na direção dele. Meu coração se acelerou no peito e eu senti um frio na barriga. Olhando dentro de seus olhos escuros, minhas mãos subiram e se apoiaram nos ombros largos de Finn.

Os olhos dele estavam relaxados, e no mesmo instante vi o desejo que os tomava. Minhas mãos deslizaram dos ombros dele para seu peito, e vi as manchas de tinta no tecido do macacão. Quando meus dedos alcançaram o zíper, tremeram.

Finn se inclinou para a frente lentamente e deu um beijo em meu pescoço. Minhas mãos começaram a se movimentar, descendo mais e levando o zíper com elas. Enquanto meus dedos desciam devagar pela barriga dele, senti seus músculos se contraírem e ele soltou um suspiro involuntário.

Cumprido o trajeto do zíper, voltei a subir as mãos delicadamente para os ombros dele, observando com atenção os músculos evidentes em seu abdome e peito. Ele afastou a cabeça de meu pescoço e olhou em meus olhos enquanto eu afastava o tecido de seus ombros com cuidado. Seus olhos ficaram ainda mais intensos, e as íris escuras, cor de cobalto, quase desapareceram em meio às pupilas pretas.

O tecido caiu ao redor de seus pés, revelando uma camiseta justa e preta com gola V e uma calça jeans cinza desbotada, como se já tivesse sido lavada milhões de vezes, que o vestia maravilhosamente bem. Ele estava totalmente parado, me observando. Esperando para ver o que eu faria em seguida.

– Deixe esse macacão pra lá – sussurrei, repetindo a ordem dele.

Quando eu disse isso, ele deu um passo para a frente e me pegou, invadindo meu espaço totalmente e me apertando contra seu peito. Levou os lábios aos meus e eu fiquei na ponta dos pés no mesmo instante, determinada a mergulhar no beijo. Despejei toda a frustração contida do dia naquele beijo, deixando meus lábios mostrarem para ele, com clareza, o que eu nunca admitira em voz alta – que eu havia sofrido muito sem o toque dele por horas e não conseguiria passar nem mais um minuto sem as mãos dele em minha pele.

Finn gemeu enquanto me beijava, um som que me deu vontade de dar pulos pelo quarto porque indicava que ele também tinha sofrido – aparentemente, só conseguia disfarçar melhor. Ele passou as mãos por todo o meu corpo, subindo de meu quadril até a cintura, tocando as laterais dos meus seios e afastando-as em seguida para explorar a parte inferior de minhas costas. Seus dedos traçaram, com delicadeza, a pele exposta entre a barra de meu top e o elástico de meu shorts de algodão, enquanto eu enlaçava os cabelos despenteados de sua nuca.

Os lábios dele eram incansáveis, a língua não hesitou e tomou posse de toda a minha boca, como se estivesse retomando algo que já era dele. Puxei os cabelos dele, tentando trazê-lo para mais perto – aprofundar aquele beijo arrebatador.

Eu queria mais.

As mãos de Finn escorregaram por dentro de meu top e traçaram minha espinha, espalhando arrepios por todos os meus membros. Eu nunca tinha me sentido daquele jeito – tão descontrolada em minha necessidade de possuir alguém. E com certeza eu nunca tinha sentido a necessidade de também ser possuída. Mas, naquele momento, eu tive que afastar da cabeça todas as minhas ideias de sempre sobre sexo, porque Finn estava invadindo meus sentidos totalmente e usando toda a minha capacidade de raciocínio. Quando ele estava em minha mente, não existia espaço para ninguém e nada mais.

Eu não era virgem fazia um bom tempo. Gostava de sexo, e muito – era minha droga recreativa, depois da tequila. Mas aquilo era diferente. Era arrebatador. Uma necessidade nunca antes sentida percorria minhas veias e pedia mais dele. Finn movimentou as mãos de novo, e então jogou meu top no chão. Quando me dei conta, estava na frente dele, de sutiã e short.

Ainda bem que eu tinha me precavido e vestido o sutiã bonito da Victoria's Secret naquela manhã.

– Linda. – Finn suspirou, olhando para mim e passando o polegar pelo meu lábio inferior. Antes que pudesse afastá-lo, eu o mordisquei e passei a língua delicadamente pela ponta dele.

Ele soltou mais um gemido gutural e me puxou contra seu corpo, de modo a deixar meu peito quase nu alinhado ao dele. Minhas mãos deslizaram pelas laterais de seu corpo e encontraram a barra da camiseta, puxando-a para cima, sem paciência, e eu notei que era muito baixa para conseguir despi-lo.

Ele riu e se inclinou para a frente, erguendo os braços para que a camiseta pudesse ser retirada. Sem cuidado, eu a joguei ao meu lado, e só vi a camiseta preta de gola V cair dentro da tinta azul.

– É a segunda camiseta minha que você estraga – sussurrou ele em meu ouvido, beijando meu rosto todo.

– Tenho certeza de que vou pensar em uma boa maneira de compensar você por isso – disse, arfando, quando ele levou os lábios a um ponto muito sensível sob minha orelha.

Antes que eu conseguisse reagir, fui erguida, aninhada nos braços de Finn como se fosse uma pena, e deitada sobre um dos panos manchados de tinta que cobriam o piso de madeira. Senti a tinta ainda um pouco fresca em contato com minhas costas nuas quando ele me deitou, mas logo me esqueci disso, porque ele se deitou sobre mim, apoiando-se nos braços ao lado de minha cabeça, passando as pernas sobre as minhas.

Ele me beijou de novo e eu me ergui na direção dele para que nossos peitos se tocassem, pele com pele. Passei as mãos pelas costas dele e explorei os músculos firmes dali, acompanhando o movimento fluido deles com as pontas dos dedos. Usei suas costas como apoio para me sentar embaixo dele. Finn se ergueu comigo, apoiando-se nos joelhos e conseguindo manter os lábios grudados no meio durante essa mudança.

Ficamos ajoelhados, olhos nos olhos, ofegantes, enquanto nos observávamos. Ele ficou parado e deixou os olhos descerem em direção à leve cicatriz que havia em minha clavícula, e seu olhar foi tomado por mais emoções do que apenas desejo; algo mais intenso, sombrio, assustador o tomou quando viu a marca deixada por minha infância, mas tudo isso envolto em uma delicadeza que fez meu coração se derreter. Ele estava irado por alguém ter me ferido. Não sabia quem, nem o quê, nem quando tinha acontecido, mas eu sabia, pela tempestade por trás daqueles belos olhos escuros, que ele odiava pensar que eu havia sangrado, independentemente do motivo.

Ter minhas imperfeições analisadas tão de perto por alguém poderia ter me deixado com vergonha, e certamente teria acontecido se não fosse Finn. Ele não olhou para mim com pena ou repugnância. Não se retraiu nem fez perguntas. Apenas se inclinou para a frente e beijou a cicatriz com delicadeza, como se a contornasse com os lábios para que ela desaparecesse e para tirar as lembranças dolorosas que representava.

Senti vontade de chorar. Nenhum dos caras com quem eu já tinha dormido notou minha cicatriz, muito menos tentou suavizá-la. Um anseio tomou meu peito, o que eu não entendi e não quis analisar demais naquele momento – não com o Finn lindo e seminu ajoelhado a centímetros de mim.

Pegando-o de surpresa, eu me lancei a ele e nós caímos de costas. Ele pousou de costas comigo esparramada sobre seu corpo, as mãos apoiadas em seus ombros. O movimento fez uma das bacias de tintas que tínhamos usado ser deslocada, e, de repente, vimos o líquido azul se esparramar pelo tecido que cobria o chão e por nossos corpos.

Ri quando Finn notou o que tinha acontecido, enfiando a mão direita em uma poça de tinta perto da cabeça dele para deixar uma marca sobre seu peito nu. Quando afastei a mão, havia uma marca perfeita de mão sobre o coração dele, como se estivéssemos fazendo uma pintura tribal de guerra. Ri da cara de surpresa que ele fez, mas minha risada foi interrompida abruptamente ao ver que seu olhar jurava se vingar.

– Não – eu disse, meio suplicando, tentando conter meus risos enquanto observava Finn analisando o peito decorado. Ele olhou para mim e de repente se sentou com minhas pernas em seu colo. Estávamos grudados, nariz com nariz.

– Ah, você pediu – disse ele, sorrindo ao levar uma mão às minhas costas para abrir o fecho do meu sutiã com uma rapidez que deixava claros os anos de experiência.

Eu estava tão preocupada com meu sutiã, que tinha desaparecido, que só notei o que a outra mão dele fazia quando já era tarde demais. Enquanto a mão direita puxava cada alça para que a peça escorregasse por meus braços e a jogava no chão ao meu lado, a esquerda – molhada de tinta – passava pela minha clavícula e descia pelo vale entre meus seios agora expostos.

Observei, encantada, enquanto os dedos compridos dele habilmente espalhavam a tinta, formando desenhos azuis em minha pele. Seus dedos desceram por minha barriga, fazendo círculos e marcando uma circunferência azul perfeita ao redor do meu umbigo. Eu teria rido se não estivesse incrivelmente excitada.

Aquilo deu um sentido totalmente novo à pintura com dedos.

Meus dedos mergulharam na tinta que estava ao meu lado, e eu comecei a pintar o corpo dele com traços coloridos enquanto o explorava, criando um labirinto de azul que combinava com o meu.

Os dedos dele pareciam chamas enquanto desciam por minha pele, marcando um caminho na barriga, descendo até o elástico do shorts. Minhas mãos pararam no peito dele, e senti um arrepio na barriga quando os dedos de Finn deslizaram para dentro do elástico, seguindo por sua extensão até chegarem à minha lombar. Com as mãos enfiadas pela metade em meu shorts, ele me puxou contra si. Senti o ar me faltar quando o ponto de junção de minhas coxas resvalou na ereção dele pela primeira vez – mesmo por cima da calça jeans, senti como estava duro para mim. Um som que poderia ser um gemido me escapou sem que eu conseguisse controlar.

Eu nunca tinha ficado tão sem controle; o sexo sempre tinha sido uma dança bem coreografada, uma sequência predeterminada de ações com uma conclusão estabelecida. Aquilo era diferente – louco, espontâneo. Finn não seguia nenhuma regra; ele pulou todas as etapas.

E eu adorei.

Minhas mãos tremeram quando alcancei o botão de sua calça jeans, e ele as segurou, impedindo seu progresso.

– Ei – sussurrou, usando o nariz para erguer meu rosto de modo que conseguisse me olhar nos olhos. – Você sabe que não temos que ir além.

Esperei um pouco, vendo a sinceridade em seu olhar e sabendo que, se eu pedisse, ele esperaria o tempo que fosse preciso para eu ficar pronta.

– Temos, sim – falei, decidida, levando a mão ao zíper de novo.

– Estava torcendo para você dizer isso. – Ele sorriu contra minha boca e eu não consegui responder porque ele voltou a me beijar.

Em poucos segundos, Finn havia tirado meu shorts e a calcinha, e eu me esforçava para abaixar a calça jeans dele e a cueca. Ele se livrou das peças sem nenhuma paciência, e então voltou a se deitar sobre mim, com os lábios nos meus. Com um joelho, ele abriu minhas pernas com delicadeza e se acomodou no espaço entre elas.

Eu soube, naquele momento, que minha vida estava prestes a mudar irreparavelmente. Sabia que a mudança estava vindo – eu estava parada no meio dos trilhos observando o trem vindo na minha direção. Eu poderia pular para fora dos trilhos. Poderia até ter tentado correr mais do que o trem, sabendo que seria inútil, mas ainda determinada a tentar fugir.

Não fiz nada disso.

Olhei para Finn e soube que aquilo mudaria tudo, não só entre nós, mas para mim, como pessoa. Durante anos, eu havia usado o sexo como nada além de uma tática de fuga, uma maneira de calar meu pesar e enterrar a dor. Era um escape; com meu corpo envolvido, minha mente conseguia descansar um pouco.

Com Finn era diferente, eu sabia disso no fundo da alma, dentro de meus ossos, na minha própria essência.

As palavras ditas por Finn mais cedo me ocorreram: *Em algum momento, você tem que soltar a vida que poderia ter tido e começar a viver a vida que você tem.*

Ele tinha razão.

Agora, enquanto ele tocava meu rosto com os dedos, delicadamente – sem dúvida, deixando marcas azuis em minha face –, notei que estava pronta para começar a viver.

Eu me inclinei para a frente e o beijei, tentando dizer isso a ele com meus lábios.

Ele sempre tinha sido bom em ler minha mente.

Arfei quando me penetrou, e todos os meus pensamentos me fugiram enquanto eu tentava me acostumar com a sensação que ele me proporcionava. Enquanto se movimentava dentro de mim, com os olhos grudados nos meus, eu acompanhei cada um de seus movimentos e me entreguei ao esquecimento, deixando meu mundo perder os contornos definidos. A única coisa em foco era o homem com manchas de tinta acima de mim, que estava olhando em meus olhos verdes com incredulidade, como se não conseguisse acreditar que aquilo estava acontecendo.

Minha mente girava com o mesmo êxtase turbulento, deliciando-se com a intimidade do momento. Eu quase queria desviar o olhar, interromper a conexão emocional entre nós, voltar a fingir que aquilo não significava nada. Mas não consegui... Finn não deixou. Mais importante ainda, eu não me permiti fazer isso.

Com nossos olhos espelhando pensamentos que nenhum de nós havia expressado com palavras, deixamos o mundo desaparecer e mergulhamos totalmente um no outro.

Estávamos cobertos de tinta – uma forma viva de arte –, enrolados, sem fôlego e enroscados. Manchados de azul da cabeça aos pés, uma obra de arte de membros, permanecemos enrolados no chão do meu quarto, e, por um breve momento, as criaturas distintas, Finn e Brooklyn, deixaram de existir. Não éramos mais eles – éramos uma só forma, um só ser, ligados na mais primitiva dança. Nossas defesas foram destruídas em um dar e receber, uma troca igual de respirações, carícias, pensamentos e vulnerabilidades que alteraria tudo.

Depois, sem falar, permanecemos envoltos um no outro – como se nós dois temêssemos o que poderia vir depois e não soubéssemos muito bem como interromper o silêncio. Tinha sido íntimo, assustadoramente íntimo. Eu nunca tinha sentido nada como aquilo antes, então não conseguia entender muito bem o protocolo. Normalmente, a essa altura, eu já teria vestido metade das minhas roupas e estaria me aproximando lentamente de porta, preparando uma partida rápida, saindo sem deixar endereço. Mas simplesmente deixei Finn me manter envolta em seus braços por um tempo, tentando não ficar tensa nem sair correndo.

Nunca me importei muito com o que um cara poderia pensar depois do sexo – normalmente, eu acreditava que ele estava feliz por ter entrado em ação e não queria falar muito, assim como eu também não queria. Mas, naquele momento, eu deixaria de beber café por um mês – tá, não um mês, porque isso seria tortura... talvez por uma semana – para saber o que estava passando pela mente de Finn.

Eu não queria ser aquele tipo de mulher, o tipo que não consegue nem aproveitar a tranquilidade pós-orgasmo porque está ocupada demais dissecando o significado do sexo ou como as coisas mudaram depois dele. A mulher que, pós-coito, analisa demais, de um jeito neurótico.

Merda. Estou estava me tornando essa mulher.

E o que deveríamos fazer agora? Trocar carinhos? A ideia era tão incompreensível, tão estranha, que eu não soube o que fazer com ela. Então, como sempre, eu a afastei da mente e decidi não pensar mais. Tentei forçar meu corpo a relaxar contra o peito de Finn e deixei meus olhos se fecharem.

Eles logo voltaram a se abrir quando senti o peito de Finn em movimento sob meu rosto. Ele estava rindo?

Uma risada espontânea agora.

O imbecil estava rindo!

Eu me apoiei em um dos cotovelos e o encarei.

– Você está achando graça disso? – eu o acusei no ato. Nenhum cara tinha rido depois de fazer sexo comigo. Já tinham deixado mensagens de voz ridículas e ido "por acaso" a lugares onde sabiam que eu estaria? Sim. Já tinham rido de mim? Não. Eu era boa de cama, aquilo nunca tinha me acontecido.

Ele parou de rir um pouco, e conseguiu dizer:

– Sim, o tanto de análise que você está fazendo agora é muito engraçado. Se seu cérebro estiver prestes a explodir ou coisa assim, agradeço se puder me avisar com antecedência.

– Como é que é? – Continuei encarando Finn. Ele parou de rir e levantou uma mão para tocar minha testa, os olhos azuis delicados ao olharem nos meus.

– Consigo sentir que você está surtando e se preparando para fugir – disse ele, rolando de lado para podermos ficar cara a cara, ainda deitados.

– Como? – Eu não gostava do fato de ele conseguir me perceber tão bem.

– Porque todos os músculos de seu corpo estão tensos e a sua cara é a mesma que eu faço depois de dormir com uma garota e começar a tentar pensar na maneira mais eficiente e menos dramática de sair da cama dela.

Dei um tapa no braço de Finn e afastei a cabeça da mão dele, recusando-me a olhar em seus olhos depois daquele comentário. Eu tinha feito aquela cara mesmo? Era a cara que eu estava fazendo naquele momento? Eu não conseguia olhar para ele, viveria feliz sem saber a resposta para aquela perguntar desde que, com isso, minha insegurança não fosse confirmada.

– Brooklyn – disse, virando meu rosto relutante para ele. Tentei escapar da mão dele, mas negar o que quer que fosse era quase impossível quando aqueles olhos escuros se fixavam em mim. – Você não percorreria nem dois metros, porque eu iria atrás de você.

– Isso é ridículo! Estamos no meu quarto! – resmunguei. – Se alguém saísse, esse alguém seria você!

– Bee, me faz um favor? – perguntou Finn, ignorando minhas reclamações. – Pare de pensar.

Abri a boca e me preparei para repreendê-lo. O imbecil prepotente, além de ter falado de todas as outras garotas com que já tinha transado logo depois de transarmos – o que violava as regras de todas as mulheres do mundo –, também foi certeiro em relação ao fato de eu ter surtado – o que violava as regras de todas as Brooklyns do mundo. Eu detestava o fato de ele estar certo.

Antes que eu pudesse dizer uma palavra que fosse, ele se inclinou para a frente e me beijou com firmeza. Um beijo direto, certeiro, que indicava que ele sabia tudo o que estava acontecendo em minha mente e não se importava nem um pouco com isso. O beijo foi mais breve do que eu gostaria; quando comecei a retribuir, ele se afastou e me deu um beijinho na testa.

– Olha para nós dois – murmurou ele, com os olhos cheios de malícia enquanto nos examinava, corpos cobertos de tinta. Eu olhei para as manchas que cobriam nossos membros e não deu para não rir. Havia impressões digitais azuis redondas nos braços dele, marcando os pontos que eu havia apertado; havia marcas de mãos ao redor de meu quadril e coxas, onde ele havia me segurado contra seu corpo.

– Uma obra de arte – sussurrou ele, passando um dedo azul pela curva de meu seio.

Olhei nos olhos dele e, de repente, não consegui mais respirar, vendo as emoções que seus olhos mantinham trancadas em sua profundeza. Era incrível ver como eram expressivos, a rapidez com que conseguiam deixar de ser brincalhões para se tornarem sensuais e depois, carinhosos. Naquele momento, estavam tomados por tanta delicadeza e carinho –, que quase tive um ataque de pânico ao vê-los.

Não era um olhar de quem estava transando casualmente. Não era um olhar de quem só estava fazendo sexo. Era um olhar do tipo eterno. Desesperada para voltar a águas seguras, eu deslizei pelo peito dele e comecei a me levantar.

– Vamos – falei, segurando a mão dele e tentando puxá-lo para cima comigo. Com decisão, ele me puxou para baixo e eu me espalhei sobre seu peito, gritando e protestando.

– Aonde pensa que vai? – perguntou ele.

– Nossa, homem das cavernas, eu ia sugerir de ir tomarmos um banho e limparmos o corpo um do outro... – parei de falar. – Mas, se prefere ficar aqui sozinho, por mim, tudo bem. – Sorri de modo malicioso para ele, com nossos rostos separados por centímetros.

Ele se sentou mais depressa do que pensei ser possível e me agarrou de repente, depois caminhou em direção à porta do banheiro. Ri de sua impaciência quando ele abriu a cortina do chuveiro de um jeito meio desastrado e entrou na banheira. Em poucos segundos, a água estava batendo em nós dois, e eu arfei por causa da temperatura baixa e também ao ver a água azul que escorria de nossa pele e rodopiava ralo abaixo.

– Finn! Ajuste a temperatura! Está congelante! – falei, tremendo enquanto a água gelada caía sobre nós. – Não gire para a esquerda! Meu Deus!

Ele estava rindo, me apertando contra seu peito com um braço e mexendo no registro do chuveiro com o outro.

– Era pra esse momento ser sensual – resmunguei, rindo da situação ridícula. – Nos filmes, a água nunca está fria demais, o chuveiro é sempre grande o suficiente para as duas pessoas e nunca ninguém está coberto com tinta a ponto de correr o risco de manchar de azul, para sempre, a louça da banheira.

Finn finalmente se entendeu com o chuveiro e a água começou a esquentar. Ele voltou a me segurar com o outro braço, e seus lábios tocaram os meus. Consegui sentir o contorno de seu corpo rígido pressionado contra mim, e, de repente, percebi que estávamos, de fato, totalmente nus. Parei de falar quando sua boca tomou a minha, e, depois de alguns momentos sensuais, ele me afastou para observar minha cara de encantamento.

– O que você estava dizendo? – sussurrou ele, divertindo-se.

Eu não era capaz de lembrar meu próprio nome, muito menos a bobagem que estava falando menos de um minuto antes. Ficou claro que eu não sabia o que estava dizendo. Tomar banho com Finn não poderia ser outra coisa que não algo muito sensual.

Ele me colocou de pé e, delicadamente, esfregou minha pele com meu sabonete líquido com perfume de maçã, tirando todos os vestígios de tinta de meu corpo com movimentos lentos e sensuais. Depois que lavou meus cabelos com xampu, massageando cada cacho escuro até quase me fazer ronronar como um gato, eu o forcei a se abaixar para que eu pudesse retribuir e lavar sua cabeleira indomada. Saímos do chuveiro só quando nossa pele já estava totalmente limpa e a água havia esfriado a ponto de eu estar tremendo.

Finn fechou o registro e pegou uma das grandes toalhas verdes e macias, envolvendo meu corpo com ela como se fosse um manto, e me erguendo em seus braços para me tirar do banheiro. Sem cerimônia, ele me jogou em minha cama e se deitou atrás de mim. Puxando o edredom para cima, ajustou meu corpo para que ficássemos deitados de conchinha, com minhas costas totalmente pressionadas em seu peito e todas as curvas de nossos corpos ainda molhados perfeitamente alinhadas.

– Estamos mesmo deitados de conchinha? Finn Chambers é adepto da conchinha? – perguntei, provocando.

Finn ficou em silêncio por um minuto, respirando tranquilo contra meus cabelos úmidos, e mais uma vez desejei saber o que ele estava pensando ou, pelo menos, só ver sua expressão. Quando ele finalmente falou, a voz estava embargada por emoções contidas.

– Finn Chambers só fica de conchinha com Bee Turner – sussurrou ele, tão baixinho que eu quase não ouvi. Não deu para evitar, meu coração deu cambalhotas dentro do peito. Ele fazia com que eu me sentisse especial, como se tudo aquilo fosse novidade para ele também. Como se ele me quisesse para algo mais que não apenas meu corpo.

Quando dizia coisas como aquela, era impossível afastá-lo – apesar de uma grande parte de mim querer fazer isso. Normalmente, eu relutaria se um cara quisesse ficar deitado de conchinha comigo – era coisa de casalzinho, carinhoso demais para o meu gosto. Antes, eu nem sequer levava um cara para a minha casa, muito menos deixava que ele dormisse na minha cama. Sempre preferi ir à casa dos caras para transar a levá-los para a minha casa.

Eu não queria que eles soubessem onde eu morava, como era meu quarto. Não queria que soubessem de mim de nenhuma maneira que não fosse a mais básica e física por meio da qual duas pessoas conseguem se conhecer. Como regra geral, eu já tinha feito tudo o que era possível para desestimular futuras interações e afeto.

Mas, naquele momento, eu estava cansada demais e satisfeita demais para discutir como dormiríamos. Silenciando a voz em minha mente que gritava sobre os limites e os perigos do envolvimento, sorri e fechei os olhos. Derretendo dentro do abraço quente dele, adormeci poucos minutos depois.

CAPÍTULO ONZE

IMBECIL NARCISISTA

Ao sairmos na varanda, minha mão pequena se enfiou na mão maior dele imediatamente. Ele estava ali, nos degraus, como estivera todas as noites desde a primeira vez em que nos encontramos – a noite em que havia me contado a lenda de Andrômeda.

Meus olhos procuraram os dele, e, quando se encontraram, me senti confortada pela primeira vez no dia. Aquele garoto era a única coisa que tornava a casa suportável; quando me contava histórias, ou simplesmente segurava minha mão e falava comigo, eu conseguia me esquecer de todas as meninas mais velhas e de seus comentários provocativos. Conseguia me esquecer do homem mau, dos policiais. Só sentia muita falta dela, muita mesmo. Mas, quando ele me contava histórias, eu podia fingir que não tinha acontecido. Quando saía do meu quarto, assustada depois de um pesadelo, ele estava ali para fazer com que eu me sentisse melhor. Naquelas noites, me contava histórias bobas, histórias para me fazer rir ou sorrir, e eu deixava de ser órfã; voltava para meu quarto de princesa, cercada por cavaleiros corajosos e fadas mágicas. Eu ficava em um mundo de magia e finais felizes, onde coisas como assassinato e morte eram impossibilidades. Onde mamães não eram mandadas para o céu quando suas filhinhas precisavam delas.

– Oi, Brooklyn – disse ele, com um sorriso contido nos olhos tristes.

Não respondi, só olhei para ele. Eu ainda não estava falando – nem com minha mãe temporária, nem com as outras crianças, nem mesmo com a senhora que dizia ser "terapeuta" e ia me ver duas vezes por semana.

Eu sabia que eles queriam que eu falasse. Às vezes, os adultos ficavam bravos comigo. Apesar de sorrirem, eu conseguia ver a frustração em seus olhos e ouvi-la em suas vozes. As outras crianças não ficavam bravas, só ficavam malvadas.

Menos ele.

Ele nunca gritava, nunca provocava nem tentava fazer com que eu falasse.

Apenas deixava que eu escutasse suas histórias, segurasse sua mão e esquecesse de tudo. Às vezes, ficávamos sentados no escuro, olhando para o quintal ou para o céu escuro, juntos.

– Brooklyn, olha – sussurrou ele, apontando o escuro em direção à grama alta no fim da escada.

Olhei para ele sem entender. Não tinha visto nada de incomum no quintal.

– Vaga-lumes.

Eu me virei de novo e espiei a noite, tentando vê-los. Já tinha visto vaga-lumes uma vez antes, no começo do verão. Certa noite, a mamãe e eu fomos fazer um piquenique em nosso parque preferido, e, quando o sol começou a se pôr, vimos centenas de insetos brilhantes voando ao nosso redor. A mamãe riu e disse que talvez eles fossem mesmo fadinhas, como a Sininho, e, se um pouco do pó mágico caísse sobre nós, poderíamos voar também.

A mamãe tinha voado, afinal, mas não me levou junto.

O garoto começou a me contar uma história a respeito de uma época na qual o herói Perseu matou um monstro chamado Medusa, uma mulher tão feia a ponto de seus cabelos serem feitos de cobras e de seu olhar transformar as pessoas em pedra. Eu gostava de ouvir o som da voz dele. Ainda era um garoto, mas sua voz era mais grave do que as vozes das outras crianças do abrigo, um pouco rouca e muito diferente da voz da mamãe. A voz dela parecia música o tempo todo, independentemente de ela estar cantando, conversando ou gritando.

Esperei até ele terminar sua história, observando os vaga-lumes voando entre as gramas altas. Quando ficou em silêncio, olhei para ele de maneira ansiosa.

– O que foi? – perguntou, como se não soubesse exatamente o que eu queria.

Ele sabia, só queria me pedir. Olhei para ele, esperando, como tinha feito todas as outras vezes em que havia se esquecido de contar o fim.

– Ah, certo – disse ele, suspirando. – Então, depois que Perseus cortou a cabeça da Medusa, houve comemorações por toda a Terra e todo mundo viveu feliz para sempre. Está feliz agora? – O garoto revirou os olhos.

Eu estava feliz. Nenhuma história terminava antes do "felizes para sempre", todo mundo sabia disso. A mamãe sempre disse que era a parte mais importante de qualquer conto de fadas.

Sorri.

– A vida real não é como as histórias, Brooklyn – disse o garoto, com o olhar triste de volta. Às vezes, quando ele estava me contando uma história, seus olhos perdiam a tristeza, mas ela sempre acabava voltando. – Não existem cavaleiros, sapatinhos de cristal nem segunda chance – sussurrou ele, sem olhar para mim. – As pessoas não despertam depois de comer maçãs envenenadas. Não voltam a viver depois de serem amaldiçoadas por uma bruxa má. Elas simplesmente morrem.

Olhei para o garoto de tristes olhos azuis e vi que ele não era mais um garoto. Independentemente do que havia acontecido com ele, do que havia feito com que ele fosse morar ali, no abrigo, havia feito também com que ele parasse de acreditar em finais felizes.

Eu queria dizer que compreendia. Eu reconhecia a tristeza nos olhos dele – eu a via nos meus sempre que me olhava no espelho. Eu sabia por que ele pensava daquela maneira; estava se protegendo.

Às vezes era fácil me sentir triste ou irada pelo que tinha acontecido com a mamãe, mas então, eu pensava em todos os contos de fadas que ela tinha me contado. Em todas aquelas histórias, as princesas tinham momentos nos quais pensavam que nunca teriam seu final feliz, ou que os vilões venceriam. Mas, no fim, os dragões eram assassinados, os príncipes chegavam para salvá-las, e as princesas conseguiam seus finais felizes.

Eu quis dizer a ele que a Cinderela também não tinha acreditado até a fada madrinha aparecer na noite do baile. E claro que a Branca de Neve teria permanecido morta se o Príncipe Encantado não tivesse acreditado no poder do beijo do amor verdadeiro.

Queria fazê-lo acreditar que podíamos ter finais felizes de novo, mesmo em um mundo sem mamães e papais para cuidarem de nós.

A mamãe costumava dizer para mim: "Bee, um homem muito esperto chamado John Lennon disse, certa vez: 'Tudo fica bem no fim. Se não estiver bem, não é o fim'. Lembre-se disso, querida. Guarde isso para usar quando estiver tendo um dia ruim".

Então, ela beijava minha testa e me abraçava, os dedos compridos tocando a lateral de meu corpo e me fazendo rir.

Voltei a pegar na mão dele e apertei.

– Pode me chamar de Bee – sussurrei, minha voz trêmula porque eu a estava usando pela primeira vez em meses.

Não era o que eu queria dizer, mas era um começo.

Ele virou a cabeça ao ouvir minha voz, e, quando olhou para mim, vi surpresa, e não tristeza, em seus olhos.

– Bee – sussurrou ele, sorrindo.

– Bee – sussurrou Finn, me despertando. – Vamos, amor, acorde. Você está tremendo. Acho que está tendo um pesadelo.

Abri os olhos e olhei para ele. Estava inclinado sobre mim, lindo sob o luar que adentrava o quarto pela janela aos pés da minha cama. Seus cabelos estavam despenteados, a voz estava rouca de sono, e os olhos cansados estavam se abrindo e ficando despertos. Nossos corpos ainda estavam entrelaçados; enquanto dormia, eu havia virado e apoiado a cabeça em seu peito, com um braço sobre sua barriga e minha perna direita sobre a coxa dele. Ele mantinha uma mão nas minhas costas, me mantendo firme contra seu corpo, e a outra em meu quadril.

Normalmente, eu tinha um sono ativo. Meus pesadelos eram sempre vívidos e eu me remexia quando era pega por eles. Acordava com os lençóis todos enrolados ao redor das pernas. Parecia que, naquela noite com Finn, eu havia ficado imobilizada, presa em seu calor até ele me despertar.

Quando meu olhar se encontrou com o dele, vi olhos calmos deixando de lado a ansiedade e as linhas de tensão de seu rosto.

– Oi – sussurrou, levantando uma mão para tocar meu rosto. – Você está bem?

Lembrei de meu sonho – não tinha sido assustador, só confuso. Eu não sabia bem de onde aquelas lembranças estavam vindo, ou por que elas tinham começado a ressurgir naquele momento, tantos anos depois. Talvez, com a terapia e com o fato de eu estar fazendo música de novo, tinha despertado coisas que haviam permanecido reprimidas por mais de uma década. Apesar de estar feliz por estar recuperando algumas das lembranças daquela época confusa da minha vida, ainda assim era uma experiência incômoda; era como se minha mente estivesse se desenrolando como um novelo de lã, revelando pessoas havia muito enterradas e acontecimentos que eu nem sequer sabia que existiam. Finn estava certo, eu tremia.

– Oi – sussurrei em resposta.

Finn afastou uma mecha de cabelo do meu rosto, prendendo-a atrás da orelha.

– Foi um pesadelo? – perguntou.

Assenti, sem querer explicar e também sem saber como começar.

– Quer falar sobre isso? – Seu olhar suave me dizia que eu poderia dividir qualquer coisa com ele a qualquer momento, até mesmo a história da morte de minha mãe e o caminho torto que minha vida tinha tomado desde então. Mas eu sabia que, assim que contasse a ele, o olhar tranquilo deixaria seus olhos e seria substituído pela solidariedade ou, pior, pela piedade.

Balancei a cabeça para negar. Não estava pronta para ver os olhos dele daquele jeito. Achava que nunca estaria pronta para isso.

– Está bem – disse Finn, inclinando-se para beijar minha testa com delicadeza. Eu me aconcheguei nele e senti seus braços me envolverem. Quando suas mãos começaram a descer pelo meu corpo e seus lábios encontraram os meus, permiti que minha mente se esquecesse de todos os sonhos estranhamente vívidos. E, enquanto Finn fazia amor comigo de um jeito lento e doce, o garoto de olhos tristes, que me dava os finais felizes nos quais ele não acreditava, desapareceu totalmente da minha cabeça.

Quando acordei, a primeira coisa que me ocorreu foi o cheiro forte e inconfundível da tinta. Abrindo um dos olhos, vi que já era o meio da manhã e que os raios fortes da luz de outono já tomavam meu edredom. A segunda coisa que minha mente registrou foi o fato de eu ainda estar nua e de Finn não mais estar na cama comigo. Então ele se foi. Que bom. Ótimo, até. Era o que eu queria o tempo todo.

Não era?

Meus pensamentos não convenceram nem a mim mesma, e eu não conseguia reprimir a decepção que estava começando a surgir em meu peito, uma dor aguda irradiando depressa do meu coração por todos os meus membros.

Eu era uma idiota.

Fazer sexo com Finn tinha sido tão diferente – mais íntimo e tão contrário de tudo o que eu já tinha vivido – que simplesmente pensei que ele tivesse sentido a mesma coisa. Aparentemente, não. Talvez a noite não tivesse significado nada para ele; talvez eu não tivesse sido nada. Igual a qualquer outra garota a quem ele tinha... quais eram as palavras que Lexi tinha usado tão bem? Pegado e não se apegado.

Tudo bem. Bem melhor, na verdade. Agora as coisas podiam voltar ao normal e eu me esqueceria de todos os meses emotivos e tomados por lágrimas que havia passado com Finn na minha vida. Vou voltar a me divertir. Quem quer ficar chorando o tempo todo, afinal? Ele é só um cara, nada demais. Não é como se ele tivesse tirado a minha virgindade. Não vai ser diferente de nenhum outro envolvimento que tive. Sai dessa, Brooklyn.

Eram consolos ruins, mas eram só o que eu tinha. Eu me apegava a eles desesperadamente, minha vida tomada por uma tempestade, e eu não queria ser arrastada para um mar sem fim de esperanças e decepções. Respirando profundamente e segurando o travesseiro apertado contra o peito, as lágrimas imediatamente fizeram meus olhos arderem quando o cheiro de Finn me tomou. Fiquei me perguntando quantos outros travesseiros de meninas idiotas tinham ficado com aquele cheiro de brisa quente de dia de outono, e quanto tempo elas tinham esperado para lavar a roupa de cama depois de ele ter partido. Um dia? Uma semana?

Suspirei com esse pensamento ridículo. Eu estava agindo como uma menininha. O que estava acontecendo comigo?

Não me entenda mal, eu sabia muito bem que era hipocrisia me sentir daquele jeito. Afinal, eu não tinha tomado a mesma atitude em inúmeros envolvimentos casuais? Eu era especialista nisso, tão boa que provavelmente poderia dar aulas na faculdade sobre o assunto? – Como Fugir na Estranha Manhã Seguinte: Evitando a Ressaca Moral e Escapando pela Janela, Nível básico. Eu não tinha direito de esperar nada diferente de Finn; na verdade, era ingenuidade de minha parte pensar que aquilo pudesse significar algo mais para ele do que só sexo. Afinal, ele era Finn Chambers.

Dois meses antes, eu teria me irritado com a ideia de que o sexo pudesse significar algo além da satisfação para limpar a mente que só um orgasmo podia proporcionar. Agora, ali estava eu, assolada pela ideia de que o sexo não tinha sido importante – que ele só tinha me apegado sem se apegar.

Caramba, o karma é mesmo uma fera bem irada.

Respirei fundo de novo, dessa vez pela boca, e decidi parar de ser uma menininha resmungona, patética e com cara de coitadinha. Eu tinha coisas a fazer, como terminar de pintar meu quarto.

Quando lembranças do dia anterior com aquele que não deve ser nomeado começaram a tomar minha mente com cores vívidas de alta definição, fiz o melhor que pude para afastá-las e enfiá-las na minha caixa mental triplamente reforçada chamada Imbecis Narcisistas. Ele finalmente coube na caixa, notei, com certa decepção, apesar da aceitação – uma vitória de Pirro, se aquilo fosse considerado uma vitória.

Quando me deitei de barriga para cima, me assustei quando vi o azul-escuro do teto. Quando finalmente adormeci, totalmente cansada depois de Finn e eu termos terminado de nos envolver pela terceira vez, o teto tinha sido alterado com um tom escuro diferente. Agora estava tomado por uma galáxia de estrelinhas brancas, tão detalhistas e cuidadosas que deve ter demorado horas para serem feitas à mão.

Finn.

Como se pensar em seu nome fosse capaz de materializá-lo, a porta de meu quarto foi aberta e Finn entrou, irritantemente alegre, com olhos vermelhos, vestido de novo com o macacão de pintura. Estava claro que ele não tinha acabado de cair de modo vergonhoso e totalmente desesperado na terra da desconfiança e rejeição.

Merda.

Apoiada nos cotovelos, com um lençol cobrindo meu peito, eu observei quando ele entrou, sem saber bem o que esperar.

– A Bela Adormecida desperta – disse ele, abrindo seu sorriso torto para mim e parando à beira da cama.

Ele ainda estava aqui. Não tinha ido embora.

Meu coração batia forte no peito, e então começou a se acelerar num ritmo que parecia o dobro do normal. As paredes da caixa do Imbecil Narcisista começaram a tremer, e então caíram violentamente, e a madeira cedeu sob a pressão até a tampa explodir totalmente e Finn Chambers voltar para a minha mente. Mentalmente concluí que ele nunca mais caberia dentro daquela caixa de novo – não que isso já tivesse acontecido.

Eu deveria estar irritada por ele ter causado meu leve – OK, pesado – ataque histérico, mas estava dividida igualmente entre a alegria por ele ainda estar aqui e o terror paralisante devido ao apego inegável que eu tinha por ele. A raiva teve que se afastar. Eu só era capaz de lidar com um chilique por vez –, antes de tomar café.

Encobrindo meu estresse, optei por agir de modo indiferente, revirando os olhos para ele e me recostando no travesseiro, olhando para o universo de estrelas pintadas e a gostosura do homem à minha frente. Ele parecia tão à vontade e tranquilo, como se fosse a coisa mais natural do mundo acordar na minha casa e fazer sabe Deus o quê enquanto eu ainda dormia.

– Há quanto tempo você está acordado? – perguntei, meio irritada. Não estava preparada para aquela conversa, para aquele dia, sem primeiro tomar o café. Meu cérebro nem sequer começava a funcionar normalmente antes da segunda xícara. Na verdade, aquela dor debilitante que havia tomado meu peito quando pensei que Finn tinha me deixado poderia ser apenas a falta de cafeína.

Eu podia me enganar.

– Já faz algumas horas – disse ele, dando de ombros e se aproximando de mim. Inclinando-se sobre a cama, tomando o cuidado de não sujar meu edredom, ele me beijou. Apesar de nossos lábios serem nosso único ponto de contato, não foi o selinho delicado que eu esperava. O beijo de Finn era forte, quase doloroso em seu desejo irrefutável; um lembrete de como tinha sido a noite anterior, e uma promessa de mais noites como aquela.

– Dormiu bem? – perguntou ele, afastando-se.

Tentei acalmar minha respiração para não parecer uma asmática que havia acabado de correr meia maratona, quando respondi para ele. Pigarreei e respirei fundo, torcendo para não ser tão transparente como estava me sentindo. Pelo amor de Deus, eu estava quase arfando.

– Apaguei totalmente, pelo visto – falei, olhando para o teto. – Nem escutei você fazer tudo isso.

– Fui silencioso. Ágil. Algumas pessoas diriam até que agi como os ninjas. – Ele sorriu para mim, com os olhos azuis concentrados nos meus.

– Quem? Quem poderia dizer isso? – perguntei, erguendo uma sobrancelha.

– Eu.

– Não conta se você for a única pessoa que diria isso. – Sorri em resposta e revirei os olhos, porque aquilo era ridículo. – E eu estava tão cansada que teria dormido em meio a um terremoto.

– Você está admitindo que eu te cansei ontem à noite? – perguntou ele, erguendo a sobrancelha de modo sugestivo.

– Convencido.

– Confiante – disse ele, dando um beijinho na ponta do meu nariz. Eu o enruguei para ele em resposta, observando enquanto ele ia até a escada no canto do quarto. – E aí, você gostou? – A voz dele estava se esforçando para parecer casual quando ele fez um gesto para as estrelas do teto azul-escuro.

Apesar do tom blasé, pensei ter notado um toque de nervosismo em sua pergunta, como se ele realmente estivesse preocupado com minha reação.

– Adorei – sussurrei com sinceridade, olhando para todos os lados, menos para ele. Bastava que ele conseguisse notar a emoção embargando minha voz; não precisava que ele visse meus olhos marejados também. Aquele gesto era mais do que alguém tinha feito por mim em todos os anos desde que minha mãe havia morrido, e eu fiquei emocionada.

Era como se ele, de alguma maneira, tivesse adentrado minhas lembranças e soubesse exatamente como as paredes do meu quarto de criança eram pintadas; como se ele tivesse sentido que aquele fosse o elemento perfeito a acrescentar ao meu novo quarto. Era surpreendente que parecesse conhecer meus gostos tão bem, que reconhecesse e previsse as coisas de que eu gostava ou não – quase como se estivesse ligado a todos os meus pensamentos e sentimentos.

Quando tive a certeza de que minhas lágrimas estavam sob controle, eu me virei e olhei para ele, que estava de pé na frente da escada, olhando diretamente para mim. Eu sabia que ele conseguia decifrar meu rosto como se ali estivesse um livro aberto, observando enquanto eu lutava para acalmar o turbilhão de emoções que fervilhavam dentro de mim. Felizmente, ele não me pressionou a falar.

– Que bom que você gostou, princesa – respondeu, com um sorrisinho no canto da boca.

– Princesa? – perguntei. Na única vez em que eu havia escutado o apelido “princesa” direcionado a mim, tinha sido de modo sarcástico ou condescendente. Finn disse aquilo de um jeito afável, um carinho sincero e respeitoso que eu não sabia bem como processar. Ele sorriu para mim, sem conseguir se explicar melhor. Parecia que eu teria que insistir.

– Por que princesa? – Eu não achava que ele estava tirando sarro de mim, mas, considerando como algumas de minhas ideias a respeito de Finn estavam erradas antes, decidi que era mais seguro simplesmente perguntar.

– Você parece tão pequena naquela sua cama grande e branca, engolida por todos aqueles travesseiros e cobertores macios. E quando você estava dormindo, com seus cabelos pretos sobre o travesseiro e o rosto tão calmo... Você estava linda. Você é linda. – Ele engoliu em seco, com o olhar muito intenso, enquanto olhava em meu rosto como se quisesse memorizar cada traço. – Angelical. Como se fosse um sonho inalcançável.

Ele deixou a escada e se aproximou da cama, inclinando-se para a frente de modo que seus lábios resvalaram minha orelha. Eu estremeci e senti que ele sorriu ao permanecer ali.

– Você é, sem dúvida, a garota mais linda que já vi, Bee. Às vezes olho para você e me pergunto se é de verdade mesmo. Garotas como você não existem na vida real. É coisa de lendas e histórias. Então, não, não estou nem aí se você acha isso idiota. Você é minha princesa.

Certo. Ele podia me chamar de princesa. Podia me chamar do que quisesse se continuasse falando comigo daquele jeito.

Eu não disse nada. Apenas afastei os cobertores, saí depressa da cama e grudei meu corpo no dele. Minhas pernas nuas envolveram a cintura de Finn, minha boca encontrou a dele e as mãos mergulharam em seus cabelos, e deixei meu corpo se expressar.

Bem mais tarde, saímos do chuveiro, e Finn, com muita calma, me secou, usando uma toalha para absorver, com delicadeza, cada gotinha do meu corpo. Mais uma vez tivemos que esfregar o corpo um do outro para tirar a tinta azul, uma vez que nossas atividades no chão do meu quarto tinham se tornado criativas sem qualquer intenção e acabamos parecendo candidatos a membros do Blue Man Group. De novo.

Finn finalmente me deixou sair do quarto e eu tomei metade da chaleira de café assim que entrei na cozinha. Ele riu de mim, pegando apenas uma única xícara para si, bebendo o café puro.

Credo. Como era possível tomar café sem leite e açúcar?!

Lexi ainda estava no apartamento de Tyler, então estávamos apenas Finn e eu. Eu não deveria ter me surpreendido por não termos enfrentado aquele momento esquisito na manhã seguinte, mas me surpreendi.

Acho que, apesar de tudo o que Finn havia dito e feito nas últimas vinte e quatro horas, eu ainda estava insegura, sem saber para onde estávamos indo. Finalmente, eu podia admitir a mim mesma que, sim, eu tinha sentimentos por ele. E sim, o sexo tinha sido demais – melhor do que eu pensava que podia ser. Mas ainda não estava pronta nem disposta a ter um relacionamento. Pensar em Brooklyn Turner, a inegável "Vaca Fria", sendo a namorada de alguém, era risível. Pensar em ser a namorada de Finn Chambers, no entanto, era totalmente assustador.

– Pare – disse Finn, me tirando de meus devaneios.

– Parar o quê? – Olhei para ele, confusa.

– Pare de pensar demais no que está acontecendo entre nós dois.

– Nós dois?

Ele colocou a xícara vazia no balcão da cozinha e deu a volta pelo banquinho no qual eu estava. Levantando uma mão, passou um dedo delicadamente sobre as linhas tensas que uniam minhas sobrancelhas.

– Princesa, posso te perguntar uma coisa?

Assenti, meio relutante, automaticamente esperando o pior.

– Você se divertiu comigo ontem à noite? E hoje cedo?

Assenti de novo, esperando para ver aonde ele queria chegar.

– Pois é, eu também. Na verdade, eu me diverti demais ontem, como não me divertia há muito, muito tempo. Então, não deixe isso fugir, não transforme o que aconteceu em algo ruim, porque o que vivemos nesses últimos dias é lindo. No fundo –, você sabe disso, princesa. E, se eu te conheço como acho que conheço, aposto que você está morrendo de medo.

Respirei fundo, olhei nos olhos dele e assenti de novo. Finn semicerrou os olhos quando riu.

– Pode continuar em silêncio – disse ele, sorrindo. – Se eu soubesse que só era preciso transar com você para tirar toda aquela sua prepotência constante, teria tomado a iniciativa antes. Te fazer gozar fez com que ficasse complacente.

– Complacente? Você tirou isso do seu calendário "palavra do dia", homem da caverna? – Sorri, dando um cutucão em sua barriga com o cotovelo. Ele soltou um gemido com o toque, apesar de meu braço ter sofrido mais por ter encontrado o abdome firme dele. Controlei a vontade de esfregar a mão no cotovelo, pois não queria parecer uma fracote.

– Você vai ter que ir à minha casa para ver – disse ele, piscando. Eu nunca tinha ido à casa de Finn. Não havia me permitido pensar que aquele homem parecido com um deus tinha, de fato, uma cama, escova de dentes e, talvez, até mesmo um calendário com a palavra do dia em algum lugar. Pensar nisso me surpreendia.

– Talvez outro dia – respondi, sem me comprometer.

– Depois do meu show hoje à noite – Finn rebateu, decidindo. Ele não tinha me convidado nem perguntado se eu iria, simplesmente me informou que eu estaria presente, como se meus planos para a noite fossem predeterminados sem que eu precisasse consentir em nada.

Homem da caverna ao extremo.

Lançando um olhar para o relógio do micro-ondas, ele piscou.

– Por falar nisso, tenho que ir. Já passa das três e nós temos um ensaio antes da apresentação. Vamos tocar às nove.

– No Styx, certo? – confirmei, desnecessariamente. O Apiphobic Treason raramente tocava em outros lugares no campus porque o Styx era um dos poucos lugares capazes de acomodar tanta gente. Em uma noite boa, o show deles atraía mais de duzentas pessoas.

Finn assentiu, e então se inclinou de modo que nossos rostos ficaram frente a frente, e levou as duas mãos para segurar meu rosto. Olhando dentro de meus olhos, ele chacoalhou a cabeça de modo que nossos narizes se esfregaram um no outro delicadamente, e então inclinou a cabeça e me deu um beijo de despedida.

– Até a noite, princesa – sussurrou contra meus lábios.

– Se você estiver com sorte, homem das cavernas.

– Ah, eu sempre tenho sorte – respondeu, convencido, com os olhos brilhando enquanto, sem dúvida se lembrava de como tinha tido sorte na noite passada e hoje de manhã. Revirei os olhos enquanto o observava sair da cozinha, mas até mesmo a minha irritação com ele começava a parecer forçada. Se fosse sincera comigo mesma – o que, convenhamos, era algo raro –, teria que admitir como estava feliz naquele momento. Eu era a pessoa que tinha sorte ali, e nunca tinha me visto como alguém sortudo.

Meu coração estava leve dentro do peito quando ouvi o clique da porta da frente sendo fechada, marcando a partida de Finn. Ele havia acabado de partir, mas eu já me via conferindo que horas eram e quanto tempo eu teria que esperar até o show da noite, quando o veria de novo.

Mal reconhecia a garota que estava me tornando, e sabia que tudo isso se devia a Finn.

Eu estava encrencada.

CAPÍTULO DOZE

À BEIRA DO PRECIPÍCIO

– E você não tem lembranças desse garoto além daquelas dos seus sonhos? – perguntou a Dra. Angelini.

Se eu estivesse esperando que ela demonstrasse choque ou no mínimo uma leve surpresa com minha revelação a respeito do menino de olhos tristes em meus sonhos, teria ficado muito decepcionada – seu rosto estava totalmente inexpressivo quando me observou.

– Não tenho muitas lembranças claras de meu tempo no abrigo – admiti. – Até agora, a maioria das imagens é formada por borrões. Às vezes, um determinado cheiro ou sabor desencadeia uma vaga lembrança, mas nunca foi tão vívido assim.

– Quando você diz vívido... – a Dra. Angelini começou, procurando esclarecer.

– Quando tenho um dos sonhos, é como se eu voltasse a ter 6 anos, revivendo coisas em tempo real. É muito real. Mais real do que quase qualquer outra coisa que eu tenha sentido.

Minha mente retomou uma série de imagens: as mãos das duas crianças perdidas unidas; muitos vaga-lumes voando livremente; o céu escuro da noite, tomado de estrelas fora de meu alcance.

Desviei os olhos do olhar incansável dela, olhando pelas janelas amplas atrás da doutora. O consultório tinha uma vista bonita. Fiquei me perguntando, distraidamente, se ela conseguia aproveitá-la. Era difícil imaginar a Dra. Angelini olhando para outro lugar que não fosse dentro dos crânios de seus pacientes.

– Os sonhos te perturbam? – perguntou ela.

Meus olhos voltaram para o rosto dela, que, sem qualquer surpresa, estava inexpressivo, sem nenhuma emoção real. Apesar da serenidade imperturbável, consegui ver o alerta e sabia que ela estava altamente concentrada em tudo o que eu dizia. A mente escondida por baixo daqueles cabelos loiros e macios estava sempre analisando e avaliando, dissecando tudo o que eu dizia e inferindo coisas que eu havia deixado de fora propositalmente. Mais de uma vez, tive que lembrar a mim mesma que aquela tortura era autoimposta – que era boa para mim.

– Às vezes – admiti. – Não por causa do que acontece neles. São perturbadores porque parece que eu não conheço minha mente. De repente, aparecem todas essas lembranças das quais eu não tinha conhecimento, presas em meu subconsciente. Fico me perguntando se há mais coisas que bloqueei ou das quais me esqueci.

– A mente humana é algo complexo, Brooklyn. Mesmo depois de décadas de pesquisa, e apesar de todo o desenvolvimento revolucionário das máquinas de imagens cerebrais, ainda estamos longe de compreender como o cérebro funciona, e ainda menos por que funciona desse jeito.

Assenti, concordando. Eu tinha feito aula de conceitos básicos da psiquiatria no primeiro ano da faculdade, e o que ela me disse não era novidade.

– E a memória é um dos processos mentais mais misteriosos e complexos que há – continuou. – Não sabemos como o cérebro armazena e reacessa a informação; só sabemos que as lembranças raramente são trazidas à tona de modo aleatório. Normalmente existe um gatilho que cria uma associação mental entre um estímulo sensorial corrente e outro que está guardado na mente.

– Então você está dizendo que algo que estou vivendo agora está despertando minhas lembranças desse garoto?

– É possível que sim – respondeu a Dra. Angelini, casualmente.

Malditos psicólogos e a incapacidade que têm de dar uma resposta definitiva a uma simples pergunta.

– Você quer se lembrar? – perguntou ela. – Ou preferiria que essas lembranças permanecessem enterradas?

– Não tem nada a ver com querer me lembrar ou não – falei. – Não tenho qualquer controle sobre isso.

– Brooklyn, já chegou a pensar que talvez esteja se lembrando agora porque finalmente está pronta para isso?

Eu não soube responder a essa pergunta.

Seguimos em frente e passamos o resto da sessão falando sobre minha apresentação no The Blue Note e sobre meu projeto de pintura. Não mencionei a participação de Finn no processo todo, nem contei a ela que finalmente tínhamos passado a ser mais do que amigos.

Ainda havia uma parte importante minha que não queria admitir que algo havia mudado entre nós. Havia também uma parte menor, mas igualmente forte, que temia que, se eu admitisse nossa relação em voz alta à Dra. Angelini, estragaria a coisa toda, e que tudo ruiria antes mesmo de se formar totalmente.

Quando me levantei para sair, a Dra. Angelini se levantou atrás da mesa e me interrompeu, apoiando uma mão de unhas feitas em meu braço.

– Tenho que dizer, Brooklyn, que acho que você demonstrou enorme progresso nos últimos meses – disse ela, com os olhos intensos, observadores. – O fato de finalmente estar se abrindo e aceitando o passado é extremamente corajoso, sem falar que é muito mais saudável do que seus mecanismos de enfrentamento anteriores.

– Por quê, doutora? Não aprovava o sexo sem sentido e as bebedeiras com tequila? – perguntei, de modo brincalhão, desconfortável com a mudança no tom da conversa.

Ela estava sendo elogiosa, até incentivadora, e isso me deixou nervosa no mesmo instante. Eu sabia que estava sendo cínica, mas, na minha experiência, as pessoas raramente eram verdadeiras e os elogios sinceros eram muito escassos. E, como eu nunca tinha sido muito elogiada –, meu pai não era exatamente o homem mais amável do mundo –, fiquei assustada com o olhar da Dra. Angelini, que poderia facilmente ser classificado como orgulho.

– Brooklyn – disse a doutora, me puxando de volta ao presente. – Nem mesmo você aprovava suas atividades sexuais e uso excessivo de álcool. – Ela ergueu a sobrancelha bem desenhada atrás dos óculos Chanel de armação quadrada ao olhar para mim.

– Como sabe disso, doutora? – perguntei.

– Você não estaria aqui no meu escritório se aprovasse.

Depois da sessão, fui ao Maria's e pedi duas saladas gregas – o jantar para Lexi e para mim. Felizmente –, não havia nenhum conhecido na fila, por isso não tive que bater papo com ninguém. Havia poucas coisas que eu odiava mais do que trocar amenidades: o monte de palavras sem sentido, nada além de tapa-buracos em um silêncio que, se fosse mantido, seria desconfortável.

Uma das muitas coisas que eu não conseguia entender a respeito das pessoas ditas "normais" era a incapacidade que tinham de simplesmente aproveitar o silêncio. Será que elas tinham tanto medo do julgamento das outras que sentiam necessidade de falar sem parar, na esperança de manter a conversa superficial e segura? Ou será que tinham medo de observar, ainda que por pouco tempo, as profundezas da própria mente, analisar verdadeiramente seus pensamentos, com medo de não gostar do que vissem?

Eu não sabia.

Tudo o que sabia era que nove a cada dez pessoas que eu encontrava não tinha ideia do valor que havia em simplesmente compartilhar o silêncio. E acho uma pena, porque havia um certo tipo de pureza, até de intimidade, em simplesmente se sentar com alguém e não sentir a necessidade de dizer nada.

Uma das únicas pessoas com quem eu sentia isso era Finn.

Eu ainda não havia falado com ele desde sua partida de minha casa, muitas horas antes, mas fiquei feliz por passar aquele tempo sozinha. Ele me conhecia bem o suficiente para entender que eu precisava de espaço para processar tudo o que havia ocorrido entre nós na noite passada – mas não tanto espaço que me deixasse com tempo de me convencer a não me envolver com ele.

Apesar de Finn não ter falado muito sobre o assunto, de alguma forma eu tinha certeza de que ele queria que "nós" durássemos mais do que uma única noite. As ações dele falavam mais alto – o carinho que me dava ao fazer amor comigo, a constelação de estrelas que ele havia pintado à mão no teto do quarto na manhã seguinte, até mesmo o apelido bobo de "princesa". Tudo isso indicava uma coisa: um tipo de relacionamento.

Eu sabia que ficaria maluca se analisasse tudo em excesso, por isso não estava me permitindo pensar demais. Bem, não é totalmente verdade, porque eu estava pensando em sexo, só não estava me concentrando no aspecto do relacionamento... Possivelmente porque estava focada demais no fato de o sexo ter sido muito bom. E no tempo que teria que esperar para sentir tudo aquilo de novo.

Olhei depressa no relógio e vi que eram 6h15, e o show de Finn provavelmente duraria até quase meia-noite. Resmunguei, porque seis horas mais pareciam uma eternidade.

Depois de pagar pelas saladas, saí depressa pela porta e segui para casa. Enviei uma mensagem de texto para Lexi dizendo que estava voltando, e ela respondeu na mesma hora.

Aqui, ansiosamente esperando pelo jantar e por detalhes. Chega logo! :p

Ah, que ótimo. Eu estava entrando numa emboscada.

Eu não era ingênua o bastante para esperar que Lexi simplesmente se esquecesse de perguntar sobre Finn e eu, mas esperava evitar o assunto por mais tempo. Eu não poderia desviar do assunto com ela como tinha feito com a Dra. Angelini. Lex já sabia que havia algo rolando entre nós dois. Mas isso não significava que eu tivesse que dar todos os detalhes, certo?

A quem eu queria enganar?

Eu estava falando da Lexi: ela me amarraria a uma cadeira e usaria técnicas de tortura para que eu lhe desse um passo a passo detalhado de cada minuto que havia passado com Finn. A garota era irritantemente persistente quando queria algo; sempre pensei que seguir carreira de investigadora de terrorismo da CIA poderia ser muito mais adequado para ela do que o mercado da moda.

Depois de entrar pela porta da frente, coloquei a sacola com nossas saladas em cima do balcão da cozinha e olhei ao redor à procura dela. Bem naquele momento, ouvi a porta do banheiro ser aberta de repente e bater na parede com um estrondo, e logo depois –, o som de pés descalços atravessando o piso de madeira. Observei quando ela apareceu, dobrando a esquina do corredor a toda a velocidade, com os cabelos ruivos esvoaçando ao redor de seu rosto, e ela parou exatamente na minha frente.

– Conte tudo – ela pediu, levemente sem fôlego.

– Tá certo, vamos jantar e eu conto. Calma...

– Não! – Lexi me interrompeu. – Vai me contar tudo agora mesmo. Sou sua amiga desde o segundo ano do ensino fundamental, porra, e essa é a primeira vez que você viveu algo levemente romântico. Até agora, sempre estive em desvantagem no departamento da amizade! – disse Lexi, como se minha falta de relacionamentos anteriores fosse um ataque direto contra ela.

– Nossa! Obrigada, Lex!

– Ah, cala a boca, você me entendeu – disse, me dando um tapinha no braço. – Não posso ficar animada, Brookie? Eu sempre quis te ver feliz.

Eu ri. Ah, sei, como se esse fosse o único motivo.

– Ah, tudo bem! – Ela arregalou os olhos para mim, mas percebi que tentava não rir. – Por acaso, também estou animada com a ideia de podermos sair em casais. Então, me julgue!

Comecei a rir e ela imediatamente me acompanhou, me abraçou e apertou por quase um minuto inteiro.

– Hum... Lex?

– O que foi? – perguntou ela, ainda me abraçando.

– Não consigo… respirar…

– Ah! – Lexi arfou, me soltando de uma vez. Eu puxei o ar para dentro dos pulmões. – Desculpa. Às vezes me esqueço que você é pequena.

Revirei os olhos e me virei para tirar as saladas das sacolas. Enquanto eu pegava talheres e pratos, Lexi pegou uma garrafa de cerveja da geladeira, despejou um pouco em dois copos altos, e completou com uma bela dose de vodca e granadina.

– Dirty Shirleys – disse ela, sorrindo de ansiedade enquanto colocava gelo dentro dos copos e entregava um deles para mim.

– Saúde – falei.

– Às melhores amigas e aos namorados – Lexi fez um brinde, piscando para mim.

– E ao sexo de ótima qualidade – acrescentei, rindo, e a cerveja saiu pelo nariz de Lexi.

– Detalhes. Agora mesmo – exigiu, secando o rosto com um guardanapo.

Tomei um belo gole da minha bebida. Precisaria dela para a conversa que teríamos.

Várias horas depois, eu tinha consumido meia salada grega e três Dirty Shirleys e meia, e Lexi olhava para mim com a boca aberta. Eu havia acabado de contar a ela tudo a respeito de Finn e eu, desde a noite em que deixei Landon a ver navios até termos pintado o quarto juntos e, claro, a maratona de sexo que tivemos depois. Ela havia se mantido em silêncio ao longo de toda a história, e sua única expressão era a de surpresa cada vez maior enquanto absorvia cada palavra que saía de minha boca com atenção total.

Quando terminei, ela ficou bastante tempo sem falar, e os minutos passaram lentamente, e eu comecei a ficar nervosa. Em seguida, saindo abruptamente do banco que estava ocupando no balcão da cozinha, ela saiu sem me dizer nada. Eu fui atrás dela porque, afinal, o que mais eu poderia fazer?

Lexi percorreu o corredor até nossos quartos, passou direto pela porta do quarto dela e abriu a minha sem hesitar. Esperei parada à porta, observando enquanto ela entrava ali e girava lentamente, absorvendo tudo. Depois que Finn havia partido naquela tarde, eu havia passado um tempo limpando os pincéis e lavando os panos cobertos por respingos de tinta, empurrando os móveis de volta para seus lugares e, por fim, pendurando na parede os quadros à frente da cama. As imagens estavam lindas em contraste com a tinta azul-clara.

Lexi se aproximou delas, parando para examinar cada uma com atenção, passando as pontas dos dedos sobre os três rostos sorridentes nas telas ampliadas; o dela, o meu e, por fim, o da minha mãe.

Os rostos da minha família.

Ela deu as costas para as imagens e, quando olhou em seus olhos, vi que os dela estavam marejados.

– Brookie – sussurrou, com a voz embargada de emoção.

– Olhe para cima – falei, indicando o teto.

Ela fez o que eu pedi; inclinando a cabeça para trás para analisar, seus olhos se arregalaram, surpresos, e depois encantados. Ao observar a constelação de estrelas acima, vi as comportas finalmente serem derrubadas e as lágrimas escorrerem por seu rosto. Ela não fez nada para secá-las; simplesmente permitiu que rolassem enquanto ela girava lentamente, olhando para a lindeza que Finn tinha criado para mim com um simples pincel.

Eu poderia tê-la abraçado, mas sabia por experiência que Lexi só choraria mais se eu tentasse confortá-la. Naquele momento, ela simplesmente precisava de tranquilidade para processar seus pensamentos – então foi exatamente o que dei a ela. Não saí de onde estava, perto da porta, nem tentei falar com ela, e em poucos minutos suas lágrimas já tinham secado. Ela se sentou na minha cama, parecendo emocionada e um pouco chocada. Eu não podia culpá-la; havia me sentido daquele jeito durante a maior parte do dia.

Saindo do cômodo, voltei para a cozinha, peguei nossas bebidas e as levei para meu quarto. Sem dizer nada, entreguei a Lexi o copo dela, e ela bebeu tudo de uma vez. Ela quase não tinha dito nada nas últimas três horas, apenas meu nome. Devia ser algum recorde, considerando que Lexi normalmente tinha problemas para ficar calada, mais do que crianças de 5 anos hiperativas.

Eu deveria ter imaginado que não duraria muito.

Sua expressão começou a mudar, com um sorriso inegavelmente bobo se abrindo.

– Ele fez isso – disse ela, fazendo um gesto em direção ao teto.

Assenti.

– Você permitiu que ele passasse a noite – comentou.

– Sim. – Dei de ombros, tomando um gole de minha bebida.

– Você gosta dele – ela continuou, ainda sorrindo.

– Sim. – Dei de ombros de novo, tomando um gole ainda maior do meu drinque.

– Você gosta muito, muito, muito dele! – ela gritou, batendo palmas e começando a quicar na cama. Decidi que não responder seria a atitude mais segura naquele momento. Se eu fizesse mais confissões, ela poderia entrar em combustão espontânea.

– Você quer sair com ele, deixar que ele segure sua mão e quer ter bebezinhos com ele... pequenos BrookFinns... ou FinnLyns?

Bom, aquilo era demais.

Olhei para Lexi meio aterrorizada e me esforcei para controlar a náusea insistente que me tomou assim que ela disse aquilo. Eu nunca quis ter filhos. Não podia, não queria... colocar uma criança num mundo como o nosso.

Nunca.

Mas, a menos que quisesse que aquelas três Dirty Shirleys consumidas aparecessem da pior forma, eu precisava me controlar. Afastei o ataque de ansiedade que quase me tomou e disse a mim mesma que Lexi estava brincando.

– FinnLyn? Sério mesmo que você uniu nossos nomes? – perguntei, forçando uma risada.

– Gosto mais de BrookFinn – disse ela, pensativa. Seus olhos estavam vidrados e distantes, e ela criava imagens assustadoras na mente: vestidos de noiva, casas com cerquinhas brancas e bebês de cabelos pretos e olhos azuis bem escuros. Estremeci e tentei ignorá-la, lutando contra a vontade de tampar os ouvidos e gritar lá-lá-lá-lá sem parar, até ela me deixar em paz.

– Vocês têm sorte por terem nomes que podem ser combinados. Tem uma garota da minha turma de Literatura Americana que se chama Kylee e está namorando um cara chamado Kyle... um desastre completo.

– Totalmente – concordei, rindo enquanto bebia.

– Não precisa ser sarcástica, Brookie – disse Lexi, deixando a terra de sonhos em tafetá branco e olhando para mim com seu olhar observador.

Ah, não. Eu conhecia aquele olhar.

– Você precisa estar mais linda do que nunca hoje à noite – disse ela. – Caramba, que trabalhão eu vou ter.

– Vaca! – protestei, dando um tapa no braço dela.

– Ah, calma, eu só estava brincando – disse ela. – Você não é tão ruim assim.

Arregalei os olhos para ela, que riu.

– Você é linda, sabe disso. – Lexi revirou os olhos para mim, e então soprou um beijo na minha direção, que eu fingi afastar com a mão. – Mas eu ainda mando mais aqui.

Ergui a sobrancelha para ela, com medo de perguntar o que envolvia "mandar mais".

– O Vestido – disse Lexi, como se aquilo explicasse tudo.

– Isso não me esclarece muita coisa, Lex.

– É só confiar em mim. Quando você vir O Vestido. Na verdade, quando Finn vir O Vestido... tudo ficará claro como o dia.

Quando ela pegou minha mão e me levou em direção ao quarto dela, eu não relutei, principalmente por estar bêbada, mas também, em parte, porque ela tinha razão: eu queria ficar bonita naquela noite. Pela primeira vez na vida, eu me importava em impressionar um cara.

Em seu quarto, Lexi logo se ajoelhou para retirar uma caixa fina, embrulhada em papel branco e dourado, do espaço embaixo de sua cama. Ela a entregou para mim, com um sorriso animado e os olhos brilhando de ansiedade.

– O que é isso? – perguntei, pegando a caixa da mão dela, mas com hesitação.

– Um presente de aniversário adiantado. – Lexi deu de ombros. – Eu o estava guardando para a próxima semana, mas a noite de hoje pede algo épico.

Olhei para a caixa que ela estava segurando, e depois para a minha melhor amiga. Pousando o presente sobre a cama, eu me aproximei dela e a abracei.

– Eu te amo, Lex.

Senti que ela ficou tensa, pega de surpresa, e então sussurrou quando seu corpo relaxou e me abraçou também.

– Também te amo, Brookie – ela sussurrou e me abraçou forte. – Agora, abra o bendito presente!

Eu ri, me afastando e pegando a caixa. Rasgando o papel de embrulho com disposição, abri a tampa e encontrei O Vestido aninhado em um casulo de papel branco.

Lexi tinha razão. Era épico.

O vestido era de um tom verde-esmeralda, quase da mesma cor de meus olhos, e estilo tomara-que-caia, com um decote profundo em formato de coração que valorizaria meu busto. A parte de cima era justa como um collant, cheio de bordados com pequenas contas nas barras, que me serviria como uma luva da cintura para cima. A parte inferior do vestido era curta – a saia não cobria completamente minhas coxas – e feita com tecido leve do mesmo tom verde-escuro, que esvoaçaria enquanto eu caminhasse.

Eu o adorei.

Pela primeira vez, me senti feliz por ter uma melhor amiga estudante de Moda, e, enquanto segurava O Vestido agarrado ao peito, olhei para Lexi.

– O Vestido é épico pra caramba. Você é épica demais.

– Eu sei – Lexi concordou, abrindo um sorriso enorme. – Agora, sente a bunda para eu poder arrumar seus cabelos e fazer a maquiagem.

Revirei os olhos e obedeci.

Quando entramos na Styx, Finn e a banda já estavam se apresentando, e o lugar estava lotado, provavelmente a capacidade já tinha sido ultrapassada. Meus olhos atravessaram a multidão animada, encontrando Finn.

Vestindo uma camiseta cinza-escura e um jeans desbotado, ele se inclinava na direção da plateia com as duas mãos segurando o microfone. Mantinha os olhos fechados enquanto cantava o fim de uma canção dos Red Hot Chili Peppers, com o rosto desenhado e lindo sob as luzes claras do palco.

Meu Deus, ele era gostoso.

Estava claro que eu não era a única pessoa a pensar assim; suas fãs histéricas estavam presentes, aos montes, pressionadas contra o palco, exibindo seus atributos a ele sempre que podiam.

Retrair garras, Brooklyn.

Desviei o olhar e observei o salão depressa. Quando olhei para o bar, vi Gordon e vários de seus amigos grandalhões da equipe de futebol americano bebendo cerveja. Ele havia notado nossa chegada e olhava diretamente para mim, com os olhos semicerrados e a boca esboçando um sorrisinho cruel. Nossos olhos se encontraram brevemente antes que ele percorresse o olhar pelo meu corpo, de modo tão lento e detalhista que me arrepiei, com desconforto.

Torci para que ele não fosse tolo o suficiente para se aproximar de mim depois do que havia acontecido na última vez. Se Finn tivesse que arrancá-lo de mim de novo, eu não sabia bem se ele seria capaz de se controlar ou se acabaria mandando Gordon para o pronto-socorro.

Ou para o necrotério.

Mantive o rosto inexpressivo, sabendo que imbecis como Gordon se safavam de assustar e manipular mulheres. Enquanto mandava um "vá se foder" mentalmente para ele, direcionei Lexi na direção oposta à do bar, o mais longe possível do imbecil. Finn havia iniciado outra música, e eu me concentrei na voz dele e não na presença de Gordon.

Endireitei os ombros. Estava usando O Vestido, tinha feito sexo da melhor qualidade com um cara que era tão incrível que chegava a me assustar, e minha melhor amiga era, provavelmente, a garota mais bacana do planeta. E nada, nem mesmo o imbecil do Gordon O'Brien, estragaria a minha noite.

Depois de algumas bebidas, eu quase consegui me esquecer dele totalmente. Lexi e eu estávamos altinhas e felizes, dançando à beira da pista, segurando bebidas e assistindo à banda – ou, mais especificamente, o baterista e o vocalista – se apresentar.

De vez em quando, eu notava Finn observando a plateia como se procurasse alguém. Eu sentia a garganta apertar com a mistura de esperança e medo que me tomava; mais do que qualquer coisa, eu queria que ele estivesse à minha procura naquele mar de rostos. Várias vezes, eu recusei as tentativas de Lexi de nos levar para mais perto do palco, onde Finn certamente nos veria; eu não estava pronta para ter meus medos confirmados, de um jeito ou de outro.

Quando a banda anunciou que fariam o primeiro intervalo, vi Finn, Ty, Scott e Trent – o último membro da banda a quem eu ainda tinha que ser apresentada – pularem do palco e imediatamente serem cercados por fãs. Eu tentei afastar o ciúme desconhecido e não admitido que eu estava sentindo. Finn não era meu namorado; sim, o sexo entre nós tinha sido demais, mas não tínhamos conversado sobre o que havia significado. Não tínhamos dito nada a respeito de exclusividade ou rótulos.

Finn lentamente se aproximava do bar; dava para ver seu corpo em meio à multidão de garotas penduradas nele. Eu nunca tinha me sentido daquela maneira, nunca tinha me importado muito, e por um momento permaneci enraizada no chão, observando e tendo a sensação de estar levando chutes na boca do estômago com uma bota com ponta de aço. Lexi olhava para mim, para Finn e para mim de novo, com um olhar de solidariedade e atenção para as minhas reações.

De repente, senti muita vontade de me estapear. Quem era aquela garota, parada nas sombras enquanto observava um cara por quem nutria sentimentos ser atacado por mulheres abusadas? Quem era ela, às margens, porque tinha muito medo de dar um passo adiante e encarar a vida? Com certeza eu não a reconhecia.

Ela não era a pessoa que minha mãe tinha sido. E com certeza não era a pessoa que minha mãe tinha criado para que eu fosse. Fechando os olhos, quase consegui ouvir as palavras dela sussurradas em meu ouvido; quase conseguia sentir o calor do corpo dela pressionado ao meu enquanto nos aconchegávamos na minha cama, quando eu era pequena, olhando para o teto de contos de fadas.

Brooklyn, algumas pessoas passam a vida toda à beira do precipício, esperando uma garantia de que quando finalmente saltarem para o desconhecido irão encontrar uma rede ali para segurá-los. Mas essas pessoas, Bee, nunca vivem de verdade. Elas observam a vida passar por elas, esperando algo que não existe.

Porque você nunca vai ter certeza absoluta de nada. Você vai se arriscar com as pessoas, e elas vão te ferir. Você vai experimentar fazer algumas coisas e vai fracassar. E tudo bem, Bee, assim é a vida. Você não pode parar de viver porque está com medo. Não pode ficar para sempre à beira do precipício só porque é seguro.

Você tem que saltar.

Eu tinha que saltar.

De repente, antes que tivesse tempo de analisar o que estava fazendo, me mexi e atravessei a multidão para chegar até ele. Sem pedir desculpas, distribuí cotoveladas entre as pessoas, ignorando os protestos estridentes das mulheres e, finalmente, adentrando o círculo ao redor de Finn. Parei a cerca de um metro dele.

Os olhos dele encontraram os meus imediatamente, como se estivesse esperando que eu surgisse na multidão a qualquer momento. Nós dois ficamos paralisados, separados por aquela distância, apenas nos entreolhando. Quando nossos olhos se encontraram, o verde com o azul, senti de novo: aquela força indescritível que me puxava na direção dele sempre que estávamos perto um do outro, como dois ímãs mantidos a poucos centímetros de distância, com uma atração infinita e inescapável. O olhar dele me dizia duas coisas: primeiro, que ele também sentia, e, segundo, que havia me buscado na multidão a noite toda.

Salte.

Dei um passo na direção dele e então, tão rápido que minha mente nem conseguiu notar que ele estava em movimento, ele se colocou à minha frente, bem perto.

– Princesa – sussurrou, levantando uma mão para acariciar meu rosto.

– Homem das cavernas – respondi, sentindo seu toque.

Senti o sorriso dele contra meus lábios um instante antes de sua boca encontrar a minha, com nossos braços se entrelaçando. Eu me agarrei a ele enquanto nossas bocas se devoravam, como se fizesse meses, e não horas, desde nosso último momento juntos. Suas mãos não paravam: emaranhavam meus cabelos, acariciavam meus ombros, desciam pelas costas e chegaram ao meu quadril, me puxando com força contra seu corpo para que nós dois nos fundíssemos.

Enquanto eu me entregava aos toques dele, não me importei com as outras garotas, nem com o fato de nunca termos discutido sentimentos ou condições. Porque ele era Finn, eu era Brooklyn e, naquele momento, nada mais importava.

Eu estava em casa.

Não sei bem quanto tempo permanecemos ali, presos em nosso mundinho antes de os assovios e sussurros da multidão ao nosso redor me trazerem de volta à realidade.

– Acho que ele acabou de te engravidar – disse Lexi, de algum lugar atrás de mim. Afastei meus lábios dos de Finn e me virei para olhar para ela.

– Sério mesmo, isso foi a coisa mais quente que já vi – ela continuou, pensativa. – Eu poderia ter gozado só de olhar.

Tyler, que estava ao lado dela, começou a rir e a abraçou.

– Lex – falei, rindo. – Você precisa sair mais de casa.

Tirei as mãos do pescoço de Finn e olhei em seus olhos.

– Oi – falei, sorrindo.

– Você veio – disse ele, sorrindo de volta.

– Eu disse que viria.

– Eu sei. – Ele deu de ombros. – Só pensei que você se convenceria a não vir.

– Bom, tudo bem. Vou embora, se é o que estava esperando.

Tentei me afastar dele. Seus braços, ainda me envolvendo depois do beijo, não se mexeram e até ficaram mais firmes quando tentei fugir.

– Pare de resistir, princesa – disse Finn, com a voz baixa. – Vai ser muito mais fácil para nós dois se você parar de fugir e de inventar motivos para ficar brava comigo.

– Não estou fugindo nem inventando nada – falei, apesar de estar, pelo menos um pouco.

– Bee.

– O que foi? – respondi, olhando para o queixo dele, para que não tivesse que olhar em seus olhos.

– Fiquei feliz por você ter vindo.

Suspirei e, do nada, a raiva que eu estava tentando conter se libertou. A raiva era fácil – eu sabia lidar com ira, ódio ou indiferença. Mas era com as emoções novas, aquelas das quais eu sentia muito medo para explicar, que eu tinha dificuldade.

Olhando para a frente, olhei nos olhos dele, que estavam calorosos e bem-humorados.

– Você sabe que isso não vai ser fácil – falei para ele.

Ele ergueu uma sobrancelha.

– Isso?

– Nós dois – falei, quase gaguejando.

Ele sorriu e a covinha do lado direito apareceu.

– As coisas boas, as que realmente valem a pena, raramente são – respondeu ele, passando o braço pelo meu ombro para me direcionar para o bar. – Vamos tomar uma coisa.

– Ou cinco – acrescentei baixinho, engolindo em seco.

Finn riu e me apertou um pouco mais enquanto me levava em direção aos banquinhos onde Lexi e Tyler estavam sentados.

CAPÍTULO TREZE

EM QUEDA LIVRE

Finn e Tyler voltaram ao palco, deixando a multidão em um estado de frenesi quando a segunda parte do show se desenrolava. Eles tinham passado o intervalo rindo no bar com Lexi e eu, e – não que eu pudesse admitir isso a Lexi – tinha sido tão divertido que eu estava ansiosa esperando pela possibilidade de sairmos juntos, os dois casais, no futuro.

Depois que eles voltaram para o palco, Lexi e eu pegamos uma mesa pequena afastada da multidão, no camarote, onde tínhamos uma vista privilegiada da banda e da plateia que dançava na pista. Estávamos rindo de um casal bêbado que trocava amassos encostados em uma coluna de suporte do teto, quando a voz de Finn cortou o barulho e imediatamente chamou minha atenção.

– Certo, certo, certo! – Finn gritou ao microfone. – Vocês estão curtindo o show?

A multidão gritou, aprovando.

– Vamos diminuir um pouco o ritmo, então tenham paciência conosco. A próxima música é muito importante para mim, porque diz tudo que eu não consigo encontrar palavras para explicar. – Finn sorria enquanto observava a plateia, e olhou para mim. – Esta aqui vai para a minha garota especial, ela sabe quem é. – Ele piscou para mim.

Ouvimos um suspiro das meninas da plateia; era óbvio que 99,9% delas acreditavam que ele estava falando sobre elas.

– E, na verdade, vou precisar da ajuda dela para cantar – disse ele. – Ela provavelmente vai me matar por estar fazendo isso, então vou precisar do auxílio de vocês para colocá-la aqui em cima. Vamos incentivá-la! Façam muito barulho para BROOKLYN! – Ele esticou os braços, balançando-os, animando a plateia, que gritava absurdamente.

– Vocês acham que isso é alto? – Finn gritou ao microfone.

A multidão berrou ainda mais. Aquilo era algo sem precedentes. Nunca, na história do Apiphobic Treason, eles tinham chamado alguém da plateia para subir ao palco.

– Vamos, princesa, venha aqui!

Ele ria ao microfone, sem dúvida divertindo-se com o olhar de ira que eu direcionava a ele. Comecei a balançar a cabeça sem parar, para que ele compreendesse que não haveria como eu subir àquele palco.

– Ele está falando de você, tonta – disse Lexi, fazendo um gesto. – Vá!

Olhei para ela, horrorizada.

– Não vou subir lá! Do lado de quem você está? – gritei, abismada.

– Do lado do Finn!

Traidora.

A multidão começou a se virar, curiosa para descobrir a identidade da "garota especial" de Finn Chambers. Então, começaram a cantar, um som que foi crescendo aos poucos, gritos com meu nome, em uníssono por quase trezentas pessoas.

– BROOK-LYN, BROOK-LYN! – eles gritavam sem parar, com o salão vibrando com o som.

A pessoa que estava cuidando das luzes do palco deu um jeito de me localizar na multidão. Finn provavelmente havia indicado minha localização antes para facilitar as coisas, e de repente, eu me vi sendo iluminada por todos os lados por um holofote.

Bem, foi por água abaixo meu plano de escapar pelos fundos sem ser vista.

– Vamos, princesa, não tenha vergonha – Finn me provocou, falando comigo.

– BROOK-LYN! BROOK-LYN! BROOK-LYN! – a multidão gritava.

– Vai! – Lexi insistiu, me empurrando por trás e me fazendo tombar em minha cadeira na direção do palco.

Merda.

Eu passei em meio à multidão, o holofote seguia todos os meus passos, e as pessoas ali dentro se afastavam como se eu fosse Moisés e elas, o Mar Vermelho. Mantive o olhar fixo no de Finn enquanto me aproximava do palco e senti a presença de Lexi atrás de mim, segurando minha mão com força.

Traidora ou não, ela estava sempre ao meu lado.

Quando descemos a escada e chegamos ao palco, Lexi se inclinou para a frente para poder sussurrar em meu ouvido:

– Ainda bem que enrolei seus cabelos. E você queria vir de rabo de cavalo, não é? Já pensou?

A voz dela era brincalhona e carinhosa, com a calma de que eu desesperadamente precisava para diminuir o frio que eu sentia na barriga. Meus nervos se acalmaram enquanto eu ria dela, e olhei para ela com carinho quando apertou minha mão em apoio. Ela piscou para mim quando nos separamos, soltando minha mão para que eu pudesse me aproximar de Finn enquanto se posicionava ao lado da bateria de Tyler.

A tranquilidade logo deixou meu rosto quando me virei para Finn. Ele estava à minha espera, sem se preocupar com minha ira, com uma mão estendida. Dei a mão a ele e afundei as unhas na palma dele.

O engraçadinho nem se deu ao trabalho de retrair.

– Que merda você está fazendo, Finn? – sussurrei, tomando cuidado para não deixar o som vazar para o microfone. Ele piscou para mim e se virou para a plateia.

– Senhoras e senhores, ela está aqui! Apresento a vocês, Brooklyn Turner! Façam barulho para ela!

Que ótimo, ele estava me ignorando.

Mas a plateia, não. Pelos gritos e assovios de homens que eu ouvia vindos da multidão, ficou claro que O Vestido não só tinha sido admirado, mas também tinha sido recebido como uma boa mudança em meio a todos os caras ali no palco. Não consegui evitar e abri um sorriso.

– Bem, como eu disse antes, essa música é especial para mim e para a Brooklyn. Dá até para dizer que essa é nossa música – disse ele, sorrindo para mim. – Certo, princesa?

– Não temos uma música – murmurei, assustada. Eu não gostava nada do rumo daquela conversa. – Nem sequer somos um casal! – Apesar de eu ficar cada vez mais assustada, consegui falar baixo o suficiente para que o microfone não captasse meus protestos. Finn me ignorou, me abraçou e me puxou para perto dele.

– Não estamos escutando! – alguém gritou da multidão.

– É, o que ela disse? – outro alguém gritou.

– Ela concordou comigo – disse Finn à multidão, com o corpo se movimentando com o riso reprimido. – Então, sem enrolar, vamos à nossa primeira apresentação como casal… Vamos tocar "Home", de Edward Sharpe and the Magnetic Zeroes!

Casal? Mas o quê...?!

Antes que eu pudesse reclamar ou compreender totalmente a bomba que ele tinha jogado em cima de mim – e aproximadamente trezentos desconhecidos aleatórios –, Scott, Trent e Tyler começaram a tocar as notas de introdução. Meu momento de cantar estava se aproximando depressa para que eu conseguisse me mexer, pensar ou até mesmo respirar – eu só podia reagir.

Agradecendo à minha estrela da sorte – devido às inúmeras práticas no chuveiro – por eu saber a letra toda de cor, me afastei de Finn e peguei o microfone. Se era para fazer isso, eu faria direito; não dá para cantar mal uma canção como "Home".

Olhando para a multidão que berrava, eu me esqueci de ficar brava com Finn. Minha mente ficou totalmente desanuviada, e só senti o microfone em minha mão e a adrenalina percorrendo minha veias.

E então, até mesmo isso sumiu. Eu não tinha mais nada, só a letra, e cantava com toda a força.

Finn e eu nos alternamos nos versos, como se tivéssemos ensaiado a música milhões de vezes. Na verdade, nós só a havíamos cantado uma vez, ontem, enquanto pintávamos o meu quarto.

O tom da música era divertido, e rimos enquanto cantávamos e andávamos em círculo, um ao redor do outro sobre o palco, olhando um para o outro, e não para a plateia. Apesar da leveza de nossa apresentação, a letra passava uma mensagem mais profunda e infinitamente mais significativa. Consegui notar o que Finn tentava me dizer ao escolher aquela música.

Lar. É sempre quando estou com você.

Era uma afirmação forte a fazer a qualquer pessoa, mas ainda mais poderosa para mim: uma garota que, durante quase toda a vida, nunca tivera um lar de verdade. A escolha dele não tinha sido por acaso; ele sabia melhor do que ninguém como minha infância tinha sido. As poucas informações que eu tinha dado a ele haviam formado uma boa ideia de minha infância, ainda que ele não soubesse os detalhes vitais.

Então, o fato de ele ter escolhido aquela canção não era coincidência, não tinha sido por acaso e nem era um erro.

Era uma declaração. Era uma confirmação que eu nunca tinha recebido. Era a promessa de que, apesar de eu não ter um lar convencional, com pai e mãe que me amavam, cerca branca e um golden retriever no quintal, nada disso importava.

Ele seria meu lar.

Foi naquele instante que me apaixonei por ele.

Sei que as pessoas sempre falam do amor como uma percepção que temos um dia – um momento repentino de clareza no qual notamos que estamos nos apaixonando por alguém por dias, semanas ou meses. As pessoas falam como se não fosse uma queda, mas sim a noção de que já chegaram ao chão.

Não foi assim para mim.

Não foi uma epifania lenta, nem uma consciência de que eu estava apaixonada, sem nem ter notado.

Foi repentino como um raio, tão violento e assustador como mergulhar de cabeça saltando de um arranha-céu. Eu não tinha caído. Não, eu estava em queda livre, desabando num abismo e esperando encontrar o chão lá embaixo.

Nem sequer me dei ao trabalho de me preparar para o impacto, porque o pouso seria inevitável. A gravidade me puxava para baixo, acelerando minha descida. Cada vez mais rápido, eu caí no amor, sem esperança de conseguir me segurar à lateral do prédio e me proteger.

Quando a calçada apareceu, coberta por decepções amorosas e expectativas frustradas, esperei pela dor do impacto. Meus braços não se debateram, minhas pernas não entraram em movimento. Com aceitação e desapego, esperei a batida; os ossos rachados, o impacto da carne no concreto quando o amor – aquela força terrível, destrutiva e imóvel – destruísse cada átomo e partícula de meu ser.

Assim, quando a batida aconteceu, quando eu me choquei com força na percepção de que eu amava Finn, ela roubou meu fôlego e quase me fez parar de cantar. Fiquei surpresa por não despedaçar.

Meus ossos não se quebraram, meu sangue não se esvaiu, meu coração não parou. Mas eu senti a ruína de todos os muros que eu tinha erguido para proteger meu coração, conforme foram virando poeira no chão.

Quando os destroços se assentaram, e eu me vi de pé, sem ferimentos, ao lado de um arranha-céu muito alto, percebi o que tinha feito.

Eu havia saltado. E, mais importante, eu havia sobrevivido à queda.

Os muros que eu tinha construído tão meticulosamente para manter todo mundo afastado haviam amortecido minha queda e agora simplesmente tinham desaparecido, como se nunca tivessem existido.

Eu amava Finn Chambers – amava demais –, e não havia uma única barreira de pé que o mantivesse fora de meu coração.

Meu rosto deve ter demonstrado medo, encanto ou uma mistura dos dois, porque, quando eu voltei à realidade, notei que Finn olhava para mim de um jeito esquisito, com olhos questionadores. Felizmente, mesmo durante percepções assustadoras como as que eu havia acabado de ter, eu gostava de pensar que podia manter a cara de paisagem. Como eu nem sequer havia parado de cantar, era provável que Finn e Lexi fossem as únicas pessoas que notaram meu olhar vidrado de alegria e pânico.

Piscando na direção de Finn, eu me voltei para a plateia e terminei a música com um sorriso secreto. Quando Scott e Tyler tocaram as notas finais, eu sorri enquanto a multidão abaixo pulava sem parar, aplaudindo enlouquecidamente e gritando. Finn acenou para eles, pegou minha mão e me puxou. Diante das centenas de pessoas, ele grudou os lábios nos meus e me deu um baita beijo.

Os gritos ficaram ainda mais altos, apesar de eu achar que não era possível.

– Brooklyn Turner, pessoal! – Tyler gritou ao microfone, tirando Finn e eu de nosso momento particular. Eu tentei me afastar, mas Finn não me deixou ir longe; mantendo os braços firmes ao redor do meu corpo, encostou a testa na minha. Nem se deu ao trabalho de olhar para a plateia. Só tinha olhos para mim.

– Você é tão incrivelmente talentosa que eu nem acredito – disse ele, com o olhar intenso. – Deveria estar seguindo essa carreira, Bee.

– De cantora? – perguntei, incrédula.

– Sim – sussurrou, me puxando de volta para poder beijar minha testa. – Pelo menos prometa que vai pensar a respeito. Pode ser?

– Pode ser – respondi, grudando os lábios nos dele para concordar. Quando nos afastamos, Finn se voltou para a plateia, mantendo sua mão na minha.

– Conseguem entender por que eu sou louco por essa garota? – perguntou ele à plateia, de mãos dadas comigo, me fazendo girar lentamente. Ouvi gritos dos homens na plateia, mas as meninas ficaram estranhamente caladas.

Quase consegui ouvir o som de milhares de corações se despedaçando pelo campus enquanto as garotas trocavam mensagens de texto, postavam no Twitter e nos blogs a notícia de que Finn Chambers estava, oficial e irreparavelmente, comprometido. As meninas mais próximas do palco ou olhavam para mim com inveja e raiva ou olhavam apaixonadas para Finn, como se a qualquer momento ele pudesse anunciar que aquilo não passava de uma grande brincadeira e as chamasse para subir no palco.

Eu acenei para o público, bem feliz, ao sair do palco com Lexi atrás de mim.

Meio abusada? Talvez. Mas foi gostoso? Demais.

Lexi e eu recebemos muitos olhares críticos enquanto seguíamos na direção do bar para pegar bebida. Ignoramos todos eles, pagamos nossos drinques e voltamos para a pequena mesa perto do palco.

– Menina, se você não decidir essa parada, eu decido. Aquele cara é demais, todas as garotas deste salão fariam qualquer coisa para ser você agora – disse Lexi, com os olhos azuis arregalados enquanto olhava para mim. – Mas, falando sério, fique esperta. Algumas dessas abusadas não pensariam duas vezes antes de cortar seu pescoço com uma unha bem afiada e pintada, deixando seu corpo apodrecer no lixo do lado de fora.

– Que consolador, Lex. Muito obrigada.

– Eu tento – respondeu ela, sorrindo.

– Acho que estou apaixonada por ele – revelei.

Mentira. Eu tinha certeza de que o amava.

– Sim. – Lexi assentiu. – Ele sambou no seu coração assim que você o viu.

– Ele não samba – falei, bebericando.

– Tem razão. Então podemos dizer que você se apaixonou assim que tropeçou sem querer naquele hidrante.

– Assim que tropecei sem querer? – perguntei. Parecia que Lexi e eu nos lembrávamos dos acontecimentos daquele dia de modo muito diferente.

– Sim. – Lexi riu.

Eu lancei um olhar na direção dela.

– Você o ama. – Ela suspirou, feliz, com um olhar sonhador.

– Lex – falei, com simpatia. Admitir aquilo em voz alta era uma coisa; discuti-la casualmente enquanto bebíamos era outra.

– Eu sei, eu sei – resmungou ela. – Você não quer falar sobre o assunto.

– Vou até o banheiro – falei para ela, me levantando. Precisava clarear a mente. – Volto logo.

– Quer que eu vá com você? – perguntou ela, olhando fixamente para o palco.

– Não, fique onde está e guarde a mesa. Não demoro.

– Tá bom – disse ela, quase babando enquanto observava Tyler fazer um solo de bateria. Lancei um último olhar para Finn, que estava muito concentrado em sua apresentação, com os olhos fechados, e senti meu coração inchar com tantos sentimentos que eu guardava, a ponto de achar que minhas costelas poderiam estourar com a pressão.

Afastando o olhar, eu me virei e caminhei na direção do corredor dos fundos. Quando abri a porta do banheiro das mulheres, parei ao ver que todos os cubículos estavam ocupados, com várias garotas esperando em fila. Todo mundo se virou para olhar para mim quando abri a porta, e logo percebi que não conseguiria pensar cercada por tamanha hostilidade feminina.

Fechei a porta e me virei para o banheiro, olhando para o corredor escuro. As paredes eram cobertas com tinta cinza que estava descascando, e possuíam várias manchas cuja origem eu não tinha interesse em descobrir. Havia uma única lâmpada, tremelicante, pendurada por um fio no teto, e as outras duas portas do ofereciam passagem para dentro do banheiro dos homens ou para o caminho estreito adjacente ao Styx.

Não era exatamente um ambiente adequado para tentar encontrar a paz interior. Mas em menos de um segundo, tomei minha decisão e comecei a andar, seguindo em direção à porta para o corredor estreito. Eu precisava respirar o ar da noite, ver o céu e recuperar o poder sobre as partes de mim que eu sentia que estavam fugindo do controle.

A porta era feita de metal pesado com isolamento acústico, e, a julgar por sua aparência desgastada e enferrujada, não parecia ser muito usada. Ela rangeu quando eu a abri, com pedacinhos de ferrugem caindo como cinzas no caminho escuro à frente. Aos meus pés, havia um único bloco de cimento encostado na parede para servir como calço da porta. Eu me abaixei e usei uma das mãos para pegá-lo e arrastá-lo para manter a porta aberta.

A luz amarela do salão vazou para dentro da passagem, iluminando uma parte pequena que antes estava no escuro. Passei pela porta, desci dois degraus de concreto e agi por instinto, sem conseguir me lembrar do motivo: joguei a cabeça para trás, observando o céu da noite, e conforme as estrelas lentamente ganhavam foco, me senti tomada por uma sensação de calma sem fim.

Sempre gostei de sentir a serenidade das estrelas; a vastidão das galáxias acima de mim sempre fez com que meus problemas parecessem menores ou mais administráveis – fosse no meu terraço na casa em estilo vitoriano, na varanda do meu quarto na casa em estilo francês na propriedade de meu pai ou na entrada da casa velha e esquecida onde se localizava o abrigo. Agora, graças a Finn, eu podia até ver as estrelas da minha cama quando olhava para o teto. Pensar nisso me fez sorrir olhando para cima.

Eu me recostei na parede fria de tijolos à frente da porta da casa de shows, a cabeça inclinada para as constelações no alto. Com uma eficiência vinda de anos de prática, repassei o nome delas em minha mente.

Andrômeda.

Peixes.

Aquário.

Pégaso.

Por fim, senti minha mente clarear e deixei meus olhos se fecharem. Os minutos passaram enquanto eu ouvia a música abafada vinda da porta encostada, e tentei reunir coragem para voltar para dentro. Não estava com medo de ver Finn. Na verdade, era o contrário; estava tão animada para ficar a sós com ele que estava precisando me controlar muito para não entrar correndo e ir até o palco para arrastá-lo dali até minha casa.

Meus olhos se abriram quando ouvi o som inconfundível da porta de metal batendo e fazendo um barulho que me assustou muito. Mais assustador ainda foi o silêncio repentino, como se a escuridão tivesse jogado um cobertor em cima de todos os sons – a música, os risos, o burburinho dos clientes comprando bebidas. Tudo tinha desaparecido, me deixando sozinha no silêncio total.

E no escuro.

Todo vestígio de calma dentro de mim havia partido com a luz, e minha mente foi tomada abruptamente por muitos pensamentos assustados que giravam dentro de mim com mais rapidez do que eu conseguia acompanhar.

Alguém tinha fechado a porta ou será que tinha sido o vento?

Você é idiota? Não tem vento nenhum, Brooklyn.

Certo, então alguém fechou.

Essa pessoa sabe que estou aqui fora?

Merda... será que alguém sabe que estou aqui?

Ou pior... tem alguém aqui comigo?

Eu me forcei a parar de pensar nessas coisas antes que me entregasse a um ataque de pânico completo. Meus olhos, não ajustados à escuridão repentina, procuraram por algo desesperadamente, qualquer coisa, na passagem escura. Todos os músculos de meu corpo ficaram tensos enquanto eu me preparava para algum tipo de ataque. Analisei a situação, com as mãos se fechando em punhos e o corpo apoiado nos calcanhares enquanto eu já ficava prestes a partir a qualquer momento.

Eu tinha duas opções: tatear até encontrar a porta e abri-la – o que eu não tinha certeza de que era possível, uma vez que não tinha visto uma maçaneta do lado de fora – ou seguir com a mão na parede na qual estava encostada até chegar à rua na frente do Styx. O beco provavelmente tinha três metros de comprimento; eu teria demorado poucos segundos para encontrar o caminho sob circunstâncias normais, mas naquele momento, com apenas as mãos e os ouvidos para me guiar, calçando um par de sandálias de saltos altíssimos de Lexi, e com o medo tomando minhas veias, sabia que demoraria muito mais para chegar à rua. Principalmente se encontrasse latas de lixo e coisas largadas pelo caminho.

Eu me repreendi por ser tão estúpida. Tinha infringido todas as regras do manual das Garotas que Não Querem Ser Mortas na Faculdade quando saí sozinha sem levar Lexi nem meu celular.

Concluí que minhas chances de abrir a porta pesada eram melhores do que tentar atravessar uma passagem cheia de lixo usando sapatos de salto. Do jeito que eu era sortuda, acabaria tropeçando em um morador de rua ou caindo de cabeça dentro de uma caçamba cheia de lixo.

Dando um passo meio incerto na escuridão, mantive uma mão grudada à parede atrás de mim, sentindo a superfície áspera sob a palma. Apesar da luz fraca das estrelas, a rua permanecia escura demais para que eu conseguisse discernir formas. No começo, fui otimista o suficiente para achar que meus olhos se acostumariam às sombras, mas, depois de quase um minuto inteiro sem qualquer mudança, minhas esperanças desapareceram.

Sem a visão, meus outros sentidos ficaram todos em alerta máximo; conseguia sentir o cheiro ruim vindo das latas de lixo e, se um rato tivesse passado a um quilômetro de mim, com certeza teria escutado. Assim, a cada minuto que se arrastava com a passagem totalmente em silêncio, ia me dando mais a certeza de que eu estava sozinha ali.

Senti parte da tensão desaparecer de meus ombros. Apesar de ainda estar nervosa naquela situação, começava a achar que a porta tinha sido fechada por uma fã ciumenta e não por algum zumbi-monstro-estuprador.

Mais calma, dei outro passo à frente na escuridão, me afastando mais da parede e deixando apenas as impressões digitais de minha mão esquerda nos tijolos. Estava relutante para me desfazer daquela ligação tátil com o mundo, morrendo de medo de que, ao me desconectar dela, acabasse perdida na escuridão.

A passagem era relativamente estreita; parada bem no meio, pensei que talvez fosse capaz de alcançar ambas as paredes com os braços estendidos. Ansiosa para chegar à porta e voltar para dentro do estabelecimento, balancei a mão direita na escuridão, torcendo para que meus dedos batessem no metal frio da porta ou no concreto dos degraus.

Não bateram.

Na verdade, eles entraram em contato com algo infinitamente mais assustador.

Algo que fez meu coração pular no peito e meus pulmões se contraírem, sem ar. Algo que transformou o sangue em minhas veias em gelo.

O que meus dedos encontraram?

O peito de um homem.

CAPÍTULO CATORZE

LUTAR OU FUGIR

Eu gritei.

Era um grito de desespero – um berro estridente, de doer os ouvidos, de puro terror. Era a impotência personificada ecoando pelas paredes da passagem. E, enquanto gritava, eu sabia, no fundo da alma, que seria inútil; ninguém nunca conseguiria ouvir o grito acima da música dentro do salão.

A última coisa em que pensei, antes de ele colocar as mãos em meus ombros, num toque impossível de evitar, foi que eu não era mais inteligente do que as meninas tolas de faculdade de quem eu sempre ria. Eu tinha caído como um pato nas mãos dele.

Fosse "ele" quem fosse.

As pessoas sempre falam sobre nosso instinto nato de lutar ou fugir. Supostamente, algumas pessoas têm isso, essa vontade de viver, de fugir, de seguir em frente, apesar do medo. E outras simplesmente não têm. A elas falta aquele desejo forte de sobreviver acima de qualquer coisa.

Dizem que esses momentos de nossas vidas, essas frações de segundos nas quais temos que decidir se pretendemos enfrentar e lutar ou correr e fugir, definem quem de fato somos.

Sempre pensei que isso fosse uma bobagem.

Claro, ter vontade de viver é importante, até mesmo vital. Pode fazer a diferença entre a vida e a morte, entre respirar de novo e sucumbir depressa.

Mas, até aí, um par de sapatos de salto pode fazer a mesma diferença.

Depois, eu me perguntaria sempre, com um senso de curiosidade mórbida, se as coisas teriam sido diferentes se eu estivesse usando sapatos diferentes; se o chão fosse pavimentado e não de pedras; se a luz lançada por minhas constelações preferidas lá no céu estivesse um pouco mais intensa, para que eu pudesse tê-lo visto parado no escuro comigo. Esperando. Aguardando que eu me movimentasse em direção à porta.

Isso teria mudado as coisas? Concluí que nunca saberia.

O gritou morreu em minha garganta, transformando-se em um arfar de dor quando ele me segurou forte pelos braços, na altura dos bíceps, e me ergueu na ponta dos pés. Lutando contra ele, usei toda a força de meus braços para tentar me livrar. Senti meus músculos enfraquecendo, minha energia se esvaindo quanto mais ele me segurava. Sua respiração soprava quente em meu rosto. Sopros curtos e rápidos que mostravam que ele estava excitado.

Ele estava curtindo aquilo.

Ele começou a se movimentar naquele minuto, me levando para trás com a facilidade com que um ventríloquo comanda uma marionete. Eu não tinha controle sobre meu corpo quando ele me encurralou entre a parede atrás e o monstro à minha frente.

Quando encostou o corpo ao meu e eu senti sua ereção, meu estômago começou a revirar com uma ansiedade nauseante, enquanto eu pensava no que ele planejava fazer comigo. Soube, naquele momento, com clareza assustadora, que, se não lutasse, acabaria morrendo ali – mas não sem antes sofrer com um destino quase pior do que a morte.

– Me sol... – gritei, puxando meus braços. A pressão dele era invencível. – Me... – Tentei dar chutes em seguida, com os sapatos, mas não cheguei nem a encostar nos tornozelos dele. – VÁ EMBORA! – gritei, minha voz quase rouca de histeria enquanto eu lutava para me soltar. Mas ele era muito forte, senti o que estava por vir, assim como tinha sentido com Gordon no Styx semanas antes. A ansiedade enorme, batendo como uma onda em meu corpo e levando embora o resto de controle que eu ainda tinha. Tirando minha vontade de lutar.

Eu já estava conseguindo ver, disposto em minha mente com perfeição, cores em alta definição e som claro: eu teria um ataque de pânico e então, indefesa, ele ficaria livre para fazer o que quisesse – para me bater, para me estuprar ou matar. Ali estava Brooklyn Turner, uma tragédia na universidade.

Eu não deixaria que isso acontecesse. Não estava pronta para permitir que minha vida terminasse. Não agora que finalmente estava ficando boa.

Respirando fundo e tentando desesperadamente acalmar a ansiedade e o medo que tinham me dominado, fiz a única coisa na qual consegui pensar: um último esforço desesperado, na verdade. Afastei a cabeça o máximo que pude e dei uma cabeçada na cara dele com o máximo de força que consegui. Minha testa bateu em seu nariz, e eu escutei um som horroroso no contato. Algo úmido – eu acreditava ser sangue – jorrou de suas narinas e pingou em minha testa.

Eu havia quebrado o nariz ele.

Ele soltou um palavrão abafado, e, por uma fração de segundo, me soltou o suficiente para que eu escapasse. Não perdi a oportunidade; assim que meus pés encostaram no chão, eu me abaixei e escapei das mãos dele.

Sabendo que ele não conseguiria me ver no escuro, permaneci abaixada, movimentando-me o mais rápido possível sem fazer muito barulho. Apesar de meus instintos me alertarem para que eu corresse, para correr em busca de segurança o mais rápido que minhas pernas conseguissem, eu sabia que tinha que ser mais esperta. Em um espaço tão limitado, o menor barulho que fosse me denunciaria.

Eu me afastei lentamente, fazendo uma careta a cada passo enquanto meus sapatos batiam nas pedras. Coração e mente a toda a velocidade, tentei bloquear as perguntas que tomavam minha mente. Não tive tempo para me perguntar quem ele era, nem por que estava fazendo aquilo. Não importava; a única coisa real, naquele momento, era a sobrevivência.

Silêncio, não se mova tão depressa.

Não deixe que ele te escute.

Respirando alto, puxei o ar de modo mais curto.

Mãos no chão, espalmadas para me dar equilíbrio.

Ande, se retraia, pare, escute.

Isso. Devagar. Devagar.

Eu estava avançando. Ele estava atrás de mim, procurando no escuro. Eu ouvia sua respiração laboriosa e sentia sua presença nas sombras a vários metros dali. Também senti sua fúria, muito maior por ter me perdido.

Eu sabia que, se ele me pegasse de novo, não se controlaria como antes. Agora, ele estava irado, sem controle, um verdadeiro maluco. Se eu quisesse ter alguma chance de sobreviver a tudo aquilo, não podia permitir que ele me encontrasse na escuridão.

Foi o paralelepípedo que me entregou.

Uma pedra solta, erguida o suficiente para tirar meu equilíbrio. Quando meu peso foi para a frente, a pedra sob meu pé escorregou e, sem que eu conseguisse me segurar, tombei para a frente, de cara no chão.

Senti a pele rasgar em meus cotovelos e joelhos ao deslizar pelas pedras lisas, e pedregulhos e poeira do chão grudaram em minha pele ferida. Minha cabeça bateu na superfície fria de pedra, forte o suficiente para fazer girar e me deixar zonza, e um gritinho involuntário escapou de meus lábios.

Imediatamente, fechei a boca para impedir o som, mordendo o lábio inferior com força suficiente para arrancar sangue. *Por favor, por favor, por favor*, eu entoava esse mantra na mente. *Que ele não tenha me escutado.*

Por um instante, meus ouvidos se esforçaram para ouvir os movimentos dele, mas, mais uma vez, o silêncio era absoluto ali. A respiração dele tinha sido silenciada. Eu conseguia quase imaginá-lo parado como uma estátua enquanto tentava me localizar nas sombras – atento, assim como eu, enquanto se aproximava.

Eu sabia que precisava me movimentar, mas permaneci congelada, deitada de bruços e paralisada pela indecisão. Será que os sons produzidos por meus movimentos serviriam apenas para trazê-lo para mais perto? Será que seria melhor que eu simplesmente partisse correndo? Ou ficar de bruços e rastejar até sair dali?

Antes que eu pudesse tomar uma decisão, foi decidido por mim.

Mãos agarraram meus tornozelos, arrastando-me para trás. Minhas mãos, espalmadas como estavam no chão à minha frente, desesperadamente buscaram algo que pudessem segurar. Meu vestido subiu até a cintura enquanto eu era puxada, e minhas coxas foram raladas no chão em poucos segundos. Enquanto ele me puxava para trás, consegui agarrar um paralelepípedo solto, com a ponta levemente para cima – provavelmente a pedra na qual eu tinha tropeçado. Minhas unhas quase foram arrancadas quando puxei a pedra, mas ela finalmente se soltou do chão e permaneceu na minha mão.

Eu tinha uma arma.

Ele parou de me arrastar, com as mãos subindo de meus tornozelos para agarrar a base de minhas coxas, onde meu vestido tinha sido rasgado. As mãos dele não foram violentas, mas, sim, delicadas... mais parecidas com o toque carinhoso de um amante do que com a agressão sádica de um assassino.

Eu estremeci, com o medo e o nojo tomando conta por um momento, antes de serem substituídos por um ódio intenso por aquele homem, aquele desconhecido que tiraria tudo de mim.

Eu não estava brava, apenas; estava irada, louca de ódio.

Furiosa.

Flexionando o joelho direito, encolhi a perna e dei um chute forte na direção de meu agressor. Em meu primeiro momento de sorte naquela noite, meu sapato acertou em cheio o que eu acreditava ser o rosto dele, e ele me soltou no mesmo instante. Se o grito de dor dado por ele fosse um sinal confiável, eu havia causado graves danos.

Distraidamente, eu tentava imaginar se tinha conseguido enfiar o salto do sapato em um dos olhos dele, mas voltei à razão e me levantei. Estiquei a mão para poder tocar a parede e corri, ignorando a dor nos joelhos ralados. A parede sob minha mão foi meu único guia, o que me manteve de pé enquanto eu corria em direção à luz fraca que emanava do fim do corredor.

Percebi que ele estava atrás de mim, xingando e se erguendo com dificuldade. Em seguida, seus passos ecoaram na noite quando partiu atrás de mim, aproximando-se mais a cada segundo.

Eu estava me aproximando de um ponto seguro. Finalmente conseguia ver a rua no fim, na ponta do beco, onde as pessoas esperavam para entrar no Styx, um ponto pouco iluminado pelas luzes amarelas dos postes. Enquanto corria, tropecei duas vezes em paralelepípedos soltos e quase caí. Eu teria perdido a chance se não estivesse me segurando na parede. A outra mão estava ocupada, ainda segurando com força a pedra que eu havia conseguido arrancar do chão.

Ele foi mais rápido do que eu, mesmo com os ferimentos que eu havia conseguido causar.

Eu queria muito poder parar e tirar os sapatos, consciente de que eles estavam me tornando mais lenta, mas estava com medo de parar por um segundo que fosse. Eu sabia que, a cada vez que tropeçava, perdia o impulso, e ele me pegaria de novo se eu não fizesse algo para impedir seu progresso. Apesar de conseguir ver pessoas mais à frente na rua, eu sabia que ainda era grande a chance de elas não conseguirem ouvir meus gritos a distância – ou, pior, de elas nem sequer me ajudarem, ainda que ouvissem meus apelos.

Quando notei que ele estava perto – menos de três metros, se minha percepção não estava enganada –, eu me virei e lancei a pedra na direção dele, mesmo sem ver. Ouvi um baque no momento do impacto, e torci para que ele tivesse sido atingido na cabeça – ou, pelo menos, em algum ponto que lhe causasse dor.

Se eu conseguisse sair daquele beco, se saísse do escuro, estaria em segurança. Ele não seria imbecil a ponto de me seguir em direção à multidão.

Assim eu esperava.

Parti em direção à rua com o resto de energia que ainda tinha no corpo. Pernas latejando de dor, pulmões ardendo, cabeça zonza, eu corri até minha visão ser tomada por pontos escuros.

Não prestei atenção para ouvi-lo atrás de mim. Não gritei por socorro. Nem sequer respirei.

Só corri.

Por fim, e por um milagre, consegui sair do beco e ir para a rua, onde havia algumas pessoas. Minhas pernas cederam e eu caí de joelhos, com os braços esticados para amortecer a queda. De quatro, ergui a cabeça para olhar para as pessoas de pé na fila.

Elas estavam ali, com suas roupas bonitas, olhando para mim boquiabertas, chocadas. O rosto delas era um caleidoscópio de emoções, que variavam de confusão, susto a incompreensão.

Acredito que, com o vestido rasgado e os joelhos ensanguentados, eu estava meio estranha, mesmo.

– Socorro – sussurrei, antes de meus membros cederem totalmente e eu cair na calçada. – Por favor... me ajudem.

Foi quando tudo escureceu.

Foi o som das sirenes se aproximando que me tirou da inconsciência.

Com o rosto grudado na calçada fria, eu entreabri um dos olhos e olhei para cima. Duas garotas, usando maquiagem demais e vestidos idênticos, olhavam para mim com expressão preocupada. Pelo menos pareciam preocupadas; era um pouco difícil de determinar, por baixo de todas aquelas camadas de base e bronzer.

Aparentemente, elas estavam montando guarda – com seus saltos plataforma, ainda por cima – para proteger meu corpo. E, pelo jeito, também tinham chamado a polícia e uma ambulância.

– Você está bem? – perguntou uma delas, com os olhos arregalados enquanto observava meu corpo, parando no antes glorioso Vestido, que agora era um monte de trapos. Ignorei o olhar questionador delas.

Se eu estava bem? Não.

Estava aterrorizada, traumatizada, abismada – o que ela preferisse.

Não sabia se voltaria a ficar bem.

– Sim – respondi, tossindo. Minha garganta estava seca, e eu não sabia se por causa dos gritos ou da corrida.

– A ambulância está vindo – a outra garota me informou, como se eu não conseguisse ouvir a sirene cada vez mais alta. – Não soubemos o que mais fazer.

Elas pareciam nervosas, como se pensassem que eu pudesse ficar brava com por terem chamado ajuda.

– Vocês fizeram o certo. Obrigada – sussurrei num tom que eu esperava que indicasse como me sentia grata. – De verdade.

Não consegui dizer mais nada para elas nem perguntar seus nomes, porque a ambulância tinha chegado e, de repente, fui cercada por um monte de paramédicos e policiais.

Com eficiência e sem dizer nada, os paramédicos me deitaram de barriga para cima e examinaram meus membros feridos. Nenhum dos ferimentos era profundo o bastante para exigir sutura, por isso, eles aplicaram um antisséptico ardido e envolveram os ferimentos maiores com gaze. Acho que tentaram dizer algumas coisas para mim ou talvez me perguntaram o que tinha acontecido, mas eu estava presa numa bolha; a voz deles parecia distante, abafada, como se estivessem falando comigo por trás de uma parede de vidro.

Eu recobrava a consciência de vez em quando e entendia uma ou outra palavra.

– ... em choque... possível trauma craniano... múltiplas contusões...

Depois que examinaram minhas pupilas, com uma luz na ponta de um equipamento, direcionado para cada um dos olhos, mais palavras abafadas foram ditas. Alguma coisa que eles tinham visto na reação de minhas pupilas deve tê-los preocupado, porque logo em seguida trouxeram a maca e me colocaram nela.

– Mulher não identificada... atacada... concussão...

Quando me deitaram de barriga para cima, automaticamente olhei para as estrelas.

Andrômeda.

Peixes.

Aquário.

Pégaso.

Fechei os olhos e tentei afastar o que era dito, desligar as imagens que tinham sido acionadas quando os vi, mas era tarde demais.

Uma porta se bate. Está escuro, tão escuro que não consigo nem ver minha mão à frente de meu rosto. Totalmente calada, irremediavelmente sozinha. Minha mão toca um peito desconhecido. Suas mãos estão agarrando meus ombros. Forte, muito forte. Reajo porque sinto dor. Gritos que ninguém consegue ouvir ecoam na noite. Estou encurralada. Estou impotente. Vou morrer.

Os sons de uma luta me trazem de volta ao presente. Meus olhos seguiram as vozes altas até encontrá-lo na multidão. Ele pareceu desesperado para se aproximar, com o rosto vermelho e os olhos azuis intensos enquanto gritou com dois policiais que o seguraram. Ele fazia um gesto na minha direção, claramente tentando explicar algo aos policiais, até seus olhos encontrarem os meus e perceber que eu estava consciente.

– Bee! – Finn gritou, com a voz embargada, rouca. – Diga para eles me deixarem passar, Bee! Diga a eles, princesa. Eles não me deixam ir até você.

Ainda tomada pelos efeitos do choque, fiquei olhando para Finn, assustada com a cara de terror dele. Parecia quase descontrolado de preocupação com a minha situação, como se o que havia acontecido comigo fosse demais para aguentar. Era quase como se ele tivesse sido a pessoa encurralada no beco, quando um monstro surgiu das sombras.

Eu queria dizer a ele que estava tudo bem. Queria tirar aquela expressão de susto do rosto dele. Mas não o fiz. Só virei a cabeça para o outro lado, sem querer ver aquela expressão dele e preocupada demais com meus próprios demônios para continuar pensando nos de Finn.

Talvez eu possa ficar assim para sempre. Confortavelmente amortecida para o mundo. À deriva, solta, mas segura. Sozinha em minha bolha. Intocável. Talvez seja melhor assim.

Por mais que eu quisesse me manter catatônica, sabia que não seria saudável. Provavelmente seria uma passagem só de ida para um quarto de manicômio.

Foi então que notei que havia uma paramédica conversando comigo com a voz baixa e calma, com a boca próxima a meu ouvido. Virando os olhos para o rosto dela, foi como se um botão tivesse sido apertado para colocar som em tudo de novo, pois todos os ruídos voltaram, quase ensurdecedores de tão altos.

Sirenes tocando. Rádios de policiais. Curiosos cochichando. A voz de um homem gritando meu nome.

– Está me ouvindo, querida? Precisamos saber seu nome para cuidarmos de você.

– Br-Brooklyn – gaguejei, com a voz parecendo frágil. Pigarreando, tentei de novo. – Brooklyn Turner.

– Certo, Brooklyn, muito bem. Sou a Shannon. – Ela olhou dentro de meus olhos, observando, procurando respostas para o monte de perguntas que tinham se acumulado no tempo que havia se passado desde que saí daquele beco. – Você se lembra do que aconteceu? – perguntou ela.

Assenti.

– Que bom, Brooklyn. – Shannon sorriu para me incentivar.

– Eu fui... fui atacada – sussurrei, ao mesmo tempo uma confissão e um pedido de compreensão. Os olhos dela eram castanhos, como caramelo derretido, e naquele momento, eles se encheram de solidariedade e preocupação.

– Os policiais farão algumas perguntas a você daqui a pouco, compreende? – perguntou Shannon. – Seus ferimentos são leves. Sofreu alguns arranhões que precisarão de curativos e antisséptico, mas nada muito sério. Não devem deixar cicatrizes, mas você vai sentir dor e desconforto nos próximos dias. Pode ser que uma costela tenha quebrado, e sua testa está um pouco ralada, assim como seus braços. Também precisa saber que sofreu uma leve concussão. É importante que permaneça acordada pela próxima hora, pelo menos, e, quando for dormir à noite, alguém deve despertar você de poucas em poucas horas para checar suas condições. Tem alguém que pode ajudar a cuidar de você? Seus pais?

Neguei, balançando a cabeça.

– Uma colega de quarto? Um namorado, talvez?

Meus olhos se desviaram do rosto dela e mais uma vez encontraram Finn na multidão. Ele ainda estava falando com os policiais, tentando tudo o que podia para se aproximar de mim, mas parecia estar perdendo a esperança. A expressão de decepção e derrota no rosto dele teria acabado comigo – se eu estivesse de pé e se não estivesse já destruída, claro.

– Policiais – gritei, com o máximo de força que consegui colocar na voz; esperava que fosse o suficiente para que eles me escutassem acima do som das sirenes e das pessoas reunidas. – Por favor, deixem ele passar. É meu namorado.

Os policiais – e um deles eu reconheci como sendo o Policial Carlson, o semigorducho que havia investigado a invasão em minha casa – viraram-se para mim e assentiram. Abaixaram os braços, e então Finn passou e se aproximou de mim em um instante. Ele me envolveu delicadamente com os braços, como se temesse que eu me despedaçasse se me tocasse com força.

Aproximando a testa da minha, ele olhou dentro de meus olhos. Os olhos dele brilhavam devido às lágrimas ali acumuladas.

– Vai me dizer o que aconteceu – sussurrou ele. – Tudo. Cada detalhe. E, quando terminar, vou encontrar quem fez isso com você e cuidar para que ele nunca mais veja um novo dia nascer.

As palavras dele eram iradas, mas suas mãos eram delicadas quando tocaram meu rosto. Quando Finn fechou os olhos, tentando ganhar controle sobre as emoções, uma única lágrima escapou de seu olho e desceu por seu rosto. Eu me inclinei para beijá-la, e ele abriu o olho para me observar de novo.

– Você está bem?

Assenti.

– Você me deixou morrendo de medo, sabia?

Assenti de novo, com os olhos fixos nos dele.

– Vi você saindo para ir ao banheiro. Cantei duas músicas inteiras e você ainda não tinha voltado. Sabia que alguma coisa não estava bem. Eu senti. Então, parei de tocar, encontrei a Lexi e perguntei onde você estava. – Ele fechou os olhos de novo e eu vi um músculo em seu rosto tremer enquanto ele tentava controlar a raiva. – Ela não sabia. Estava ocupada demais comendo o Tyler com os olhos para sequer notar que fazia tempo que você tinha saído.

– Ela não sabia – sussurrei, saindo em defesa de Lexi. Eu tinha sido a idiota que havia saído sozinha, sem meu celular. Era tudo culpa minha. – Não é culpa dela.. A culpa é minha.

– Ela deveria ser mais atenta – disse ele, claramente indisposto a perdoar minha amiga. Decidi não insistir, porque, naquele momento, Finn precisava de alguém em quem colocar a culpa. Alguém em quem pudesse descontar a raiva que sentia. A frustração dele com ela desapareceria assim que a polícia descobrisse quem tinha me atacado. Pelo menos, assim eu esperava.

– Finn – sussurrei. – Preciso falar com a polícia e dar meu depoimento.

– Vou ficar com você – disse ele, e o tom de voz não deixava espaço para discussão. Suspirei. Não queria que escutasse todos os detalhes, mas eu não tinha mais forças para lutar. Tudo o que eu tinha havia sido usado no beco.

Quando o policial Carlson e o outro policial – um homem magro com barba grisalha e um jeito meio de tio que se apresentava como policial O'Callahan – se aproximaram, eu me sentei e Finn se posicionou ao lado da maca. Manteve os dedos entrelaçados aos meus, apertando minha mão sempre que minha voz falhava ou quando eu me esforçava para encontrar as palavras para explicar o que tinha acontecido durante o ataque.

Quando cheguei ao momento do relato em que tive que contar que meu agressor estava excitado, Finn apertou mais a minha mão. Percebi, mesmo sem olhar para ele, que dentro dele ocorria uma batalha na tentativa de manter a compostura –, pois ele queria dar vazão aos instintos de ódio. De alguma maneira, conseguiu permanecer em silêncio para que eu conseguisse terminar de dar meu depoimento. Os policiais me ouviam com a expressão séria de anos de experiência com vítimas cujos destinos tinham sido muito piores do que o meu.

Quando finalmente terminei de falar, trêmula por ter revivido todos os momentos do ataque, foi a minha vez de responder às perguntas. Eles me encheram de dúvidas, querendo saber mais sobre detalhes aparentemente sem importância. Para decepção deles e frustração minha, eu não tinha respostas para muitas de suas dúvidas.

Ele tinha alguma marca ou característica marcante?

Estava muito escuro, então eu não sabia.

Conseguia estimar a idade dele?

Talvez entre 20 e 40 anos. Não tinha como eu saber.

O sujeito tinha dado algum motivo?

Ele não disse nada, mesmo quando quebrei o nariz dele e acertei o salto do sapato em seu rosto.

Você acha que isso tem relação com o incidente da invasão a sua casa mês passado?

É possível.

Consegue pensar em alguém que pudesse querer machucá-la?

Finalmente, uma pergunta que eu podia responder.

– Tem um cara chamado Gordon O'Brien. Ele já me ameaçou. – Engoli em seco, falando, apesar do nó na garganta. – Acho que ele se excita assustando garotas. E ele estava no Styx hoje, eu o vi quando entrei.

– Quando diz que ele já te ameaçou, pode explicar melhor? – perguntou o policial Carlson.

– Ele me agarrou com violência na última vez em que o vi no Styx, chegou a me erguer do chão – expliquei. – Pedi para ele parar, mas não parou. Acabei tendo um ataque de pânico ali mesmo.

– E não relatou esse incidente para a polícia? – perguntou o policial O'Callahan, com seriedade, desaprovando minha atitude.

– A culpa é minha – disse Finn, com o rosto tomado pela ira e pelo arrependimento. – Pensei que eu tivesse resolvido a situação. Parece que não.

O policial Carlson ergueu uma sobrancelha e olhou para Finn.

– E como, exatamente, você "resolveu" a situação?

– Dei um soco no rosto dele, senhor – respondeu Finn, indo direto ao ponto, como sempre. Achei até que ele parecia orgulhoso do que tinha feito.

O policial Carlson parecia estar segurando o riso. O policial O'Callahan não se conteve e riu, achando graça da natureza sincera de Finn.

Depois de fazer mais algumas perguntas que eu não soube responder, anotando toda a informação que tínhamos sobre Gordon e prometendo que entrariam em contato assim que tivessem notícias, os policiais partiram para poder examinar o beco com mais atenção. Aparentemente, assim que chegaram ao local, os dois tinham ido ao beco para ver se meu agressor ainda estava escondido ali.

Não estava, mas isso não era de surpreender.

Agora, eles explicaram, uma equipe de investigação forense passaria um pente fino na cena do crime à procura de alguma evidência que pudesse ajudá-los a descobrir a identidade dele: sangue, tecido de suas roupas, até mesmo impressões digitais de dedos e as pegadas deixadas nos paralelepípedos. Talvez eu tivesse que ir à delegacia, em algum momento, para responder a mais perguntas, mas por enquanto –, estava dispensada.

Antes que eu conseguisse me movimentar para descer da maca, Finn mais uma vez estava de pé na minha frente. Ele tirou a camiseta, ficando de peito nu sob o vento frio da noite de outono.

– Levante os braços – disse ele, suavemente.

– Mas você vai ficar com frio... – comecei a protestar, mas parei quando olhei no rosto dele. Seria inútil resistir, e eu estava agradecida por não ter que caminhar até o estacionamento exposta e indecente, com meu vestido todo rasgado para as pessoas verem. Obedientemente, levantei as mãos em direção ao céu e permiti que ele descesse a camiseta cinza desbotada por meu corpo.

Ignorando meus protestos, Finn me pegou no colo e insistiu em me carregar até sua caminhonete. Assim que saímos da proteção de policiais e paramédicos, fomos cercados por curiosos. O olhar de Finn os mantinha afastados, e, na maior parte do tempo, eles nos deram espaço para chegar ao estacionamento onde Finn tinha deixado o veículo.

Mas não tivemos como deixar Lexi de fora.

Ela não disse nada enquanto nos seguia em meio às pessoas, conseguindo acompanhar os passos rápidos de Finn de alguma forma. Vi vestígios de lágrimas em seu rosto, e os olhos azuis estavam marejados e vermelhos. Ela ficou calada, mesmo quando nos entreolhamos, mas notei seu olhar como se pedisse desculpas.

Pisquei para ela, para mostrar que estava bem e que não a culpava. No mínimo, eu estava contente por ela não estar naquele beco comigo. Se Lexi tivesse se ferido, eu estaria arrasada.

Mas a forte sensação de *déjà-vu* que tomou conta de mim enquanto Finn me carregava no colo, com Lexi, cheia de remorso, mais atrás, foi estranha. Como no dia em que nos conhecemos, antes que eu soubesse como ele se tornaria importante na minha vida. Na primeira vez, ele era apenas um cara qualquer – um idiota que tinha me insultado e irritado além do normal.

E agora, eu estava apaixonada por ele. A vida era engraçada.

A ida para a casa de Finn foi um borrão. Ele estava em silêncio, perdido em seus pensamentos, e eu mantinha a testa encostada no vidro frio da janela do passageiro, permitindo que minha mente não pensasse em nada enquanto observava as luzes da cidade passando. Quando me dei conta, tínhamos entrado na garagem de uma casa simples de dois andares.

Seria muito pouco dizer que aquilo não era o que eu estava esperando encontrar como sendo a casa de Finn. Por ser a vaca semiaposentada que eu era, já tinha estado nas casas, apartamentos e quartos de mais caras do que eu gostaria de admitir. Eu sempre me preparava para o pior – latas de cerveja jogadas no gramado, mato alto, tinta descascada e coisas caindo aos pedaços.

Não esperava ver um gramado muito bem cuidado, com cerquinhas brancas certinhas e uma varanda completa com vasos de flores cheios de botões coloridos.

Aquela era a casa de Finn? Eu precisei me beliscar porque tinha certeza de que havia entrado em um universo paralelo. Ou talvez tivesse batido a cabeça com tanta força naqueles paralelepípedos que devia estar no hospital em algum tipo estranho de alucinação devido a um coma induzido.

Mas, independentemente do que fosse, nada se comparava ao choque que senti assim que entrei na casa. Não havia os pôsteres de sempre, com garotas de biquíni em cima de motos e carros esportivos. Não havia latas de cerveja no balcão, nem um monte de caixas de pizza amontoadas ao lado da lata de lixo.

– Então, esta é minha casa – Finn explicou casualmente, como se fosse totalmente normal que ele vivesse em uma casa bonita com tampos de mármore, uma ilha na cozinha e uma geladeira tão grande na qual eu provavelmente poderia entrar inteira.

Continuei girando lentamente, observando cada detalhe organizado com decoração minimalista. O sofá era baixo, provavelmente feito de couro preto. A mesa de canto e a estante para o sistema de som – no qual havia uma televisão de tela plana enorme e diversos consoles de jogos – eram feitos de madeira escura. O lugar deixava claro que ali havia gente rica. Caramba! Até o cheiro era de homem educado.

Sim, com certeza estou em coma em algum lugar.

– Bee? – Finn parecia estranhamente nervoso. – O que achou?

– Você tem porta-copos.

– E daí? – perguntou Finn, com um olhar incrédulo.

– Porta-copos, Finn.

– Não compreendo – murmurou ele, olhando atentamente para mim e para os porta-copos.

– Você também tem torneiras de cobre – comentei.

– Acho que sim. – Finn deu de ombros, olhando para a pia como se nunca as tivesse notado.

– Você é rico – falei, de modo acusatório.

– E isso é um problema? – perguntou ele, que arqueava tanto as sobrancelhas que sua testa quase tinha desaparecido por baixo dos cabelos despenteados.

Abruptamente, eu me joguei em seu sofá de couro. Era obscenamente confortável. Claro que é, pensei com amargura. Provavelmente custava mais do que meu aluguel.

– Bee, você está com uma cara assustadora – disse Finn, ajoelhando na minha frente para que pudesse olhar em meus olhos. – O que aconteceu? Por que importa o fato de eu ter dinheiro?

– Não importa – rebati.

– Tem a ver com seu pai? – perguntou ele, baixinho.

– Não! – praticamente gritei.

Eu estava na defensiva? Vai com calma, Brooklyn.

Finn olhou para mim sem entender.

– Tudo bem, talvez tenha a ver um pouco com ele – admiti timidamente. Estreitei os olhos. – Desculpa. Já estou muito emotiva por tudo o que aconteceu, aí entrei aqui e não foi... o que eu esperava, eu acho. Foi como estar na casa do meu pai, e aquele lugar… – Respirei fundo para me acalmar. – É o último lugar do mundo onde quero ficar quando estou vulnerável.

– É compreensível – disse Finn, inclinando-se para beijar meus lábios. – Mas não desconte no Henry.

– Henry?

– Meu sofá – disse Finn, tocando com carinho o couro ao lado de minha coxa.

– Você deu um nome ao sofá? Que triste.

– Não desrespeite o Henry desse jeito – disse Finn, fingindo indignação.

– Você é apegado demais a um objeto sem vida – falei, revirando os olhos.

– Espere até você conhecer a Betty – disse ele, me puxando para ficar de pé.

Ergui uma sobrancelha, sem entender.

– Minha cama – disse, sorrindo e erguendo as sobrancelhas de modo bem-humorado.

– Nem sonhando! – Bati no braço dele. – Como se eu fosse me deitar com um esquisito que dá nome à mobília.

– Você não gosta das minhas piadas, não gosta da minha casa… Tem alguma coisa em mim de que você gosta? – perguntou ele, rindo.

– Não!

Resmungando e fingindo estar bravo, Finn me pegou no colo e me levou ao banheiro, tomando o cuidado de não tocar meus ferimentos. Pareceu deliciosamente normal apenas rir depois da noite que tive. Por aquele breve momento, eu estava livre, entregue ao riso e capaz de me esquecer do medo e da incerteza. Era bom saber que eu ainda tinha a habilidade de rir, mesmo depois do que havia acontecido.

Nosso bom humor se desfez quando Finn me colocou no chão e eu senti o piso frio do banheiro sob os pés. Eu havia deixado a camiseta cinza dele com os sapatos de salto dentro da caminhonete, e não queria mais olhar para aqueles calçados malditos. Eu não sabia se eles tinham sido minha salvação ou os responsáveis pela minha queda no beco, e pensar nisso me deixava zonza.

Mal tive tempo de analisar o lindo banheiro, com armários embutidos, pia sobre um pedestal e banheira brilhando, porque meus olhos foram até o espelho e encontraram a imagem da garota despedaçada que me olhava.

O Vestido estava destruído. Os bordados elaborados agora estavam rasgados, a saia, antes esvoaçante, estava toda puída, o corpete estava despedaçado e sujo. Hematomas roxos já escureciam a pele de meus ombros, onde as mãos do agressor haviam me segurando com muita força. A pele das palmas, dos cotovelos, dos joelhos e das coxas estava ralada, deixando ferimentos vermelhos latejantes.

Mas meus olhos me surpreenderam mais. Eles pareciam enormes, grandes demais para meu rosto. Olhos verdes como os de corujas, vidrados com choque, medo e, pior de tudo, consciência.

Porque eu conhecia aquela moça do espelho – aquela sombra prejudicada, cheia de terror e incerteza. Eu já tinha sido ela antes, já tinha visto aquele olhar nos olhos verdes. Anos podiam ter se passado, mas eu a conheceria em um instante, por mais tempo que tivesse transcorrido.

Assustada. Traumatizada. Sozinha.

Mas havia uma única diferença crucial agora.

Dessa vez, havia um rapaz refletido no espelho também, de pé atrás da moça, envolvendo sua cintura com as mãos. Seu olhar atento trazia confiança, proteção e algo muito parecido com amor.

Eu não estava mais sozinha. Não dessa vez.

Recostada no peito de Finn, fechei os olhos e senti as lágrimas se acumularem em meus olhos. Não podia impedi-las. Nem sequer tentei. Deixei Finn me abraçar enquanto eu chorava por causa daquela coisa horrorosa que tinha acontecido comigo, e por todas as coisas ainda piores que poderiam ter acontecido com facilidade.

Quando o choro diminuiu, abri os olhos e mais uma vez vi o olhar da garota no espelho. Agora, seu rosto estava sujo, a maquiagem escorrendo pelas faces em manchas pretas, e os olhos estavam vermelhos – mas, pelo menos, a maior parte daquele olhar assombrado havia desaparecido de sua expressão.

– Em que você está pensando? – perguntou Finn com delicadeza, seu olhar encontrando o meu enquanto eu observava nosso reflexo entrelaçado.

– Que odeio quem chora bonito. Sério, aquelas meninas que soltam lágrimas sem manchar o rímel ou que não ficam com o rosto todo vermelho? Que mentira. – Forcei uma risada, tentando deixar o humor mais leve.

– Vamos – disse Finn, revirando os olhos enquanto me guiava para dentro do chuveiro. Era grande o suficiente para acomodar pelo menos quatro pessoas, fechado com vidros opacos. Depois de abrir a água, Finn voltou até onde eu estava e cuidadosamente desceu o zíper do Vestido. Deixando-o cair aos meus pés, ele se ajoelhou na minha frente e colocou as mãos em meus ombros para me estabilizar enquanto eu me afastava da peça. Finn a jogou em uma lata de lixo próxima sem olhar para trás.

Tchau, vestido lindo.

Ainda ajoelhado aos meus pés, Finn deu um beijo suave em meu umbigo. Suas mãos sobrevoaram minha pele ferida e desceram minha roupa íntima e abriram meu sutiã, me deixando nua na frente dele. Eu me sentia feia, exposta – machucada, ferida e vulnerável de um modo como nunca tinha acontecido.

Quando levei as mãos para cobrir meu corpo, Finn me interrompeu. Com nossos dedos entrelaçados, ele começou o processo demorado de beijar todos os arranhões e hematomas de meu corpo, como tinha feito com a cicatriz em minha clavícula na primeira vez em que dormimos juntos – como se seus lábios pudessem tirar um pouco da dor que tinha sido causada.

Talvez ele não conseguisse tirar meus ferimentos, mas conseguiu afastar a insegurança que eu sentia. Depois de cuidar de cada ferimento, ele se despiu e me levou para dentro do chuveiro. A água quente foi calmante contra minha pele, e a sujeira estava sendo retirada.

Finn colocou um pouco de sabonete líquido em um pano molhado e cuidadosamente lavou minha pele. Não teve pressa, atento para que não restasse nenhum vestígio do beco em meu corpo. Depois, lavou meus cabelos com xampu, e a sensação de seus dedos fortes massageando meu couro cabeludo foi tão relaxante que quase me fez dormir. A cada segundo, eu sentia a fadiga tomando meus ossos; o cansaço causado pelos ferimentos físicos e também pela pressão mental naquela noite ameaçava me dominar.

Quando meus joelhos começaram a ceder, Finn passou um braço pelos meus ombros para apoiar meu peso e usou a mão livre para fechar o chuveiro.

Pegando duas toalhas pretas e macias de um gancho na parede, ele me envolveu em uma e passou a outra ao redor de sua cintura. Segurou minha mão e me levou, e eu estava hesitante e de olhos cansados, saindo do banheiro e indo para o quarto dele – que, sob circunstâncias normais, eu teria analisado com atenção e curiosidade.

Mas, naquele momento, eu nem sequer olhei ao redor enquanto seguia Finn até a cama enorme que tomava conta do quarto. Ao me deitar no colchão macio, vagamente notei que Finn se deitou ao meu lado e puxou os cobertores sobre nossos corpos.

Dormi antes de encostar a cabeça no travesseiro.

CAPÍTULO QUINZE

MISSÃO CUMPRIDA

– Está vendo aquela estrela, Bee? – perguntou o garoto, apontando uma especialmente brilhante no céu noturno. Meu olhar seguiu a direção de seu dedo. Quando eu a vi, sorri; estava ficando cada vez melhor para localizar constelações.

Estávamos sentados em um banco de novo, e a noite estava mais fria do que o normal. Já era novembro e eu estava ali, no abrigo, havia quase três meses, e o inverno se aproximava depressa. Eu tinha que pegar o cobertor de minha cama quando saía na varanda todas as noites.

Esperava não estar mais ali no Natal.

– Que lindo – sussurrei, com os lábios formando as palavras, quase sem emitir som. Mas o garoto me ouviu, desviou o olhar das estrelas e olhou para mim. Apesar de quase um mês ter se passado desde aquela primeira noite em que havia dito meu nome, ele ainda parecia bem surpreso quando eu conversava com ele, como se tivesse acabado de abrir um presente incrível de Natal ou ganhado um sundae com seus sabores de sorvete preferidos.

– Aquela estrela faz parte de uma constelação chamada Cassiopeia – disse o garoto. – Está vendo aquelas quatro estrelas que parecem formar uma letra W meio torta? – Ele apontou para uma estrela e depois para outra, traçando um mapa da constelação com o dedo.

Estreitei os olhos, a princípio sem conseguir ver. Para mim, as estrelas mais pareciam uma bagunça brilhante e misturada – como as luzinhas de Natal que a mamãe tirava de caixas do sótão quando chegava a época do ano em que tínhamos que decorar a árvore. Era difícil imaginar ser possível encontrar uma forma distinta dentro do caos.

Mas então, como se algo tivesse se encaixado na minha mente, eu vi.

Cassiopeia: uma mistura torta de estrelas em forma de letra W, brilhando tanto que me perguntei por que não a tinha localizado antes.

– Você se lembra da lenda da Princesa Andrômeda? – perguntou o garoto.

Assenti. Adorava aquela história. Tinha sido a primeira que ele havia me contado.

– Cassiopeia era a rainha... a mãe de Andrômeda. Todos os personagens daquela história têm suas próprias constelações: Pégaso, Perseus, Andrômeda, Cassiopedia.... Todos estão ali no céu.

Observei, fascinada, enquanto o garoto ia apontando estrelas e mais estrelas.

– Mostre mais uma – pedi, embasbacada.

– Está bem – disse o garoto, com um olhar de concentração. – Está vendo aquela? É Peixes. Dizem que parecem dois peixes nadando, mas acho que mais parece a letra V.

Meus olhos seguiram a direção para a qual ele estava apontando, e, apesar de ter sido mais difícil, consegui encontrar. Quando ela ganhou foco, abri um sorrisão pela primeira vez em meses.

– Como você sabe sobre elas? – perguntei, a voz tomada de encantamento.

– Meu pai me ensinou. – Ele parecia triste.

Decidi que não pediria para ele me mostrar outras, porque ele parecia muito triste. Mas sabia que, na noite seguinte, eu perguntaria mais. E na outra. E na outra.

Eu perguntaria até que acabassem as estrelas.

Meu fascínio não era algo novo... eu sempre amei olhar para o céu, principalmente depois de a mamãe ter pintado estrelas no teto. Mas, naquele momento, elas pareciam encantadoras, misteriosas, quase irresistíveis. Era como se ele tivesse aberto um novo mundo para ser explorado, e eu queria – precisava – aprender tudo sobre as constelações que flutuavam na escuridão acima de mim.

– Bee, posso te perguntar uma coisa? – a voz do menino interrompeu meus pensamentos.

Assenti, desviando os olhos das estrelas e olhando no rosto dele.

– Por que eu? – perguntou ele, com a voz baixinho e os olhos sem me olhar.

– Como assim?

O garoto engoliu em seco, seu pequeno pomo-de-Adão aparecendo em sua garganta como se tivesse um chiclete preso ali. Quase ri ao vê-lo em movimento, mas a voz dele estava tão séria que me contive.

– Por que você conversa comigo e com mais ninguém?

Fiquei em silêncio por um momento, pensando na pergunta. A verdade era que eu não sabia totalmente o motivo que fazia com que eu me sentisse tão à vontade com ele e não com os médicos ou psiquiatras, nem com as outras crianças.

– Acho que... – minha voz falhou. – Acho que é porque você faz com que eu me sinta segura.

– Segura?

– Sim. – Dei de ombros, olhando para o céu. Sabia que o garoto estava olhando para mim, mas ainda não conseguia olhar para ele. – No começo, suas histórias faziam com que eu me lembrasse da minha mãe. Ela amava contos de fadas, me contava um toda noite antes de dormir.

O garoto não respondeu. Depois de um minuto de silêncio, senti seus dedos entrelaçando os meus.

– Conte-me uma história – sussurrei, apertando a mão dele. – Alguma que tenha um final feliz.

– Está bem, Bee – disse o garoto, retribuindo o aperto na mão. Respirando fundo, ele começou:

– Era uma vez...

Acordei com o som de um violão sendo dedilhado bem baixinho. Ainda estava de noite e o luar entrava pelas claraboias no teto, iluminando o edredom no qual eu estava enrolada.

Eu me forcei a pensar nas coisas boas que tinham acontecido naquela noite: na cara de Finn quando cantamos juntos no palco, na percepção de que eu o amava, no modo como ele tinha cuidado de mim quando chegamos a sua casa.

Quando consegui controlar a tremedeira, abri os olhos e olhei ao redor, à procura de Finn. Não foi difícil encontrá-lo.

Vestindo apenas uma calça jeans desbotada e desabotoada, estava sentado em uma poltrona, de frente para uma janela do outro lado do quarto, com um violão sobre a perna. Acho que nem sequer notou que havia me despertado, pois tocava muito baixo. Vagamente reconheci a música que ele dedilhava, mas só consegui definir quando começou a cantar baixinho.

Brooklyn, Brooklyn, take me in...

Quando ele chegou ao refrão, com a letra pedindo para que eu o aceitasse e lhe desse abrigo, finalmente me lembrei do nome da música e meus olhos ficaram marejados.

Ele estava tocando "I and Love and You", dos Avett Brothers. E foi perfeito.

Quando terminou de cartar, com o *I love you* pairando no ar como um espectro, o silêncio tomou conta do quarto, exceto pelo som de nossa respiração calma. Eu me sentia uma intrusa – como se tivesse testemunhado algo que ele não quisesse que eu visse.

Eu deveria fingir estar dormindo? Deveria agir como se não tivesse ouvido o que ele havia dito, como se suas palavras não tivessem entrado em meu peito e tomado meu coração? Eu não tinha certeza.

Antes de conseguir concluir, a voz dele interrompeu o silêncio.

– Como está sua cabeça? – perguntou, ainda de costas para mim.

Bem, acho que isso significa que ele sabe que estou acordada.

– Está bem.

Ele se levantou da cadeira, deixou o violão de lado e se virou para olhar para mim do outro lado do quarto. Ao vê-lo, fiquei sem ar. Seus cabelos estavam despenteados, como se tivesse passado as mãos por eles muitas vezes. Sem camisa, seu peito e tatuagens estavam em destaque como nunca – e ele estava sexy como nunca. Ele era lindo demais, com metade do rosto na penumbra e metade iluminado pela luz da lua, como se fosse um anjo sombrio enviado para me salvar e destruir ao mesmo tempo.

Finn se aproximou da cama com o caminhar elegante de sempre, e eu não consegui tirar os olhos dele. Estava encantada pelo modo como caminhava na minha direção, vidrada no modo fluido como seus músculos se contraíam sob a pele. Seus olhos estavam intensos nos meus quando chegou à lateral da cama, parando a um metro de mim, fora de meu alcance. Eu não sabia bem o que ele estava esperando, mas vi uma indecisão em seus olhos e não gostei.

– Preciso te contar uma coisa – a voz dele estava séria como nunca. No mesmo instante senti o suor frio tomar meu corpo, meu coração começou a martelar dentro do peito e minha mente foi tomada por possibilidades.

– O quê? – perguntei. – A polícia ligou?

Finn soltou o ar pelos lábios e passou as mãos pelos cabelos; independentemente do que fosse, ele não queria me contar.

– Finn?

Então, ele olhou em meus olhos. Os dele estavam tomados por frustração, raiva e solidariedade. Minha pulsação aumentou ainda mais.

– O policial Carlson ligou. Eles checaram o álibi de Gordon. – Ele respirou fundo e eu observei suas mãos se fecharem em punhos. – É perfeito. Disseram que não pode ter sido ele.

Finn bateu o punho direito na palma da mão esquerda, com o rosto tomado pela ira e os olhos distantes. Não era difícil imaginar o rosto que ele queria estar socando daquela maneira. Na verdade, uma parte de mim temia que ele estivesse a poucos segundos de sair à procura de Gordon para arrancar a verdade dele e fazer justiça.

– Venha aqui – falei, estendendo o braço na direção dele. Quando seus dedos entrelaçaram nos meus, puxei a mão dele, fazendo com que perdesse o equilíbrio e caísse na cama. Quando recuperou o equilíbrio, sentou-se ao meu lado, mas sua expressão permanecia distante; ele ainda pensava em Gordon e em se vingar.

– Finn – disse, estalando os dedos na frente do rosto dele. Ele olhou em meus olhos. – Você não pode matá-lo, homem das cavernas. Você não sabe? Caras bonitos como você não se dão bem na cadeia.

Finn esboçou um sorriso involuntário. Eu estava começando a mexer com ele.

– Você acabaria dividindo a cela com um cara chamado "Pequeno", de 170 quilos, que dormiria na cama de cima do beliche e faria de você a cachorrinha dele.

Ele estreitou os olhos, mas percebi que estava segurando o riso.

– Ah, olha só, você sabe como os prisioneiros fazem para se comunicar uns com os outros? – perguntei.

Ele ergueu uma sobrancelha para mim, sem responder.

– Por meio de telefones celalares. Sacou? – Dei uma cotovelada na barriga dele para dar ênfase.

A covinha apareceu, e eu sabia que ele estava se rendendo. Em pouco tempo, o sorriso foi se tornando uma risada enquanto ele entendia a piadinha boba.

– E você disse que minhas piadas eram ruins… – Ele arfou, tentando recuperar o fôlego.

– Sei lá. – Dei de ombros. – Missão cumprida.

– E que missão seria essa?

– Bem, como você ainda não partiu para matar Gordon, eu diria que meus esforços para manter você aqui estão dando certo.

– Não sei de nada disso – murmurou ele, deixando de sorrir. – É melhor que esse cara reze para não cruzar o meu caminho. Não paro de pensar nisso a noite toda.

– Bom, então acho que vou ter que fazer você pensar em outra coisa – falei, sentando na cama e deixando o edredom descer para meu colo. Evidentemente, Finn tinha se esquecido do fato de eu estar totalmente nua embaixo dos edredons; imediatamente, grudou o olhar em meus seios e eu observei, mais do que satisfeita, quando vi suas pupilas se dilatarem com o que via.

– Missão cumprida – ele repetiu baixinho, aproximando-se de mim na cama. Estendendo as mãos, ele tocou meus seios com delicadeza e quase gemi com a sensação de seus dedos ásperos de tanto tocar instrumentos contra minha pele. Arqueando o corpo sob seu toque, fechei os olhos e senti o resvalar suave dos lábios de Finn contra os meus.

Quando ele me beijou, a necessidade se fez presente com força entre nós. Enquanto usava as mãos em meu corpo, desci as minhas por seu peito musculoso, deliciando-me ao sentir seu abdome malhado contra meus dedos. Afastando os lábios do dele, ele abriu os olhos e eu comecei a passar os dedos pelos desenhos dos tribais de sua tatuagem no bíceps e no ombro. Depois de meus dedos percorrerem o labirinto da tatuagem, levei os lábios ao desenho e comecei a seguir o mesmo caminho com a língua, como havia muito queria fazer.

Finn gemeu baixo, evidentemente gostando de minha expedição à arte de seu corpo. Quando terminei com seu braço, subi os lábios até seu ombro e clavícula, desci pelo peito e finalmente até seu estômago, deixando uma trilha de beijos molhados. Quando meus lábios se aproximaram de sua cintura, ele delicadamente se abaixou e me puxou para cima, para olhar em seus olhos.

Depois de um beijo demorado e intenso, ele me encarou.

– Tem certeza de que quer fazer isso? – perguntou.

Eu sabia a que ele se referia. Depois do que quase havia acontecido comigo naquela noite, provavelmente era esquisito eu sentir essa necessidade forte de estar com Finn. Não quis pensar demais. Não quis pensar e ponto. Só queria sentir.

Olhei nos olhos dele, esperando que minha resposta ficasse clara.

– Tenho certeza – falei. – Quero que você apague aquele cara das minhas lembranças, Finn. Preciso que faça isso.

Depois disso, seu olhar se tornou mais carinhoso.

– Farei disso, princesa. Eu prometo.

Ele me beijou suavemente, usou as mãos e a boca em todas as partes de meu corpo, afastando todas as lembranças que eu tinha de meu agressor dos cantos mais escuros de minha mente. Quando ele finalmente tirou a calça jeans e se posicionou sobre meu corpo, olhou para mim como se nunca tivesse me visto mais linda.

– Amo você, Brooklyn – disse ele, ao me penetrar lentamente. – Sempre amei.

Arfei, tanto por senti-lo quanto por ouvir suas palavras. Envolvendo o corpo dele com meus braços e pernas com o máximo de força possível, acompanhei o ritmo dele. Estávamos em sincronia perfeita, nos movendo juntos, e eu conseguia sentir algo crescendo dentro de mim, mais forte do que qualquer coisa que já tinha sentido.

Ele me ama.

Meu quadril se ergueu para ele, mais rápido, cada vez mais, enquanto nos aproximávamos do ápice.

Ele me ama.

Afundei as unhas nas costas dele enquanto tentava nos aproximar ainda mais.

Ele me ama.

Minhas costas se arquearam e um grito surgiu em minha garganta.

Quando comecei a gozar, gritei tanto que teria sentido vergonha se Finn não estivesse me acompanhando, gritando meu nome ao gozar. Juntos, chegamos ao ápice de maneira forte, apaixonada, do qual eu sabia que nunca me esqueceria.

Depois, Finn me puxou para descansar em seu peito de modo a não me pressionar nem encostar em meus ferimentos. Com os braços quentes e fortes dele ao redor do meu corpo, eu me senti segura. Era amada. E estava feliz como nunca.

– Eu também te amo – sussurrei, sorrindo contra o peito dele. Seu corpo ficou totalmente parado sob o meu, e senti que ele prendeu a respiração ao me escutar. Levou uma mão ao meu rosto e inclinou a cabeça para que eu olhasse em seus olhos.

– Tem certeza? – sussurrou ele, sem desviar o olhar. – Porque, depois que você me disser que me ama, Bee, acabou. Você é minha. E nunca vou desistir de você.

– Hum, nesse caso... – falei em tom de brincadeira.

Ele não gostou da minha piada. Seu rosto permaneceu totalmente sério enquanto esperava por minha resposta.

– Ah, seu tonto! – Bati no braço dele. – Sim, eu te amo. Preciso tatuar isso na minha bunda e assinar um termo de compromisso ou uma confirmação verbal basta? – Revirei os olhos.

– Você é uma espertinha – disse ele, segurando meu quadril e me colocando montada em cima dele. – Mas te amo mesmo assim.

Eu havia tido tempo suficiente para ver aquela covinha linda aparecer no lado direito, mas ele logo me beijou, tão forte que parecia que estava querendo me fundir a ele, como se estivesse voltando a me penetrar.

– Então muita coisa aconteceu desde a nossa última sessão.

O tom casual da Dra. Angelini, de autocontrole e compostura, estava um pouco alterado naquele dia. Eu não podia julgá-la; provavelmente não era todo dia que uma de suas pacientes afirmava ter tido sonhos que também eram lembranças, ter sofrido um ataque quase fatal em um beco e ter iniciado a primeira relação amorosa saudável da vida, tudo em uma única sessão de sessenta minutos.

Só o relato de todos os detalhes do que havia acontecido na última semana havia tomado a maior parte de nosso tempo. Não sabia bem quanto de psicanálise ela conseguiria fazer em vinte minutos, mas sabia que a doutora não desistiria.

– Como você está se sentindo em relação ao ataque? – perguntou ela. – Você disse que conversou com a polícia de novo hoje cedo.

– Eles disseram que não foi o Gordon. – Dei de ombros. – E não sei bem o que estou sentindo. Existe uma emoção certa para essa situação que estou vivendo? Porque, com exceção da hora seguinte ao ataque, quando chorei, estou me sentindo normal, de modo geral. Não estou com medo de sair à noite, nem de caminhar sozinha até meu carro. Não quero colocar travas nas janelas e nas portas, nem me isolar pelas próximas décadas com vinte e sete gatos dentro de casa. Eu me sinto normal, só que com alguns cortes e hematomas a mais.

– Não existe uma emoção certa ou errada, Brooklyn. Você não precisa se sentir traumatizada simplesmente por ter passado por um trauma. – A Dra. Angelini olhou para mim do outro lado da sala, com a mesa de centro de vidro impecável entre nós. Distraidamente, fiquei me perguntando como ela conseguia mantê-la tão limpa; não havia marcas de xícara de café nem manchas de dedos ali.

– Brooklyn, ainda está me ouvindo? – perguntou ela, erguendo uma sobrancelha, em dúvida.

Assenti, me forçando a parar de pensar nos hábitos de limpeza da doutora e me concentrar em suas palavras. Elas estavam me custando várias centenas de dólares por hora, afinal de contas.

– Também acho que seja possível que, por este não ser o primeiro trauma que você está vivendo, esteja um pouco amortecida para incidentes perigosos ou que possam colocar sua vida em risco – continuou.

– Então estou amortecida para o perigo – falei, imitando golpes de caratê enquanto acabava com inimigos invisíveis no ar. – Isso conta como um superpoder?

– Brooklyn – ela me repreendeu com a voz séria. – Por favor, leve isso a sério.

– Estou levando! Foi só uma piada – rebati. A doutora estava exagerando bem na reação.

– Admito que esse seu distanciamento do trauma poderia ser algo bom em certas situações ameaçadoras, como quando você precisou se defender naquele beco e manter o controle – ela explicou.

Assenti, sentindo que viria um grande "mas".

– Mas. – Ali estava ele. – Também pode ser ruim, porque pode fazer com que você seja relapsa. Você não tem o senso real do medo, e não tem qualquer receio de passar dos limites de sua segurança pessoal, seja com encontros sexuais casuais, bebida em excesso ou entrar em um beco escuro sozinha sem nenhuma forma viável de comunicação por perto.

Pensei um pouco no que ela disse. Concluí que havia alguma verdade ali, mas não era exatamente algo que eu conseguiria consertar. Na minha opinião, eu tinha sido atormentada por tanto tempo que não era mais uma característica passível de mudança, mas, sim, uma parte de minha natureza. Claro, eu poderia melhorar ao lidar com meus problemas, mas – encaremos os fatos agora –, eu nunca tinha sido completamente normal.

– Acredito que não existe um remédio mágico que você possa prescrever para resolver esse meu probleminha, existe?

– Você não precisa de medicação, Brooklyn. Só ande com o celular na próxima vez – disse a doutora, sorrindo.

Eu ri.

– Você acabou de fazer uma piada, doutora?

– Com certeza, não – ela negou, fazendo com que eu revirasse os olhos quase imediatamente. – Agora, quero discutir seus sonhos nos poucos minutos que nos restam. Teve mais algum desde a última vez em que nos vimos?

– Sim, e parece que eles se tornaram mais frequentes. Basicamente passaram a tomar o lugar de meus pesadelos de sempre. O que é bom, porque meus pesadelos eram péssimos e eu fico bem melhor sem olheiras.

Se eu não conhecesse a seriedade dela, pensaria que a Dra. Angelina estava controlando um riso.

– Sonhei com o abrigo e com o garoto em três noites, esta semana – continuei. – E acho que você tem razão sobre eles serem lembranças acionadas. Não há como meus sonhos serem tão específicos se já não tivessem acontecido de verdade em algum momento. Acho que agora tenho que encontrar o gatilho que os aciona.

– Não acredito que seja algo que você deva procurar de modo ativo. Quando sua mente estiver pronta, pode ser que você simplesmente se lembre. – A Dra. Angelini deu de ombros delicadamente. – E, como eu disse antes, não existe uma ciência exata para mostrar como nossas lembranças agem, Brooklyn. Meu conselho seria para você viver sua vida e não se preocupar demais com o passado. Parece que, pela primeira vez há muito tempo, você está gostando de ficar no presente.

– Você tem razão – concordei, sorrindo ao pensar em Finn. – Finalmente tenho algo que me deixa contente por acordar de manhã.

Nosso tempo tinha terminado oficialmente, e nem sequer tínhamos passado da superfície de tudo o que estava acontecendo na novela de minha vida. A doutora ficou de pé e me levou em direção à porta, estendendo a mão no último segundo para me entregar um cartão de visita.

– Neste cartão tem meu telefone pessoal. Não costumo passá-lo aos pacientes – ela explicou –, mas quero que saiba que sempre estarei aqui se você precisar, Brooklyn. Ainda que não seja para uma sessão marcada.

Ficou claro que a preocupação que ela tinha com meu bem-estar ia além da preocupação normal entre médico-paciente, e seu gesto maternal fez meu coração se apertar. Fiquei tentando imaginar se a Dra. Angelini tinha filhos e família; ela não usava aliança de casamento, então imaginava que não era casada, e ela não passava a impressão de ser mãe.

De repente, me ocorreu que ela também poderia ser solitária.

De algum modo, isso me aproximou um pouco dela.

Apesar de eu não ser uma pessoa muito afeita a abraços – e tinha a sensação de que a doutora também não era –, eu abracei seu corpo pequeno, meio sem jeito, delicadamente. Ela se assustou, a princípio, mas logo se recuperou e me abraçou do mesmo jeito hesitante. Depois do que deve ter sido o abraço mais esquisito da história da humanidade, eu me afastei depressa.

Pigarreando, fiz o melhor que pude para não dar importância ao gesto incomum de afeto.

– Bem, obrigada, doutora. Mas não posso prometer que seu número não vá parar em um anúncio de jornal ou na central de um serviço de sexo – disse, brincando.

– Bem, Brooklyn – ela deu o sorriso mais sincero que eu já tinha visto, me levando ao corredor –, acho que, se isso acontecer, não posso prometer que não vou pedir sua internação para a vida toda em um dos melhores manicômios do estado da Virginia.

Eu ri enquanto atravessava o corredor, e me virei para acenar.

– Até semana que vem, doutora.

– Até, Brooklyn – ela respondeu, e eu percebi que sorria.

Talvez fosse triste, porque eu estava pagando para ela e tudo, mas eu tinha certeza de que minha psicóloga era uma das melhores amigas que eu já tinha tido.

Ou talvez eu fosse maluca.

CAPÍTULO DEZESSEIS

PEGO DE SURPRESA

Uma semana se passou tranquilamente, e eu me dei ao luxo de agir como uma universitária normal por um breve período. Não houve mais nenhum ataque, nem entregas misteriosas ou telefonemas sem resposta. Fui para as aulas todos os dias, que pareciam se tornar mais chatas e mais desmotivadoras com o passar do semestre e conforme os professores perdiam o ânimo acadêmico do início do ano letivo. Eu fazia os trabalhos da faculdade toda noite, o que me tomava uma hora, no máximo, e às vezes eu pegava meus livros e me forçava a estudar até meus olhos não aguentarem mais; memorizar os nomes e detalhes de todos os casos da Corte Suprema das últimas cinco décadas é o suficiente para fazer qualquer pessoa pegar no sono. Mas, na maior parte do tempo, eu procurava seguir o conselho da Dra. Angelini de aproveitar a tranquilidade de viver no presente.

Com o tempo, meus hematomas foram se curando e desaparecendo totalmente. Os arranhões demoraram mais, mas, todos os dias, Finn me ajudava a aplicar antisséptico e a trocar os curativos; ele também acreditava piamente que sua abordagem de beijar para sarar tinha propriedades curativas reais, e insistia em encostar os lábios em cada um de meus ferimentos pelo menos uma vez por dia.

Eu acho que, na verdade, tinha mais a ver com o fato de ele me despir, mas não pretendia reclamar.

A polícia havia descartado totalmente o envolvimento de Gordon em meu ataque, o que me deixou um tanto inquieta e mais do que confusa a respeito da identidade do meu agressor misterioso. Eu estava mais do que pronta para acreditar que tinha sido ele – para poder amarrar o caso e afastar toda a incerteza que vinha por saber que a pessoa que havia tentado me estuprar, ou talvez até me matar, naquela noite, ainda estava livre por aí.

Aparentemente, Gordon estivera ocupado – em público – no momento exato em que eu lutava por minha vida no beco, com a língua enfiada na boca de uma líder de torcida, na frente de um monte de clientes do Styx. Não havia como ter sido ele, a menos que tivesse um superpoder que permitisse estar em dois lugares ao mesmo tempo.

De certo modo, eu duvidava de que fosse o caso.

Desde o ataque, um medo constante havia me tomado, e eu fiquei com a sensação distinta de que não era uma boa vítima. Não que houvesse algo de bom em ser vítima, mas, sim, que eu não estava processando meu trauma de modo normal e saudável. Pensei muito no que a Dra. Angelini havia dito e fui forçada a aceitar o fato de que provavelmente estava vivendo um pouco mais anestesiada de tudo o que eu havia vivido em meus relativamente curtos 20, quase 21, anos de vida.

Vinte e um: um dos maiores ritos de passagem para qualquer jovem adulto, principalmente universitário. De certo modo, isso não me empolgava. Havia anos não comemorava um aniversário e não pretendia nem sequer comentar sobre a chegada da data com Finn.

Talvez, em parte, isso se devesse ao fato de eu ter uma identidade falsa desde os 17 anos. Ou talvez por nunca ter curtido nem compreendido o conceito de aniversário. Tudo o que envolvia a chegada de uma idade nova parecia não fazer sentido para mim – apenas mais um marco inútil do valor da vida; o modo que a sociedade tinha de retratar nossa marcha sem fim em direção ao túmulo como um grande presente, e não como algo inevitável.

Afinal, pensando bem, os aniversários não são apenas um ópio para a mortalidade? Nossa maneira de dizer *Parabéns! Você sobreviveu a mais um ano nessa bagunça que chamamos de vida. Coma um pedaço de bolo e pegue alguns balões para comemorar esse problema.*

Eu provavelmente já tinha pensado de modo diferente na infância. Quando minha mãe estava viva, os aniversários eram o destaque do ano – cheios de cor, risos, doces e presentes. Brincávamos de destruir pinhatas no quintal, quando o clima estava bom. Havia sempre um bolo cor-de-rosa de princesa meio torto, com cobertura para ficar perfeito. Presentes formando uma pilha alta sobre a mesa da cozinha. A voz de minha mãe mais alta do que a dos outros, quando todos cantavam "Parabéns pra você"...

Parabéns, Brooklyn...

Aqueles dias tinham terminado depressa com a morte dela. Eu não conseguia me lembrar de meu sétimo aniversário. Eu sabia que tinha sido passado no abrigo, mas, assim como muitas de minhas lembranças daquela época, estava trancado em um ponto inacessível no fundo de minha mente.

A Dra. Angelini disse que eu não podia forçar as lembranças para que elas se revelassem, mas isso não me impediu de tentar. Quando eu fechava os olhos e pensava nelas, sentia a presença ali – como se estivessem escondidas nas sombras de minha mente atrás de uma cortina grossa. As respostas que eu queria estavam fora do alcance, e às vezes eu até achava ter visto uma delas atrás daquela sombra mental opaca – um raio de cor, um cheiro que ainda restava, um rosto vagamente familiar.

Eu queria enfiar a mão na cabeça e arrancar aquela cortina. Nossa! Eu teria arrombado minhas lembranças com um pé-de-cabra se acreditasse que teria bons resultados. Mas, como isso não parecia ser uma opção viável, elas permaneciam frustrantemente inacessíveis para mim.

Eu havia feito aulas de Biologia no primeiro semestre da faculdade – uma exigência odiosa e inescapável do curso – e me lembrava dos dias que passara curvada sobre o microscópio, virando lâminas e ajustando a intensidade da luz enquanto tentava colocar os micro-organismos à mostra. Os outros alunos da sala não tiveram nenhuma dificuldade, iluminavam suas amostras sem qualquer esforço. Mas, por mais que eu tentasse, nunca conseguia colocar aquela porcaria no foco certo.

Infelizmente, analisar o conteúdo de meu próprio cérebro era estranhamente parecido com o que acontecia naqueles dias péssimos no laboratório de Biologia.

De novo Finn teria compreendido – se eu tivesse contado a ele, claro. Acho que ele sabia que havia alguma coisa acontecendo comigo, mais do que apenas o ataque ou a suposta inocência de Gordon.

Ele teria sido gentil. Solidário. Até solícito.

Mas como dizer à pessoa amada que não conhecemos nem mesmo nossa própria mente? Que existem partes em nós, aspectos de nossa alma – nossos pensamentos e memórias mais profundas –, que bloqueamos ou dos quais simplesmente nos esquecemos? Que nosso cérebro não funciona normalmente, e que talvez nunca funcione?

As coisas estavam boas entre nós. Ótimas, na verdade. Eu estava feliz. Mais chocante ainda, parecia que eu também fazia Finn feliz. E talvez fosse egoísmo, mas eu não queria acabar com essa felicidade. Não queria que ele olhasse para mim de um jeito diferente, que me tratasse de maneira diferente. Então, escondi.

Pelo menos foi essa a desculpa que eu dei a mim mesma para justificar minha falta de sinceridade.

Porque, talvez, se eu fosse bem sincera, havia o fato inescapável de eu não estar pronta para enfrentar os questionamentos sombrios que tinham começado a tomar minha mente – uma mistura forte de suspeita, pressentimento e possibilidades inconcebíveis.

Às vezes, a mente une as coisas em um instante; cem peças do quebra-cabeça que estavam espalhadas no chão de repente se unem como magia e a imagem toda se torna clara. Mas, até aquele momento de clareza, você olha para aquelas malditas peças por tanto tempo que elas começam a sair do foco, dando a sensação de que você pode estar perdendo as peças essenciais que trazem todas as respostas.

A verdade era que, em todas aquelas noites calmas de normalidade, minha mente tinha começado a repassar as coisas que tinham me acontecido recentemente. Eu olhava para todas aquelas peças de quebra-cabeça espalhadas em meu carpete sem qualquer ligação aparente entre elas e não conseguia enxergar nem mesmo um desenho identificável. Pensei nas coisas que tinha ignorado pensando não serem nada na época, largado como se não fossem importantes ou pressionado para esconder nos cantos de minha mente para não ter que observá-las de perto, por medo do que continham.

Mas não podia ignorar o fato de que muitos incidentes esquisitos tinham ocorrido ultimamente para serem apenas coincidências. Não mais.

Eu me sentei no terraço, observando as estrelas – as constelações do fim de outono sempre tinham sido minhas preferidas, apesar de não saber bem o porquê –, e pensei no ataque. E então, quase involuntariamente, minha mente passou a examinar todos os telefonemas anônimos que eu tinha recebido.

Pensei na sensação esquisita de estar sendo observada enquanto ia para casa ou atravessava o campus sozinha. Uma sensação que eu experimentei várias vezes.

E então, a bizarra e ainda não explicada entrega das rosas negras. Um aparente indicador de minha morte.

Por fim, coisas nas quais nunca tinha pensado muito começaram a surgir em minha cabeça, como se meu cérebro estivesse dando saltos quânticos de uma ocorrência aparentemente aleatória para outra, rápido demais para que eu mantivesse o controle ou conscientemente encontrasse a peça seguinte do quebra-cabeça.

Tum, tum, tum, as peças se encaixaram, e um desenho começou a se formar...

A vez em que tinha chegado em casa depois da aula, cerca de um mês antes, e encontrado os livros sobre a minha escrivaninha meio tortos, como se alguém tivesse trombado com a mobília e, sem querer, os tivesse desorganizado.

O fato de minha agenda, onde eu anotava todas as minhas atividades acadêmicas, convites para festas e pensamentos aleatórios, ter desaparecido de minha mochila enquanto eu estava no centro de estudantes, matando aula entre uma aula e outra, algumas semanas antes.

E, por fim, um homem de pé no escuro, encostado em sua moto e fumando um cigarro. Ele me observava enquanto eu estava no terraço à noite, em uma noite fria de agosto.

Será que tudo isso estava ligado?

Sozinhas, nenhuma dessas circunstâncias pareciam ser alguma coisa, mas unidas... Se eu analisasse tudo, se considerasse cada fato como um em uma série de eventos, e não apenas um incidente isolado...

O quebra-cabeça, por mais que ainda não tivesse algumas peças essenciais, estava começando a se formar como uma única e clara imagem: havia alguém me perseguindo. Observando. Tentando me ferir.

Eu estava maluca e exagerando na reação? Estava paranoica?

Provavelmente.

Mas, assim que abri os olhos para a possibilidade de que aquilo tudo pudesse ser o trabalho de uma pessoa, de alguém que pudesse querer me machucar ou assustar, não consegui "desver" as conexões feitas por minha mente. Não consegui fugir da crença cada vez mais forte de que eu corria perigo. Sentia isso em meus ossos, como um sexto sentido ou um mecanismo interno de defesa; todos os átomos de meu corpo gritavam para que eu corresse, me escondesse, me abrigasse em um local distante.

Eu não sabia do que – de quem – deveria fugir, mas, a partir daquele momento, comecei a viver minha vida esperando que mais alguma coisa acontecesse. Finn sabia, ele conseguia me entender muito bem. Estávamos deitados na cama, cerca de uma semana depois do ataque, os lençóis estavam enrolados em nossos corpos e ele dedilhava o violão levemente, murmurando algo enquanto tocava.

– Você está bem? – perguntou quando seus dedos pararam de tocar.

– Estou – menti, olhando para as estrelas pintadas no teto.

– Sabe que pode falar comigo, né? – Ele deixou o violão de lado, inclinando-se para que nós dois ficássemos frente a frente. – Sobre qualquer coisa.

– Eu sei. – Eu me inclinei para beijá-lo delicadamente, mas de modo possessivo, como estava se tornando meu hábito. Eu nunca tivera a oportunidade de ser delicada, de não ter pressa com alguém antes; nunca tinha vivido aquela intimidade e familiaridade da rotina. Beijar apenas por beijar era algo novo; um beijo que leva a lugar nenhum, sem qualquer outra intenção que não seja tocar os lábios da pessoa com os seus, simplesmente por querer. – Conto em breve, prometo – garanti a ele. Não fazia sentido mentir ou fingir que tudo estava bem. Ele me entendia perfeitamente, como sempre tinha sido.

Finn franziu o cenho e abriu a boca, como se estivesse pronto para dizer algo importante. Ficou olhando para o meu rosto com tanta intensidade que comecei a ficar inquieta. Mas, depois de um breve silêncio, ele fechou a boca e engoliu em seco, com os olhos tão distantes quanto seus pensamentos.

Independentemente do que estivesse prestes a me contar, era evidente que havia decidido guardar para si. E, por mais que eu quisesse arrancar o que ele estava pensando, sabia que seria muito hipócrita de minha parte. Afinal, eu mesma estava guardando segredos – quem era eu para forçá-lo a dizer os dele antes de estar pronto para isso?

– Tenho uma surpresa para você – disse ele, e esticou o braço para pegar um envelope do criado-mudo. Seus olhos se iluminaram de um jeito bem-humorado e o momento de tensão passou assim que ele o colocou em minhas mãos.

A "surpresa" de Finn eram dois ingressos para a Charlottesville Country Fair, uma meca anual de atrações, barraquinhas de comida e jogos que passava por nossa região todos os meses de novembro, por duas semanas. Os ingressos eram para o dia seguinte, no meu aniversário.

Ele sabia, sem que eu tivesse contado. Eu não deveria ter me surpreendido.

– Lexi? – perguntei, arqueando uma sobrancelha para ele.

Ele riu.

– Sim, ela fez o favor de me informar que minha namorada é alguém que tem certa fobia de aniversário. Mas eu já sabia.

– Como? – perguntei, sem entender.

Ele deu de ombros, sorrindo de um jeito incrivelmente lindo.

– Eu sei de tudo.

Estreitei os olhos para ele, mas não consegui continuar fingindo estar brava quando me atacou e começou a fazer cócegas em mim, sem parar. Eu me retorci na cama, desesperada para escapar e quase sem ar. Só quando lágrimas rolavam por meu rosto e minhas ameaças deixaram de ser apenas relacionadas a danos físicos e começaram a ser relacionadas com morte, ele me soltou.

– Eu... odeio... você – arfei para conseguir respirar entre cada palavra, me afastando o máximo que pude dele.

– Mentirosa. – Ele riu, rolando para cima de mim e me prendendo embaixo dele.

Arregalei os olhos para ele, com o peito ainda inflando enquanto eu respirava.

Ele olhou para mim e beijou a ponta de meu nariz.

– Feliz aniversário, Bee – disse ele, antes de seus lábios tocarem os meus e eu me esquecer de sentir raiva.

– Vamos – implorei.

– Não.

– Finn!

– Com certeza, não.

– Por favoooor – tentei pedir com os olhos mais pidões do mundo.

– Não.

– Mas é meu aniversário.

– Você detesta aniversários.

Estava claro que eu não estava conseguindo convencê-lo.

– Eu não sabia que namorava um florzinha – falei, mudando de tática. Quando estiver em dúvida, coloque a masculinidade em questão. Eles caem toda vez.

– Você acabou de me chamar de florzinha? – perguntou ele, sem acreditar. – Pensei que estivéssemos comemorando seu aniversário de 21 anos, não o de 5.

– Haha! A criancinha aqui é você, não eu. É você que não tem coragem de andar na roda-gigante!

– Não curto altura. – Seu tom decisivo era claro.

– Uau, estou conhecendo um lado totalmente novo de Finn Chambers, o fodão – falei, rindo.

Ele arregalou os olhos para mim, e então se virou para olhar para a enorme roda-gigante com apreensão estampada no rosto. Provavelmente não jogava muito a meu favor o fato de o brinquedo parecer ter sido construído um século antes, com vigas de metal enferrujadas e parafusos que rangiam enquanto a roda girava.

– Tudo bem. – Suspirei, resignada. – Vou sozinha. Você pode ficar me olhando.

Erguendo-me na ponta dos pés, dei um beijinho no rosto de Finn e me virei para entrar na fila. Entregando três ingressos para o funcionário na entrada, fiquei na plataforma, na base do brinquedo, esperando a minha vez de me acomodar em uma das cabines. Admito que estava um pouco decepcionada por Finn se recusar a ir comigo, mas eu não perderia minha atração preferida só porque tinha que ir sozinha.

Eu sempre amei a roda-gigante.

Desde que tínhamos cerca de 16 anos, todo outono, Lexi e eu tínhamos como missão encontrar um parque de diversões na região onde pudéssemos acariciar bodes e lhamas, encher a cara de algodão-doce e bolos de cenoura, e brincar nas atrações barulhentas e estruturalmente questionáveis até quase sairmos vomitando. Eu sempre adorei a onda de adrenalina que um parque de diversões ou uma montanha-russa traz; era quase tão emocionante como meus passeios de moto tarde da noite.

Eu não conseguia me lembrar da primeira vez que tinha andado numa roda-gigante. Sabia que meu amor por elas vinha de antes de minhas idas com Lexi aos parques, mas, por mais que tentasse, não conseguia me lembrar dos detalhes exatos de minhas idas anteriores. Eu só sabia que era pequena quando comecei a gostar.

Sempre pensei que tinha ido com minha mãe.

De qualquer modo, a ideia de voltar a andar em uma delas era tentadora demais para deixar passar, com ou sem meu namorado – florzinha – comigo. E, apesar de minha decepção, eu não podia ficar chateada depois de tudo o que ele tinha feito para mim naquele dia.

Eu havia acordado mais tarde do que o normal; o sol entrando pelas janelas estava forte, indicando que já passava da metade da manhã. A primeira coisa que minha mente meio sonolenta notou foram as pétalas de rosas espalhadas em cima do travesseiro ao lado da minha cabeça, com seu cheiro entrando em minha consciência e me despertando totalmente.

Cor-de-rosa, vermelhas, brancas – havia pétalas por todos os lados, espalhadas em um caminho que atravessava a colcha, descia pelo chão e saía pela porta. Descendo da cama e esfregando os olhos inchados, eu havia acompanhado a trilha de pérolas até o corredor e chegado ao seu fim na cozinha.

O cômodo tinha sido totalmente transformado.

Centenas de balões coloridos tinham sido pendurados no teto e cobriam o piso de madeira. Serpentinas vermelhas e brancas desciam de um canto do cômodo e chegavam ao outro, tão grossas que eu não conseguia ver as luzes no teto. Havia um banner enorme preso à parede em frente ao fogão, no qual se lia FELIZ ANIVERSÁRIO, BROOKLYN com uma caligrafia masculina familiar. Sobre a ilha da cozinha, montes de caixas tinham sido empilhados, embrulhadas sem muito esmero com papel azul brilhante e fita adesiva transparente por todos os lados – sinal claro de que tinham sido embrulhadas pelas mãos destreinadas de um homem.

Um sorriso que não desaparecia havia surgido em meu rosto quando vi aquilo tudo, mesmo sentindo os olhos marejados; aquilo era mais do que alguém já tinha feito em meu aniversário.

– Feliz aniversário, princesa.

Ele estava ao lado do fogão, casualmente apoiado na ilha da cozinha. O sorriso dele era quase tão grande quanto o meu – como se a animação e a alegria quase infantil que emanavam de mim fossem contagiosas.

– Você fez tudo isso? – perguntei, caminhando na direção dele.

Eu sabia que ele devia ter passado horas para montar toda a decoração, e também havia o fato de ele, obviamente, ter passado muito tempo escolhendo presentes e – tentando, pelo menos – embrulhá-los.

– É seu aniversário – disse ele, dando de ombros, como se tudo aquilo não fosse nada demais; como se fosse normal que fizesse tudo aquilo, simplesmente porque mais um ano da minha vida havia passado. Ele não compreendia que aquilo estava longe de ser o normal com o qual eu havia me acostumado nos últimos 14 anos. Ele estava quebrando minha tradição de comemorar em solidão e meio embriagada. Fugindo da regra e transformando um dia que eu costumava temer em algo mágico e romântico.

Ele não sabia que a ideia de presente de aniversário de meu pai era um cartão genérico qualquer, cheio de palavras sem sentido e vazias, escritas por um funcionário da Hallmark, e um cheque polpudo. Os anos em que ele se lembrava de pelo menos assinar a parte inferior do cartão eram os mais memoráveis; normalmente, ele pedia para suas secretárias cuidarem de tal trivialidade, já que não se dava ao trabalho de lidar com assuntos sem importância, como o dia do nascimento de sua única filha.

Quando me mudei da casa dele, no ano anterior, para ir para Charlottesville, nem sequer recebi um telefonema. Não que eu, de fato, tivesse esperado que ele ligasse. Lexi havia comprado um cupcake e uma garrafa de tequila para mim, e depois saiu comigo e me embebedou o suficiente para que eu me esquecesse por que detestava tanto aquele dia.

Então, acho que seria repetitivo dizer quais eram minhas expectativas em relação àquele ano.

Zero, nada, nenhuma.

Eu imaginava que o aniversário de 21 anos não podia ser muito diferente do aniversário de 20; mas, a julgar pelo estado da minha cozinha naquela manhã, estava bem firme em admitir meu engano.

– Eu te amo – sussurrei, olhando ao redor, encantada, e virei a cabeça para dar um selinho em Finn, que se mantinha sorridente.

Fui tirada de minhas lembranças quando uma cabine finalmente desceu e era a minha vez de embarcar na roda-gigante. Uma mão apareceu em minha visão periférica e um dos operadores me ajudou a entrar no compartimento.

– Obrigada – disse, soltando a mão dele e virando-me para olhar em seu rosto depois de ter me acomodado.

– Olha, eu não faria isso por mais ninguém. – Ao ouvir a voz dele, meus olhos se desviaram da barra de segurança que eu estava prestes a descer em direção ao meu colo e olhei no rosto dele. Para minha surpresa, Finn estava ali, de pé, meio pálido enquanto olhava para as engrenagens acima de nós. Eu havia segurado a mão dele para conseguir me apoiar.

– Você mudou de ideia? – perguntei, tentando disfarçar minha animação repentina.

– Foram seus olhos de cachorro pidão – disse ele, dando de ombros, entrando no compartimento e se acomodando ao meu lado. – Eles sempre me vencem.

Eu ri quando ele abaixou a barra sobre as pernas, balançando-a diversas vezes para ver se estava travada mesmo.

– ... provavelmente passei um total de dez minutos prendendo isto... totalmente inseguro... – Finn murmurava a respeito da roda-gigante, olhando para todas as direções quando saímos do chão, sendo erguidos por vários metros, para que o próximo casal da fila, que estava atrás de nós, pudesse entrar em outra cabine.

– Você disse alguma coisa, homem das cavernas? – perguntei de modo carinhoso, levando uma mão à minha orelha.

– Só o quanto te amo por ter me convencido a subir neste troço – respondeu ele, com sarcasmo.

Dei um tapa em seu braço.

Ele riu, mas estava tenso. Os dedos brancos, fazendo força na barra de segurança, mostravam a ansiedade que ele sentia, e só ficaram mais brancos conforme íamos subindo.

– Você não devia ter vindo – falei, sentindo-me meio envergonhada. – Me desculpe por ter te perturbado.

– Não se preocupe – disse ele, olhando para as luzes lá embaixo.

O parque ganhava vida à noite. O sol estava se pondo naquele momento, e a maioria das crianças pequenas já tinha ido embora horas antes, substituídas por muitos casais. Música country tocava em todos os alto-falantes de quase todas as barraquinhas de jogos, gritos eram ouvidos enquanto as pessoas giravam de cabeça para baixo nos brinquedos mais assustadores do parque, e os vendedores de alimentos gritavam para atrair as pessoas que passavam. A confusão de vozes se misturava e formava a trilha sonora de todos os parques de diversão do país no outono.

O parque era barulhento, movimentado, brilhante; só respirar aquele ar fazia com que nos sentíssemos mais vivos.

– A vista daqui de cima é tão linda. – Suspirei.

– É, sim – concordou ele. Quando olhei para ele, no entanto, estava olhando para mim, e não para a visão à nossa frente.

– Como você é brega! – acusei, dando uma cutucada no estômago dele. Em segredo, eu estava aproveitando o calor das palavras dele percorrendo meu peito. Finn passou um braço por meus ombros e me puxou para mais perto, de modo que eu me acomodei nele.

– Mas você me ama mesmo assim – sussurrou em meu ouvido, aproximando a boca para beijar a parte sensível atrás da orelha. Estremeci com aquela sensação, inclinando a cabeça para dar mais acesso. Com o rosto encostado em meu pescoço, ele não notou as crianças na cabine de cima, mas eu notei.

Havia duas crianças pequenas, de cerca de 8 e 9 anos, provavelmente irmãos, na cabine. O menino era maior, e estava se divertindo muito com o medo da irmã; ele inclinava o corpo para a frente e para trás, até a cabine ganhar impulso sozinha e começar a balançar. A irmã dele estava aterrorizada, isso era claro, pendurada na barra de segurança e implorando para que ele parasse. Ele ria dela.

Aconteceu muito depressa.

Às vezes, vemos as mudanças vindo. Pode ser que não queiramos, talvez não estejamos prontos para o novo rumo que a vida está prestes a tomar, mas, no mínimo, podemos nos preparar para ela. Ajustar as expectativas. Formular um novo plano.

Outras vezes, a mudança é tão repentina, tão inesperada, que nos joga no chão e nos deixa tentando entender como chegamos àquele ponto – pegos de surpresa, com nossas expectativas, esperanças e sonhos sem poderem ser salvas, como um sorvete derrubado no chão, derretendo na rua de terra.

Se eu soubesse, naquele momento, que entrar naquele brinquedo mudaria as coisas entre Finn e eu, sem volta, nunca teria entrado. Éramos jovens e estávamos apaixonados; éramos invencíveis – ou assim eu pensava. Se eu soubesse que tudo estava prestes a ser arrancado de mim, talvez eu o tivesse abraçado com mais força, dito a ele que eu o amava uma última vez.

Não tive essa chance.

Num minuto, eu estava olhando para cima, para os irmãos na cabine acima de nós, e no seguinte, eu estava dentro de minha mente. Foi confuso ver como a lembrança tomou conta de meus sentidos, me arrastando de volta exatamente 14 anos antes, em um único instante.

Nossa mãe temporária, Eva, havia decidido nos levar ao Festival de Outono, e nós oito nos dividimos em duas minivans, com o mais velho brigando pelos assentos da frente. Havia duas cuidadoras em nosso grupo – duas mulheres que eu nunca tinha visto –, mas elas passavam a maior parte do tempo conversando entre elas, não com as crianças. Acho que eram amigas de Eva – às vezes elas passavam um tempo no abrigo –, mas eu não tinha certeza.

Como sempre, eu, por ser magra, ficava no banco de trás, entre duas crianças maiores. Mantive os olhos fechados durante a maior parte do trajeto, contando a mim mesma a lenda de Andrômeda, em minha mente, para afastar o barulho da van e do banco de trás, desconfortável e apertado.

O garoto estava sentado no banco da frente e não olhava para trás. Por um lado, eu queria que ele olhasse, mas sabia que era melhor daquele jeito – nunca conversávamos na frente das outras crianças. Até onde elas sabiam, eu ainda era a pequena menina muda que ficava na dela.

Nosso lugar era na varanda, à noite, o único espaço na casa onde eu me sentia segura o suficiente para agir normalmente. Segura o bastante para falar. Todos os dias, eu temia que as outras crianças nos descobrissem ali, e soubessem de meu segredo. Mas, por enquanto, a caminho de uma festa com a promessa de doces, diversão e festa, afastei meus medos e estava determinada a me divertir. Afinal, era meu aniversário.

Eu tinha 7 anos. Não me sentia diferente, e nem parecia maior.

Eu não havia dito a ninguém que era meu aniversário, nem ao garoto. Minha mãe temporária havia me dado um abraço inesperado, raro, assim que entrei na cozinha para tomar o café da manhã naquele dia, mas, tirando isso, ninguém sabia que eu estava um ano mais velha.

Se minha mãe estivesse ali, teria bolo, presentes e tantas risadas que minha barriga ficaria doendo por três dias. O fato de ser meu aniversário e de ela não estar ali fez tudo parecer mais real, mais definitivo do que nunca. Ela havia morrido, e não voltaria mais.

Mesmo com os olhos bem fechados, eu sabia que estávamos nos aproximando do parque de diversões. As vozes das outras crianças ficavam mais altas conforme elas iam falando quais brinquedos queriam conhecer e apontavam para todas as atrações pelas janelas do carro, que se posicionava na fila para o estacionamento.

Fechando os olhos com ainda mais força, fiz um pedido. Não foi feito sobre um bolo, e eu não tinha soprado nenhuma vela, mas eu torcia para que mesmo assim contasse.

Não queria presentes. Não queria que meu pai me encontrasse. Não queria ser adotada. Não queria nem minha mãe de volta.

Queria, por todas as estrelas no céu da noite, por todas as constelações sobre as quais o garoto havia me ensinado a encontrar e nomear, que nós não fôssemos separados. Que, independentemente do que acontecesse, ficássemos juntos. Porque o garoto de olhos tristes tinha se tornado minha estrela mais brilhante; aquela que me levava para a segurança todas as noites, quando os pesadelos e o pesar se tornavam pesados demais. Ele havia me tirado da escuridão. Era minha Estrela-Guia nas sombras sem fim.

E eu não queria perdê-lo, nunca.

Nossa mãe temporária estacionou a van e as crianças imediatamente saíram e correram em direção à entrada do parque. Segui atrás delas lentamente, sabendo que nunca conseguiria acompanhá-las. Quando nos deram os ingressos e entramos no parque, o grupo se espalhou em todas as direções.

As meninas mais velhas, com quem eu dividia o quarto, Mary e Katie, partiram em direção às barracas de comida do outro lado do parque. Um grupo de garotos mais velhos correu em direção aos brinquedos mais emocionantes, que giravam de cabeça para baixo e faziam as pessoas vomitarem. O resto foi para as barracas de lançar dardos.

Eu não vi para onde o garoto foi.

Minha mãe temporária e as outras duas mulheres se ocuparam cuidando de Bobbie, a criança de 3 anos que tinha chegado ao abrigo duas semanas antes. Ele era o menor e tomava toda a atenção delas. O restante de nós havia recebido vinte tíquetes, cada, e ficamos livres para fazer o que quiséssemos. Acho que Eva estava feliz por não ter que lidar com as outras sete crianças pelas próximas horas.

Decidi ficar sozinha, em vez de procurar um grupo de crianças maiores que não queriam minha companhia. Caminhei sem rumo por alguns minutos, observando tudo e sentindo os cheiros, e acabei abrindo mão de três de meus tíquetes –, em *troca de um algodão-doce tão melecado que eu tive que chupar os dedos por vários segundos para conseguir limpá-los.*

Quando vi a roda-gigante – vermelha e brilhando com centenas de luzinhas –, ela parecia mágica, como se saída de um livro de histórias. Era encantadora, totalmente diferente de qualquer brinquedo que eu já tinha visto, e no mesmo instante eu quis brincar, subir até o céu. Sabia que ver as estrelas lá de cima seria incrível.

Entrei na fila e tentei ignorar os três garotos parados à minha frente, vários metros de onde eu estava. Eles viviam no abrigo e eu sabia que ririam de mim sem dó se me descobrissem ali, perto deles. Eu deveria ter saído da fila assim que os vi – quase fiz isso –, mas o encanto da roda-gigante foi maior, e eu acreditava que havia uma boa chance de eles não me notarem.

Estava enganada.

Estávamos nos aproximando da frente da fila quando Eugene, o mais velho e mais maldoso dos garotos, se virou e me viu. Com cerca de 13 anos, cabelos loiros e alto, Eugene era um valentão. Sempre pensei que isso se devia ao fato de ele odiar seu nome, por isso tinha que provar que era valentão o tempo todo.

– Ei, esquisita! – ele gritou, com malícia e animação nos olhos.

Eu, como sempre, não respondi.

– O que foi, cortaram sua língua, esquisita? – Eugene me provocou.

Os outros garotos se viraram para olhar para mim também, rindo e brincando. Eu envolvi o corpo com os braços, tentando me manter firme e procurando ignorá-los.

Não permita que eles te vejam chorando, Brooklyn. Nunca permita que eles notem sua fraqueza.

O garoto havia me dito isso muitas semanas antes, depois de um dia de muita provocação à mesa do jantar, quando Eugene, "sem querer", trombou comigo, fazendo meu prato de purê de batatas e frango cair no chão. Eva havia me acusado de ser desastrada e me mandou para a cama sem jantar, como castigo.

Um alvo que não rebate, que nem mesmo se defende com palavras, é a vítima mais fácil do mundo.

– Está sozinha? – perguntou Eugene, estendendo a mão para agarrar meu braço com força. – Não pode ser. Sou seu irmão mais velho, afinal, claro que não de sangue. Como se eu pudesse ter o sangue de uma fracassada dessas – disse ele, rindo com histeria.

Os outros meninos riram do que ele disse.

– Vamos, Brooklyn. Vamos juntos. Como irmãos de verdade.

Aquele não foi um convite ingênuo; eu conseguia ouvir a ameaça nas palavras dele. A última coisa que eu queria no mundo era estragar a magia da roda-gigante embarcando com Eugene, mas, aparentemente, eu não tinha escolha.

Mas eu tinha um pressentimento muito, muito ruim.

Arregalei os olhos para ele e tentei afastar o braço, mas ele era muito maior, muito mais forte, muito mais valente do que eu. Não foi uma briga justa. Mas nunca era justo quando envolvia Eugene.

Quando me dei conta, todos os tíquetes tinham sido arrancados de minhas mãos e eu estava sendo levada para o compartimento com Eugene atrás de mim. Os outros meninos estavam atrás de nós, esperando para entrar na cabine seguinte e bloqueando a saída; qualquer tentativa de fuga seria impedida antes que eu avançasse meio metro. Tentei chamar a atenção do homem que checava a barra de segurança, mas ele não olhou para mim nem uma vez.

E então era tarde demais; estávamos no ar.

Eugene gritava, vitorioso, e os garotos da cabine abaixo respondiam com gritos também. Eu me encolhi, me retraí o máximo que pude para ficar longe dele dentro do compartimento pequeno.

Quando estávamos no meio do trajeto, ele começou a balançar.

Inclinando o corpo para a frente acima da barra, e depois jogando todo o peso no encosto do assento, Eugene fez com que o compartimento todo fosse chacoalhado perigosamente rápido. Em poucos segundos, fiquei zonza e comecei a tremer de medo; algumas vezes, nós nos inclinávamos tão de repente que eu tinha certeza de que escorregaria por baixo da barra e cairia do brinquedo, no chão lá embaixo.

Não gritei, não chorei. Eu me recusei a dar essa satisfação a ele.

Mas eu estava morrendo de medo, gritando por dentro pela injustiça daquilo. Ele havia tirado de mim toda a diversão sentida ao ver o brinquedo. Quando finalmente voltamos para o chão, eu não só estava prestes a vomitar o algodão-doce que tinha comido, como também jurei que nunca mais andaria de roda-gigante enquanto vivesse.

Os garotos me deixaram – sem ingressos, nauseada e sozinha – à frente da roda-gigante. Riam enquanto se afastavam, batendo as mãos e planejando em quais brinquedos iriam em seguida. Eu fiquei sentada no chão e tentei não sentir pena de mim mesma.

Foi quando o garoto me encontrou.

– Oi, Bee – disse ele, estendendo a mão para me ajudar a me levantar.

– Oi – sussurrei com a voz baixa.

– Você está bem?

Então ele tinha visto o que Eugene tinha feito. Eu assenti.

– Não deixe que eles te assustem. Não no seu aniversário.

Olhei no rosto dele, surpresa por ele saber que era meu dia especial, e o garoto piscou para mim.

– Vamos – disse, pegando minha mão e me puxando em direção à fila da roda-gigante de novo. Parou quando sentiu minha resistência.

– Não quero voltar lá – insisti, tentando me afastar.

– É exatamente por isso que você tem que ir, Bee. Você nunca ouviu dizerem: "Volte a montar no cavalo que te derrubou"? – perguntou ele.

Balancei a cabeça para indicar que nunca tinha ouvido aquilo e olhei para ele em dúvida.

– Bom, é verdade. Não deixe um idiota como o Eugene estragar a roda-gigante para você. Vi seu rosto antes, quando você entrou na fila. Parecia muito feliz. Não estava?

– Sim – admiti. – Eu queria muito ir antes, mas agora... – parei de falar.

– Vai ser diferente, Bee. Prometo. Não confia em mim?

Pensei em tudo aquilo por um segundo.

– Claro.

– Então, vamos.

Esperamos na fila por pouco tempo e o garoto dividiu alguns de seus tíquetes comigo, já que Eugene havia tomado todos os meus. Estava nervosa quando subimos, mas, em pouco tempo, percebi que o garoto tinha razão – foi diferente dessa vez.

A única coisa que o garoto não mencionou era que ele morria de medo de altura, o que eu descobri cerca de vinte segundos depois de deixarmos o chão. Ele respirava mais pesado do que o normal, sua pele estava pálida e suada.

Quando a roda-gigante parou de rodar, estávamos no ponto mais alto do parque e eu consegui ver a galáxia toda iluminada lá em cima, como um milhão de vaga-lumes congelados no céu da noite. Comecei a apontar as constelações ao garoto, dizendo o nome de todas com facilidade, depois de semanas de prática, conseguindo até recontar algumas das histórias sobre elas.

Acho que isso o acalmou de alguma maneira, porque ele parou de segurar a barra de segurança com tanta força e se virou para olhar para mim enquanto descíamos de volta ao chão.

– Feliz aniversário, Bee – disse ele, apertando minha mão.

Pensei de novo em meu pedido de aniversário e torci ainda mais para que ele se tornasse realidade.

– Obrigada, Finn – respondi, sorrindo para ele.

CAPÍTULO DEZESSETE

PONTO DE RUPTURA

– Bee? Bee, o que foi? – perguntou Finn. Ele havia desencostado a cabeça de meu pescoço, e estava olhando para mim com um olhar preocupado. – O que há de errado?

A voz dele me trouxe de volta à realidade. Nossa cabine estava parada no topo da roda, sem dúvida oferecendo uma deslumbrante vista panorâmica do parque lá embaixo e um incrível pôr do sol – uma bola de fogo descendo pelo céu. No momento, porém, não passava de um borrão. Eu olhei para a frente, incapaz de olhar para ele. Completamente indisposta a acreditar no que minha mente tinha revelado.

Meu primeiro instinto foi negar totalmente. Negação absoluta. Porque não havia como o menino de olhos tristes que assombrava minhas lembranças ser Finn. Meu Finn. Era uma ideia muito absurda.

Pensei em seguida que só podia ser coincidência; uma grande piada cósmica, armada pela vida, pelo destino ou por algum deus que existe lá em cima. Talvez um dia, em toda a sua onipotência infinita, eles estivessem entediados o suficiente para dar uma remexida nas coisas; mexer conosco, meros mortais, aqui na Terra, de forma que, no momento em que finalmente entendêssemos o que estava acontecendo, fosse tarde demais. Assim, quando estávamos correndo como galinhas sem cabeça, tentando desesperadamente fazer um controle dos danos causados em nossas vidas, eles pudessem apenas relaxar e assistir, entretidos, sem a menor culpa, com nossa falta de poder e de compreensão.

Rapidamente rejeitei a ideia, em parte porque gostava de pensar que eu tinha, pelo menos, um pouco de controle sobre meu próprio destino e, em segundo lugar, porque aquilo seria uma baita coincidência improvável.

Aquilo deixava uma última opção – a única verdadeira explicação que podia haver. Eu não queria enfrentá-la. Eu nem queria pensar nela. Só queria atrasar o relógio por quinze minutos, para antes de subir naquela maldita roda-gigante e ver tudo mudar.

Quinze minutos antes tudo era perfeito? Eu era feliz? Eu acreditava que, pelo menos uma vez na vida, estava com sorte?

Parecia agora uma lembrança distante, superficial e fugaz; desaparecendo com o vento com asas finas tão rapidamente que foi como se nunca tivesse acontecido.

A verdade, porém, era que uma parte de mim suspeitou, o tempo todo, de que aquilo não podia ser meu. No fundo, eu sabia que não tinha nascido para as coisas boas – para a leveza e o amor. Não estava nos planos para mim, e eu tinha sido tola de ter pensado o contrário por um curto período.

Mesmo sabendo muito bem da verdade, não foi fácil aceitar. E, contra toda a lógica, eu queria desesperadamente outra explicação.

Porque, se fosse verdade, significava que além de Finn e o menino de olhos tristes serem a mesma pessoa... Finn era um mentiroso.

Ele sabia quem eu era desde o momento em que tínhamos nos visto.

Ele sabia sobre o meu passado.

Ele sabia sobre minha mãe.

E ele tinha usado esse conhecimento para me destruir e me montar de novo exatamente como ele queria. Havia se infiltrado em minha vida, adentrado cada faceta da minha existência, até eu me apaixonar tão perdidamente, a ponto de não saber onde ele terminava e eu começava.

E ele nunca disse absolutamente nada.

Eu havia confiado nele; e isso era importantíssimo para mim. Pior, eu tinha derrubado todas as minhas defesas, e para quê? Para um cara que tinha caído nas minhas graças e, em seguida, se enfiado em meu coração e no meu corpo.

O que eu era para ele? O que era aquele relacionamento? Algum tipo de retribuição pela infância fodida que tivemos?

Ele realmente achava que poderia simplesmente voltar para a minha vida e... o quê? Me consertar?

Ele me amava mesmo?

Como era possível amar alguém de verdade e só mentir para essa pessoa?

Havia inúmeras perguntas, e nenhuma resposta simples. Mas o resumo era que ele tinha problemas.

Ele era um mentiroso.

E definitivamente, sem dúvida, não era o homem que eu achava que conhecia. O homem que achei que amava.

Nunca antes eu havia compreendido o termo ponto de ruptura. As pessoas sempre falam sobre serem empurradas para um ponto onde a tensão e o medo são tão intensos que a mente simplesmente não consegue mais lidar com nada. Eu achava que era uma bobagem, um conceito pensado por pessoas que ou eram pouco preparadas emocionalmente ou cognitivamente preguiçosas demais para organizar suas confusões mentais e enfrentar a realidade.

Agora eu entendia.

Eu podia sentir minha mente se abrindo – dividindo-se em duas partes enquanto tentava compreender, com desespero, o que eu achava saber sobre Finn Chambers e o que tinha acabado de descobrir. Foi meio como olhar para um quadro de Picasso – todas as partes essenciais estavam ali, mas completamente bagunçadas e dispostas nos lugares errados.

Mas minha mente não estava sozinha, porque meu coração – meu estúpido, cego –, e desprotegido coração – estava despedaçado.

– Bee? – Finn repetiu, com a preocupação evidente em seu tom de voz. – O que está acontecendo?

Eu não respondi, mas tenho certeza de que o olhar horrorizado em meu rosto quando me dei conta de tudo era muito revelador.

Eu não poderia fazer aquilo agora – não podia querer esclarecer as coisas ali, em uma maldita roda-gigante pairando quarenta metros acima do solo. Na verdade, acho que não queria esclarecer nada. Nunca. Eu só queria fugir e esquecer que os últimos três meses de minha vida tinham acontecido. Mas, primeiro, eu precisava ficar longe dele. E não poderia deixar claro que tinha me lembrado, que sabia, ou ele nunca me deixaria ir embora sem discutir as coisas.

E eu definitivamente não queria falar. Eu queria fugir. Queria dar um soco na cara dele e, em seguida, dormir com todos os caras lindos que atravessassem meu caminho até que o cheiro e o toque de Finn fossem retirados definitivamente da minha memória. Queria pintar as paredes de meu quarto de novo, queimar minha cama e jogar meu violão em um buraco qualquer.

Mantenha a calma, Brooklyn.

– Estou me sentindo mal – menti, entredentes, com a voz baixa e sem emoção. – Eu esqueci o quanto odeio rodas-gigantes. – Essa parte, ao menos, era verdade. Depois daquele dia, nunca mais entraria em uma roda gigante.

– Ah, que pena, princesa – a voz de Finn era gentil, compreensiva, amorosa; ouvi-lo era como jogar sal em uma ferida aberta. – Você me deixou preocupado.

Quando ele me abraçou, eu não consegui me controlar, fiquei completamente tensa. Precisei me esforçar para não me afastar.

– Bee? – perguntou Finn, a confusão evidente em sua voz.

Eu estava estragando meu plano de agir como se nada estivesse acontecendo; precisava me controlar. Um músculo de cada vez, forcei meu corpo a relaxar em seus braços.

– Desculpe. Eu estou bem, sim. – Engoli a mentira. – Apenas tentando não vomitar.

Infelizmente, a segunda parte era verdadeira. Eu estava lutando contra a náusea desde que voltara de meu passeio involuntário pelo passado, mas não tinha nada a ver com a altura.

– Não se preocupe – disse ele. – Estamos quase no chão.

Ele estava certo, seríamos os próximos a descer. Eu ainda não tinha olhado para ele, por medo do que ele poderia ver em meus olhos.

Não conseguia olhar para ele.

Inferno, eu seria capaz até de ver meu próprio reflexo no espelho.

Eu me sentia usada, suja, perdida, traída. Mas, pior, eu me sentia como uma criança. Completamente enganada e ingênua. E aquelas eram palavras que ninguém nunca havia, na história de minha existência, usado para descrever Brooklyn Turner.

As emoções estavam ameaçando me sufocar, e eu sabia que, se eu começasse a chorar agora, não pararia mais. Eu precisava ficar longe, muito longe dele quando as barreiras rompessem.

Mantenha a calma, Brooklyn. Você consegue. Só mais um pouco.

Quando paramos e saímos da cabine, eu imediatamente me afastei de Finn, ficando a vários metros de distância. Ele notou meu distanciamento imediatamente. Como não notaria? Nos meses desde que havíamos nos encontrado, mesmo quando não estávamos namorando oficialmente, um sempre estava invadindo o espaço do outro, tão perto que quase nos tocávamos o tempo todo.

– Eu tenho que ir ao banheiro – falei, e me virei para procurar o banheiro mais próximo. Quando avistei a parede de concreto verde vários metros dali, girei o corpo sem dizer mais nada e comecei a caminhar em direção a ele. Eu estava no meio do caminho quando Finn me alcançou, agarrando meu braço para me fazer parar.

– Ei, quer que eu vá com você? Para segurar seu cabelo para trás ou... algo assim? – Sua voz era uma mistura de confusão e preocupação; a sinceridade em suas palavras fazia meus ouvidos arderem.

– Não – eu disse, puxando meu braço com grosseria. – Eu preciso vomitar, Finn. Garotas não gostam que seus namorados... – eu quase engasguei ao dizer aquilo – as vejam assim, está bem? Então, me deixe ir. Eu vou ficar bem. Se eu ficar aqui mais um instante, você vai ficar coberto de massa frita e algodão-doce.

– Está bem, sinto muito – disse ele, calmamente. – Eu vou esperar você aqui fora. Mas... me chame se precisar de mim. – Ele parecia chateado, e por um momento eu me senti mal por estar sendo tão desagradável com ele, mas logo passou porque eu logo me lembrei de que era um imbecil mentiroso que estava brincando comigo fazia muito tempo.

Ao correr para o banheiro, sozinha dessa vez, algo ainda mais aterrorizante me ocorreu: e se Finn não fosse apenas um mentiroso... e se ele fosse psicótico?

Eu estava preocupada pensando que aquelas ligações e respirações assustadoras fossem coisa de um stalker ou de algum sociopata desconhecido que queria me pegar. Mas e se eu estivesse mais perto do meu agressor do que eu imaginava... tão perto –, a ponto de tê-lo convidado para ir para a minha cama e ainda colocado um capacho com as palavras "seja bem-vindo" na porta do meu coração?

Rejeitei aquela ideia tão depressa que ela mal teve tempo de se formar totalmente, e a expulsei de minha mente com tanta força que até eu mesma me surpreendi. Não importa o que – quem – Finn Chambers fosse, ele nunca me machucaria. Eu sabia disso tão claramente quanto sabia que o sol nascia todos os dias, que meu segundo nome era Grace e que sete doses de Cuervo eram o bastante para me fazer esquecer em que ano estávamos.

Eu nunca havia sofrido por amor antes, mas agora entendia como era. Não era apenas uma dor emocional, era física – como se alguém enfiasse a mão dentro do meu peito e arrancasse meu coração, deixando uma dolorida cavidade aberta que eu não tinha esperança de conseguir preencher totalmente.

Sedenta de vingança como sou, quando cheguei à porta do banheiro, eu me virei para dar uma última olhada em Finn, sabendo que, provavelmente, era a última imagem que eu teria dele. As lágrimas que eu estava contendo finalmente se soltaram, acumulando-se em meus olhos e escorrendo quando eu o encontrei no meio da multidão. Ele estava exatamente onde eu o havia deixado; olhos voltados para aquela maldita roda-gigante com uma expressão contemplativa, como se estivesse procurando a resposta para uma equação particularmente difícil.

Ele era a perfeição, desde as raízes dos cabelos escuros despenteados até as pontas desbotadas de suas botas preferidas. E, ainda que eu devesse odiá-lo, naquele momento tudo o que eu conseguia fazer era absorver sua imagem – como uma mulher sedenta no meio de um deserto, encarando o oásis que nunca alcançaria.

Quando as lágrimas haviam começado a rolar rápido demais para eu conseguir enxergar direito, eu me virei e corri para o banheiro. Pegando o celular do bolso, liguei para Lexi. Felizmente, ela atendeu ao segundo toque.

– Brookie! Como está o aniversário, amiga?

– Lexi. – Minha voz estava arrasada. Eu não tinha mais nenhuma vontade de fingir que estava bem. – Por favor, eu preciso que você venha me buscar.

– Está bem – ela concordou imediatamente, sem perguntas. Isso, por si só, deixava claro que ela havia notado o desespero na minha voz. – Onde você está?

Eu disse, e ela concordou em me encontrar na entrada lateral em dez minutos. Quando fiz com que ela prometesse não dizer a Ty aonde estava indo, eu sabia que ela ligaria os pontos e saberia que tinha a ver com Finn, mas ela não disse nada.

Saí do banheiro pela porta dos fundos, olhando para trás para ter certeza de que Finn não tinha me visto, e desapareci na multidão. Enquanto eu me misturava ás pessoas alegres, seguindo lentamente em direção à saída leste do parque, deixei minhas lágrimas caírem no chão e desejei, com toda a minha alma, poder esquecer Finn Chambers e seguir em frente com minha vida.

Eu provavelmente teria mais sorte se tivesse desejado um carregamento vitalício de chocolate sem calorias ou uma viagem de ida e volta para a Lua, com tudo incluso.

Ele era muito mais rápido do que eu pensava.

As chamadas começaram assim que terminei de falar com Lexi. Eu tinha desligado o celular, porque me sentia mal só de ver o nome dele na tela.

Eu estava em casa havia cinco minutos quando as batidas na porta da frente começaram, altas o suficiente para que eu escutasse mesmo estando trancada em meu quarto. Lexi olhou para mim com uma expressão confusa quando entrei na cozinha e disse a ela, em termos claros, que ela não tinha autorização para deixá-lo entrar. Eu não me importava com o que ele dissesse, com o que fizesse – sob nenhuma circunstância eu queria ver ou falar com ele.

– Bee! – ele gritava, batendo os punhos na porta de madeira a ponto de chacoalhar sua estrutura. – O que está acontecendo, porra?

Eu me inclinei contra o balcão da cozinha em busca de apoio.

– Diga o que eu fiz. – Sua voz estava desesperada, despedaçada. Lexi olhava de mim para a porta e de volta para mim, horrorizada.

– Brooklyn! Por favor!

Fechei os olhos para não ter que ver sua expressão de julgamento.

– Princesa, converse comigo. Nós podemos consertar isso, por favor, só não me deixe sem acesso a você.

Foi assim por quase uma hora, até a voz dele ficar rouca e ele ficar sem ar. Quando ele finalmente desistiu, eu abri os olhos, olhei para Lexi e fui para o quarto.

– Não, senhora! – ela gritou, correndo atrás de mim e esticando os braços para me impedir de fechar a porta em sua cara. – Você me deve um monte de explicação. Primeiro, você me faz buscá-la no parque, em prantos e sem ar, e agora Finn está aqui, batendo à nossa porta como um doido, e eu não posso deixá-lo entrar? – Ela olhou para mim com os olhos arregalados. – Que porra aconteceu hoje?

– Ele não é quem eu pensava, está bem? – minha voz me parecia desconhecida.

– Ah, não. Não está bem – Lexi disse, empurrando a porta completamente para abri-la e me forçando a me afastar enquanto ela invadia meu quarto. Ela se sentou na cama, cruzou os braços sobre o peito ameaçadoramente, e olhou bem na minha cara. – Agora explique ou eu não vou mais ajudar você. O que significa que posso abrir a porta para quem bater.

Eu a encarei.

Ela bateu o pé impacientemente.

– Ele mentiu para mim. Sobre como nos conhecemos, sobre como nos conhecíamos. Sobre tudo. Ele está mentindo para mim desde aquele dia do hidrante, Lex. E eu não posso falar sobre isso – falei, minha voz embargada enquanto eu implorava para ela entender. – Não é porque eu estou sendo uma megera, e não é porque eu quero deixar você de fora. É porque eu realmente não posso falar sobre isso. Dói muito, dói demais. – Eu respirei fundo e inclinei a cabeça para cima para poder impedir que as lágrimas rolassem.

– Ah, Brooklyn – Lexi sussurrou, com lágrimas enchendo seus olhos. – Venha aqui. – Ela me puxou para um abraço forte, e, de repente, eu estava chorando em seus braços, arfando como se estivesse nadando em um mar de tristeza, mágoa e traição.

Eu não sei quanto tempo ficamos sentadas na minha cama, chorando demais, mas, quando finalmente as lágrimas acabaram, eu olhei pelas janelas; a noite já tinha caído havia horas. Lexi beijou minha bochecha e disse boa-noite, enxugando os olhos enquanto se dirigia para o corredor. Quando ela fechou a porta, eu desabei na cama, arrasada.

Eu devo ter adormecido, exausta, em algum momento entre as lágrimas.

Acordei com o som de minha janela sendo aberta. Sentada na cama, peguei o celular no criado-mudo e freneticamente pressionei o botão para ligá-lo novamente. Eu podia ouvir alguém entrar pela janela, assim que a tela se acendeu.

Eu estava ligando para a polícia quando vi que os pés da pessoa que entrava pela minha janela estavam dentro de botas pretas familiares, com as pontas desbotadas.

Resignada, desliguei o celular e o coloquei sobre o criado-mudo de novo. Eu me sentei na cama, de braços cruzados, e observei Finn entrar pela janela, perdendo o equilíbrio e quase caindo de cara no chão.

Quando se colocou de pé, seus olhos instantaneamente atravessaram o quarto e encontraram os meus.

– Oi – disse ele, enfiando as mãos nos bolsos da calça jeans, sem tentar se aproximar.

– O que você está fazendo aqui? – eu perguntei, de maneira fria e com tom nada amigável.

– Bem, eu subi na árvore... – ele começou.

– Eu perguntei o quê, não como – eu disse, interrompendo na mesma hora.

– Eu tinha que te ver, Bee – ele disse, olhando para mim com um olhar desesperado. – Eu não sei o que está acontecendo. Não é justo que você esteja tão irritada, mas não tenha me dito o que eu fiz para te irritar.

– Não é justo? Não é justo? – perguntei, minha voz muito alterada. – Que bacana... você falar sobre o que é justo.

– O quê?

– Não se faça de idiota, Finn. Se você vai ficar aqui, desperdiçando o meu tempo, o mínimo que pode fazer é ser honesto.

– Brooklyn... – Ele levantou as mãos em rendição, como se estivesse tentando me acalmar. Como se eu pudesse ser acalmada, naquele momento.

Ele só podia estar brincando comigo.

Eu pensei que tinha tudo sob controle, pensei que pudesse vencer aquele confronto sem perder a cabeça, mas foi demais para mim. Vê-lo aqui daquele jeito... ainda mentindo para mim, ainda fingindo...

Eu comecei a falar:

– *Conte-me uma história,* Finn – falei, com a voz séria. Seu rosto perdeu a cor ao perceber as palavras conhecidas, e ele notou que eu sabia.

Que eu me lembrava.

Eu atravessei o quarto, aproximando-me dele, onde ele estava completamente parado. Vi a veia em seu pescoço pulsando a cada batimento cardíaco, o pescoço e os ombros carregados de tensão enquanto se controlava. Seus olhos estavam ligeiramente semicerrados, cheios de desconfiança, indecisão, e o que parecia ser medo, enquanto esperava pelo que eu diria.

Quando cheguei perto, olhei bem em seu rosto, deixando de lado a dor e canalizando todo o turbilhão de emoções dentro de mim em um único sentimento: traição.

– *CONTE-ME UMA HISTÓRIA* – eu gritei na cara dele, totalmente descontrolada.

Ele se encolheu, mas permaneceu quieto e parado, com o olhar fixo no meu.

– Bem – eu disse, respirando com dificuldade enquanto eu olhava em seus olhos escuros. Eles estavam muito contidos, escondendo o que ele estava sentindo. – Então eu vou te contar uma história. É sobre uma menininha que perdeu tudo, que não tinha nada mais. Nada nem ninguém para chamar de seu. Até que ela conheceu um garoto, e por um tempo ele se tornou tudo para ela. – Minha voz falhou na última palavra e eu me xinguei por dentro, determinada a me manter firme.

Havia coisas que precisavam ser ditas, e, como ele tinha forçado aquele confronto, elas seriam ditas naquele exato momento.

Puxando o ar para os pulmões, eu continuei:

– Mas o garoto, que devolveu a ela um pedaço de si mesma, era um mentiroso. É um manipulador. Mas a menina, que não era mais tão menina, tinha confiado que ele colaria de novo seus pedaços quebrados... ela acreditou que ele pudesse fazê-la acreditar em finais felizes novamente... que seria quem apagaria todas as suas cicatrizes...

Lágrimas escorriam dos meus olhos agora, e minha voz se tornava mais trêmula a cada frase.

– A menina estava errada. O garoto não era confiável, assim como não eram confiáveis todos os outros homens da vida dela que a decepcionaram. Ele misturou engano e decepção, até ela não conseguir mais discernir a realidade das mentiras; até a menina entender que não haveria final feliz para ela. Nunca. Porque ela foi despedaçada, irremediavelmente, pela segunda vez na vida. A cola que o garoto tinha usado para montá-la de novo não era forte o suficiente, não era verdadeira o suficiente para mantê-la de pé. Ela desmoronou e se desfez, e todos os seus pedaços ruíram e se estragaram mais do que na primeira vez.

Eu tinha perdido todo o controle àquela altura; lágrimas escorriam por meu rosto e Finn parecia uma sombra do homem que eu tinha conhecido; ele parecia tão assombrado como eu me sentia por dentro.

– Acho que devo agradecer a você – falei, rindo amargamente.

Ele manteve o silêncio por um segundo e então sussurrou:

– Agradecer a mim? – Sua voz estava mais grave do que nunca, arrasada e sem a autoconfiança de sempre.

Ótimo. Ele deve estar arrasado também.

– Eu pensei que fosse forte, que meus muros eram intransponíveis, até você entrar em minha vida e mostrar como eu era fraca. Eu cheguei a pensar que estava segura com você. – Ri com ironia, olhando para as estrelas pintadas em meu teto. – Então, obrigada, Finn, por me mostrar minha fragilidade. Cuidarei para não cometer os mesmos erros no futuro.

– Bee… – ele começou.

– Não – eu o interrompi. – Não me chame mais assim.

Seus olhos estavam vidrados pelas lágrimas não derramadas, cheios de resignação e sem esperança.

Balançando a cabeça, ele deu um passo para trás, para fora do meu espaço, e voltou os olhos para o chão.

– Me desculpe, Brooklyn – ele sussurrou. – Você não tem ideia de quantas vezes eu tentei te contar… como cheguei perto…

– Perto não é o suficiente, Finn.

– Eu sei disso – disse ele, passando as mãos pelos cabelos. – Mas como se encontra as palavras para algo como aquilo? Como você diz a alguém que passou a vida toda procurando por ela? – Ele riu, um som amargo escapando de seus lábios. – Brooklyn, assim que fomos separados na infância, eu passei a tentar localizar você. Eu implorei aos meu pais adotivos para voltar para buscar você, para que eu pudesse te ligar ou escrever. Quando eles concordaram e eu entrei em contato com o abrigo, você já tinha ido embora. Eva não me deu nenhuma informação. Seu caso era sigiloso. Nunca pensei que a encontraria. E então, em uma terça à tarde qualquer, há dois anos, digitei seu nome no campo de busca do Facebook e pronto! Encontrei você.

Eu pensei na conta do Facebook que Lexi tinha insistido em fazer para mim quando entramos na faculdade. Ela tinha postado uma foto de nós duas vestindo blusas iguais da faculdade, com o logotipo laranja na frente. Fiquei tentando imaginar se tinha sido assim que Finn havia me encontrado.

Como eu nunca tinha usado o site, de fato, pensei que seria desativado depois de um longo período de inatividade. Aparentemente, toda a pregação de meus professores sobre as pegadas na Internet serem permanentes era realmente verdade; o Facebook é para sempre.

– Eu soube que era você imediatamente. Você era linda na infância, e está ainda mais linda agora… aqueles olhos, aquele sorriso. Não havia como negar que era você. Mas eu ainda precisava saber que você estava bem, Brooklyn. Eu me preocupei por anos. Você tem que entender que, quando eu fui adotado, quando eu deixei você… tive a impressão de que tinha te abandonado. E sabia que eu nunca ficaria em paz até te ver de novo, cara a cara.

– Então, quando você me encontrou, qual era a ideia? O plano era me foder até eu ficar bem? Queria me curar com a maravilha do seu pênis?

– vociferei. – Você poderia ter visto como eu estava e ido embora, sem dizer uma única palavra para mim. Eu estava bem antes de te conhecer. A única coisa que você fez foi me foder ainda mais do que antes.

– Não foi bem assim, Brooklyn – disse Finn, a raiva tomando sua voz. – Eu nunca planejei isso que aconteceu entre nós. Eu não queria me apaixonar por você, assim como você não queria se apaixonar por mim. Eu pedi transferência para cá quando soube que você entraria no outono passado. Mas você me viu no primeiro ano? Eu não me aproximei. Eu não mexi com a sua vida. Eu estava perto, para o caso de um dia você precisar de ajuda, precisar de mim. Eu não queria fracassar novamente, independentemente de você saber ou não da minha existência.

Eu não sabia o que dizer. Ele havia pedido transferência para cá por minha causa? Que loucura. Mas não era uma loucura boa. Era o tipo de loucura obsessiva e perseguidora com a qual eu não queria contato.

– Acho melhor você ir embora agora – eu disse, me afastando dele.

– Bee... Porra! – Ele enterrou as mãos nos cabelos. – Por favor, não tenha medo de mim. Eu sinto muitíssimo por não ter te contado antes. Eu tentei, muitas vezes. Só não conseguia encontrar as palavras. Naquele dia, quando você caiu por causa do hidrante e bateu a cabeça... parecia o destino. Você estava bem ali na minha frente, ferida e precisando de ajuda. Pensei que talvez pudesse chegar perto de você, só para ser seu amigo. Eu juro que minha intenção não passava disso.

– Mas eu me apaixonei por você, Brooklyn. Não consigo identificar o exato momento em que percebi que você era tudo o que estava faltando na minha vida, mas eu sabia, assim como soube quando tinha 10 anos, que eu não podia mais ficar sem você. Ainda assim, tentei afastá-la, tentei manter barreiras entre nós quando percebi que você não se lembrava de mim... Mas simplesmente não conseguia ficar longe.

– Finn, isso… é muito louco – sussurrei, sem saber o que dizer. – Eu estava no fundo do poço emocional. Não era só o fundo. Era o fundo do fundo.

– Eu sei disso, tá? Eu sei que somos malucos. Com você, é um passo para a frente, e três saltos mortais para trás. Mas também sei que você sabe ser incrivelmente doce quando não está muito ocupado me batendo, me repreendendo ou me odiando.

Com isso, eu o encarei e cruzei os braços.

– Você não quer que ninguém cuide de você, eu entendo isso. Até respeito – ele continuou, sem se preocupar com meu olhar. – Mas, às vezes, atrás do gelo, da fachada fria que você mostra ao resto do mundo, tenho um vislumbre da menininha de coração arrasado e vulnerável que ainda precisa de mim. E eu gosto de ser o único que consegue vê-la e protegê-la. Eu sei que isto é muito para entender... sei que você provavelmente me odeia. E talvez isso faça de mim um desgraçado, mas você precisa saber que eu não me arrependo de um único segundo do nosso tempo juntos, Brooklyn. Com ou sem a mentira, esta relação foi, e sempre será, a parte mais importante, bonita e sagrada da minha vida. E eu vou esperar por você. O tempo que for preciso, eu vou esperar.

Já estou esperando a vida toda. Ele havia dito essas palavras antes e eu não as tinha entendido na época, mas conseguia compreendê-las perfeitamente agora.

– Eu preciso de tempo, Finn. Eu me sinto arrasada, traída, confusa, e, francamente, estou… esgotada com isso. Eu não quero mentir para você nem dar falsas promessas de que está tudo bem entre nós. Nada disso é bom, eu não estou bem. – Respirei com calma pelo nariz. – Eu preciso ficar sozinha agora.

– Consigo entender – disse ele, assentindo. Eu pensei ter visto um lampejo de esperança em seus olhos enquanto ele olhava para mim.

– Eu não estou dizendo isso para te machucar porque, por mais louco que pareça, acredito em sua história. Mas isso não muda nada. Por enquanto, eu não quero ver você. Eu não quero saber de você. E não posso prometer que vou querer ficar com você de novo.

Ele assentiu, com a mandíbula tensa e sem brilho nos olhos.

– Boa noite, Finn – falei, caminhando até a porta do meu quarto e abrindo-a. – Use a porta da frente dessa vez, tá? Suas mãos estão machucadas.

Entre os golpes que ele tinha dado na minha porta mais cedo e depois de ter arrancado a casca áspera do bordo perto da minha janela, ele causou estragos nas palmas e nos dedos das mãos; os nós dos dedos estavam inchados e ensanguentados e pelo menos dois estavam arroxeados, sinal de que podiam estar quebrados.

Ele foi até a porta, parando no batente por quase um minuto. De costas para mim, sussurrou no escuro tão baixinho que eu mal consegui entender suas palavras.

– Eu amo você, Brooklyn Grace Turner. Eu sempre te amei e sempre vou te amar. Demorei quase 13 anos para encontrá-la; não vou perder você agora. E, se decidir que nunca mais quer me ver, vou tentar viver com essa decisão; mas você deve saber que o que sinto tem sido uma constante em minha vida. Isso é permanente para mim. Você é permanente para mim.

Com essas palavras soltas no ar, ele desapareceu no corredor. Fiquei ali até ouvir a porta da frente ser fechada, e então atravessei o quarto para trancar minha janela.

Pensei ter chorado todas as minhas lágrimas antes, mas, quando subi na cama e abracei meu travesseiro contra o peito, descobri que ainda havia outras lágrimas para chorar.

CAPÍTULO DEZOITO

100% GARANTIDO

Fundo do poço: pensei ter chegado a ele na noite em que Finn partiu.

Não é engraçado que, quando pensamos que simplesmente não é possível que as coisas piorem – que, independentemente do que vier no futuro, vamos conseguir lidar com isso, porque não há como algo ser tão ruim como a dor que estamos sentindo agora –, a vida dá uma boa olhada em nós e diz: "Seu idiota, você ainda não percebeu? *As coisas podem sempre, sempre, sempre piorar. Observe, eu vou provar isso*".

Os dias se passavam com uma lentidão torturante que me fazia pensar que estava enlouquecendo.

Eu só saía do quarto para ir ao banheiro e para a cozinha. Matei aulas, cancelei minhas sessões com a Dra. Angelini, e me recusei a falar com Lexi quando ela veio me ver. Estava sem apetite. Nem me dava ao trabalho de tomar banho. Mas o pior era eu não estar dormindo.

Tipo... nem um pouco.

Eu estava com medo de vê-lo em meus sonhos, fosse como um menino ou como o homem que havia se tornado, e só isso já era o suficiente para me manter acordada para o resto da vida. Mas, depois de dois dias sem dormir, meu corpo mudou de ideia. Eu tinha que estar em guarda o tempo todo – se minha mente vagasse por um minuto que fosse, eu me via à beira da inconsciência, sendo forçada a me beliscar ou estapear para não ir para a terra dos sonhos.

Eu me tornei obcecada por despertadores – meus aliados contra a ameaça do sono. Passava horas no meu laptop, lendo sobre ciclos de sono e estágio REM. Para dar um alívio ao meu corpo, eu me tornei a mestre dos cochilos, cochilando em intervalos exatos de noventa minutos antes de entrar no sono profundo onde os sonhos acontecem.

De certo modo, sabia que nada disso era racional ou saudável, mas eu realmente não me importava. Assim que Finn saiu do meu quarto naquela noite, aceitei o fato de que meu coração nunca mais seria o mesmo; tudo o que eu podia fazer agora era tentar unir os pedaços rasgados da minha alma de volta juntos – e, se para isso precisasse de semanas de reclusão, um comportamento à la Howard Hughes para conseguir, que assim fosse.

Fiquei esperando o momento em que as coisas começariam a melhorar. Não podia continuar assim para sempre, pensei; as pessoas, todos os dias, em todo o mundo, saíam da cama e enfrentavam suas dores. Um dia, acordavam, abriam os olhos e decidiam que a dor tinha diminuído – talvez não muito, talvez nem mesmo o bastante para fazer uma diferença tangível na destruição pairando sobre elas como uma nuvem negra, mas o suficiente para dar-lhes esperança. Esperança de que, um dia, em semanas ou meses, ou anos ou décadas, a dor se dissiparia a ponto de já não pulsar como um ferimento físico, com cada batimento cardíaco sendo um lembrete do que havia sido perdido.

Talvez, se eu ficasse na cama por bastante tempo, olhando as constelações que ele havia pintado no meu teto, eu finalmente me sentisse melhor.

Ou pior. Era uma aposta, realmente.

Na primeira manhã em que acordei sem ele, assim que abri os olhos e vi o teto, pulei da cama e segui em direção ao mais próximo Home Depot. Joguei a primeira lata branca que encontrei dentro do carrinho, fui até o caixa, e comprei sem pensar duas vezes.

Quando cheguei em casa, sentei no chão do meu quarto, olhando para a lata de cal, durante quase duas horas, incapaz de tirar a tampa. Com um grito frustrado, acabei enfiando a lata dentro do meu armário juntamente com a jaqueta de couro de Finn, onde eu não teria mais que olhar para elas.

Durante o primeiro dia, talvez até o segundo, tentei não pensar nele. Então percebi como aquilo era absurdamente inútil e contraproducente, então desisti e comecei a agir como uma garota – ou, em outras palavras, eu comecei a ficar obcecada com tudo o que ele já tinha dito ou feito nos meses desde que nós tínhamos nos conhecido.

Comecei a perceber que, de muitas maneiras, Finn, na verdade, tentou me contar. Talvez não com palavras, mas com ações...

Na noite em que ele me levou para ver os vaga-lumes naquele ponto de observação.

Na estranha canção dedicada que ele cantou na Blue Note.
Como ele sempre, desde o início, me chamou de "Bee".
Como sempre tinha sido protetor.
Até mesmo na maneira como ele dizia certas coisas...
Nunca houve ninguém de verdade para mim além de você.
Sempre foi você.
Você é muito diferente do que eu esperava.
Eu amo você, Brooklyn. Sempre amei.

A lista não acabava, até meus olhos ficarem marejados e eu me forçar a parar de vasculhar as lembranças.

Eu acho que foi no sétimo dias pós-Finn que a porta do meu quarto foi aberta abruptamente, batendo contra a parede e balançando os quadros pendurados, que quase caíram. Lexi entrou correndo, os olhos azuis brilhando com determinação, e caminhou até a cama, onde eu estava encolhida sob uma montanha de cobertores. Com um movimento do braço, ela arrancou o edredom da cama e o jogou no chão.

– Brooklyn Graça Turner. Isso é patético. Olhe para você! – ela exigiu, apontando meu moletom largo e o shorts rasgado do pijama. – Mais importante, cheire você. Sério, você se lembra da última vez em que tomou banho?

Meus lábios, de modo traiçoeiro, esboçaram um sorriso.

– Levante-se! – gritou Lexi. – Agora mesmo!

– Vá embora, Lexi. – eu respondi, exausta, virando o rosto para a parede. Eu definitivamente não estava de bom humor.

De repente, minha cama foi balançada com o peso de alguém no colchão. Assustada, eu me virei e vi Lexi em pé sobre mim em cima da cama, com as mãos firmes na cintura. Abri a boca para perguntar que porra ela achava que estava fazendo, mas voltei a fechá-la porque estava batendo os dentes dolorosamente, enquanto ela pulava na cama feito uma louca.

O colchão todo estava sendo balançado, e eu com ele. Cada vez que os pés de Lexi tocavam a cama, eu era lançada para cima, e me agarrava à cabeceira para não ir direto para o chão.

– Eu disse: LEVANTE-SE! – gritou Lexi, ainda mais alto. Quando seus pés chegaram bem perto de aterrissarem em meus órgãos, eu não tive escolha além de abandonar o navio.

Mergulhei no chão, me arrastei por vários metros para longe da cama, e me virei para encarar a maluca que era minha melhor amiga. Ela parou de pular assim que eu saí da cama, mas permaneceu em pé ali em cima, irada comigo.

Sem dizer nada, Lexi pulou para fora da cama, atravessou o quarto, e me encurralou em um canto até eu ser encostada contra a parede. Inclinando-se, ela segurou meu rosto entre suas mãos e me olhou nos olhos.

– Faz sete dias, Brooklyn. Eu te dei uma semana inteira para sofrer. E, acredite em mim, foi difícil de ver. – Ela fez uma cara enojada. – Eu sei que você está passando por um momento difícil agora. Sei que é a coisa mais difícil do mundo sequer pensar sair da cama de manhã e fingir que tudo está normal. Já passei por isso.

Eu quis interromper, mas ela me cortou antes que eu pudesse dizer uma palavra que fosse.

– Mas você não é assim, Brooklyn. Não me importa o que ele fez, nenhum cara vale esse sofrimento ao qual você está se submetendo.

Aquela era mesmo a Lexi falando?

– Eu sei o que você está pensando. Quem sou eu, rainha da rotatividade de namorados, para dizer alguma coisa sobre relacionamentos, certo?

Uau, eu tinha pensado quase exatamente isso.

– E você tem razão. Eu tive muitos namorados e relacionamentos nada saudáveis. Mas, por causa disso, também tive a minha cota de decepções. – Um pequeno sorriso triste agraciou seus lábios. – Se tem uma coisa na qual sou boa é em superar babacas e seguir com a minha vida. Talvez eu não siga com as pessoas certas, mas essa não é a questão… A questão, Brooklyn, é que isso é a única coisa a ser feita: seguir com a vida. Apesar da dor, apesar de tudo, você continua respirando. E um dia, eu prometo, vai ficar melhor.

Acho que ela tinha razão.

– Eu estou mesmo fedendo? – perguntei com a voz baixa.

– Na real, senti seu cheiro da cozinha. – Lexi riu. – Eu acho que você está começando a mofar.

– Eca! – eu disse, torcendo o nariz. – Não pode estar tão ruim assim.

– Se você está dizendo… – Ela revirou os olhos. – Tome um banho, tá? Temos lugares para ir, pessoas para ver.

– Onde? – perguntei.

– Apenas confie em mim.

– Certo. – Lexi sorriu para mim. – Você pode me agradecer agora.

– Em off? – perguntei.

– Pode ser, como quiser.

– Tudo bem, eu admito. Você estava certa.

– Isso é tudo o que eu recebo? Depois de toda a tempestade de merda que você causou?! Nem mesmo um "obrigada, Lexi, por ser a mais maravilhosa, cuidadosa, incrivelmente linda, surpreendentemente perspicaz (eu falei linda de morrer?), melhor amiga do planeta, e por me forçar, mesmo contra a minha vontade, a mudar o corte de cabelo e ficar incrivelmente sexy"?

Revirei os olhos e caminhei na direção do carro sem ela.

– Ah, relaxa! – disse ela, correndo para me alcançar. – Mas ficou bem lindo mesmo.

Por mais que eu detestasse admitir, Lexi tivera razão sobre o corte de cabelo; era exatamente o que eu precisava para sacudir a melancolia na qual eu estava me afogando havia uma semana. O cabeleireiro tinha escutado um sermão de quinze minutos, dado por Lexi, antes mesmo de sequer erguer a escova – na verdade, fiquei surpresa por Lexi não ter simplesmente pegado a tesoura e começado a cortar meus cabelos sozinha.

Felizmente, não tinha chegado a esse ponto e ela não tinha sido tão mandona assim.

O cabeleireiro, seguindo as instruções de Lexi ao pé da letra, tinha cortado fora vários centímetros de meu longo cabelo, deixando-o comprido o suficiente para alcançar os seios. Ela fez camadas e repicou os fios ao redor de meu rosto para acentuar o corte. Por fim, havia espalhado luzes cor de caramelo pelos fios, algo que eu nunca tinha tentado em minhas madeixas escuras.

No começo, fiquei preocupada pensando em como ficaria, mas, assim que vi o resultado no espelho, me apaixonei. O corte me favorecia, destacava meus traços pequenos e emoldurava meu rosto de modo a fazer com que minha boca parecesse mais carnuda, que as maçãs de meu rosto parecessem mais altas. A nova cor realçava o verde de meus olhos, e o meu tom de pele.

Em resumo, eu parecia – e me sentia – uma nova mulher.

Depois de nossa parada no cabeleireiro, fiquei sabendo que tinha sido apenas a primeira de uma longa lista de atividades que Lexi havia planejado para aquele dia.

Em seguida, atravessamos a rua até o salão de manicure preferido de Lexi, onde fizemos as unhas e pintamos com cores lindas. Depois fomos ao shopping da região para passar por uma leve terapia de compras, e compramos vestidos e blusinhas novas. Até encontrei um lindo par de botas de salto Chanel em um brechó de marcas famosas, e eu os arrebatei por uma fração do preço original.

Depois das compras, pensei que tínhamos terminado, mas Lexi nos direcionou ao cinema. Comemos pipoca murcha com muita manteiga e rimos muito assistindo ao filme de nossa dupla preferida de mulheres comediantes.

Quando finalmente chegamos em casa, já passava da meia-noite e eu estava exausta depois de um dia lotado de atividades de meninas. Nós nos sentamos na calçada, olhando para a casa em estilo vitoriano, e percebi que eu mal tinha pensado em Finn durante todo o dia. Lexi tinha me mantido ocupada demais.

Tinha sido muito bom rir, sair daquele quarto, me afastar de todas as lembranças. Eu quase não queria voltar para dentro e enfrentar tudo.

– Ei – disse Lexi, quebrando o silêncio. – Tem mais uma coisa no nosso itinerário.

– O quê? – perguntei

– Dormir juntas. Como quando tínhamos 13 anos. Vamos tomar sorvete direto do pote e conversar, eu vou te contar que vou me casar com o Lance Bass e você vai ter dezessete filhos com o Justin Timberlake. Só que agora temos os benefícios adicionais da vodca.

– Em primeiro lugar, nunca vamos reviver a fase do NSync por mais que nos embebedemos. Em segundo lugar, o Lance Bass já se assumiu gay, então te desejo sorte nesse seu plano. Em terceiro lugar, obrigada.

– Agradecendo a moi? Por quê? – Lexi sorriu.

– Por ser você. – Eu dei de ombros. – Nós não temos que ficar trocando abraços, certo?

– Mas... – Lexi piscou e, em seguida, começou a cantar. – *IT`-S TEARING UP MY HEART…*

– Pare! – eu a interrompi. – Também não vamos cantar!

Duas horas mais tarde, estávamos na metade da garrafa, cantando Backstreet Boys a plenos pulmões, fazendo as escovas de cabelo de microfone.

Quando finalmente adormecemos, juntinhas como duas crianças na cama de Lexi, uma lágrima escorreu de meus olhos e rolou para o travesseiro. Eu pensei que tinha perdido tudo quando o afastei, mas estava errada. Eu ainda tinha Lexi. E, mais importante, eu tinha a mim.

Tinha sido uma semana difícil, mas eu sabia que Lexi tinha razão: não importa como te derrubaram, e sim, como você se levanta e continua o caminho.

Depois daquele dia, eu me forcei a começar a viver novamente. Fazer refeições regulares, ter uma rotina normal de sono. Pouco a pouco, peguei os cacos da minha vida e tentei me encontrar dentro do caos.

Mergulhei de cabeça nas tarefas da faculdade, o que foi uma coisa boa, considerando todas as aulas que eu tinha perdido durante a minha semana de hibernação. Eu tinha um longo caminho acadêmico a percorrer, ainda mais com a chegada do fim do semestre. Pelo menos meus professores tinham sido compreensivos.

A Dra. Angelini foi outra história.

Dizer que ela ficou frustrada comigo era pouco. Não que ela demonstrasse, ou qualquer coisa assim. Por fora, ela parecia calma e composta como sempre. Mas a tempestade de emoção violenta por trás de seus olhos era o sinal.

Então, para acalmá-la, eu lhe disse tudo.

– Eu achei o gatilho – eu disse assim que me sentei em seu consultório.

– O que disse?

– O gatilho. Era Finn. – Eu engoli em seco. – Ele é o menino dos meus sonhos.

– Finn é o menino dos seus sonhos?

– Foi o que eu disse, não foi? – perguntei, ficando mais frustrada.

– Não, você disse "ele é o menino dos meus sonhos", o que tem uma conotação completamente diferente.

– Meu Deus, doutora, se você pensar que isso foi um ato falho, vou embora e não volto mais – resmunguei.

A Dra. Angelini escondeu um sorriso atrás da caneca de café antes de tomar um gole.

– Então, Finn é o gatilho – disse ela, gesticulando para que eu continuasse.

Eu contei tudo a ela: sobre os sonhos que tivera, as lembranças que eu tinha descoberto na roda-gigante, e a nossa separação. Falei sobre minhas atividades da semana anterior, me desculpei por cancelar nossas sessões, e me preparei para sair. Quando fiquei de pé, a doutora me interrompeu.

– Então é isso? – perguntou ela, incrédula como eu nunca a tivesse visto.

– É isso o quê? – Eu estava confusa.

– Você vai simplesmente desistir do Finn? De todo o progresso que fez? De si mesma?

– Como assim?

– Há quatro meses, se você tinha um problema, ou enterrava a cabeça na areia como um avestruz e esperava até que ele fosse embora, ou se agitava sem parar até que ele se transformasse em algo pequeno – disse a Dra. Angelini. – Não é exatamente o que está fazendo agora?

– Você me comparou mesmo a um avestruz? – Eu perguntei.

– Olha, eu estou provavelmente ultrapassando meus limites como sua terapeuta agora, mas não consigo deixar de pensar que você vai se arrepender para o resto da vida se não lidar com isso. Sabe aquele momento em que as pessoas olham para trás, já em seu leito de morte, desejando que tivessem escolhido outra coisa? Este é o momento.

– Ele mentiu para mim! – eu disse, de modo defensivo.

– Eu sei disso, Brooklyn – disse ela, calmamente. – Mas não há coisas que você também escondeu dele?

Naturalmente havia, mas eu não queria admiti-las.

– Os seres humanos são criaturas falhas, egoístas e covardes a maior parte do tempo. Mentimos, enganamos e roubamos melhor do que quase qualquer um. Ferimos uns aos outros com palavras, ações e omissões. – A Dr. Angelini suspirou. – Há 100% de garantia de que as pessoas que mais amamos vão nos decepcionar. Esse é o risco que corremos quando abrimos o coração – ela parou por um momento e se inclinou sobre a mesa de centro para me olhar atentamente.

– Mas em algum momento, você tem que decidir quem importa mais do que a dor, e tem que perdoá-los por seus erros. – Ela colocou uma mão sobre a minha. – Então, se você o ama, acho que a única pergunta que você tem que se fazer, a única pergunta que importa, é se, no fim das contas, ele vale o sofrimento.

Durante o resto do dia, eu fiquei meio prostrada, pensando nas palavras da Dra. Angelini. Eu dirigi até o ponto de observação ao qual Finn tinha me levado em agosto, triste por ver que ele tinha sido encoberto pelo inverno. A geada agarrou-se aos galhos e às folhas perto do leito do rio, e o córrego estava fluindo lentamente sob uma camada fina de gelo. Não havia vaga-lumes; não havia vida nenhuma ali – não mais. Era difícil acreditar que o solo congelado deixaria que nascessem novas flores; que as árvores iriam florescer novamente; que os animais voltariam a habitar aquele lugar estéril.

Eu não sabia ao certo o que estava procurando quando decidi ir ali – respostas, acho –, mas definitivamente não tinha encontrado nada.

Eu me virei para ir embora, deprimida com a paisagem muito diferente, quando um cardeal – vermelho e majestoso, desafiando o frio do inverno voando entre as árvores mortas – surgiu de um arbusto próximo, me assustando. Levando uma mão ao peito, meus olhos acompanharam o voo do pássaro e um sorriso sincero surgiu em meu rosto. Ele pareceu estranho, não natural em meus lábios depois de semanas franzindo a testa, e provavelmente parecia mais uma careta do que um sorriso real, mas pelo menos ele estava lá.

Havia vida ali, afinal.

Mesmo no lugar mais desolado, quando parecia que nada nunca seria igual, havia esperança.

Peguei meu celular e procurei em meus contatos um nome que eu não procurava havia semanas. Digitando uma mensagem rápida, meus dedos ficaram dormentes no ar frio.

Você se lembra de quando éramos crianças e me contou a história da Princesa Andrômeda? Como seus pais a sacrificaram ao monstro do mar para salvar o país?

A resposta foi instantânea, como se ele estivesse esperando ao lado do telefone.

Claro que lembro.

Digitei em resposta rapidamente, com medo de que, se eu não dissesse isso agora, não voltaria a ter coragem.

Eu nunca entendi como Andrômeda pôde perdoar seus pais tão facilmente depois disso, depois de Perseu salvá-la. Toda a minha vida tenho pensado sobre esse mito, achando que não fazia qualquer sentido, e me perguntando o que eu não tinha entendido. Mas eu acho que finalmente entendi.

Entendeu o quê, princesa?, ele perguntou.

Segurando a respiração, cliquei em Enviar.

Quando você ama alguém, quando ama de verdade – mais do que ama seu orgulho, mais do que ama a si mesmo, até você pode perdoar qualquer coisa, por mais que essa pessoa tenha te ferido. E talvez eu seja uma idiota, mas ainda te amo. Eu amei você desde que eu tinha 6 anos de idade.

Meu telefone tocou.

– Oi – atendi rindo.

– Eu estou indo – disse Finn, sem hesitação, sua voz exigente. Eu consegui ouvir ruídos de fundo, como se ele estivesse calçando as botas e vestindo a jaqueta

– Não – falei. – Não agora, pelo menos. Eu não estou em casa.

– Bem, onde você está? Eu vou te encontrar em algum lugar. Em qualquer lugar. – Sua voz era um bálsamo para minha alma desesperada; deixei o som tomar conta de mim, saboreando-o como um viciado que há muito não se drogava.

– Eu vou estar em casa hoje à noite. Vá até lá mais tarde. Que tal às oito? E então nós podemos conversar – falei. Notei o sorriso em minha própria voz.

– Mas ainda são três horas – disse ele, resmungando.

– Faz duas semanas. – Dei de ombros, mesmo que ele não pudesse ver. – Mais algumas horas vão matar você?

– Sim – ele disse imediatamente. – Vou ficar andando de um lado para outro na sala de estar pelas próximas quatro horas e quarenta e sete minutos.

– Não que você esteja contando. – Eu ri. – E não fique andando, seu carpete é bonito. Seria uma pena se você o estragasse.

– Até logo, princesa. Não faça nenhum outro plano. Hoje você é minha. – Sua voz guardava uma promessa que me fez ficar arrepiada.

– Contando os minutos – disse, antes de desligar.

Corri de volta para casa, ansiosa para tomar um banho e limpar o apartamento um pouco antes da chegada de Finn. Parei no caminho de casa para pegar alguns ingredientes para o jantar, sentindo-me leve e feliz pela primeira vez em semanas.

Estava ansiosa para vê-lo. Claro, havia coisas que ainda precisávamos discutir. Mas, agora que eu tinha decidido perdoá-lo, tudo parecia mais fácil – como se um peso gigante tivesse saído de meus ombros e se espalhado no chão a meus pés.

Passei pela porta da frente, assoviando baixinho com meus braços carregados de mantimentos. A casa estava silenciosa – Lexi e Ty estavam passando o fim de semana esquiando com outro casal em uma cordilheira a três horas de distância. Convenientemente, Finn e eu ficaríamos com a casa para nós para nos acertarmos. Corei de ansiedade, torcendo para que todas as histórias que eu tinha ouvido sobre as maravilhas do sexo de reconciliação fossem verdadeiras.

Não notei nada de incomum. Eu não havia pressentido nada de ruim, nem havia no ar a sensação de que algo estivesse muito errado. Eu estava feliz, com um sorriso bobo no rosto, quando entrei no meu quarto.

Dei dois passos para dentro do quarto e então vi as imagens, e parei, de repente.

Horror é a única palavra que posso usar para descrever o que senti ao analisar as paredes do meu quarto.

Havia fotografias cobrindo todo o cômodo. Elas estampavam as paredes, uma colagem de imagens mórbidas; estavam penduradas em fios do teto e enchiam o chão e a superfície da cama.

E cada uma delas era uma foto minha.

Havia fotos tiradas de longe, enquanto eu ia para a aula ou comia no centro estudantil do campus. Ali, uma imagem minha rindo com um colega de classe enquanto entrávamos na aula de Justiça Criminal. Havia uma foto minha sentada sob uma árvore na praça, comendo uma maçã enquanto estudava a Lei da Imprensa.

Havia closes do meu rosto, várias fotografias feitas de todos os ângulos e sob todo tipo de luz. A lente havia capturado cada emoção – felicidade, alegria, tristeza, dor, frustração, dúvida, ansiedade, medo. Ele tinha tirado fotos de expressões que eu nem sequer sabia que fazia.

Nenhuma delas era tão assustadora quanto as que tinham sido tiradas dentro de casa. Eu não sabia como ele tinha entrado sem que Lexi ou eu tivéssemos dado permissão, mas lá estavam elas – provas inquestionáveis de que não só tivera acesso à nossa sala de estar, como também havia se sentido totalmente à vontade.

Havia fotos minhas cozinhando, cantando junto com o rádio enquanto eu mexia o macarrão ou verificava o forno. Havia imagens de Lexi e de mim tomando doses de tequila. Rindo enquanto aplicávamos maquiagem na frente do espelho para sair à noite. Trocando um abraço forte, com sorrisos amplos.

Só pioravam, quanto mais eu olhava.

Centenas de fotos minhas nua, enquanto trocava de roupa no quarto. Mais imagens do que eu conseguia contar, no chuveiro, totalmente exposta e vulnerável.

Eu era a personagem, involuntária e ingênua, de cada imagem captada pelas lentes da câmera.

As fotos mais assustadoras eram as de Finn comigo. Em cada uma delas, o rosto de Finn tinha sido totalmente riscado com caneta ou cortado com tesoura. Muitas delas traziam um alvo de tiro enorme sobre ele.

Prostrada, empurrei as fotografias penduradas para fora de meu caminho enquanto andava até minha cama, meus pés deslizando sem conseguir se firmar no piso escorregadio coberto de fotos. Havia uma caixa em cima do meu edredom, no meio de um monte de imagens, envoltas em papel preto brilhante. A tampa estava presa com um laço preto fosco. Puxei levemente e ela saiu com facilidade.

Estiquei a mão para levantar a tampa da caixa, sabendo que o que havia ali dentro provavelmente era ainda mais terrível do que as colagens de Brooklyn nas paredes de meu quarto.

Prendi a respiração ao virar a tampa de novo, passando os olhos pelo conteúdo, sem acreditar.

Ele havia planejado tudo cuidadosamente, sem dúvida querendo que aquilo tivesse o máximo impacto em minhas emoções. Queria me assustar e confirmar que todas as minhas suspeitas estavam certas.

Conseguiu.

A caixa estava cheia até a borda com pétalas de rosa negra, e, descansando em cima do mar macabro de flores, havia um bilhete. Ele tinha sido escrito com caligrafia formal, as letras pretas bonitas feitas de um modo arcaico e atemporal. Tinha sido escrito em um pedaço de papel-cartão branco, do tipo usado pelas pessoas ricas antigamente quando enviavam convites escritos à mão para seus bailes de gala.

Ele pesou em minha mão quando o peguei da caixa e li a mensagem:

Um presente para você, já que estraguei seu último.

Sob o bilhete e as pétalas, havia um lindo vestido dobrado dentro da caixa. Reconheci seu corpete verde e os bordados elegantes; não era qualquer vestido, era O Vestido. Uma réplica exata daquele que eu tinha usado na noite em que fui atacada do lado de fora do Styx – recém-comprado e, assustadoramente, do tamanho correto.

Olhei de novo para o bilhete; estava assinado no canto inferior direito com apenas duas iniciais:

E.S.

E então, eu soube.

Lá estava, em preto e branco. Inegável.

Ele tinha vindo me pegar.

Eu me virei para encarar a porta, para encontrar meu celular, para fazer alguma coisa, qualquer coisa, parar o que estava para acontecer. Mas eu soube assim que me virei e o vi na porta – seu rosto, o rosto dos meus pesadelos, inalterado pelo tempo ou pelos anos atrás das grades – que já era tarde demais para isso.

A mesa estava montada, o primeiro prato já tinha sido servido.

Por algum motivo, eu achava que não estaria ali para a sobremesa.

CAPÍTULO DEZENOVE

REVELAÇÕES

Eu tinha lutado.

Ele deve ter me batido com algo que me fez apagar por um tempo, porque quando acordei não estava mais no meu quarto. Meus braços doíam, meus dedos formigavam devido à falta de circulação.

Eu achei estranho, até entender por que o sangue não estava fluindo para os membros: minhas mãos tinham sido atadas com uma corda grossa e áspera, e amarradas acima da minha cabeça. O resto do meu corpo balançava no ar, e as pontas dos dedos do pé resvalavam no chão, o que me ajudava a aliviar um pouco do peso que meus punhos suportavam.

Havia uma fita adesiva tampando minha boca, bloqueando as vias aéreas e meus gritos de socorro. Onde quer que eu estivesse, estava completamente sem voz. Eu não me movimentei durante vários minutos, torcendo para estar sozinha, e tentando sentir todo o meu corpo.

Eu ainda estava vestindo meu jeans e a blusa verde de moletom de mais cedo, mas meus sapatos tinham sido retirados; meus dedos nus raspavam no chão áspero de cimento fresco. Eu não conseguia mais sentir o peso de meu celular no bolso de trás. Meu cabelo caía como uma cortina na frente do rosto, bloqueando a vista do quarto ao meu redor. Sem poder usar as mãos para afastá-los dos olhos, inclinei a cabeça em direção ao teto até o cabelo coberto cair para trás de meus ombros.

– Ótimo, você está acordada. – Ele estivera aqui o tempo todo, de pé do outro lado da sala, me observando recobrar a consciência aos poucos. Sua voz podia ter o tom gentil e distante usado por alguém refutando opiniões políticas divergentes durante um chá, mas sua hostilidade subjacente era visível sob a máscara de autocontrole.

Ernest "Ernie" Skinner, em carne e osso.

Seu rosto tinha agora mais rugas, e seu cabelo castanho tinha alguns fios grisalhos misturados, mas os olhos eram os mesmos. Escuros, inescrutáveis poços castanho-escuros, olhavam para mim, assustadoramente vitoriosos. A diferença era que agora eles não estavam vidrados com o efeito de muita cocaína – estavam completamente lúcidos e triunfantes.

Eu olhei para ele com atenção, sem reação. Minha mente estava a toda enquanto eu tentava supor onde estava e como sairia daqui. A alternativa, de não conseguir fugir, era terrível demais para eu sequer considerar.

As paredes eram lisas e cinza, pareciam feitas de concreto ou de outro material espesso. Não havia móveis, com exceção de um conjunto de cadeiras de metal enferrujado e uma mesa combinando, também enferrujada. Havia correntes penduradas em vigas de aço, vigas de madeira no teto; eu não tinha dúvidas de que minhas mãos estavam amarradas à viga que passava diretamente acima de minha cabeça. Havia uma única lâmpada pendurada por um fio, iluminando o quarto escuro com um tom amarelo e fraco.

Se eu tivesse que adivinhar, diria que estava em um porão.

– É bom ver você, finalmente, Brooklyn. Cara a cara, quero dizer. – Ele riu, um som áspero nada natural vindo de seus lábios. – Agora que viu minha pequena galeria, nós dois sabemos que ando vendo você há um bom tempo.

Ele estava de pé a cerca de dez metros de mim, mas agora começava a se aproximar com os braços cruzados nas costas. Eu puxei meus punhos, tentando ficar longe dele, mas as cordas amarrando meus braços tinham sido atadas com tanta força que eu não conseguia me balançar mais do que alguns centímetros.

– Olha, Brooklyn, você não me parece muito confortável. – Ele sorriu. – Eu poderia soltá-la, mas algo me diz que você seria menos receptiva para o nosso pequeno bate-papo se eu fizesse isso.

Ele parou na minha frente, com um sorriso forçado na cara enquanto estendia a mão para acariciar a lateral do meu rosto. Eu tentei afastar a cabeça de seu toque, mas ele agarrou minha mandíbula com a mão forte. Sua súbita demonstração de violência não combinava nem um pouco com seu comportamento calmo.

Agora que ele estava mais perto de mim, pude ver que tinha um corte profundo na testa, logo acima do olho direito. Estava vermelho ainda, como se tivesse sido feito cerca de um mês antes, e eu logo percebi que tinha sido causado pelo meu salto naquela noite no beco.

Com uma mão ainda segurando meu maxilar, ele ergueu a outra para arrancar a fita adesiva bruscamente da minha boca. Gritei quando o adesivo rasgou meus lábios, cortando a parte inferior e fazendo uma gota de sangue escorrer pelo meu queixo. Enquanto eu puxava o ar, observei suas pupilas se dilatarem devido à excitação – ele definitivamente gostou de me ver ferida.

Passou o polegar na minha ferida, espalhando o sangue por todo o meu queixo e lábios antes de me soltar e dar um passo para trás. Olhou para as manchas de coloração vermelha brilhante em seus dedos e sorriu suavemente.

Eu choraminguei de medo.

Assim que ele recuou, comecei a gritar por socorro, rezando para que alguém me ouvisse e mandasse ajuda. O sorriso dele não saiu de seu rosto enquanto meu grito se tornava mais desesperado, frenético, minha voz rouca de tanto gritar. Ele estava sereno, sem pressa e indiferente, como se tivesse todo o tempo do mundo para brincar comigo. Isso, por si só, me disse várias coisas: ou ele era louco o suficiente para não temer ser descoberto por vizinhos e pessoas que passassem por ali, ou estávamos em um local tão isolado, tão distante da civilização, que ninguém escutaria meus gritos.

– Vá em frente, Brooklyn – ele disse. – Grite o quanto quiser. Não há ninguém por perto para te ouvir.

Um calafrio percorreu minha espinha quando minhas suspeitas foram confirmadas.

Eu estava sozinha. Ninguém me ajudaria.

– Lexi. – Minha voz estava fraca. Pigarreando, eu tentei novamente. – Lexi vai notar se eu não voltar para casa – eu disse, tentando argumentar com ele. – Se você me deixar sair, prometo que não vou contar a ninguém sobre isso. Vai ser nosso segredo.

– Oh, Brooklyn – ele disse, balançando a cabeça, demonstrando decepção. – Eu queria que você não mentisse para mim. Há um preço a ser pago pelas mentiras, você sabe.

– Eu não estou mentindo – sussurrei.

Abruptamente, seu braço subiu e ele me esbofeteou. A força do golpe jogou todo o meu corpo para trás, movimento impedido apenas pela corda que amarrava minhas mãos. Estrelas surgiram diante dos meus olhos e lágrimas caíram pelo meu rosto enquanto a dor que ia da face até os punhos voltava para o ponto de origem. O osso de meu pulso quase se quebrou sob a tensão do golpe; a pele estava sensível sob as cordas, machucada, doendo.

– Há um preço a pagar pelas mentiras – ele repetiu com seriedade, voltando a unir as mãos. – Mas onde estávamos? Ah, sim. Eu estava prestes a discutir nossos planos para a tarde. Você não tinha nada agendado, não é? – Ele riu.

Não respondi.

– Eu suponho que você não, dado que Lexi foi passar o fim de semana com o namorado e você pôs um fim ao seu rolo com o Finn. – Ele riu do nome de Finn com desprezo, a emoção mais frequente vinda dele; mesmo quando me golpeou no rosto, pareceu pouco interessado, e sua natureza impassível se manteve intocável.

Ele falava com articulação e dicção claras, com gramática perfeita e tom controlado, como se tivesse ensaiado inúmeras vezes aquelas palavras. Ele provavelmente ensaiou mesmo, eu percebi. Estava planejando isso havia anos.

– Devo dizer, Brooklyn, que me deixou muito feliz quando você terminou aquela relação.

Bem, ele poderia achar que sabia tudo sobre mim, mas pelo menos não sabia que Finn e eu estávamos juntos novamente.

Espere... Finn!

Eu estava tão preocupada com o fato de ter sido raptada e amarrada por um psicopata, que tinha me esquecido completamente de que ele iria à minha casa às oito. A esperança encheu meu peito. Eu não fazia ideia de que horas eram agora, apesar de desconfiar que estávamos no meio da tarde; provavelmente ainda faltava muito tempo para as oito, mas, se eu conseguisse aguentar até...

Por que eu não tinha concordado em permitir que ele fosse naquela hora? Eu lamentei em silêncio, me odiando por ter dito para ele esperar. Até ele chegar em minha casa, ver as fotos, perceber que eu tinha sido levada e chamar a polícia, podia ser tarde demais para mim.

Além disso, havia o fato de eu nem saber onde estava.

A esperança diminuiu as brasas, e então morreu.

Naquele momento, percebi que ele não tinha sido simplesmente me observado ou espiado; ele vinha escutando, aprendendo, recolhendo todas as informações que conseguia encontrar. Ele provavelmente havia instalado escutas na minha casa, além de câmeras – isso certamente explicaria como ele tinha conseguido minhas fotos no chuveiro e em meu quarto.

O que eu não entendia era o porquê. Então, perguntei.

– Por quê? – ele repetiu, como se a pergunta fosse incompreensível. Eu pude ver, por baixo da aparente calma, que eu o havia desestruturado. Eu não entendia; aquela era a pergunta mais simples do mundo para uma pessoa normal responder.

Foi quando me dei conta: eu não estava lidando com uma pessoa normal.

Estava lidando com um sociopata.

Aquilo não era uma missão motivada pela paixão, vingança ou quase duas décadas de raiva. Era uma maneira fria e calculista de fazer justiça; sua maneira de empatar o placar. E ele me eliminaria com a mesma facilidade com que um rei tira uma torre do tabuleiro: com concentração meticulosa e movimentos bem planejados antecipados por ele.

Minha desesperança aumentou quando eu percebi o que aquilo significava.

Ele provavelmente não tinha sido descuidado ao criar seu plano, cuidando para que nada levasse a ele com facilidade. As emoções não o governavam, e, portanto, não poderiam ser usadas para manipulá-lo a cometer erros. E ele não teria nenhum escrúpulo quando chegasse a hora de me matar.

– Você acredita que eu cumpri apenas doze anos até me soltarem? Pela sua cara, vejo que não. – Ele riu. – Esse velho sistema jurídico da Califórnia é uma bênção. Bom comportamento te ajuda muito com os guardas. E quando eu falei na frente do júri da condicional, com lágrimas nos olhos, que tinha encontrado o Senhor e Salvador Jesus Cristo, e que ele havia me tirado do caminho escuro do vício em drogas e da violência, e me levado para a luz? Bem, devo dizer que não teve um deles que não ficasse com os olhos marejados.

Fiquei olhando para a frente de modo impassível, tentando não demonstrar nenhuma reação às suas palavras.

– Eu deveria ter ganhado um maldito Oscar por aquela interpretação – disse ele, sorrindo ao se lembrar. – Mas ganhei a liberdade condicional e fui mandado de volta ao mundo. Um homem mudado. É nisso que querem acreditar, sabia? Que a prisão nos corrige, tira todas as más tendências e as troca por bondade e saudável respeito pela autoridade. É nisso que eles têm de acreditar, caso contrário, não dormiriam à noite... mas não é a verdade.

Eu engoli em seco, nervosa, observando quando ele se aproximou de mim mais uma vez.

– A verdade, doce Brooklyn, é que o tempo na cadeia nos dá muita chance para pensar – ele sussurrou, sua respiração quente no meu rosto. – Você pode adivinhar em quem eu pensei?

Comecei a tremer.

– Isso mesmo – disse, suavemente, passando um dedo na minha bochecha, em toda a minha clavícula, e dentro do decote revelado pela gola V de minha blusa. Ele parou a meio caminho do meu peito, seus dedos deslizando lentamente para a frente e para trás sobre meus seios. – Eu pensei em você.

Ele desapareceu por um tempo, me deixando sozinha com meus pensamentos.

Estava com os braços doloridos, as costas curvadas e tentando imaginar em que lugar do mundo eu me encontrava. Fechando os olhos, mentalmente apaguei as paredes de concreto ao meu redor, e imaginei uma outra noite – a noite que eu deveria ter.

Finn chegaria, passaria pela porta e me tomaria nos braços. Ele me abraçaria, beijaria e tudo voltaria a ficar bem em meu mundo.

Cerca de uma hora se passou. Já devia ser quase a hora do jantar, seis ou sete da noite, provavelmente, porque meu estômago começou a roncar de fome.

Quando Skinner retornou, emergindo de uma escadaria localizada em algum lugar atrás de mim, estava segurando o vestido verde com uma das mãos. Uma grande faca de cozinha, maliciosamente afiada, estava na outra. Ele se aproximou de mim e um gemido de medo escapou de meus lábios. Eu tinha começado a tremer assim que ele apareceu.

– Pronto, pronto, Brooklyn – disse ele, estalando a língua. – Eu não vou machucá-la antes do jantar. Não seria muito educado.

Como se bons modos fossem primordiais quando se mantém uma garota pendurada no teto de seu porão. Ele é realmente louco.

– Nós vamos ficar juntos por um bom tempo, minha querida. As coisas desagradáveis certamente podem esperar até comermos.

Minha mente estava a toda e eu fiquei me perguntando o que podia significar "um bom tempo" na mente perturbada dele. Minutos? Horas? Dias? Anos? Eu mal conseguia sobreviver à pressão mental de três horas com aquele homem – se ele fizesse de mim seu brinquedo, mantendo-me aqui por semanas a fio... Bem, vamos apenas dizer que eu escolheria o caminho mais rápido com a faca afiada.

Fiel à sua palavra, ele a usou naquele momento apenas para me soltar do teto. Meus pulsos continuaram amarrados, mas pelo menos não estavam mais sendo apertados acima de minha cabeça. Assim que ele cortou a corda que me prendia, minhas pernas cederam e eu caí no chão como uma boneca de pano.

Meus braços pareciam estar em brasa conforme o sangue voltou a circular, como se chamas estivessem cobrindo meus membros com o sangue preenchendo as veias de novo. Eu sabia que aquele era o momento. Em todos os filmes há um momento em que a heroína finalmente consegue sua chance de fugir para salvar a si mesma e revidar.

Eu senti aquele momento me escapar enquanto permanecia no cimento, frágil e completamente incapaz de lutar por qualquer coisa que fosse, respirando com dificuldade para encher meus pulmões.

– Vamos, querida, você não parece muito animada para o jantar. – Sua voz indicava que ele estava se divertindo. Ele ficou na minha frente, gostando de me ver derrotada. Duas vezes, tentei me apoiar nos braços para me erguer; nas duas tentativas meus braços fraquejaram e eu voltei a cair no cimento.

Ele deixou eu me esforçar por cinco minutos, mais ou menos, até estender a mão e me puxar para cima de qualquer modo. Passando um braço pelas minhas costas, ele me arrastou para as cadeiras de metal no canto da sala e me jogou em uma delas. Quando me soltou, eu quase voltei a cair no chão, mas, na última hora, consegui me firmar com as duas mãos.

Ele se sentou na outra cadeira de metal, me observando enquanto eu tentava reunir a pouca força que havia restado em meu corpo. Minha respiração se acalmou e finalmente meus membros começaram a recuperar o controle. Eu estava mexendo dedos das mãos e dos pés, testando a sensação neles, quando ele de repente se levantou e me puxou para que eu ficasse de pé.

– Venha.

Felizmente, não precisei da ajuda dele dessa vez enquanto caminhamos pelo porão e subimos um lance de degraus de madeira presos contra a parede mais distante. Surgindo em uma cozinha mal iluminada, fiquei em choque ao descobrir que sabia exatamente onde estava.

O layout estava um pouco diferente, mas todos os eletrodomésticos, a mobília em madeira e o acabamento eram os mesmos. Caramba, até mesmo as paredes tinham aquele tom amarelo de icterícia inconfundível.

Aquele era o primeiro andar da casa vitoriana.

Estávamos embaixo da minha casa. Apostaria qualquer coisa nisso. Então ele tinha passado o ano todo ali, tão perto de mim? A ideia me fez estremecer.

Ele me levou através da cozinha até a sala de estar. Claramente ali era sua sala de TV: as paredes estavam cobertas não apenas com fotos minhas, mas também com recortes de jornal. As manchetes eram variadas, abrangendo anos e ocasiões, mas todas giravam em torno de uma coisa: eu.

Mulher morta em roubo de carro deixa filha sobrevivente.

Garota de 7 anos presta depoimento e condena homem à cadeia.

Ladrão de carro assassino condenado a 25 anos em San Quentin.

A capitã Brooklyn Turner leva a equipe de hóquei à vitória.

Brooklyn Turner, do primeiro ano, é destaque em seu curso.

Ele não tinha me seguindo apenas por alguns meses. Estava me observando fazia anos. Eu me forcei a parar de olhar, mas meus olhos logo encontraram algo ainda mais perturbador. Havia pelo menos seis monitores de computador dispostos pela parede, com todas as telas divididas mostrando ângulos diferentes da câmera. Eram transmissões ao vivo, vídeos de dentro da minha casa, no andar de cima.

Todos os cômodos tinham sido filmados em segredo.

Cada tela dividida para mostrar vários ângulos de câmera. Vídeos ao vivo de dentro de meu apartamento no andar de cima.

Cada quarto tinha escutas.

Tentei ignorar o monitor na extrema esquerda, que era dedicado ao meu quarto. Ou, mais especificamente, a minha cama. Havia uma câmera mirando todos os lados, capturando cada ângulo. Quando pensei em todas as vezes em que Finn e eu havíamos estado juntos ali, tudo o que Skinner havia testemunhado, tive de controlar a ânsia de vômito que subiu pela minha garganta. Ele tinha violado um espaço que eu pensei ser sagrado, totalmente privado, e senti um desejo insuportável de tomar banho, como se, assim, pudesse arrancar de mim os olhos que por todo esse tempo vigiaram o meu corpo.

Eu me sentia suja, vulnerável.

Ele me puxou para longe, um sorriso presunçoso no rosto. Queria que eu visse aquilo para compreender o quanto ele estava ligado à minha vida. Para saber que ele tinha visto e ouvido tudo.

– Você não vai perguntar como eu fiz isso? – perguntou ele, ansioso.

É com isso que ele se masturba, percebi. Ele é um egomaníaco. Ele quer – precisa – me impressionar. Me assustar. Para que eu pense que ele é um ventríloquo, puxando meus cordões e controlando todas as facetas da minha vida.

É a fraqueza dele, pensei. O orgulho.

– Não – falei, com a voz desinteressada para irritá-lo.

Ele se irritou em silêncio por um minuto e, em seguida, continuou como se eu não tivesse falado.

– Não é incrível o que a Internet pode fazer hoje em dia? Você nem imagina como foi fácil encontrar sua página no Facebook e conseguir seu endereço no banco de dados da faculdade. Tudo o que eu precisava saber sobre você estava lá, nas pontas dos meus dedos. Sem falar em como foi fácil conseguir todos esses equipamentos eletrônicos, que, aliás, foram muito úteis. Frete gratuito e dois dias para a entrega dessas belezinhas. – Ele riu, apontando sua elaborada composição de monitores de computador. – Nenhuma checagem nem identificação necessária.

Fiquei olhando para a parede, tentando bloquear o que ele dizia.

– Há tutoriais no YouTube para tudo. Tem até um guia passo a passo para instalar escutas com câmeras na casa de alguém, ali mesmo, on-line, para qualquer um ver. – Ele riu como um louco, quase tonto com o seu próprio sucesso.

Ele foi para a sala de jantar adjacente. A mesa tinha sido arrumada para dois e eu teria rido se tivesse estômago para isso: uma toalha de mesa branca brilhava sob a luz de várias velas compridas. Guardanapos de tecido vermelho, dobrados em triângulos graciosos, estavam em cima de pratos com detalhes dourados. Rosas frescas – vermelhas, desta vez – foram dispostas em um lindo vaso de cristal. Havia vários pratinhos no centro da mesa, cobertos por tampas de prata.

Ele havia criado a atmosfera perfeita para um jantar romântico para duas pessoas.

Em vez de me levar à minha cadeira à mesa, ele me direcionou para um pequeno sofá no canto da sala. Quando aterrissei sobre as almofadas macias, ele jogou o vestido verde em meu colo.

– Vista-o para o jantar – ele ordenou, colocando a faca sobre a mesa. Não precisava agir como um louco; sua simples presença era uma ameaça implícita o suficiente para me manter obediente.

Eu olhei para minhas mãos amarradas.

– Não consigo.

Ele me esbofeteou tão forte que minha cabeça foi para trás. Pelo menos ele tinha atingido o outro lado do meu rosto desta vez. Ficarei com dois hematomas iguais, pensei, meio zonza. Afastando os pontos negros que dançavam na frente dos meus olhos, eu olhei para ele.

– Você vai fazer o que eu digo sem questionar, vadia – disse ele, tenso. Pensar que eu desobedeceria quase foi suficiente para fazer com que ele perdesse o controle.

– Claro – eu concordei, tentando fazer uma voz humilde. – Eu só queria saber se você seria gentil. – Eu me forcei a dizer aquilo. – E se desataria minhas mãos primeiro.

Seu rosto estava sério, pensativo.

– Apenas por um minuto – acrescentei depressa. – Para eu poder colocar o vestido. É lindo.

A última coisa que eu queria fazer era ficar nua na frente dele para colocar um vestido que ele tinha comprado para mim, como se estivéssemos fazendo algum jogo doentio. Mas, com as mãos amarradas, eu não tinha a menor chance de escapar.

Se eu conseguisse pegar aquela faca...

Eu tentei não pensar muito adiante. Estava tomando passos cuidadosos, analisando as fraquezas dele para entrar no jogo.

– Gostou do vestido? – perguntou ele, em dúvida.

– Amei – afirmei imediatamente. – Obrigado por comprá-lo para mim.

Ele acenou com a cabeça.

– Eu vou desamarrar as cordas para você se trocar. Mas vou ficar na sala o tempo todo, e, se você fizer qualquer tolice, haverá consequências.

Eu conseguia adivinhar muito bem o que ele queria dizer com "consequências", observando como ele pegou a faca e avançou na minha direção. Ele rapidamente cortou as amarras, permitindo que a corda caísse no chão embaixo do sofá, e atravessou a sala. Sentou-se em uma das cadeiras à mesa, guardou a faca que segurava e olhou para mim.

Tremendo, eu olhei para o chão e tirei a blusa que estava vestindo. Fiquei de pé e me livrei da calça jeans, observando quando ela chegou ao chão. Resisti à vontade de cobrir meu corpo para que ele não me visse, de pôr um fim àquele striptease degradante, sabendo que ele ficaria irritado se eu fizesse isso.

Com as mãos tremendo, puxei o tecido do vestido sobre a cabeça e o ajeitei ao redor do corpo. Alisando a saia com as mãos, subi o zíper lateral sorrateiramente e puxei o tecido até o pescoço para cobrir o máximo possível do decote.

Quando terminei, olhei para a frente e encontrei os olhos escuros dele do outro lado da sala.

Ele parecia excitado e fortalecido por meu show nada recatado, seu olhar seguindo cada movimento.

– Sente-se – disse ele, gesticulando para a cadeira à sua esquerda. – Você pode comer sem suas mãos estarem atadas, por enquanto.

Uma pequena vitória, mas uma vitória, de qualquer maneira.

Eu me sentei e observei enquanto ele pegava um pouco de frango e batatas para colocar em nossos pratos. O cheiro estava bom, mas pensar em comer qualquer coisa embrulhava meu estômago – qualquer coisa que eu comesse provavelmente voltaria por onde entrou.

– Coma – disse ele, levando uma garfada de batatas à boca.

Levei a mão ao copo de água.

Nós dois paramos, minha mão na direção do copo e o garfo dele parado no ar, quando o som inconfundível do motor de uma moto rugiu na rua e parou na frente da casa.

Nossos olhares se encontraram e eu sabia que nós dois estávamos pensando a mesma coisa.

Finn estava ali.

CAPÍTULO VINTE

ESCOLHA A MIM

Skinner se levantou e deu a volta a mesa num segundo, com uma mão cobrindo minha boca e a outra segurando a faca contra a minha garganta.

– Shhh – sussurrou em meu ouvido.

Ouvimos o motor ser desligado e o som de passos ecoou nas escadas que iam até meu apartamento. Ouvimos Finn batendo na minha porta por vários minutos, chamando por mim. Eu o imaginei ali, confuso e se perguntando onde eu estava.

O carro de Lexi estava na garagem. Eu não atendia o celular.

Ele vai saber que tem alguma coisa errada e vai chamar a polícia.

Minha certeza foi rapidamente tomada por uma enxurrada de dúvidas: e se Finn pensasse que eu tinha mudado de ideia a respeito de encontrá-lo? E se pensasse que eu não queria voltar com ele? E se ele desistisse e fosse embora sem nem ao menos entrar no apartamento?

Então, eu percebi que estávamos falando de Finn – ele não aceitava "não" como resposta. Eu tinha me surpreendido por ele ter me dado uma semana de tempo; chocada por ter concordado em esperar até as oito para vir hoje à noite. Quando aquele garoto queria algo, ia atrás com determinação.

E ele me queria.

Controlei um sorriso quando ouvi o som da porta da minha casa sendo arrombada. *Homem das cavernas.*

Skinner xingou, me arrastando para fora da minha cadeira e andando comigo até a sala, com a faca ainda pressionada contra meu pescoço. Ele observou os monitores enquanto Finn entrava no apartamento, observando a cozinha para ver se havia algo fora do lugar. Finn caminhou até as sacolas de mantimentos que eu tinha abandonado sobre o balcão mais cedo, com a testa franzida.

Aproximando-se de uma sacola, ele pegou um pedaço de queijo que eu tinha comprado e o segurou na mão por um minuto. A princípio, eu não entendi o que ele estava fazendo, mas logo percebi que estava checando a temperatura, tentando calcular havia quanto tempo aquelas sacolas tinham sido deixadas ali.

Pela expressão de ansiedade, eu supus que o queijo devia estar morno, sinal de que eu tinha sido levada dali fazia algum tempo. Colocando-o de volta na bancada, Finn caminhou pelo apartamento e verificou todos os cômodos, indo da cozinha até a sala de estar e de jantar, ao quarto de Lexi e, finalmente, ao meu quarto.

Eu poderia passar horas tentando descrever todas as emoções que passaram por seu rosto quando ele entrou no meu quarto e viu não só a colagem de fotos, mas também sinais claros da luta que ocorreu ali. A minha cadeira estava virada, a minha colcha havia sido puxada, as fotos espalhadas pelo chão estavam bagunçadas e amassadas nos pontos sobre os quais eu tinha caído.

Ele parecia em choque, horrorizado, enfurecido e aterrorizado, tudo de uma vez.

Skinner estava falando baixinho, claramente descontente com o rumo dos acontecimentos. Pegando um rolo de fita adesiva da prateleira, ele rasgou um pedaço e o pressionou sobre a minha boca, então puxou minhas mãos à minha frente, enrolou fita adesiva nelas, e me fez sentar na cadeira de encosto reto virada para as telas.

Girando ao redor para verificar os monitores, Skinner viu Finn pegar seu celular e ligar para a polícia.

– Porra! – ele rosnou, inclinando-se para a tela e olhando para Finn, que falava rapidamente ao telefone. – Eu vou matar aquele desgraçado.

Não era uma ameaça; era uma promessa. Seu controle de antes tinha evaporado junto com seus planos bem-feitos. Com a chegada de Finn, Skinner já não me tinha como seu foco, e eu sabia que ele não pararia até Finn morrer ou matá-lo.

Skinner se virou para me encarar, com os olhos selvagens, a faca brilhando perigosamente em sua mão.

– Fique aqui! – ele gritou. – Vou cuidar disso.

Aquele era o homem que tinha tirado tudo de mim. Que tinha matado minha mãe a sangue-frio bem na minha frente. Que havia assombrado todos os meus pesadelos por anos. Que havia me deixado com medo de amar, com medo de o amor ser arrancado de mim de novo.

Ele tinha tomado a minha inocência. Não tiraria de mim o amor da minha vida.

Quando ele começou a correr do quarto, com minhas mãos ainda amarradas e usando as pontas dos dedos, arranquei a fita adesiva que cobria minha boca.

– Pare! – eu gritei atrás dele.

Ele parou na porta, prestando atenção, mas não se virou para mim. Não era um homem burro, deve ter percebido que não tinha tempo suficiente até que a polícia chegasse para lidar com nós dois.

Se eu quisesse que Finn continuasse vivo, teria que fazer Skinner escolher a mim.

Eu sabia que não sobreviveria se me submetesse àquilo; entendia isso com grande clareza. Conseguia ver exatamente que a minha morte ocorreria em poucos minutos e, embora eu não gostasse muito da ideia, valeria a pena se Finn sobrevivesse.

Eu não pude salvar minha mãe, mas poderia salvá-lo.

– Isso é mesmo o melhor que você pode fazer? – eu zombei de Skinner. Seu ego era o ponto central de todas as suas decisões. Talvez, se eu apertasse os botões certos, ele perdesse o controle e direcionasse a raiva para mim. – Você teve quinze anos para planejar isso, e foi tudo o que conseguiu? – Forcei uma risada e me levantei, trêmula.

Vi que ele estava tenso, seus músculos contraídos; estava dando certo. Eu o estava atingindo

– Pensei que você fosse melhor do que isso, Ernie. – Estalei a língua para mostrar minha desaprovação, como ele havia feito mais cedo, fazendo com que mordesse a isca. Ele se virou para me olhar, com o rosto vermelho e ofegante de raiva.

Eu conseguia ouvir as sirenes se aproximando agora. Um olhar para os monitores e vi Finn voltando para a porta da frente para que pudesse receber os policiais.

– O que você disse, menininha? – Skinner rosnou.

– Não se esqueça de que foi essa *menininha* que te mandou para a prisão, Ernie. Foi esta *menininha* que fez aquele carro bater e nos colocou diretamente nas mãos da polícia – falei, desesperadamente tentando manter a voz firme e controlando as lágrimas.

Ele deu um passo em minha direção, segurando a faca.

– Cala essa boca, cadela – ele gritou. – Eu sei o que você está tentando fazer.

– É a mim que você quer – eu disse a ele. – Foi a mim que você observou todos esses anos, obcecado. Foi comigo que fantasiou. Foi a mim que tentou assustar e destruir. Mas sabe de uma coisa, Ernie? – perguntei, me afastando dele para que a mesa ficasse entre nós. – Você *falhou.* Eu vivi, amei, e, apesar de você, sou feliz. E certamente tem mais que eu posso dizer para você, seu velho.

Deu certo.

Ele se se lançou em minha direção, gritando, com a faca erguida sobre sua cabeça, pronto para me atacar com ela. Antecipando seu ataque, eu estiquei as mãos amarradas, agarrei o encosto da cadeira à minha frente, e a joguei em sua direção. Não foi muito longe, mas caiu na frente dele, retardando seu avanço.

Ele correu atrás de mim ao redor da mesa. Em uma das voltas, consegui agarrar a barra da toalha de mesa e puxei de uma vez. O movimento abrupto fez pratos e travessas voarem para longe, batendo no chão com força suficiente para fazer meus ouvidos doerem. O vaso de rosas caiu e se despedaçou, fazendo com que milhões de caquinhos de vidro afiados se espalhassem em todas as direções. Ouvi Skinner gritar quando sentiu os cacos batendo em seus pés e pernas.

Eu me virei a tempo de vê-lo tropeçar em uma das travessas e cair ao chão, a faca batendo no piso de madeira e indo parar embaixo da mesa, no outro lado da sala.

Eu olhava desesperadamente para a porta, esperando poder correr para um lugar seguro, mas logo descartei esse plano ao ver Skinner de pé no espaço entre mim e a saída. Apesar de ele estar desarmado, eu não poderia lutar contra ele com minhas mãos atadas.

Sem ideias, sem opções, sem tempo – mergulhei para pegar a faca.

Quando caí de joelhos, braços estendidos e tentando pegar o cabo, o tempo pareceu parar, como se tudo tivesse entrado, de repente, em câmera lenta. Ouvi Skinner gritar, ouvi seus passos atravessando a sala para me pegar.

Agarrei o cabo e o segurei com força com ambas as mãos. Foi desconfortável com meus pulsos ainda unidos, mas era o melhor que eu podia fazer.

Tudo aconteceu de uma vez só.

Eu me virei de costas no momento exato em que Skinner saltou, querendo me surpreender por trás. Eu acho que ele soube, assim que pisou no chão, que ia morrer. Vi nos olhos dele quando ele viu a faca nas minhas mãos, segura na altura da minha barriga, apontando para o teto.

Ele tentou se afastar, mudar o curso no meio do caminho, mas era tarde demais. Ele caiu com tudo em cima de mim, tirando meu ar, e eu senti a pressão da faca entrando na carne macia de seu abdome, cortando fundo e atingindo órgãos vitais.

Ele arfou de dor, o rosto a centímetros do meu. Olhou em meus olhos, ardendo de ódio, e, quando abriu a boca para falar, uma baba espumada e vermelha saiu dos lábios dele e atingiu meu rosto.

– Sua vaca desgraçada! – ele gritou, erguendo as mãos para agarrar meu pescoço. Estava morrendo, a força se esvaindo conforme o sangue escorria de suas veias, mas usaria o resto de sua energia para me levar consigo. Suas mãos ficaram perigosamente fortes enquanto ele tentava me matar, interrompendo totalmente a passagem do ar. Minhas mãos, amarradas e presas, entre nossos corpos, não foram capazes de impedi-lo.

As coisas começaram a escurecer. O rosto de Skinner desaparecia do foco enquanto eu olhava para ele, às vezes sem conseguir discernir seus traços. Pensei ter ouvido o som distante de uma porta sendo arrombada, um homem gritando e passos no piso de madeira, mas minha mente estava enevoada demais para ter certeza do que quer que fosse.

Pensei em Finn naqueles últimos momentos. Fechei os olhos para que não tivesse que olhar para o homem que estava morrendo em cima de mim, e, em vez disso, voltei meus pensamentos para o homem por quem eu faria qualquer coisa.

Ali estava ele, com sua covinha aparecendo na bochecha direita quando jogou a cabeça para trás e riu de algo que eu tinha dito. Os cabelos pretos despenteados e a barba por fazer escurecendo seu rosto. Aqueles olhos, tão azuis e cheios de emoção, me encarando, olhando diretamente para dentro da minha alma.

Eu estava zonza pela falta de oxigênio, e sabia que tinha apenas mais um minuto – talvez menos – até perder a consciência. Usei aqueles segundos preciosos para viver a vida que deveríamos ter tido juntos.

Eu o vi no dia de sua formatura, e vi meu sorriso de orgulho, gritando até a garganta arder, quando ele subiu ao palco e recebeu seu diploma.

Eu o abracei e gritei SIM! quando ele se ajoelhou e me estendeu uma aliança numa esquina em uma tarde chuvosa.

Eu me vi atravessando a nave da igreja até o altar, com um vestido branco bem clichê, segurando um buquê de flores como se minha vida dependesse disso, e caminhando, sorridente, em direção ao meu futuro.

E eu sorria com cansaço na sala de parto, observando Finn segurar nosso filhinho no colo pela primeira vez.

Imagem por imagem, vivi nossa vida, enquanto sentia a minha me escapar. Não sentia mais as mãos de Skinner em minha garganta; não sentia quase nada mais.

Eu estava entorpecida.

Em algum ponto, no fundo da consciência, percebi que alguém estava me chacoalhando, dizendo coisas, mas eu estava longe demais para sentir ou ouvir o que quer que fosse. Meus olhos se abriram e a última coisa que viram foi o rosto de Finn, sua expressão de desespero enquanto seus lábios diziam meu nome sem parar.

Tentei sorrir, mostrar que não havia problema, porque ele viveria – teria um futuro, mesmo que eu não estivesse por perto para dividi-lo com ele. Tentei colocar o *Eu te amo* em meus olhos, antes que a escuridão me levasse.

Ele me segurou contra seu peito, com lágrimas caindo como chuva em meu rosto.

E eu morri.

EPÍLOGO

DEPOIS

Nem sempre a vida acontece como pensamos.

Não é um conto de fadas, e nem sempre tem um final feliz. Às vezes, não existe nem um começo e nem um meio felizes.

Mas a questão é que não importa.

Porque quando estamos ali, asfixiados e sem vida, a vida não passa diante de nossos olhos como um filme de arrependimentos. Não vemos a situação toda – todas as coisas que deram errado, todos os erros que cometemos, todas as experiências que perdemos.

O que vemos são *momentos*.

Flashes de tempo, não importa o quão fugazes, de situações em que você estava feliz.

O que vemos são rostos.

Vislumbres das pessoas que não se importaram com seus defeitos, mas que te amaram apesar deles.

Vemos a nós mesmos.

As coisas certas que fizemos. As vezes em que sentimos orgulho de quando nos olhamos no espelho. Os momentos em que soubemos exatamente quem éramos e onde pertencíamos.

Então, acho que, no fim, minha história foi mesmo uma história de amor. Não uma história que se esperaria ver – não a história sobre Finn e eu.

Foi a história de uma garota que se apaixona por si mesma. Foi uma história sobre eu aprendendo a aceitar a mulher que eu havia me tornado, com defeitos e tudo. Porque todo mundo é meio torto – assim é a vida. E talvez não haja nenhum final feliz nem cavaleiros montando cavalos fortes para resolver as coisas. Talvez, na vida real, o Príncipe Encantado nem sempre seja perfeito – ele tem tantos defeitos quanto todas as outras pessoas na história.

E aquela princesa, sozinha na torre? Ela também não é perfeita. Os pássaros não trançam os cabelos dela toda manhã, ela não consegue domar criaturas selvagens para que se tornem seus servos, e nem sequer tem um vestido para o baile. Mas ela também é esperta o suficiente para saber que não deve aceitar maçãs envenenadas de desconhecidos, e também que não deve furar o dedo em rocas mortais.

Ela não fica esperando um príncipe chegar para matar o dragão. Talvez ela salve a si mesma e, no fim, parta em busca de seu próprio pôr do sol.

Não sei, é só uma teoria.

E, felizmente, ainda não sei de tudo; tenho a vida toda pela frente para saber.

Quando acordei no hospital, Finn estava ali. Eu fiquei inconsciente por quase 24 horas, e por um tempo eles acharam que talvez eu não recobrasse a consciência. Finn tinha salvado minha vida, fazendo reanimação cardiorrespiratória até os paramédicos chegarem.

Meu coração parou duas vezes naquele dia; eu tinha sorte de estar viva.

Ernie Skinner não foi tão sortudo.

A faca tinha entrado profundamente, atingindo órgãos internos demais. Ele já estava com hemorragia no momento em que os paramédicos chegaram, e foi declarado morto no hospital.

Desde que eu havia acordado, vinha recebendo um fluxo constante de visitantes, começando pela polícia. Os policiais Carlson e O'Callahan tomaram meu depoimento, me agradecendo, em nome da Polícia de Charlottesville, por meu préstimo à comunidade, não só por ter eliminado um criminoso perigoso da região. Na saída do quarto, o policial Carlson me desejou uma rápida recuperação, acrescentando:

– Brooklyn, para seu bem, espero que esta seja a última vez em que nos encontramos.

Eu riu e acenei, desejando exatamente a mesma coisa.

Lexi e Tyler tinham voltado mais cedo da viagem, assim que souberam do que tinha acontecido. O rosto de Lexi foi o primeiro que eu vi quando acordei. Mais tarde, fiquei sabendo que ela e Finn quase tinham saído no soco para ver quem pegaria a cadeira mais próxima da minha cama – aparentemente, ela ganhou. Isso não me surpreendia, na verdade.

Lexi me perguntou se eu queria telefonar para o meu pai, e acho que ficou surpresa quando eu disse que sim. Depois de me dar seu celular, Lexi, Tyler e Finn começaram a andar em direção à porta. Mas pedi para que ficassem, sabendo que nossa conversa seria breve.

O telefone tocou três vezes antes de ele atender.

– Aqui é Daniel Turner – disse ele, com a voz severa de sempre.

Por que ele não consegue simplesmente dizer "alô" como uma pessoa normal?

Fazia quase dois anos que eu não falava com meu pai. Eu não sabia por onde começar.

– Alô? Tem alguém aí? – Sua voz estava impaciente.

– Oi, pai.

– Brooklyn? – ele perguntou, e a surpresa deixou seu tom de voz mais leve. – O que aconteceu? Você já foi expulsa?

– Por que essa é sempre a sua primeira pergunta? – perguntei, irritada e já me preparando para desligar.

– Porque, da última vez que você me ligou, tinha sido expulsa de seu terceiro internato por levar garotos para o quarto.

Certo, acho que dava para entender a reação dele.

– Bem, eu não estou com problemas. – Respirei fundo. – Estou no hospital.

– Preciso enviar um cheque? – perguntou ele, em tom de acusação. Não perguntou por que a filha estava no hospital. Não demonstrou preocupação com meu bem-estar.

– Não vai precisar – falei, trancando a mandíbula para não gritar. – Só preciso que você responda a uma pergunta e pronto.

– Pois não? – A voz dele estava alterada, como se uma conversa de dois minutos comigo a cada dois anos fosse o suficiente para esgotá-lo totalmente.

– Você sabia? – perguntei, com a voz embargada no final. – Eles te ligaram para contar que o assassino da minha mãe tinha sido solto? Não consegui entender por que não me avisaram que ele tinha conseguido a liberdade condicional, até me dar conta de que... na época, eu era menor de idade. Ainda morava na sua casa.

Respirei fundo e fechei os olhos com força para que as lágrimas não escapassem.

– Então, pai, estou perguntando. Você sabia que Ernie Skinner, o monstro que matou a minha mãe bem na minha frente, tinha sido solto mais cedo do que o previsto, e decidiu não me contar?

Fez-se um silêncio pesado. Pensei que meu pai não fosse responder, mas, por fim, ele respondeu, e sua voz saiu mais forçada do que eu já tinha ouvido.

– Sim, eu sabia – admitiu. – Eles me ligaram há três anos para informar.

– Como pôde não me contar?! – explodi.

– Eu quis ter bom senso. Você já estava estressada com seus estudos. Não era algo com que tinha que se preocupar.

– Não era algo com que eu tinha que me preocupar – repeti, com amargura. – Perfeito.

– Brooklyn, se... se eu errei, me desculpe – disse ele, meio irritado. Meu pai não era o tipo de homem que pede desculpas, nunca o fazia, e não sabia fazer isso muito bem.

– Ele quase me matou, por isso estou no hospital – contei para ele, com a voz fria. – Então, eu o matei, enfiei uma faca na barriga dele e assisti à sua morte.

– Meu Deus, Brooklyn... o que eu posso...

– Pode parar – falei, interrompendo o que ele ia dizer. – Não preciso de nada de você. Com certeza não quero nada de você. Eu só tinha que saber. E, até onde sei, você e eu não temos mais nada a tratar.

Desliguei o telefone.

Quando abri os olhos, Finn, Lexi e Tyler estavam olhando para mim com expressões idênticas, uma mistura única de solidariedade e apreensão.

– Estou bem – menti. – Já podemos ir para casa?

No fim das contas, eu teria que ficar no hospital por mais 48 horas. Eles estavam me mantendo sob rigorosa observação. Enfermeiras entravam para me examinar em intervalos regulares e, às vezes, o médico voltava para falar comigo.

Quando a Dra. Angelini entrou segurando um buquê de flores, eu sorri.

– Eles me levaram para a ala de psiquiatria enquanto eu cochilava? – perguntei.

Um breve sorriso tomou o rosto dela, mas rapidamente desapareceu quando me observou. Eu sabia que os hematomas em meu rosto estavam claramente visíveis, apesar das tentativas profissionais de Lexi com o corretivo, logo pela manhã.

Sentando-se na cadeira ao lado da minha cama, a Dra. Angelini colocou as flores sobre a mesa de cabeceira, pegou minha mão e a apertou com firmeza.

– Nossa! Doutora, você não está violando algum tipo de relação médico-paciente de não tocar e manter os limites? – eu brinquei, tentando fazê-la rir.

– Ah, cale a boca, Brooklyn, pode ser? – ela disse, lágrimas enchendo seus olhos. – E me chame de Joan, pelo amor de Deus.

Eu ri e apertei a mão dela.

E, pela primeira vez, não falamos. Ela apenas segurou minha mão em silêncio, olhando para mim da forma como eu imagino que uma mãe olha para a filha ferida.

Quando foi embora, deu um beijo em minha testa e me abraçou. Felizmente, foi menos esquisito do que a nossa primeira tentativa de abraço, várias semanas antes.

Eu tinha a sensação de que melhoraríamos com o tempo.

Finn, que delicadamente saiu quando a Dra. Angelini – Joan – tinha chegado, voltou para o quarto. Foi a primeira vez que ficamos sozinhos de fato desde que tudo havia acontecido. Tyler tinha finalmente arrastado Lexi para fora dali naquela tarde, insistindo para que ela comesse e dormisse, pelo menos um pouco.

Eu sabia que ela voltaria logo.

Apesar de o horário de visitas ter terminado, Finn tinha conseguido convencer as enfermeiras a permitirem que ele passasse a noite. Depois de fechar a porta do quarto, ele tirou os sapatos e se deitou na cama comigo. Movendo delicadamente, de modo a não atrapalhar os aparatos de soro e os fios das máquinas, ele me acomodou em seu peito e me abraçou.

– Você está bem? – ele perguntou, com a boca contra meu cabelo.

– Agora estou – eu disse, me aconchegando a ele.

– Eu amo você, sabia? – Ele beijou meu ombro exposto, de onde o avental do hospital tinha deslizado. – Quando pensei que tinha perdido você... – Ele começou a chorar. – Você morreu... você morreu em meus braços. Acho que nunca serei o mesmo depois daquilo.

Eu assenti, sabendo exatamente o que ele queria dizer. Eu também nunca mais seria a mesma.

– Nunca mais faça isso – resmungou contra minha orelha.

Eu ri.

– Vou me esforçar para isso – prometi. – Finn?

– O quê?

– Eu também te amo.

Relaxei em seu peito, escutando as batidas de seu coração. Senti que estava pegando no sono, ainda exausta depois de tudo que havia vivido nos últimos dias.

Nas últimas semanas.

Nos últimos meses.

Tinha sido uma loucura desde que eu havia encontrado Finn Chambers. E eu não me arrependia de nem um minuto.

– Finn? – chamei, a voz arrastada de sono.

– O que foi, princesa?

– Conte-me uma história.

Senti que ele sorria contra meu cabelo.

– Era uma vez, duas crianças que se apaixonaram...

Enquanto adormecia, com a voz de Finn embalando meu sono, sonhei com a menininha que pensou ter perdido tudo, até conhecer um garoto que mostrou a ela que o amor é a única coisa que nunca pode ser roubada.

AGRADECIMENTOS

Eu provavelmente conseguiria escrever mais um livro inteiro só com os agradecimentos, mas, por enquanto, uma ou duas páginas terão que bastar.

Primeiro, aos meus pais, pelo apoio e amor sem fim.

Mãe, desde a minha infância, você tem me mostrado o que significa ser uma mulher de verdade. Todos os dias, provou que a SuperMãe existe, sim. Obrigada por seus conselhos constantes – às vezes, não solicitados – a respeito de todas as questões, sejam elas grandes ou pequenas, e por sempre, sempre, sempre me apoiar. Poucas pessoas têm a sorte de poder chamar a própria mãe de "amiga", muito menos de "melhor amiga". Você é minha inspiração. Eu te amo.

Pai, desde minha época de pré-escola, você cultivou em mim o amor pela leitura e pela escrita. Obrigada por me emprestar alguns dos seus romances clássicos até que eu tivesse idade suficiente para ir de bicicleta à biblioteca sem supervisão. Ao longo dos anos, você tem sido meu porto seguro, meu amigo fiel e conselheiro confiável. Eu amo você.

Ao meu irmão mais velho, Zack, por estabelecer padrões altos pra caramba, com seus sucessos, e por ser, para mim, um excelente modelo de conduta a ser seguido. Você nunca sentiu medo de ir atrás de seus sonhos. Obrigada por me inspirar a fazer a mesma coisa.

À minha família e aos meus amigos, obrigada por acreditarem em mim.

À Arlene Lammy, por me ajudar no processo de edição e por ser minha incentivadora particular ao longo desta jornada. Sou eternamente grata.

A todos os autores autopublicados que existem, obrigada por serem corajosos o bastante para dividir suas histórias com o mundo, e por me darem a coragem de contar a minha também.

Por fim, a Sara Bareilles, por escrever a canção "Gravity", e por me tirar dos recôncavos do bloqueio criativo mais vezes do que consegui contar.

SOBRE A AUTORA

Julie Johnson é uma mulher de vinte e poucos anos, nascida em Boston, que sofre da grave síndrome de Peter Pan e tem obsessão por personagens fictícios. Quando não está escrevendo, Julie pode ser encontrada sonhando acordada, bebendo muito café ou se esforçando para vencer a fila de filmes e séries pra assistir na Netflix.

Você pode encontrar Julie no Facebook ou entrar em contato com ela em: www.juliejohnsonbooks.com. Às vezes, quando ela consegue se entender com o Twitter, publica na conta @AuthorJulie.

PLAYLIST

A música é um tema importante ao longo de *Em queda livre*. Aqui estão as canções que mais inspiraram a história de Brooklyn e Finn:

"Crash Into Me" – Dave Matthews
"Head Over Feet" – Alanis Morissette
"Blackbird" – The Beatles
"The Scientist" – Coldplay
"The Only Exception" – Paramore
"In My Veins" – Andrew Belle
"Skinny Love" – Birdy
"Love, Love, Love" – Of Monsters and Men
"Home" – Edward Sharpe & the Magnetic Zeros
"I and Love and You" – The Avett Brothers
"Can't Help Falling in Love" – Ingrid Michaelson
"Fix You" – Coldplay
"The One The Got Away" – The Civil Wars
"Slow Dancing in a Burning Room" – John Mayer
"Same Old, Same Old" – The Civil Wars
"Gravity" – Sara Bareilles

Este livro foi composto com tipografia Adobe Garamond Pro